LES GRANDES FILLES

DU MÊME AUTEUR

aux éditions Robert Laffont

LE VRAI GOÛT DE LA VIE
UNE ODEUR D'HERBE FOLLE
LE SOIR DU VENT FOU
LA GRÂCE ET LE VENIN
LA SOURCE AU TRÉSOR
L'ANNÉE DU CERTIF
LE PRINTEMPS VIENDRA DU CIEL

dans la collection « Ailleurs et Demain »

LE TEMPS INCERTAIN
LES SINGES DU TEMPS
SOLEIL CHAUD POISSON DES PROFONDEURS
UTOPIES 75
(en collaboration avec Ph. Curval, Ch. Renard
et J.-P. Andrevon)
LE TERRITOIRE HUMAIN
LES YEUX GÉANTS
L'ORBE ET LA ROUE
LE JEU DU MONDE

dans la collection « L'âge des étoiles »

LE SABLIER VERT
LE MONDE DU LIGNUS

aux éditions Seghers

LE CRÊT DE FONBELLE
(coll. « Mémoire vive »)

MICHEL
JEURY

Les grandes filles

L'ANNÉE DU CERTIF

**

ROMAN

ROBERT LAFFONT

ISBN 2-221-08335-0

À Claude Gagnière, qui a eu l'idée d'un roman sur le certif,
À Nicole Gagnière,
pour ses lectures attentives et bienveillantes.

1.

Nommée

Nous voici maintenant, dit Ariane, dans le fameux labyrinthe que construisit Dédale avant de se fabriquer une paire d'ailes et de s'envoler de notre île comme un oiseau. Ce Dédale est un très habile artiste ; mais, de toutes les œuvres de son génie, ce labyrinthe est la plus surprenante. Nous n'aurions qu'à avancer de quelques pas, et nous pourrions errer toute notre vie sans retrouver notre chemin. Au milieu se tient le Minotaure, et c'est là, Thésée, qu'il vous faut aller le rencontrer.

Le Minotaure, conte tiré de la mythologie grecque, in *Une semaine avec...*, cours moyen et supérieur, par Marcel Berry, Librairie Hachette.

Agnès Vincent a cherché la carte du Gard sur le calendrier. Saint-André-la-Vallée, canton de Saint-Jean-de-Combas... Ce n'est pas le bout du monde, tout juste le bord des Cévennes. Une classe unique, bien sûr : elle n'a demandé que des classes uniques. Elle veut commander son vaisseau, seule maîtresse à bord, et le conduire à bon port sur les flots de l'année scolaire !

Elle rit un peu de sa naïveté, il sera toujours temps d'en pleurer. Elle a vingt-deux ans.

Son père, Pierre Vincent, a dédaigné les normaliennes de la promotion 1920, qui lui faisaient la cour à son retour triomphal de la guerre 14-18 – le beau sous-off tout juste majeur –, pour épouser une petite couturière. Ainsi, il n'a jamais pu accéder au paradis des maîtres d'école de campagne : le poste double. Il a mené sa carrière de village en village, presque toujours en classe unique, avant de devenir directeur dans un gros bourg, jusqu'à son arrestation par la Gestapo en 1943. Agnès a gardé la nostalgie de son école de hameau. La ville, plus tard, sous l'occupation, ne lui a pas laissé de trop bons souvenirs.

La voilà donc, en ce début d'été 1949, nommée pour la rentrée dans un village au pied des Cévennes. Son cœur bat fort. Enfin, un poste à elle, pour de bon : chargée d'école, quasiment directrice. D'abord, elle n'a rien dit à papa. Elle a partagé le secret avec maman au moins deux semaines. Papa est de nouveau en congé de longue maladie, suite à un séjour de presque deux ans au camp de Buchenwald, par la grâce des nazis. Il rentre d'un sana, où son état ne s'est pas du tout amélioré. Il garde la chambre des jours entiers, malgré les beaux jours, il ne se lève presque plus, il ne mange rien. Ses mains ont tant maigri qu'on lui voit les os des phalanges sous la peau. Ses pommettes et l'arête de son nez sont devenues toutes blanches. Son moral paraît encore plus atteint que son physique. Lui que sa fille a connu toujours gai et philosophe se met sens dessus dessous pour un rien. Elle ne veut pas ajouter à son inquiétude. Mais il a fini par s'étonner de son silence.

– Agnès, ta nomination ?

– Oh, je ne t'ai rien dit ? Saint-André-la-Vallée, par Saint-Jean-de-Combas, tu vois où c'est ?

Autrefois, Pierre Vincent connaissait la carte du département commune par commune. Il aimait piéger ses élèves, et aussi sa fille, avec des questions sur les régions limitrophes, surtout là où la frontière du Gard enjambe le Rhône. Il baisse les paupières. Il est étendu sur son lit, à moitié habillé. Il écarquille les yeux et scrute le plafond de sa chambre avec un sourire où se lit un mélange de détachement et de mélancolie.

– Saint-André, au bord du Gardon, à quinze ou vingt kilomètres de la Lozère... Beaucoup de bois autour... La montagne, au-dessus, culmine à sept cents mètres, mais le village ne doit pas être à plus de cent cinquante ou cent quatre-vingts mètres. C'était un poste double avant la guerre, Paul Fontanes l'a tenu avec sa femme une quinzaine d'années. C'est une classe unique depuis 1940, et chargée, je suppose, puisque l'école de Saint-Pierre-du-Mont, à côté, est fermée depuis la même époque. Diable, diable, ma fille, tu as choisi le plus difficile.

– Oui. Et j'ai choisi les Cévennes.

– Et sais-tu à qui tu vas succéder là ? Théophile Larguier, dit Canisius, dit l'Aviateur.

– Canisius, c'est un surnom ?

Il balance la tête, le regard perdu.

– Oh, je suppose. Et puis tu auras les grandes filles...

Celle-là, Agnès l'a déjà entendue plus d'une fois. La scolarité obligatoire jusqu'à quatorze ans a été décidée par Jean Zay et votée par la chambre du Front populaire en 1936. Mais l'appliquer était une autre histoire. Elle ne l'a été vraiment qu'à partir de 1945. À quatorze ans, les filles du certificat sont presque des jeunes filles. La situation met les vieux maîtres sur le qui-vive et inspire aux jeunes des sous-entendus pas toujours généreux.

Papa sourit de nouveau. Les souvenirs de ses débuts ont seuls le pouvoir de chasser, parfois, la tristesse qui écrase ses traits et éteint son regard.

– Tu as très envie d'y aller voir tout de suite ?

– Très envie.

Il se soulève sur les coudes, déglutit avec effort et adresse à sa fille, du bout des doigts, un petit signe de connivence. Elle glisse un oreiller derrière son dos. Son visage s'anime. Il l'observe d'un air presque railleur, tendre aussi, qu'elle connaît bien, mais qu'elle n'a pas vu dans ses yeux depuis un siècle.

– Ne te presse pas trop, c'est mal jugé de partir en reconnaissance aussitôt après sa nomination. Tu peux considérer que le titulaire actuel est chez lui jusqu'au début de septembre. Et ajoute une bonne semaine s'il part en retraite. Il ne faut pas aller le débusquer trop tôt !

2.

Ninon

Agnès choisit d'aller faire un tour incognito à Saint-André, un dimanche. Le jeudi est le jour des instituteurs, comme le dimanche est le jour du Seigneur. Elle a tout l'air de ce qu'elle est : une maîtresse d'école débutante. Mieux vaut, pour une visite discrète, se déguiser en promeneuse du dimanche.

Elle prend donc le train, un autorail aux couleurs délavées, jusqu'à Saint-Jean-de-Combas. À Saint-Jean, elle récupère sa bicyclette et se lance sur une petite route de montagne. Elle commence à grimper une longue côte, au milieu des châtaigniers. Elle pousse de toutes ses forces sur les pédales de son « Hirondelle » à trois vitesses, en rêvant à la nouvelle Renault 4 CV qu'elle conduira peut-être un jour, quand elle aura passé son permis et économisé un an et demi de salaire !

Le vent joue avec sa robe de vichy, tantôt la plaque et tantôt la trousse. Il la décoiffe, renverse son chapeau de paille dont le fil vient lui scier le cou. Le sang bat à ses tempes. Elle respire à pleins poumons et lave son regard dans la douceur du matin.

La route se hisse de pli en pli sur un versant inondé de soleil. Les crêtes moutonnent haut contre le ciel, fermant l'horizon. Cent cinquante mètres plus bas, au fond d'un précipice, à moitié dissimulé par l'arrondi de la pente, un étroit ruisseau miroite ici et là. Bien au-dessous de la route, dévalent des traversiers où le vent frise d'argent les feuillages des oliviers. Au-dessus, les pentes s'étagent : velours touffu des châtaigniers, puis sombre hérissement des pins, des chênes verts et des hautes bruyères. Agnès franchit un col ombreux et glisse vers la vallée, où flotte une odeur de foin coupé. Des hommes en bras de chemise, le chapeau relevé sur le front, fanent au bord de la rivière. Des enfants se roulent dans les meules. C'est un beau matin d'été, à la veille des vacances.

En approchant de Saint-André, elle quitte la départementale et pousse son vélo le long d'un chemin, tout bordé de thym odorant. Sa robe trempée lui colle au dos, la sueur ruisselle dans son cou et sur ses joues. Elle est heureuse. L'aventure commence, la vie commence.

Bientôt, elle aperçoit au-dessous du chemin les toits d'un village et prend un sentier qui pique droit sur la vallée. Elle débouche au milieu d'un hameau que désigne une pancarte à moitié effacée : Claire-Baraque. Un mas altier, perché sur un empilement de faïsses, a l'air de surveiller quatre ou cinq maisons agglutinées au bord de la route, comme un chien son troupeau endormi. Elle pose son vélo dans une touffe de genêts et s'assoit sur un muret, au bord d'une fontaine. Toute de suite, un vieux chant scolaire lui monte aux lèvres, et elle fredonne :

Dans ce lointain petit village,
Tout était mangé par les rats :
Le pain, le beurre et le fromage,
La choucroute et le cervelas.

C'est une mélodie populaire allemande, ce qui explique la choucroute. « Agnès Vincent, si jamais quelqu'un t'entend, tu es en train de te trahir ! » Un froissement dans l'herbe et les feuillages, elle sent qu'on la guette. Vite, vite, elle enchaîne sur le refrain de *Ma Cabane au Canada*, la grande scie du moment.

Je te dirai
Le nom des fleurs sauvages,
Je t'apprendrai le chant de la forêt...

Le froissement qu'elle a surpris se rapproche soudain. Une voix d'adolescente murmure derrière son épaule.

– Je la connais, mademoiselle. C'est *Ma cabane au Canada.* Le monsieur l'a permise à la récréation.

Agnès se lève et se retourne vivement. La fille se tient là, droite, souriante, presque aussi grande qu'Agnès. Elle regarde sa future maîtresse avec naturel et indulgence. Agnès sait ce qu'elle pense, car elles le pensent toutes : « Elle est petite et menue. Oh, là, là, si on la poussait, elle s'étalerait ! » (Essayez, pour voir !) Elle ne trouve pas Agnès très jolie, un peu pâle, le visage un peu long, mais pas laide non plus. « Elle a de beaux yeux, une jolie voix. On aurait pu tomber sur bien pire ! » Car c'est une élève de Saint-André, une des « grandes filles », Agnès en est aussi sûre que du nom des montagnes alentour. « Et elle sait que je suis la nouvelle. Ça c'est fort ! » La fille pince le bas de sa jupe et esquisse une espèce de révérence moqueuse.

– Je m'appelle Ninon Paulet. J'habite là, tout près. J'ai treize ans, je suis en fin d'études et je passe le certif l'an prochain !

Ninon Paulet affiche l'assurance d'une gosse de la ville. Délurée, effrontée, presque belliqueuse. Agnès a connu au lycée des jeunes personnes de ce genre, mais elle ne s'attendait pas à en trouver une en pleine campagne cévenole, et d'un âge si tendre. Ninon Paulet a deviné la surprise d'Agnès, elle lui souffle une explication.

– Ma mère est veuve.

Agnès approuve d'un signe de tête et se mord la lèvre, en se retenant de rire. Ninon ajoute une précision définitive.

– La veuve Paulet ! Les gens qui nous aiment pas l'appellent la veuve bleue, comme l'Agathe Félix, du café-hôtel à côté.

Elle scrute Agnès d'un air plein d'espoir et raconte :

– Mon papa a été tué à la guerre, en 1940, dit-elle. Enfin, il paraît... Mais ma mère ne croyait pas qu'il soit vraiment mort. Elle s'habillait de bleu, au lieu de noir. Moi, je trouve qu'elle faisait bien !

Ninon relève son chapeau sur son front, puis l'ôte d'un geste et libère sa chevelure, bouffante, entre blond et châtain clair. Les gouttes de sueur, sur sa lèvre, à ses tempes, font ressortir le grain de sa peau, d'une grande finesse. Le vent joue avec deux mèches fauves, qui se cachent dans ses cheveux, comme des aspics dans les blés mûrs. Ses yeux bleus, étirés, ont l'air trop grands dans son visage étroit un peu pointu, mais c'est son charme, son style. Elle a une petite bouche aux lèvres ourlées, encadrée de fossettes rieuses, un nez délicat, retroussé d'un millimètre, comme il faut pour exprimer une câline impertinence. Cécile Aubry dans *Manon*.

Elle esquisse une grimace boudeuse.

– Ma mère ne s'est pas remariée, parce que mon père pourrait être vivant, on ne sait jamais. Elle a eu des occasions, oh, là, là ! Moi, je ne suis pas très bonne à l'école, et Canisius, le monsieur, nous a pas fait travailler du tout cette année.

Elle tripote un pli de sa jupe. Elle est vêtue d'une robe à petits carreaux, bleu pâle, manches mi-longues et col Claudine. Sa robe des dimanches, bien sûr. Mais elle a les pieds nus, et ses gros orteils pointent par les trous de ses sandales.

Elle soupire longuement.

– On n'a pas le niveau, aucune !

Agnès la regarde dans les yeux. Elle baisse la tête.

– C'est de sa faute, aussi, à Canisius !

– Ninon, tu me racontes tout ça... Qui crois-tu que je suis ?

Ninon ouvre la bouche toute grande, pose la main sur sa figure, les doigts écartés, en mimant une extrême confusion.

– Oh, pouce, ça va, je me suis trompée ! Vous n'êtes pas la demoiselle nommée ? Si ? Je sais pas quoi dire !

Elle lorgne finement Agnès qui sourit, mais se tait.

– Le premier de la classe, c'est un garçon, Henri Daudé. Canisius le fait travailler, mais les filles ne l'aiment pas.

Elle se dandine, tord la lippe.

– Canisius, lui, n'aime pas les filles. Il voudrait qu'on soit toutes des garçons pour monter à cheval et piloter des avions !

Agnès questionne gravement :

– Votre maître monte à cheval et pilote des avions ?

Une lueur de folle innocence traverse le regard de Ninon.

– Oh, il est boiteux, vous savez, c'est un blessé de l'autre guerre, enfin, il dit. Il ne peut pas monter à cheval, même pas à bicyclette, juste un peu sur l'âne du pépé Dumas, qui est bien doux. Et comme il est très myope, il n'a jamais pu conduire un avion. Ça l'a rendu très triste, c'est pas sa faute. Moi, je suis bien contente qu'on ait une femme à sa place. On en parlait déjà l'an dernier, avec Pierrette Vialle et Angèle Roux. On disait entre nous : « C'est ça qui serait bath aux pommes ! »

– Mais comment sais-tu qu'une femme a été nommée à la place du monsieur ?

– Il nous l'a dit l'autre jour. Il rigolait. « Vous allez pouvoir faire de la dentelle et de la broderie tout votre soûl ! » Mais nous on s'en fiche de la dentelle et de la broderie. Ce qu'on a envie, c'est de chanter et d'apprendre la puériculture des bébés. J'ai dit aux autres : « Je suis sûre qu'elle chantera bien, même les chansons du poste. » Je vous avais vue en rêve et je pensais que vous viendriez nous voir un dimanche...

– Tu m'as vue en rêve, moi ?

– Oui, mademoiselle.

– Et je ressemble à ton rêve ?

Elle penche la tête sur le côté et étudie Agnès du front aux chevilles, avec une moue indécise.

– Oh, surtout la silhouette. Quand je vous ai aperçue de loin, à pousser votre bicyclette, j'ai su tout de suite que c'était vous la demoiselle nommée. Mais je vous voyais plus grande !

Son sourire est innocent et son regard joyeux. Aucun doute, l'arrivée d'une jeune maîtresse l'enchante. Agnès ne peut pas tout à fait croire à sa fable et ne peut pas non plus imaginer qu'elles se sont rencontrées par hasard. Il y a là un mystère qui l'agace et, en même temps, pique sa curiosité.

Elle regarde les pieds de Ninon, ses sandales percées qui jurent avec sa jolie robe du dimanche. Ninon bat des cils d'un air complice, se déchausse avec grâce, en sautillant d'une jambe sur l'autre, puis jette ses sandales dans l'herbe, à trois pas.

– Ma mère m'a confisqué mes souliers du dimanche. Si elle pouvait aussi me confisquer la langue, elle s'en priverait pas !

Cette confidence en appelle une autre. Mieux vaut jouer franc jeu tout de suite. Agnès reprend sa place sur le rebord de la fontaine et fait signe à Ninon de s'asseoir aussi.

– Ninon, tu as deviné juste. Je m'appelle Agnès Vincent et je suis nommée à Saint-André pour la rentrée. J'espère que nous nous entendrons bien et que tout le monde aura son certificat !

Ninon s'assoit entre les genêts, presque aux pieds d'Agnès.

– Vous me plaisez beaucoup... Oh, pouce, pardon !

Elle lance le bout des doigts vers sa bouche, puis écarte la main, le bec béant. Agnès connaît déjà ce geste de fausse confusion, dont elle use et abuse. Elle lève les yeux vers Agnès, entre le rire et les larmes.

– Je peux bien le dire. On est les seuls de la commune à être pas protestants, c'est pour ça qu'on nous en veut.

Après une brève hésitation, elle choisit de s'esclaffer.

– Moi, ça me convient bien. Je vais pas à la messe parce qu'il n'y a pas d'église et je vais pas au temple parce que je ne suis pas protestante. D'abord, je crois pas à la Vierge ni à l'enfer. Quand je serai grande, je serai communiste !

Elle a prononcé la dernière phrase en fixant la future maîtresse d'un regard farouche, les poings serrés.

– Vous êtes pas communiste, mademoiselle ?

Agnès essaie de prendre une expression neutre, ou de léger reproche, en veillant à ne pas bouger la tête, dans un sens ou un autre. Ninon soupire très fort, se lève et se promène autour de la fontaine. Agnès se prend le menton dans la main et suit des yeux le manège de la gamine, avec un doux sourire.

– Non, je ne m'occupe pas de politique, Ninon.

Ninon respire l'air de la montagne, puis se met à chanter à tue-tête, mais plutôt juste :

Ce que j'ai fait?
Dieu seul le sait.
Je n'étais pas si mauvais
Que le bourreau qui va me pendre.

Agnès l'écoute un instant et la rattrape au refrain :

Où es-tu camarade, où es-tu?
En prison et le ciel par-dessus!

Agnès a chanté *La Complainte du corsaire* avec Ninon. Cet essai de voix lui a mis le feu à la gorge, et la douceur du matin lui brûle les veines. Au retour, elle profite de la solitude des grands chemins pour fredonner *Le bonheur ne passe qu'une fois, La Marie, Du soleil dans les yeux, Les Trois Cloches, Tu te souviendras de moi...*

Et non contente de fredonner, elle crie à pleine poitrine :

T'en fais pas, la Marie, t'es jolie...
Y a du soleil dans tes yeux bleus...
T'en fais pas, la Marie, j'reviendrai
Nous aurons du bonheur plein la vie...

Et elle pense, jubilant en secret : « Nous serons bientôt au milieu du siècle, nous avons gagné la guerre – enfin, un peu – et le monde a changé. Aujourd'hui, une institutrice peut chanter les chansons de la radio sans déchoir et sans avoir l'air de trahir l'école et la République ! » Mais elle craint quand même de se donner en spectacle, dans ce pays austère, où on ne chante que les psaumes, et encore. Elle se tait quand elle croise quelqu'un sur la route, ou quand elle aperçoit dans les prés un mécréant occupé à ses foins le jour du Seigneur.

En arrivant à la gare, elle voit son reflet trotter dans une vitrine. Quelle est cette bohémienne, suante et échevelée? Elle sort sa glace de poche. Oui, c'est elle, les joues rouges, les lèvres gonflées, une flamme fiévreuse dans les yeux.

3.

Souvenirs du printemps 1945

Un jour, au début des vacances de Pâques, Françoise Bassac est venue rendre visite à son amie Agnès Vincent. Pour les deux normaliennes, dont les études ont été un peu retardées par la guerre, c'est l'année du premier bac : elles ont empoché leur demi-peau d'âne.

Françoise est vêtue d'une courte robe blanche, semée de bleuets et de coquelicots, son indéfrisable en gerbe blonde lui fait une tête de star américaine. Les employés du chemin de fer se sont disputé l'honneur de charger son barda sur la carriole de la jument Pernette, conduite par le grand-père Vincent.

À la maison, Malvina Vincent toise sa fille d'un air chagrin.

– Prends exemple sur ton amie, Agnès. C'est pas parce que ton père est prisonnier que tu dois t'habiller en souillon. À moi qui suis couturière, tu me fais honte !

Agnès baisse les yeux. Elle éclaterait de rire, si ce n'était l'absence de papa. Pierre Vincent n'est pas *prisonnier* : c'est un déporté de la Résistance. Il y en a des milliers, on est sans nouvelles d'eux depuis des mois et des mois. Françoise rougit un peu, tapote ses cheveux, tire sur sa jupe.

– Oh, madame, Agnès a dix-huit ans, vous ne voudriez pas qu'elle mette des bas Nylon et des talons hauts !

Malvina cligne plusieurs fois les yeux, examine l'amie de sa fille, hoche la tête, soupire.

– Vous avez dix-huit ans aussi, n'est-ce pas ? J'ai du plaisir à voir une jeune fille bien habillée, par ces temps. Et je vous trouve aussi bien jolie pour une future institutrice, mademoiselle. Vous êtes fille d'un charcutier, n'est-ce pas ?

Françoise esquisse une révérence.

– Pour vous servir, madame. Jambon ? Saucisse ? Pâté de tête ?

Malvina secoue le grand châle gris souris, qui la drape des épaules aux genoux. On dirait une poule s'essayant à voler après une longue couvaison.

– Qu'est-ce que vous me conseillez pour accompagner un vin blanc de pays ?

Elle fredonne quelques notes du dernier succès de Lina Margy :

Ah ! le petit vin blanc. Voici le printemps
La douceur du temps nous fait des avances...

Et Françoise enchaîne :

... des filles bien faites
Les frites sont prêtes
Et y a du vin blanc !

Maman se reprend vite, ferme les yeux une seconde et fredonne la chanson mélancolique d'Annette Lajon, *Pour fêter ton retour*.

... l'heure où tu franchiras la porte,
En m'ouvrant tout grands tes bras !

Aussi loin qu'elle se souvienne, Agnès a toujours entendu sa mère chanter en cousant, taillant, piquant. Complaintes, romances, rondes et ballades, tous les airs d'autrefois ont accompagné ses jeunes années. Petit à petit, maman s'est laissé prendre par les succès du phonographe et de la TSF. Elle a un peu changé son répertoire après l'arrestation de papa, mais elle ne s'est jamais résignée au silence. C'est l'époque de *Giroflé, Girofla, Seule ce soir. Que reste-t-il de nos amours? Les yeux du ciel, Pour fêter ton retour*...

Ces refrains, Agnès les connaît tous ou presque sans en avoir appris aucun. Ils lui viennent aux lèvres malgré elle, et elle doit les chasser de sa tête, parce qu'il n'est pas trop convenable, pour une future maîtresse d'école, de chanter autre chose que des couplets scolaires ou des airs classiques.

Pauvre maman ! Elle n'a jamais été une grande personne dans sa vie. Elle est passée du joug de la grand-mère paysanne qui l'a élevée, à la domination courtoise mais inflexible de sa belle-mère. Elle n'a trouvé sa liberté que dans le rêve bon marché des romances à la mode.

Elle se tient maintenant appuyée à la balustrade de la terrasse, le regard vague, et mordille son poing ganté. Elle a été, trente-cinq ans plus tôt, une de ces petites filles un peu noiraudes, maigres comme des sauterelles, qui courent les collines à la poursuite des chèvres. À quarante-cinq ans, elle est toujours mince et jolie, avec quelque chose d'enfantin dans le regard et les traits, malgré l'âge et l'usure.

Tout à coup, un sourire danse sur ses lèvres, elle creuse les joues comme pour l'avaler, puis renonce, son visage s'égaie de dix plis espiègles, elle guigne Françoise.

– Je suppose que vous avez hâte de trouver un mari, mademoiselle ?

Au tour d'Agnès de piquer son fard. Elle sait bien que Françoise Bassac a déjà eu un amant et elle serait affreusement gênée si sa mère venait à le deviner. Mais Françoise se retient de pouffer.

– Oh, oui, madame, vous pensez bien. Je compte me marier dès que je serai titulaire.

– Comme vous avez raison, on ne se marie jamais trop tôt !

Impossible de savoir si maman se moque ou si elle est sincère. Quant à Françoise Bassac, tout le monde sait qu'elle prend son mal en patience. On cite même le prénom d'un bel Espagnol qui l'aide à ne point trop se languir...

Pour détourner la conversation, la visiteuse se lance dans un commentaire volubile des derniers événements.

– Qu'est-ce que vous pensez de tout ça, hein ?

Elle n'attend pas la réponse de maman, encore moins celle d'Agnès. Elle approuve les nationalisations (« Y aura plus de patrons, bon débarras ! »), la campagne des municipales, où les femmes vont voter pour la première fois (« Ils vont déguster, les bonshommes ! »), l'arrivée des liberty-ships américains chargés de ravitaillement (« On va s'en mettre plein la lampe, mais c'est un peu dommage pour le commerce... »).

Elle conclut : « Alors, voilà. » Et maman répète, l'air entendu : « Alors, voilà. » Agnès songe : comme elles se ressemblent, ma mère et mon amie ! Elles ont le même goût de charmer, d'entraîner et de colporter les nouvelles. Elles se laissent prendre facilement aux bobards et aux protestations d'honnêteté des menteurs et des filous. Elles joignent toutes les deux l'ingénuité et la rouerie... « Oh, Françoise, tu pourrais être la fille de maman, ma grande et ma petite sœur à la fois ! »

Agnès conduit Françoise dans sa chambre, qu'elles partageront pour une nuit ou deux. Françoise prend Agnès par les épaules et la tire vers la glace de l'armoire. Elle se campe sur une hanche, puis sur l'autre, sans lâcher Agnès. Elle secoue ses cheveux de droite à gauche, et la fourrure de feu vient caresser à chaque mouvement le visage d'Agnès.

Elle bâille, esquisse une savante grimace qui étire ses traits, se lèche les lèvres pour étaler son rouge, hausse et abaisse ses paupières fardées, lisse ses cils du bout des doigts et soupire.

– Pas mal, quand même, sauf que je suis maquillée comme un cochon, ce matin... Dis, comment tu me trouves ?

Elles se tiennent toujours épaule contre épaule. Agnès scrute le visage de son amie. Elle admire sans arrière-pensée. Elle ne sent pas dans son cœur la moindre jalousie. Elles sont si différentes, chacune a son monde, son avenir, ses espérances. Agnès trouve Françoise très jolie. Ses visites à la maison sont une fête dans la grisaille des jours.

Sans elle, la vie ne vaudrait pas d'être vécue. Mais Agnès n'a pas envie de lui ressembler. Elle sourit au miroir.

– Je dirai que tu es maquillée comme une fée.

Françoise serre Agnès par la taille.

– Tu es trop bonne, mais tu dis n'importe quoi. Les fées ne se maquillent pas. Elle sont nature. La fée du logis, c'est toi, ma mignonne. Moi, je suis plutôt du genre...

Elle glousse, retient en même temps le mot et son rire. Elle a toujours eu le culot de se moquer d'elle-même. Elle a cette santé, cette élégance, et elle s'aime assez pour pouvoir aimer les autres. Les regards des deux amies se croisent, se joignent dans la glace. Françoise se détache lentement d'Agnès, comme à regret.

Maintenant, Agnès commente les dessins de Jean Effel, qu'elle collectionne depuis la Libération.

– Celui-ci... et celui-là !

Le dessin du premier de l'an l'amuse beaucoup. Mussolini présente ses vœux à Hitler, on voit Goering à l'arrière-plan. Tous ont la mine sombre. On l'aurait à moins. Mussolini, les bras tendus, dit au Führer : « Je vous souhaite une année... »

– Une année, ha, ha, ha, ha !

Françoise brandit le morceau de journal.

– Ha, ha, ha ! C'est bon, ça ! Il lui souhaite une année, hein ? Une année de plus !

Agnès et Françoise s'enlacent en riant et s'embrassent trois fois sur les joues.

– Une année, dit Agnès. Il a déjà eu trois mois, à mon avis il n'aura pas beaucoup plus. Même six mois, ça sera juste.

– Sauf s'il réussit à se carapater je sais pas où. Il en est bien capable, le bougre. Au fond des mers, comme le capitaine Nemo...

– Oh, Françoise, tu ne vas pas comparer. Le capitaine Nemo était quelqu'un de bien !

– Oui, oui, tu as raison. C'est à cause du sous-marin. Hitler pourrait se réfugier au Japon, mais les Japs n'en ont pas pour longtemps, non plus. Tu sais, mon père a encore deux ou trois bouteilles de champagne dans un coin de la cave. On les boira pour la victoire... enfin, quand le tien sera rentré.

Elles se promènent maintenant dans la campagne fleurie. Françoise, à son habitude, fait le gros de la conversation.

– Tous les commerces, les usines, les grandes propriétés seront bientôt à l'État, et ça sera très bien comme ça. Tout le monde sera fonctionnaire ou presque.

Agnès éclate de rire.

– Mais tu deviens communiste, ma chipie !

Elle se mord la lèvre. Mon Dieu, c'est vrai, l'Espagnol... un compagnon de Cristino Garcia, un rouge. Voilà pourquoi Françoise a tourné sa veste !

Gênée, la petite charcutière grogne et hausse les épaules.

– Mais il n'y a pas de politique là-dedans. Les gens pensent comme moi, ce n'est que la justice sociale. Ça ne se fera pas en un jour, mais ça viendra. Moi, je m'en fiche, je serai fonctionnaire, de toute façon. Seulement je suis pas égoïste, je trouve bien que tout le monde ait un salaire assuré par le gouvernement, et la retraite, l'hôpital, le logement, etc. !

Agnès obverve les fleurs mêlées d'un cerisier et d'un pommier, le blanc enfoncé dans la rose.

– Moi, j'aimerais bien voter.

Françoise la lorgne du coin de l'œil.

– Tu as dit *voter* ? Hum, j'ai suivi ton regard. Je suis sûre que tu as pensé un autre mot !

Agnès pique son fard.

– Quel mot ?

Françoise fait mine de compter sur ses doigts.

– Oh ! là, là ! tu as le choix. Je vois au moins une demi-douzaine de mots en « ter » qui t'iraient mieux que voter. À toi de trouver !

Elle passe son bras sous celui d'Agnès.

– Pardon, ma douce enfant. Je pense que c'est très bien, le vote des femmes. Et on va avoir beaucoup d'autres droits. Si tu savais tout ce qui se prépare !

– Je ne suis guère les événements, ces temps-ci. On n'entend que la musique militaire, au poste...

– Oui, on va avoir de nouveaux droits, dans la nouvelle constitution, bientôt, et puis dans la Charte des Nations unies qui va être signée par tous les pays.

– Ah, les Nations unies... On raconte qu'elles vont nous donner cent ans de paix. Je voudrais tant que ce soit vrai.

– Et on va voyager, dit Françoise. Tout le monde pourra visiter les autres pays aux frais des Nations Unies. Ça sera même un devoir ! C'est le meilleur moyen qu'ils ont trouvé d'empêcher une nouvelle guerre. Les gens de tous les pays, surtout les jeunes, pourront se rencontrer et se connaître, ils auront des liens d'amitié, ils se marieront, pourquoi pas ? Je pense que les gouvernements vont aider les couples de nationalités différentes. Tiens, je suppose que si j'épousais un Américain, j'aurais une prime. Ils vont avoir beaucoup d'argent après la victoire. Tu imagines ce qu'on gaspille tous les jours, rien qu'en obus et en bombes !

Agnès sourit, les yeux au ciel. Françoise virevolte, bat des mains.

– Et ce n'est pas tout. Les femmes pourront divorcer comme elles voudront. Une simple lettre de demande suffira !

Agnès médite la nouvelle. Elle n'a rien lu ni entendu au sujet de cette loi sur le divorce, mais enfin elle ne suit guère les informations, à part le communiqué de la guerre. D'un autre côté, elle se souvient que Françoise a toujours eu tendance à prendre ses désirs pour des réalités. Mieux vaut attendre pour voir. Et son histoire de voyages payés par les Nations unies, n'est-ce pas aussi trop beau pour être vrai ? Elle pose la question, en essayant d'avoir l'air plus qu'à moitié dupe et éblouie.

– Tous ces voyages, ça va coûter cher.

Françoise balaie l'objection d'un grand geste au-dessus de la plaine.

– Les boches paieront. Et puis les Anglais et les Américains ont énormément de sous... de l'or, des fafiots, des dollars, des livres *sterlin*... Et l'essence qu'on brûle pour la guerre, il faudra bien en faire quelque chose ? Alors, on voyagera. Les syndicats organiseront les voyages et tout. Je vais m'inscrire dès que possible. Je demanderai l'Angleterre et le Canada, pour commencer. Après, on sera obligés d'aller en Allemagne pour se réconcilier, enfin ça presse pas. On est jeunes, on pourra en profiter à fond. Je te vois bien partir pour les pays lointains : l'Argentine, Java, Zanzibar !

Agnès regarde l'horizon qui se brouille et noircit vers le

sud, du côté de la mer. Elle attend, un doute au cœur, cet avenir radieux sur lequel Françoise est capable de broder sans fin. Au fond, elle s'en fiche, elle n'a pas très envie d'aller en Argentine ni à Zanzibar. Mais elle aime tant sa Françoise, elle aime l'entendre délirer joyeusement et demander la lune sans fausse honte. Sa Françoise qui sait toujours se procurer le superflu de la vie, et en même temps jeter à pleins seaux les rêves si nécessaires !

Elle niche la tête entre le cou et l'épaule de son amie, respire le parfum entêtant de ses cheveux, se frotte les joues à leur soie.

– Françoise, ma chérie, je suis si heureuse que tu sois là !

– Agnès, ma douce enfant, je voudrais que tu sois toujours heureuse. Toujours, toujours. Avec ou sans moi... Tu sais, nous allons vivre une époque magnifique, nous aurons une bonne vie, nous nous verrons souvent. Et nos enfants s'aimeront bien !

Les yeux chatouillés par la chevelure soyeuse de Françoise, Agnès bat des paupières très fort. Ce tic nerveux lui vient parfois, dans les moments d'émotion, de joie, d'émerveillement.

Elle recule d'un pas, prend la main de son amie dans les siennes.

– Moi, je voudrais surtout réussir dans mon métier. Je rêve de mon école... ma petite école au toit rouge... pour moi toute seule. Je me vois entourée d'enfants, joyeux et graves à la fois. Les grandes filles sont près de moi, nous parlons de la vie et des livres. J'aimerais tant leur donner le goût de la lecture. C'est ça, le bonheur, avec les grands voyages, oui, d'accord. Pour le reste, on verra !

4.

La vie est belle

Agnès Vincent à Françoise Bassac. Juillet 1949.

Ma chère Françoise,

Eh bien, ça y est, j'ai mon école, ma « petite école au toit rouge » ! Ou du moins, je l'aurai à la rentrée prochaine. Bien sûr, je la partagerai avec une quarantaine d'élèves !

Je n'ai pas encore vu le toit, mais il a de bonnes chances de tirer sur le rouge, comme beaucoup de toitures des basses Cévennes. Je suis nommée dans l'arrondissement d'Alès, canton de Saint-Jean-de-Combas, à quelques kilomètres de la Lozère.

Comme je l'ai dit – et tu en as souvent ri –, je suis de celles qui préfèrent commander une felouque que d'être quartier-maître sur un trois-mâts ! Après deux années dans des classes de ville pour faire rentrer le métier, cours préparatoire, cours élémentaire, etc., me voilà « chargée d'école ». Directrice, ma vieille ! Mon rêve, c'est de pouvoir m'organiser à ma guise, mon code Soleil [1] d'une main et de l'autre... ma foi, l'autre main sera très encombrée, je le sais. N'importe, pas de directeur ou de directrice sur le dos, ça me semblait le paradis, il y a quelques semaines encore. L'inspecteur primaire est loin, on le voit au mieux deux ou trois fois par an : inspection (si on en a une), réunion pédagogique et, bien sûr, certificat

1. Livre des instituteurs, manuel des règlements et des instructions, en vogue jusqu'à la fin des années 70.

d'études. L'inspecteur d'académie, le « Daca », comme disent les anciens, vit quelque part entre les îles Aléoutiennes et le cap de Bonne-Espérance, on s'en fiche.

L'affaire, pourtant, ne s'annonce pas aussi idyllique que prévu. Renseignements pris sur place, ainsi qu'à droite et à gauche, un peu par l'intermédiaire de papa, l'héritage de mon prédécesseur, Théophile X, dit Canisius, serait plutôt lourd à assumer. Ce digne maître vient de partir à la retraite.

Je prends la suite d'un original qui n'aime pas les filles du modèle courant : il aurait voulu en faire des amazones ou des aviatrices. Et au lieu de garder ses manies pour sa vie privée, il les a laissées envahir sa classe. Je te donne un exemple. Il a choisi comme livre de lecture pour le cours moyen et le cours de fin d'études le « roman scolaire » de Pérochon, *À l'ombre des ailes*. Je ne sais pas si tu connais ce bouquin, peut-être pas car tu n'as jamais eu les grands, et puis ce livre n'a pas été un succès : ceux qui l'ont essayé avant la guerre l'ont vite abandonné, du moins chez nous. Certes, M. Pérochon a écrit de beaux livres, comme *Nêne*, *La Parcelle 32*, *Les Creux-de-maison*, etc. Mais ses romans scolaires sont bien médiocres, avec des pages et des pages de remplissage à la gomme. Je dois reconnaître que certaines descriptions de la nature sont belles, mais les descriptions embêtent les élèves, tu le sais aussi bien que moi.

On s'est extasié sur ce livre. Oh, madame, un livre sur l'aviation et les aviateurs, comme c'est *moderne* ! Certes, ce n'est pas un mal d'exalter le progrès, à travers l'aviation et la radio, par exemple. Mais je crois que le but de l'école est d'abord de donner aux enfants le goût de la lecture en leur faisant découvrir les bons auteurs. Les illustrations du Pérochon, en outre, sont mauvaises, et il en est même d'odieuses, comme celle montrant des nègres aux trois quarts nus, l'air bestial, qui sautent et gesticulent au passage de l'avion dans le ciel d'Afrique. Savent-ils seulement quelle merveille de la science est l'avion des seigneurs blancs !

Cette histoire insipide pouvait sans doute intéresser les gamins avant la guerre, au moins les garçons, et jusqu'à douze ans, l'âge moyen du certificat. Mais les temps ont changé, les enfants aussi, surtout les filles, et le certificat se passe à quatorze ans. Le livre n'a rien pour plaire aux grandes filles. Il faut dire, d'ailleurs, que la plupart des livres de lecture scolaires semblent faits surtout pour les garçons, comme si les filles ne comptaient guère. Je sais bien que les filles ne s'intéressent pas forcément qu'à des histoires de filles ou de femmes. Tout de même, suivant les auteurs, les textes sur des sujets féminins, ou adaptés à la sensibilité des filles représentent au mieux un quart du total, au pire un dixième ! Mais aujourd'hui les femmes votent et font tous les métiers. Les auteurs de manuels scolaires pourraient peut-être y penser !

Tu vois, ce n'est pas la gloire, je commence à déchanter. Tant pis pour moi, je l'ai voulue, ma classe unique : *je l'ai.*

Le bon côté de la chose, c'est l'intérêt que papa prend à mes inquiétudes et embarras. C'est peu de dire qu'il va mieux : il a l'air de retrouver le goût de l'école, donc de la vie. J'aimerais tant qu'il puisse reprendre la classe au moins un an ou deux, avant sa retraite ; et le mauvais côté du bon côté, c'est qu'il m'étourdit de conseils. N'en jette plus, papa, la cour de récréation est pleine ! Au fond, tu as de la chance, Françoise, de n'être pas fille d'instituteur !

Que vais-je faire de mes vacances ? Figure-toi que je n'en sais rien. Je n'y ai pas pensé. Jusqu'ici, je ne me suis préoccupée que de la rentrée ! Je ferai peut-être un ou deux voyages *géographiques*, comme disait notre directrice. Je les choisirai non pas dans un guide touristique, mais dans un livre de géographie de fin d'études... et en fonction de mes économies.

J'ai l'intention de consacrer un bon mois, peut-être plus, à ma préparation de classe et surtout à l'étude des programmes du cours supérieur et du certificat que je connais mal. Je tâcherai d'y associer papa, quoi qu'il m'en coûte, pour canaliser ses ardeurs tutélaires et lui donner envie de se remettre au boulot. Mais oui, l'été sera trop court !

Ma belle, j'attends ta prochaine lettre de pied ferme. Quand vas-tu m'annoncer tes fiançailles ? Et quand se voit-on ?

Je t'embrasse sur les deux joues, trois fois (deux fois trois six).

Ta vieille Agnès qui n'oubliera jamais le saucisson et le beurre des mauvais jours.

Françoise Bassac à Agnès Vincent. Juillet 1949.

Agnès Vincent, ma douce enfant,

Je ne voulais pas te parler de ma nomination, j'avais peur que, de jalousie, tu ne te roules dans les rochers des Cévennes. Pour moi, j'ai donc un cours préparatoire à Aigues-Mortes ! Cinq kilomètres de la plage, guère plus d'un quart d'heure à bicyclette, en attendant ma 4 CV Renault (je la veux crème). Le poste parfait, le poste absolu ! Je pourrai me baigner de mars à novembre ! Quel ministre a dit il y a deux ou trois ans : retroussons nos manches et ça ira mieux ? Ma devise, tu la connais : retroussons nos jupons pour enfiler un maillot de bain, c'est la seule façon de supporter la vie dans ce sacré Midi. Ah, j'oubliais que tu nages comme un saucisson (merci pour la gentille pensée).

Tu te demandes comment j'ai pu être nommée dans la région la plus convoitée du Gard, moi, simple fille de charcutier ? Le pire défaut de notre département, c'est qu'il ne touche la mer que sur à peine dix kilomètres. Nous avons gagné la guerre, la France est redevenue une des première puissances du monde par l'étendue de ses plages, mais crois-tu que ces salauds de l'Hérault et des Bouches-du-Rhône nous en auraient cédé un morceau ? N'y compte pas.

Je vais te dire : j'aime bien mon métier, mais je n'en suis pas folle-fada. Pour le faire bien, j'ai besoin d'être heureuse, d'avoir chaud au cœur et ailleurs, de boire du petit-lait de temps en temps : la mer, un amoureux ou deux, une 4 CV pour aller me baigner et monter te voir dans tes montagnes parpaillotes ! Et avec ça, je serai si bonne en classe que l'inspecteur m'embrassera dans le cou et me donnera une promotion au choix. Je ne parle pas des parents, surtout les pères !

Oui, tu me casses un peu la dévotion avec tes histoires de

livres de lecture et de certificat. Mais tu es comme ça, je t'aime depuis la nuit des temps et je ne vais pas te lâcher maintenant. Veux-tu quelques bons conseils de ton aînée (de trois mois) ? On n'est plus en 1930. La TSF est devenue la radio (on dit que la BBC a gagné la guerre). Elle est partout, même, j'en suis sûre, au fin fond des Cévennes, je veux dire tout en haut. Les gosses l'écoutent. Ils l'écoutent mieux que leur maître ou leur maîtresse et ils apprennent par le poste bien plus qu'à l'école. Tout ce qui compte pour mener sa vie : l'argent, l'amour, la mécanique, les syndicats, etc., la radio le crache à longueur de jour et ça ne tombe pas dans des oreilles de sourds. Sur toutes ces choses, plus importantes que la règle de trois et les participes passés des verbes pronominaux, je suis sûre que les grands élèves de ta classe unique n'auraient pas de peine à t'en remontrer. Les « bons auteurs », de nos jours, tout le monde s'en fout. Et, que veux-tu, ma petite Agnès, les gens ont raison : la bonne vie n'est pas dans les bons auteurs. Ni dans les mauvais, non plus. La vie est dans la vie, voilà le secret.

Tâche d'être en bons termes avec les grands garçons : Ils te montreront le gicleur de ta première auto, quand tu l'auras, et t'aideront à nettoyer les bougies. Ne sois pas jalouse des grandes filles, si de beaux permissionnaires viennent les attendre le soir à la sortie (ou si tu les vois se faire bécoter derrière les haies par des sportifs ou des commis de garage). Donne-leur des dictées et des problèmes, puisqu'il le faut, sans te mettre martel en tête pour le résultat. Le certificat compte encore à la campagne, mais de moins en moins, et de toute façon les épreuves sont chaque année plus faciles. Les inspecteurs ont baissé les bras : ils savent bien que la radio est en train de prendre la place de l'école. Les Cévennes sont (ou étaient) un pays de brebis : profite de l'occasion pour laisser pisser le mérinos. Et si les gens sont assez arriérés pour être pendus aux résultats du certif, tant pis pour eux. De toute façon, ils ne peuvent pas te reprocher les échecs à la fin de ta première année. D'ici deux ans, tu verras bien.

Allez, sèche tes beaux yeux et souris. La vie est belle.

Fiançailles, pas encore, rien ne presse. Je te dirai que la question du mariage n'est pas sans me chiffonner, pour parler galamment. C'est sans doute un mal nécessaire. La plupart d'entre nous rêvent d'un collègue, avec un poste double à la clé. Qu'il soit en outre gentil et beau, qu'il ne vive pas au ras du code Soleil, etc. Moi, le poste double ne m'inspire pas plus que la classe unique. Je ne voudrais pas non plus d'un charcutier comme papa, mais si on doit avoir bientôt une nouvelle guerre, ce ne serait pas un si mauvais choix.

Un homme d'affaires ? Un ingénieur ? J'y pense en me pomponnant et en choisissant mes robes (Uniprix). Je ne te cache pas que je préfère à la 4 CV Renault la nouvelle Talbot Lago 1947 (je la veux rouge), mais c'est sans doute viser au-dessus des moyens d'un mari d'institutrice ! Je te tiens au courant.

Je suppose que tu ne manqueras pas de saucisson, dans ta campagne cévenole. Les restrictions sont pour ainsi dire finies : c'est même un miracle qu'elles aient duré jusqu'à maintenant ! Enfin, si je peux t'aider, pour la nourriture ou la nouriture spirituelle, ou n'importe quoi d'autre, compte sur moi.

Je t'embrasse sur le front, le nez, le menton, les oreilles, les joues, huit fois (huit fois sept cinquante-six, c'est la plus dure !).

Ta Françoise au saucisson.

P.-S. Encore un conseil, pour la bonne bouche. Fais faire à tes mômes beaucoup de problèmes d'argent et de terrains : les parents seront enchantés et ils passeront sur tout le reste (s'il y a un reste).

5.

Devinette

« Ces cris, ces plumes qui volent... Mon Dieu, je suis attaquée par un vol de tourterelles féroces ! » Agnès tente de se protéger avec un livre ouvert et de riposter avec un porte-plume. Les tourterelles se changent en grandes filles, puis en savonnettes, elle coule dans la mousse et se réveille !

Elle presse la poire qui pend derrière son lit. L'ampoule clignote, on dirait qu'elle tousse, et finit par s'éclairer. Une heure du matin. Agnès a dû sommeiller une petite demi-heure depuis minuit. Elle aura des poches sous les yeux ce matin, les élèves croiront qu'elle a fait la java toute la nuit. Elle craint plus que tout ce tic d'émotion qui lui fait battre les cils un moment, très vite, et pour se retenir, il lui faut se mordre le pouce jusqu'au sang !

Elle avait décidé de se coucher tôt la veille de la rentrée, parce qu'elle se sentait à bout de nerfs, et naïvement elle espérait dormir. Elle est fin prête depuis le milieu de septembre. Non seulement prête pour le premier jour et la première semaine. Tout le mois d'octobre est en place, et le premier semestre de répartition fort avancé. Pour la classe de fin d'études, elle a organisé l'année entière en calcul, en grammaire, en histoire et géographie. Reste la lecture. Elle ne veut pas garder le Pérochon, mais elle ne peut pas changer de livre sans connaître les élèves ni consulter le maire – ou plutôt sa femme, qui gouverne la commune. Non, soyons honnête : elle a reporté sa décision par manque de courage. Elle se donne une semaine... une semaine ou deux. Elle sait qu'elle a tort. Commencer l'année avec un nouveau livre produirait un choc salutaire : la partie serait à moitié gagnée. Mais elle a peur.

Et puis la morale... Paul Fontanes l'a prévenue. Elle est allée lui rendre visite, quelques jours avant la rentrée, à l'école de Saint-Jean, qu'il dirige. Il a enseigné une quinzaine d'années à Saint-André et il est le secrétaire du syndicat dans le canton. De plus, il connaît papa. Il l'a reçue assez longuement.

Tout près de la retraite, il a l'air désenchanté et amer.

– D'après ce que j'ai entendu dire, votre prédécesseur vous laisse une classe un peu faible. Vous aurez peut-être des échecs au certificat, personne ne pourra vous en vouloir pour ça. Mais il y a un point sur lequel je voudrais vous conseiller une très grande prudence : en morale, vous devrez marcher sur des œufs, comme on dit.

Il a ri tristement, les épaules secouées.

– Je ne sais pas ce qui se passe au juste. Je me rends compte par le syndicat que c'est un phénomène général, qui touche à peu près toute la France. Sans doute une conséquence de la guerre, de l'occupation, et de toutes les turpitudes et les horreurs que nous avons connues. Il devient très difficile, partout, d'enseigner la morale. Les parents sont chatouilleux, soit qu'ils n'aient pas la conscience tranquille, à cause du marché noir et des dénonciations. Soit qu'ils estiment avoir fait plus que leur devoir, et c'est le cas en Cévennes – terre de refuge qui n'a pas failli à sa tradition. Ça n'est pas mieux du côté des enfants. Les plus grands ont été témoins de bien des événements. Ils savent maintenant que les adultes n'appliquent pas toujours les règles qu'ils ont eux-mêmes établies, ou font même le contraire. Et puis il y a la radio, certains journaux. L'autre jour, je feuilletais de vieux numéros de la revue *Elle*. J'étais outré. Quelle frivolité dans les mœurs actuelles ! On ne parle que de vacances à la plage, de soirées mondaines, de vie facile, de voyages et de grosses voitures. On ne voit que des jeunes femmes aux trois quarts nues, des réclames de crèmes ou de lingerie ! Ou des histoires de vedettes parisiennes ! Plus rien ne compte que le plaisir et l'argent ! Étonnez-vous que nos élèves ricanent quand nous essayons de leur parler de morale ! Vous me direz que c'était la même chose avant-guerre ou presque ? En ville, peut-être. Mais il n'y avait quasiment pas de postes de TSF, dans nos campagnes, et les journaux comme *Elle*, s'il en existait, n'arrivaient pas jusque chez nous. On a donc fait la guerre pour ça ? Eh bien, les enfants le croient. Ils s'imaginent que la victoire donne tous les droits et ils ne veulent plus entendre parler de devoirs. Ce sont les façons américaines. Nous n'y pouvons rien, ma pauvre. Je vous assure franchement que je suis heureux de prendre ma retraite bientôt !

Cette mise en garde a fauché le cœur d'Agnès. Elle a noté sur son cahier : Morale et instruction civique – réflexions à propos de l'actualité. Et puis on verra bien ! « Ah, tu voulais commander ton navire, Agnès Vincent ? Te voilà capitaine. Et maintenant, danse ! »

Elle rêve qu'elle marche entre deux gendarmes. L'un d'eux s'excuse. « On ne vous a pas mis les menottes, vu que vous aviez pas l'air très dangereuse. Vous pesez combien ? » L'autre gendarme rigole. « Quarante kilos toute mouillée, hein ? »

Survient le chef, un personnage rubicond, mais imposant sous son bicorne à l'ancienne. Il se campe devant Agnès, les mains aux hanches. « Je n'aurais jamais cru ça de vous, mademoiselle Vincent. Supprimer les leçons de morale dans votre classe, vous risquez gros. Et vous avez vu le résultat ? Ces vols dans les poulaillers ? Ces incendies ? Ces animaux saignés ? Ces deux grand-mères assassinées ? L'inspecteur d'académie vient de se tirer une balle dans la tête. Vous ne couperez pas à dix ans de prison ! »

Elle fait chauffer une casserole d'eau sur son réchaud à alcool pour se laver de la sueur de la nuit. Dans quelques jours, elle aura une cuisinière à gaz butane et un seau à douche. Pour le moment, son ménage est un peu spartiate.

Elle se plante devant la glace et étudie son minois en essayant de se voir avec les yeux des enfants qui vont arriver d'ici une heure. Une jeune maîtresse sage, mais le regard trop brillant. Le visage d'un ovale un peu long, encore agrandi par la coiffure en arrière – les cheveux noués sur la nuque – qui dégage le front. Les paupières battantes, les pupilles dilatées révèlent l'anxiété ; les paupières rougies, les lèvres gonflées trahissent l'insomnie. Les enfants connaissent tous ces signes, ô combien !

Une veine gonflée sur la tempe, une mèche qui tombe... « Bah, laissons-la, elle me donne un petit air espiègle qui me va bien ! » Ses yeux sont gris très clair, ses cheveux châtains tirant sur le brun, son nez droit, un peu fort, sa bouche petite, et une moue triste la rétrécit presque de moitié. Quand elle bat des cils, sa peau tressaille des joues au menton. Grande nerveuse, va ! « Agnès Vincent, tu as ton CAP, tu es titulaire... » Elle rapproche sa glace et articule en silence : ti-tu-lai-re. « Tu es titulaire, ma belle, tu as une position dans l'existence ! » Son expression hésite toujours entre l'ironie et la colère, la tristesse et l'emportement. Elle a appris toute jeune à se moquer d'elle-même : rien ne l'a mieux aidée à vivre. Mais, ce matin, elle est subjuguée par le désir de retrouver la petite fille qu'elle n'a jamais cessé d'être au fond du cœur. Elle résiste et se répète : « Tu n'es plus une enfant, tu es titulaire. Ti-tu-lai-re. Tu ne crains plus rien, ni les rhumes ni les inspecteurs, ni la vie, ni la mort. Tu peux dormir sur tes deux oreilles ! »

Elle a très envie de faire pipi, elle range son miroir et se précipite dans la cour, où se nichent quatre cabinets, deux chez les filles, deux chez les garçons : un à porte haute et un à porte coupée, de chaque côté. Le cantonnier est venu les nettoyer hier. On est en Cévennes, ici, on ne badine pas avec la propreté. Canisius utilisait, bien sûr, l'édicule à porte haute dans la cour des garçons. Agnès a demandé au cantonnier de lui réserver le cabinet à porte haute des filles. Il a marqué à la craie, au-dessus de la petite lucarne en losange : *maitrèse.* À la craie ? Du moins espérons. Espérons qu'il n'a pas inscrit à la peinture cette épouvantable faute d'orthographe !

Au milieu de la porte, une autre main a tracé en noir, au charbon sans doute, ce simple mot : *devinette.* Devinette ?

Quelle devinette? Agnès est sûre que l'inscription a été faite hier soir. Il n'y avait rien quand elle est venue avec le cantonnier. Elle se sent humiliée. Ça, c'est une blague de fille. Un garçon aurait écrit un gros mot, tout bête. Les filles sont tellement plus malignes... Par chance, le cabinet est propre, le cantonnier est plus habile avec le balai qu'avec la craie.

Elle flâne un peu en revenant vers la classe. Sur la porte de l'ancien cabinet du maître, dans la cour des garçons, une inscription noire : *à bas l'avion.* Même écriture que la devinette, enfin on dirait. Le charbon s'est écrasé sur l'accent du « à », comme si la main était revenue en appuyant plus fort. Façon de dire : «Je sais mon orthographe, moi!»

Agnès lève la tête et considère le paysage, autour de l'école et, plus haut, le bourg qui la surplombe, puis les montagnes au-dessus. Les lignes de crête, ou *serres,* presque noires dans la lumière du matin, se chevauchent, se tassent, s'enchevêtrent contre l'horizon. Au loin, quelques pics émoussés veillent sur les vallées que recouvre une nappe de brume. Autour du village, sur trois côtés, s'étagent les traverses, les *faïsses,* soutenues par une infinité de murs, coupées par une infinité de sentiers et d'escaliers qui bondissent de terrasse en terrasse. Le village semble posé au creux d'un entonnoir.

La montagne a l'air de guetter la nouvelle maîtresse, et les maisons voisines la toisent de haut. Elle baisse les yeux, intimidée, un peu angoissée.

Saint-André est un petit bourg ramassé au croisement de trois combes et d'une vallée. On dirait qu'il s'agenouille pour boire à la rivière, tandis que la route Alès-Saint-Jean le frôle au passage. Sur l'autre rive du Gardon, à quelques centaines de mètres, les montagnes se referment, plus droites et plus sauvages. Agnès se sent seule, prisonnière, dans l'abîme le plus profond du monde. Mais c'est l'endroit qu'elle a choisi pour vivre sa vie!

Elle suçote son café au lait, qui s'infiltre goutte à goutte par sa gorge serrée. Pour se secouer un peu le cœur, elle essaie de discuter le coup toute seule.

– À bas l'avion... Ça vise Canisius.

– Mais la devinette, c'est pour toi !
– Tu vas effacer le mot ?
– Je vais écrire « maîtresse », comme il faut : ça sera ma première leçon d'orthographe de l'année. Mais pour « devinette », je ne sais pas.
– Si tu le laissais ?
– Celle qui l'a écrit serait bien attrapée, tu penses ?
– Les grandes filles diront : « Elle a quand même du culot, la demoiselle ! »
– Ou bien elles se paieront ta fiole en douce.
– Ça ne sera pas facile d'effacer complètement l'inscription. Il restera des traces. Les filles se pousseront du coude. « La demoiselle a eu honte, elle a drôlement frotté ! »
– Et si c'était un garçon ?
– Impossible.
– Et le certificat, tu y songes ?
– Chaque chose en son temps.
– De toute façon, on ne peut pas te reprocher la faiblesse des élèves. C'est la faute de Canisius, qui ne les a pas fait travailler.
– Peut-être. Mais Canisius sera vite oublié. Le jour de l'examen, quand je me retrouverai avec trois ou quatre collés sur les bras, je ne serai pas fière pour rentrer !

Cette petite conversation avec elle-même ne lui a pas remonté le moral autant qu'elle l'espérait. Elle ramasse quelques chiffons, tire un seau à la pompe, entre les deux cours, et s'en va lessiver la « maitrèse » du cantonnier. Bras tendu, elle calligraphie un superbe « maîtresse » à la place. Être fille ou fils d'instituteur a bien des inconvénients, mais au moins un avantage : on ne vous serine pas tout au long de votre belle jeunesse que l'écriture est la science des ânes !

Elle reste un moment devant la porte du cabinet, son torchon à la main. Les coupables étaient sans doute deux. Les filles font tout à deux !

En fin de compte, elle choisit de laisser l'inscription, comme si elle était très au-dessus de ça. Elle rentre avec son seau et son torchon. Il est temps de se préparer. Elle décide de s'habiller chic et de se maquiller du mieux qu'elle pourra pour ce jour de rentrée. Françoise Bassac lui a offert une trousse de maquillage l'an dernier, pour ses vingt et un ans. Une vraie trousse, pas comme celle qu'Agnès avait achetée à la Libération, un jouet, selon Françoise. Son amie lui a répété elle ne sait combien de fois : « Si tu es à cran, sur les nerfs, si tu as les chocottes ou le bourdon, poudre-toi vite le bout du nez, fais-toi les sourcils et mets-toi un peu de rouge sur la figure. Tu donneras des nouvelles de ce petit traitement au Dr Françoise Bassac ! »

Quant à la robe chic, Agnès n'en a qu'une, de toute façon. Essayons voir. Elle a aussi des souliers à talons... Elle opte pour un compromis : ses beaux atours et la blouse par-dessus tout de suite. Et, aux pieds, ses talons plats de tous les jours !

6.

Le jour le plus long

Les élèves commencent à déambuler dans le matin brumeux, à pied ou à vélo. La cour se remplit peu à peu : tabliers noirs ou vestes rapiécées des garçons, carreaux clairs, roses ou bleus, des filles qui ont l'air plus nombreuses. Oui, au moins chez les grands, il y a beaucoup plus de filles que de garçons.

À huit heures et quart, ils sont une trentaine sous les préaux et dans les cours. Quelques mères arrivent en tirant et poussant des petits nouveaux. Agnès boutonne sa blouse et s'avance à leur rencontre. Deux filles de neuf ou dix ans se figent sur son passage et lui lancent un « bonjour mademoiselle », mi-parlé, mi-chanté. Elle reconnaît Céline et Manon, les filles du maire, Avenant Lapierre. Elle doit présenter l'aînée à l'examen d'entrée en sixième. Justement, voilà Mme Lapierre, la « mairesse ». M. Lapierre a une propriété à Lassalle et un magasin de « chasse et pêche » à Saint-Jean ; on ne le voit presque jamais dans la commune que sa femme Suzanne dirige en son nom. Elle se tient piquée à l'entrée de la cour, les mains aux hanches, et promène sur les enfants un regard de vachère sur son troupeau.

Agnès envoie à la « mairesse » un petit signe de la main, complice mais distant, et passe son chemin. Elle s'approche d'une grande vieille, noire et droite, avec un tout petit garçon collé à sa jupe, le tablier trop étroit, le béret trop grand et les galoches trop lourdes. La grand-mère sourit hardiment.

– Je vous amène mon petit bonhomme, que son papa a fait inscrire hier. Dis bonjour à la demoiselle. Bonjour, mademoiselle. Dis comment tu t'appelles. Je m'appelle Marcel Martin. Son père, c'est Victor Martin, le cantonnier. Je vous le confie. Dis à la demoiselle que tu es content d'aller en classe. Mademoiselle, je suis content d'aller en classe !

La vieille se tient campée comme un piquet d'angle et fait, à toute vitesse, les demandes et les réponses. Elle baisse la voix, s'apprête à saisir le bras d'Agnès, mais retient son geste.

– Vous savez, j'ai été à Paris dans ma belle jeunesse !

Elle recule d'un pas, pose sa longue main osseuse sur le poignet de la maîtresse, et tout bas :

– Méfiez-vous de la *veuve bleue*, enfin la veuve Paulet. Elle n'a point de religion, elle laisse sa fille écouter les chansons du poste tout le dimanche, et même... je vous dis pas tout !

Agnès songe : encore heureux. Elle rejoint Mme Lapierre. La mairesse porte une veste d'homme en cuir sur un corsage et une jupe à plis noirs. Comme elle n'a guère plus de trente ans, Agnès se demande si elle n'est pas en deuil. Elle va et vient au milieu des enfants, avec des hochements de tête, des signes de la main, des exclamations. « Agnès Vincent, tu as choisi une classe unique, entre autres raisons, pour n'avoir pas de directrice sur le dos. Te voici chaperonnée par une espèce de Maintenon ! »

– Mademoiselle Vincent, j'ai pensé que vous auriez besoin d'un coup de main !

La mairesse a appuyé les derniers mots d'un rire de sa grande bouche. Elle écarte les boucles blondes qui volaient sous son chapeau. Elle serre l'épaule d'Agnès d'un geste mi-protecteur, mi-amical.

– C'est une classe très indisciplinée. Canisius ne savait pas se faire respecter !

Ninon Paulet, toujours pimpante et délurée, s'avance vers Agnès, la tête penchée sur le côté, le bras arrondi, en roulant la hanche. Elle porte une robe à carreaux blanc et rose, manches bouffantes, jupe évasée, très mode.

– Ninon ?

– Mademoiselle, les jumeaux et moi, on va s'occuper de

placer les petits. On a déjà tout calculé. Comme ça, ils se tiendront tranquilles.

– Les jumeaux... Ah oui, Jeannot et Pierrette Vialle ?

Ninon écarquille les yeux, se balance d'une jambe sur l'autre, puis lance sa main ouverte à sa bouche. « Oh, oh, oh ! » Agnès soupire et tourne la tête vers le ciel. Il est d'un bleu magnifique, maintenant que le brouillard s'en va, un bleu à tout oublier, à tout pardonner. Ninon s'assure que la Suzon n'est plus dans les parages et décoche un sourire de connivence à la maîtresse.

– Faut l'avoir à l'œil, la *roumèque*, ou elle vous fait les pires misères, pouce, ça va !

L'Augustine Pialoux, la Pialouse pour les gens du village, appelle Agnès au fond de la cour. Elle sert la soupe à midi, en guise de cantine, aux élèves qui ne rentrent pas chez eux. C'est une petite frisée de cinquante ans, au regard malicieux, qui se frotte les mains à son tablier et lance à tout bout de champ des exclamations en patois.

– *Obé*, je suis venue vous en causer du pain que je donne aux gamins avec la soupe. Maintenant qu'on n'a plus de tickets, je sais pas s'y faut continuer d'en donner. *Aï! Boudiou!* Qu'est-ce que je fais, moi ?

– Je ne sais pas. Vous me prenez de court.

C'est vrai que le rationnement et les cartes d'alimentation ont été supprimés au début de l'année. La guerre est bien finie. Agnès se demande que répondre à la Pialouse.

– C'est la commune qui paie, je suppose ?

La brave femme secoue la tête, regarde à droite et à gauche, pour s'assurer que Mme Lapierre n'est pas dans les parages. Où est-elle passée, au fait, la mairesse ? On dirait qu'elle est rentrée et fouine dans l'école. La Pialouse prend le bras d'Agnès.

– Si je lui demande, elle dira non, ça, j'en suis bien sûre, vu qu'elle est avare des sous de la commune comme si ça sortait de sa poche. *Pamen!*

Agnès approuve d'un signe de tête, prudemment. La Pialouse tripote son tablier, grimace un sourire vengeur.

– J'ai bien envie de le donner. Qu'est-ce que vous en dites ?

– Je crois que vous avez raison.

Agnès tourne la tête vers la cour, filles à sa droite, garçons à sa gauche; quelques groupes se font face à la frontière.

– Je les trouve maigres pour des gosses de la campagne.

« *Amaï!* » La Pialouse toise la demoiselle des pieds à la tête.

– *Amaï*, vous n'êtes pas bien grasse, non plus. Les maigrichons, c'est ceux de Saint-Pierre-du-Mont. Ils sont pas riches, là-haut, et en plus ils ont eu une mauvaise récolte à cause de la sécheresse. Ah donc, puisque vous le dites, je vais continuer à donner le pain avec la soupe, comme l'an dernier!

Elle fait mine de s'éloigner, revient d'un pas brusque, se plante en face d'Agnès, front à front.

– Si la fille de la veuve Paulet vous embête, vous aurez qu'à me le dire. Je sais comment la mater, cette petite poison. Je lui ai donné sur les fesses, plus d'une fois, quand je la surprenais à préparer ses mauvais coups. Et des fois, j'aurais pu la faire aller dans une maison de correction pour filles. *A pa pou*[1]! Si faut y serrer le bouton, j'y serrerai!

Les grandes filles se sont rassemblées au coin du préau, devant leur porte. Garçons et filles ont chacun un préau et chacun une porte pour entrer en classe. La porte des filles s'ouvre sous le préau : elles n'ont pas à se mouiller pour sortir quand il pleut et n'ont que trois pas à faire pour gagner les cabinets. Les garçons doivent traverser la moitié de la cour. Cette disposition tient au fait que l'école de Saint-André était autrefois une école à deux classes. Elle est devenue classe unique à la guerre. On a gardé l'ancienne école des filles, et celle des garçons est devenue la salle des fêtes de la commune.

Alors que les garçons et les petites filles tentent déjà d'organiser des jeux, les grandes restent piquées en rond, chuchotent et se regardent dans le blanc des yeux. À l'approche d'Agnès, les bouches se ferment et les fronts se baissent.

Une nouvelle fois, Ninon Paulet s'avance en ambassadrice.

1. N'aie pas peur.

– Mademoiselle, voilà les filles du certificat. On est cinq, cette année : moi et les deux filles, et puis deux garçons aussi. Elle, c'est Pierrette Vialle, et son jumeau, Jeannot. Çui qu'a une petite veste, sa mère lui a taillé dans une de son père, il aime pas les tabliers. Elle, c'est Angèle Roux, ma camarade, et lui, là, c'est Henri Daudé, comme garçon.

– Moi, je suis pas de niveau pour le certificat, dit Angèle Roux, une petite blonde, effacée et douce.

Et Pierrette Vialle, la jumelle, une brune aux yeux bleus, mince, les membres fins et la taille souple, renchérit sur un ton à mi-chemin de la jérémiade et de la provocation.

– Moi non plus, mademoiselle, oh, là, là ! Jamais j'y arriverai, mon frère non plus. On n'est pas de niveau !

Maîtresse et élèves sont en classe. Agnès a la gorge serrée. Elle se mord le pouce pour ne pas ciller trop vite. Elle essaie d'accepter avec philosophie le désordre que Ninon et les jumeaux ont l'air de prolonger à plaisir. Un garçon sérieux et silencieux, en tablier gris, a demandé poliment s'il pouvait verser l'encre dans les encriers. Ninon a répondu pour Agnès :

– La demoiselle a dit qu'on fait tout comme d'habitude.

Enfin, la classe s'organise en bouillonnant sous ses yeux. Agnès observe Henri Daudé qui se promène dans les allées avec sa bouteille d'encre violette, munie d'un bouchon verseur, et fait le plein des encriers de porcelaine, disposés dans leur trou, sur chaque bureau. Elle tremble à l'idée qu'un maladroit ou un farceur pourrait bousculer Henri et répandre l'encre sur le plancher ou sur un bureau. Mais tout le monde s'écarte prudemment devant l'homme de corvée. Henri, par sa carrure, et aussi peut-être parce qu'il est le meilleur de la classe, inspire le respect à ses camarades. Pour Ninon, c'est différent : Agnès déchiffre dans les yeux des filles qui lui tournent autour un mélange d'admiration, d'envie et de crainte un peu inquiétant.

Le parfum acide de l'encre se répand dans la classe, se mêlant à l'odeur des peaux lavées et du linge repassé. Oui, ce sera dur, cette classe unique dans un village perdu, mais la propreté des enfants – tant pis s'il y a deux ou trois exceptions – est un agrément qui compensera bien des soucis et des chagrins. C'est une des raisons qui ont poussé Agnès à choisir les Cévennes.

L'emploi du temps pour les six ou sept divisions est prêt depuis le mois d'août : une double page quadrillée, affichée au mur derrière le bureau. Agnès frémit quand son regard se pose sur ce puzzle de cases et de lignes enchevêtrées. Elle a peine à croire que ça puisse fonctionner. Une chimère ! Un cauchemar ! Il faudrait être chef de gare à Saint-Germain-des-Fossés et Napoléon à Austerlitz ! Elle se donne une matinée. Durant les trois premières heures, elle fera connaissance des élèves et mettra la machinerie en route. L'après-midi, elle essaiera de lancer ce *Titanic* qu'elle devra barrer à travers l'océan de l'année scolaire et préserver du naufrage. Rien que d'y penser, la sueur lui coule dans le dos.

Elle a décidé de consacrer une heure à la causerie et aux lectures morales de la rentrée. Et même une heure et demie, et même deux heures, si nécessaire ! Il lui faut inventer une méthode pour naviguer sur les hauts fonds en évitant les écueils. Elle a feuilleté tous les livres de morale qu'elle avait sous la main. Ils datent d'avant la guerre ou de l'Occupation. Beaucoup de textes semblent bouffons. Et les sujets proposés dans les journaux pédagogiques ne lui plaisent pas non plus...

Elle écrit son nom sur les deux tableaux et le prononce à haute voix : Mademoiselle Vincent. Les élèves n'ont pas besoin de connaître son prénom, du moins pour le moment.

Elle s'installe à son bureau. Il est fermé devant, heureusement, elle se sent à l'abri des regards indiscrets, et même un peu plus : à l'abri de la tempête et des vents mauvais. C'est une illusion, mais si réconfortante. Sa respiration se libère. Une force joyeuse naît dans son corps, une douce chaleur coule dans ses veines. Son cœur bat calmement, elle éprouve un vif bien-être. Elle participe à la marche du monde : elle a la certitude qu'il s'arrêterait de tourner si elle n'était plus là !

Elle reste ainsi un petit moment, les mains jointes sur son bureau. Le silence se fait peu à peu. On croirait que les élèves attendent on ne sait quelle révélation. Il y a dans ces premières minutes de tête-à-tête une sorte d'état de grâce qu'Agnès connaît déjà, par son expérience et par les récits des anciens. Il ne dure, en général, pas plus d'une matinée.

Les grandes filles assises devant la maîtresse, studieuses et occupées, ont presque l'air de jouer à l'école avec leurs livres et leurs cahiers. Les petits écarquillent les yeux, guettant de tous côtés d'un air effrayé, et se mettent à imiter les grands de leur mieux. Pour eux, Agnès a choisi une lecture amusante. Elle a décidé que la morale ne serait jamais ennuyeuse dans sa classe. Elle commence à lire, gravement, sans sourire, *La Guenon, le Singe et la Noix*, de Florian. À la fin, elle dira que le fabuliste, qui vivait il y a longtemps, avant le grand-père du grand-père du grand-père, était quelqu'un de la région, presque un voisin.

Les petits, au fond de la classe, écoutent bouche bée. Les plus éveillés miment les gestes du singe. Charlotte Maurin, du cours élémentaire, rit aux larmes et s'écroule sur sa table, la tête entre ses bras. On ne voit plus que ses cheveux frisés, fleuris de rubans. Ça, mignonne, c'est du cinéma ! Chez les grands, deux ou trois font mine d'applaudir, les visages s'épanouissent, à part deux grandes filles qui arborent une moue supérieure... Cette fable, les mères et les grand-mères l'ont sue. Succès assuré, un peu facile. Voilà Agnès tranquille un moment : ces enfants sont comme les enfants de partout. Un rien les réveille et les amuse.

« Maintenant, sois franche avec toi-même, Agnès Vincent. La langue de Florian coule comme de l'huile d'olive sur du pain blanc, mais l'historiette ne casse pas des briques. La morale est médiocre et bête à pleurer. " Souviens-toi que sans un peu de peine, on n'a pas de plaisir... " Oui ? Non ? Ce n'est certes pas Marc-Aurèle – mais la Quatrième République n'a que faire de Marc-Aurèle ! »

Pour les cours moyen et fin d'études, il lui faut voir tout de suite s'ils sont réceptifs à la poésie moderne, s'ils peuvent comprendre une inspiration qui va un peu au-delà des hirondelles, des vendanges, de la neige en hiver et des boutons-d'or au printemps. Elle lit un poème d'Aragon sur la Résistance, *Ballade de celui qui chantait dans les supplices*.

Et s'il était à refaire,
Je referais ce chemin...
Une voix monte des fers
Et parle des lendemains.

Dans chaque quatrain, revient l'affirmation farouche : « Si c'était à refaire, je le referais ! » Ces paroles devraient impressionner les enfants des Cévennes, les descendants des Camisards. De plus, la région a été fortement marquée par la Résistance...

Et si c'était à refaire,
Referait-il ce chemin ?
La voix qui monte des fers
Dit : « Je le ferai demain. »

Succès mitigé. Les grandes filles se regardent en dessous, chuchotent entre elles et se poussent du coude. Le sens de ces mimiques échappe à Agnès. Pierrette, la jumelle Vialle, ne rit pas ni ne chuchote mais s'agite beaucoup. Elle tripote son tablier sur le devant de l'épaule, se gratte la poitrine, en regardant de côté, vers les fenêtres, comme pour donner le change. Agnès met quelques minutes pour comprendre que son soutien-gorge la gêne. Peut-être est-ce le premier, et elle ne peut s'empêcher de tirer sur les bretelles !

Henri Daudé, tout à gauche, crayonne derrière son coude, un bout de langue pointé, pour que la maîtresse ne risque pas d'ignorer l'attention qu'il porte à son travail. Un mouvement du bras soulève sa feuille, et Agnès aperçoit un grand et beau dessin. La lecture finie, elle descend dans les rangs, marche vers le fond de la classe par l'allée de droite, remonte par celle de gauche, ce qui l'amène à frôler monsieur l'as des as. Henri feint de cacher sa feuille, sans se forcer. Puis, tout content d'être pris, il regarde Agnès avec un sourire de défi. Il la laisse admirer son chef-d'œuvre : une auto, bien sûr, dessinée avec tant d'habileté et de précision qu'on peut reconnaître non seulement la marque – une Citroën – mais aussi le modèle, d'avant la guerre, avec les volets d'aération sur le capot, et les rayons courts et plats aux roues, qu'il a tracés minutieusement, un par un, et coloriés en jaune.

D'évidence, il n'a pas eu le temps de fignoler son dessin. Il l'a apporté en classe pour le finir sous les yeux de la maîtresse. Avis : monsieur, qui sera ingénieur, ou commis de garage, se fiche de la poésie. Les vers d'Aragon, le spécialiste du quatre-cylindres en ligne s'en moque comme de colin-tampon !

Très bien, on va voir. Agnès observe son auto, une 11 CV traction avant. Au coup d'œil, quelque chose cloche à une roue, on dirait qu'il y a trop d'espace entre les rayons. Elle prend un pari. Si elle gagne, elle s'impose d'emblée devant ce petit malin. Si elle a eu la berlue, il lui faudra six mois pour rattraper l'affaire ! Elle pose la main sur une roue et tapote les rayons du bout de l'ongle.

– On dirait qu'il en manque un.

Elle sent Henri trembler contre elle et compte à mi-voix.

– ... sept, huit, neuf. Les roues de la 11 CV Citroën ont bien dix rayons ?

Henri se penche sur son dessin, compte après Agnès, roue avant, roue arrière. Tandis qu'elle se dirige vers son bureau avec dignité, il soulève précipitamment son pupitre, à la recherche du modèle qui l'a inspiré : un journal, qu'il déplie à l'abri du panneau de bois. Agnès s'assoit, mains jointes, et promène les yeux sur la classe entière. Henri se tient les bras croisés, les yeux baissés, rouge de honte. Il a rangé son dessin et il montre les signes de la plus grande attention. Le moment paraît venu de faire la paix avec le meilleur candidat au certificat. Agnès esquisse un geste vers la travée de gauche.

– Henri, ton dessin est très beau, malgré cette petite erreur. Quand tu l'auras arrangé, nous l'afficherons, si tu veux bien.

Il lève la tête, regarde Agnès bouche bée.

– Mais c'est juste une copie, mademoiselle.

– La prochaine fois, tu inventeras une nouvelle auto !

L'incident clos, il a fallu s'occuper du chagrin et des ennuis de vessie des tout-petits. Manon Lapierre, une gamine de six ans, très éveillée, a pris sous son aile deux débutants, deux petits garçons, dont le fils du cantonnier Bernard, qui clamaient bruyamment leur désespoir. Elle leur a essuyé le museau avec son mouchoir, les a emmenés faire pipi, s'est assise entre eux, a sorti leurs ardoises et annoncé à haute voix :

– Mademoiselle, je vous promets que vous les entendrez plus d'ici midi. Moi, j'ai le temps parce que je suis très en avance. Je sais presque lire !

Agnès réussit enfin à lancer une discussion sur l'actualité, dans l'espoir d'en tirer une leçon de morale. Les propositions fusent.

– Le tour de France, mademoiselle.
– Cerdan, mademoiselle.
– La 2 CV Citroën, mademoiselle.
– Les incendies de forêt.
– Cerdan...
– La bombe atomique russe.
– La Chine populaire.
– Fausto Coppi.
– Cerdan.
– La dévaluation.
– Les incendies !
– Cerdan ! Cerdan !

On écoute le poste et on lit les journaux, dans les chaumières de la vallée, et peut-être plus encore dans celles de la montagne. À côté du sport, les principaux événements de l'année sont cités, même la dévaluation du franc. C'est une grosse, cette fois, et les paysans ont dû se sentir volés. La bombe atomique russe a été annoncée la semaine dernière, et la proclamation de la Chine populaire, c'était hier ou avant-hier. Mais on a déjà oublié un peu les incendies qui ont ravagé les Landes au mois d'août et provoqué la mort de quatre-vingts personnes.

Cerdan arrive de loin en tête. Sa défaite du championnat du monde des poids moyens, contre La Motta, date du mois de juin, mais la revanche, fixée au 4 septembre, n'a pu avoir lieu.

Henri Daudé relève soudain la tête, poings serrés.

– Ce salaud de La Motta s'est fait porter pâle !

Tous les enfants pensent que le match gagné par La Motta a été truqué. Les communistes sont nombreux en Cévennes, on n'aime pas trop les Américains, et ce « salaud de La Motta » n'a pas fait remonter leur cote. Même Ninon Paulet s'en mêle.

– Moi, je crois que les Américains veulent pas qu'il gagne. Ils veulent garder le champion du monde !

Une voix, sur les bancs du cours moyen :

– Y vont y faire du mal pour pas qu'y gagne.

Un autre :

– Y a qu'à dire que Cerdan il est champion puisque La Motta il est malade.

– Quoi, c'est juste !

Agnès a voté pour les incendies de forêt, car elle pourrait en tirer facilement une leçon, et même plusieurs, mais les élèves sont maintenant lancés sur Cerdan, le reste ne les intéresse plus.

– C'est vrai que Cerdan, il est fiancé avec Édith Piaf ?

– On l'a vu dans le journal.

– Y avait leur photo ensemble.

– Cerdan, il est marié, con, il a même trois enfants !

Et Ninon Paulet, les ongles brandis, la bouche tordue de colère, s'écrie soudain :

– Moi, plus tard, je serai communiste !

La boîte de Pandore ! Agnès jure qu'on ne l'y reprendra plus. Pour les enfants de Saint-André, et sans doute pour beaucoup d'autres, un peu partout en France, la morale de l'histoire est claire : les Américains sont des salauds.

Les accusations partent de tous côtés.

– Mademoiselle, ils ont fait brûler le *Normandie* !

– Ils ont tué Nungesser et Coli pour pas qu'y soyent les premiers à traverser l'Atlantique en avion !

– C'est bien que les Russes ils aient la bombe atomique !

– En Chine aussi, y sont tous communistes. Tant mieux !

– Cerdan, y pourrait casser la gueule à tous les Américains !

Agnès enchaîne en hâte sur une autre proposition : il ne faut pas croire tout ce qu'on lit ou entend dire. Elle est un peu plus à l'aise sur ce thème et réussit à sauver la face.

Elle se retrouve à midi, avec une vingtaine d'élèves – à peu près la moitié de la classe – dans une petite pièce du rez-de-chaussée, qui sert de cantine. Elle a conclu un arrangement avec la mairesse pour payer son écot. Il lui a semblé que le repas en commun était une bonne occasion de connaître ses élèves et de les apprivoiser. Mais, la soupe avalée, elle comptait monter chez elle manger une salade et un œuf brouillé. Or les élèves font assaut de gentillesse et de persuasion pour essayer de la retenir.

– Mademoiselle, restez avec nous, siouplaît.

– Mademoiselle, vous voulez pas goûter mon saucisson ?

– Ma saucisse ?

– On a même trop de couenne !

– Et des radis noirs !

Ils étalent sur la table le contenu des musettes, y compris les fioles d'eau rougie, et lui proposent hardiment de partager leur menu. Même dans les « paniers » les moins garnis – et certains sont très maigres – il y a une part pour Agnès. Lotte Maurin casse un morceau de sucre en deux, la plus grosse moitié est pour la maîtresse...

Agnès est attendrie. Elle ne peut rien accepter, ou il lui faudrait accepter tout. La générosité des enfants la met dans un grand embarras, elle a peur de les vexer, elle ne sait comment justifier son refus. Une idée sotte lui passe par la tête, et elle dit, avec un geste d'excuse et de regret :

– Impossible, je suis au régime.

Les petits la regardent bouche bée. Les grandes s'apitoient. Lotte pince la bouche et fronce le nez, l'air d'en savoir long sur la question.

– Oh, mademoiselle, c'est à cause du lait ?

« Le... » Le mot se fige sur les lèvres d'Agnès. La gamine n'a mis aucune malice dans sa question. Elle couve la maîtresse d'un regard plein de sollicitude et de complicité. Agnès sent ses joues brûler. Par réflexe, elle pose une main sur sa poitrine. À deux pas, Pierrette Vialle, la jumelle du certificat, se retient de pouffer, les doigts devant la bouche, et s'étrangle bruyamment.

Un mot d'enfant qui va faire le tour du village.

Agnès attaque la classe de l'après-midi au bord du vertige. Le bel emploi du temps qu'elle a confectionné durant l'été, calligraphié la semaine dernière et affiché au mur, lui indique à chaque instant, avec précision, où elle doit se trouver. C'est simple : partout. Elle va, elle vient, elle vire, elle résiste une heure et demie à l'affolement qui la gagne. Elle a un peu honte de n'avoir pas tenu aussi longtemps que la chèvre de monsieur Seguin ! Puis elle renonce. On verra demain.

Elle abandonne les plus petits aux soins de « moniteurs » qui se proposent, sous la houlette de Ninon. Dans sa classe unique, quand elle était enfant, papa se servait beaucoup des moniteurs, qui étaient d'ailleurs, de préférence, des monitrices. Agnès a ainsi débuté dans le métier dès neuf ans – elle avait alors un an d'avance, qu'elle a perdu plus tard – en s'occupant de la lecture et du chant au cours préparatoire. Cette pratique est mal vue, même en classe unique, et considérée par les plus indulgents des pédagogues comme un pis-aller. Il est clair que Canisius en usait et en abusait. Agnès aurait voulu rompre d'emblée avec l'inertie de son prédécesseur. Tant pis, le monitorat va peut-être faire lever des vocations d'institutrices !

Les filles sont, bien sûr, les plus dévouées : Angèle Roux et Pierrette Vialle, parmi les grandes, Céline Lapierre, l'aînée du maire, au cours moyen, puis Léontine Brun et même Lotte Maurin, qui n'a pas huit ans. Deux ou trois garçons se proposent pour aider les petits au dessin et au modelage.

Agnès lâche pied au milieu de l'après-midi ; elle renonce à tenir l'emploi du temps. La classe de rentrée ressemble alors, un moment, à celles du mois de juillet, juste avant le départ en vacances, quand on essaie d'occuper, tant bien que mal, un dernier carré de fidèles !

Elle n'a pas encore osé parler à la mairesse du livre de lecture. Par quoi remplacer *À l'ombre des ailes* ? Les livres de morceaux choisis courants, livre unique ou lecture simple, ne l'emballent guère non plus. Sa Majesté Dumas en personne n'échappe pas à l'éternelle litanie de l'automne et de la rentrée, de la chasse et de l'école, et puis, bien sûr, la famille, l'hiver, les animaux, les pauvres gens. Elle ne supporte plus ce genre de sujets. Avec n'importe lequel de ces livres, elle est sûre de s'ennuyer, donc d'ennuyer les élèves.

Et *Une semaine avec*? Un livre réservé, dit-on, aux écoliers de la ville. Les petits paysans sont trop rustres pour apprécier la belle littérature. On y trouve Homère, Rabelais, Molière, Racine, Voltaire, les frères Grimm, Alexandre Dumas et tous les grands auteurs du XIXe siècle... Elle y réfléchira plus tard.

Elle est prise soudain de brûlures à l'estomac. C'est peut-être le lait qui tourne! Elle essaie de ne pas se tordre derrière son bureau mais se sent blêmir. Elle descend dans l'arène et se met à marcher entre les rangs. La sueur lui coule dans le dos, elle étouffe, elle vacille, se cogne à l'angle d'un banc et se fait très mal. Par chance, cette douleur l'aide à se ressaisir. Plus que trois quarts d'heure... La dictée des grands. Si elle ne donne pas une dictée aux fins d'études le jour de la rentrée, les parents diront qu'elle est une mauvaise maîtresse, et il lui faudra des semaines ou des mois pour redresser sa réputation! En avant!

Les grands feront dix à douze lignes, les moyens sept à huit, les petits du cours élémentaire deux ou trois lignes. Et elle leur mâchera la besogne à tous, en insistant sur les accords, en écrivant même au tableau les mots difficiles. Elle scandera les doubles consonnes, mimera les accents, et Dieu sait quoi encore.

Elle a absolument besoin de se remonter le moral. Quatre ou cinq « zéro faute » dans la classe et elle boira du petit-lait!

Elle a choisi un texte de J. H. Fabre, qui lui semble clair et facile. Elle savoure par avance le plaisir de la réussite. Écrire sans faute est une des plus belles joies de la vie, elle la fera partager à ses élèves, juré. La paix de l'âme lui revient et ses brûlures d'estomac se calment. Elle lit par-dessus l'épaule des petits et moyens et les aide à corriger les fautes qu'elle repère au passage, mais s'interdit d'assister les « certificats ». Ils ont eu déjà bien assez d'indications.

N'importe : les bonnes notes qu'elle se prépare à donner les encourageront à mieux faire encore. Elle veut que cette année scolaire 1949-1950 soit la plus belle de sa carrière !

7.

La mante religieuse et le péché mignon

Ils sont partis ! Les bras croisés sur son bureau, elle regarde dans le vide, se mord les lèvres pour ne pas gémir. Une crampe lui tord l'estomac, sans chasser pour autant les brûlures. « Pas d'illusions, ma vieille. Ta dictée est un désastre, du moins pour les grands. À croire qu'ils l'ont fait exprès ! Des perles du genre " y maître sonnâmes ", " sous cieux de votre à venire ", " vous à franchir " ! En fin d'études ! » Agnès n'en peut plus.

Elle reprend ses cahiers : *Ninon Paulet, 6 ftes 1/2, 0. Angèle Roux, 8 ftes, 0. Jeannot Vialle, 5 ftes 1/4, 0. Pierrette Vialle, 8 ftes, 0. Henri Daudé, 4 ftes 3/4, 1/2 pt!* Elle a pourtant noté avec indulgence. Au certificat, pas un n'aurait eu moins de douze fautes !

Son année est fichue, la faute à Canisius ! Peut-être même toute sa carrière ! Et il n'y a pas que le certificat. Céline Lapierre, la fille du maire, a bien peu de chances d'entrer en sixième. Agnès se sent tout à fait incapable de mener sa classe unique. Elle est sur les genoux à la fin du premier jour et elle n'a pas réussi à tenir son emploi du temps plus d'une heure ou deux. Les petits n'ont rien fait. Elle n'a pas pu s'occuper des débutants. Seule la petite Manon Lapierre a lu une page de son livre, écrit trois lignes et compté quatre additions !

Pourquoi Canisius s'est-il laissé aller à ce point ?

« Oh, j'y suis. Il était depuis longtemps ulcéré par les justes critiques des parents. Il a voulu se venger en gâchant les débuts de son successeur. On m'avait prévenue. Il y a un défi à relever, mais je ne suis pas de taille. » Elle a la nausée, le cœur pincé, les jambes en coton et les larmes au bord des cils. Elle a présumé des ses forces, elle n'est pas à la hauteur. Un gros sanglot lui gonfle la poitrine. Elle se mord les lèvres, puis la langue, sans le faire exprès. Elle a le goût du sang dans la bouche.

En ce soir de rentrée, elle se sent seule comme elle n'aurait jamais cru possible de l'être. Oh si, une fois, elle avait sept ou huit ans, c'était pendant les grandes vacances. Ses parents partis à Nîmes, elle avait reçu, pour la première fois, la mission de « garder l'école ». Après mûre réflexion, elle avait jugé l'école assez grande pour se garder toute seule et voulu profiter de sa liberté pour aller chercher des pêches.

Voler des pêches, disait sa conscience ! Mais pas assez fort pour la retenir. Elle aimait tant les pêches. *Pêche* et *péché*, ç'a été longtemps pour elle le même mot. Elle se réveillait la nuit avec une envie de pêche, puis ç'a été une envie de péché.

Alors, elle est allée dans un jardin isolé, où elle connaissait un arbre aux fruits délicieux. Une haie de mûriers dissimulait le petit verger de pêchers, de cerisiers et d'abricotiers, et puis les propriétaires habitaient assez loin. Vite, elle s'est glissée de l'autre côté de la clôture, à travers les hautes herbes.

Son pêcher ! Elle avait fini par le croire un peu sien, personne ne l'aimait autant qu'elle, et elle aurait pu l'appeler *pêcher mignon*. Elle a cueilli une pêche et mordu dedans. Un peu verte, tant pis. Elle a pris le temps d'en choisir en tâtonnant une plus mûre, elle a essayé de la mettre dans la poche de son tablier. Trop grosse. Elle l'a gardée dans sa main libre et elle est partie, le cœur battant. Elle avait quand même un peu peur d'être surprise.

C'est alors qu'un chien inconnu s'est précipité pour l'attaquer. Elle s'est mise à courir, l'animal l'a poursuivie en grondant, mais sans aboyer. Elle s'est trompée de chemin, les hautes herbes l'ont gênée et un mur l'a arrêtée. Le chien, un roquet grisâtre, hirsute et sale, lui a planté ses crocs dans le mollet. Elle a hurlé. Elle s'est enfuie, il l'a mordue une seconde fois à la main, elle a lâché sa pêche. Elle a couru longtemps, jusqu'à épuisement ou presque, sans se retourner. Elle avait très mal à la main, et un peu au mollet. Quand elle s'est arrêtée, la douleur s'est agrandie jusqu'au ciel.

Agnès s'est laissée tomber sur un talus, le chien était parti. Tout de suite, elle a pensé qu'il avait la rage et qu'elle allait mourir !

Elle est rentrée chez elle en se cachant. Il n'y avait personne. Elle ne voulait pas appeler au secours les voisins, parce qu'elle aurait dû avouer son larcin, du moins elle le croyait. Pour la fille du maître d'école, ç'aurait été affreux, et il lui semblait que l'honneur de son père aurait été à jamais taché. Alors, il ne lui restait qu'à attendre la mort. Le berger Jupille avait eu de la chance, lui : Pasteur était venu tout de suite pour le sauver. Elle a regardé par la fenêtre, en espérant contre tout bon sens apercevoir un monsieur barbu avec son attirail de médecine. Non, Pasteur n'était pas là ; d'ailleurs, il était mort. Elle allait mourir aussi. Elle souffrait tant. Et elle savait que les souffrances de la rage étaient cent fois pires, et qu'on se sentait forcé de mordre tout le monde pour transmettre la maladie.

Elle a touché ses mâchoires, ses dents : oui, ça commençait à la prendre, ses lèvres se retroussaient sur ses gencives. Elle a badigeonné ses plaies de teinture d'iode. Ça lui a fait très mal, elle voulait se punir. Elle se doutait bien que ce n'était pas assez fort pour arrêter la rage. Et puis une nouvelle crainte lui est venue : si elle allait mordre ses parents à leur retour ! Elle s'est dit : « Ma fille, il vaut mieux que tu ailles mourir dans les bois, pour pas risquer de mordre quelqu'un ! »

Elle se sentait seule, seule au monde, si seule. Cette solitude lui faisait plus mal que ses plaies. Elle est partie.

Ce soir, quinze ans plus tard, elle se retrouve dans le même état d'âme.

– Agnès Vincent, tu es donc restée une petite fille peureuse et tête folle ?

– Oh, il me semble que j'ai présumé de mes forces et que je ne suis pas à la hauteur.

– Rien que ça ?

– Tu te rends compte : si je n'ai aucun certificat d'études à la fin de l'année !

– Tu en seras quitte pour la honte, ça fait moins mal que la rage.

– C'est facile à dire pour toi.

– Mais je suis toi !

Elle se mord la lèvre, puis la langue. Elle sent, comme à sept ans, de mystérieux symptômes lui serrer les mâchoires.

Elle n'en peut plus. Elle sort dans la cour. Le temps est gris, un coup de vent mouillé la gifle, la décoiffe et trousse sa jupe. Elle est calmée à l'instant. La pluie lui a toujours fait du bien.

Elle rentre dans la classe pour enfiler son imperméable, prend sa bicyclette dans le couloir, la pousse dehors et l'enfourche. La voilà sur la route de Saint-Jean, à pédaler contre le vent et l'averse. Elle a besoin de parler à quelqu'un, mais elle ne veut pas voir la mairesse ni la Pialouse. Or elle ne connaît, à part ces deux, pas grand monde au village...

Eh si ! L'Agathe Félix, la grand-mère qui tient l'hôtel Portal, à Claire-Baraque... Elle a passé deux nuits à l'hôtel, avant de s'installer à l'école. Elle a bavardé plusieurs fois avec cette femme qui porte allègrement ses « septante », comme elle dit, et qui paraît une bonne personne : la langue bien pendue, mais pleine de raison... C'est décidé, elle roule jusqu'à Claire-Baraque, malgré la pluie.

À deux kilomètres de Saint-André, après une longue côte et un virage en fer de mulet, quatre ou cinq maisons s'agglutinent au bord de la route de Saint-Jean, formant le hameau de Claire-Baraque. Au-dessus, un mas imposant, haut et austère, les volets fermés, qu'elle a déjà remarqué et qui l'intrigue. Le café-hôtel Portal, avec ses dépendances et sa ferme, peuplée de moutons, de chèvres, de volailles et de cochons, occupe la bonne moitié des bâtiments du hameau. Les maisons voisines le serrent de près, les murs s'épaulent, les toits s'accolent, les balcons s'abouchent. L'ensemble donne dans la grisaille du soir l'image de corps greffés, proliférants. Les jardins s'étagent à l'arrière, en tous sens. Chaque bout de terrain a son niveau, de petits escaliers de pierre sautent de l'un à l'autre, et le granit humide brille sous la pluie.

Le chien, un corniaud blanc et gris, cloue Agnès devant la porte du café. Il aboie furieusement et relève les babines sur ses dents. Quel pays accueillant ! À découvert, le vent du sud jette ses rafales qui cinglent la figure d'Agnès. L'averse crépite contre les vitres et ruisselle sur la petite place boueuse et herbue. Les crêtes voisines flottent dans le ciel au milieu des nuages.

L'Agathe Félix surgit, armée d'un balai de bruyère, qu'elle brandit en criant.

– Chef ! Tais-toi, Chef ! Va coucher, Chef !

Elle ajoute pour Agnès :

– Il est devenu teigneux, depuis la mort de son maître. C'était mon gendre, Virgile-Paul.

Agnès esquisse un geste d'excuse.

– Pardon, je ne savais pas que vous aviez eu un décès.

– Oh, dit l'Agathe avec un soupir. Ça fait du temps, déjà. Le Virgile-Paul est mort l'été de la victoire, en 1945, donc !

Chef finit par filer, en se retournant, l'air plein de rancune. Agnès appuie sa bicyclette contre le mur, sous l'auvent du café. Elle est trempée jusqu'aux cuisses, sous son imper déboutonné, et ses cheveux mouillés lui pendent sur les yeux. L'Agathe Félix l'aide à ôter l'imperméable qui colle à sa robe. C'est une petite femme maigre et vive, vêtue de noir, coiffée d'un mouchoir de tête, le visage et les mains osseux, l'air bougon, mais le regard plein de chaleur et de lumière. Leurs reflets mêlés s'agitent dans la vitre, à la faveur d'un rayon de soleil couchant. L'Agathe Félix la pousse dans la salle.

– Entrez vite, pauvre petite. Par ce temps, une mignonne maîtresse comme vous ! Je pensais bien que vous viendriez ! Un café au lait chaud va vous faire du bien.

Une bouffée de chaleur monte d'un gros poêle carré, haut sur pieds, où chauffe une bouilloire.

– J'ai allumé pour vous, dit l'Agathe. Je sais toujours qui va venir et je me doutais bien que vous seriez toute mouillée !

Agnès quitte son imper et s'assoit sur une chaise de bois, à côté du poêle. Deux clients se tiennent dans un coin. L'un d'eux, un grand type noueux, aux mains en battoir, fait signe à l'Agathe.

– Remets-nous ça, *amaï* !

Puis il se tourne vers Agnès, deux doigts au bord de son béret.

– Bien le bonsoir, mademoiselle.

Agnès sourit en silence. La chaleur, le bonheur de se sentir acceptée en ce lieu lui rendent son envie de pleurer. Les clients partis, elle se laisse aller, et les larmes coulent sur ses joues.

L'Agathe vient s'asseoir près d'elle, pose la main sur son bras.

– Une rude journée, que vous avez eue, hein, ma petite.

Agnès renifle, avoue ses déboires et laisse percer son ressentiment contre Canisius. L'Agathe écoute en hochant la tête.

– Ce n'est pourtant pas le mauvais homme, allez.

– Pourquoi ce surnom, Canisius ?

– Les gens sont méchants. Il s'appelle Théophile. Sur certains calendriers, on donne ce saint juste à côté de saint Pierre Canisius, qui était jésuite. On les aime pas beaucoup, les jésuites, par ici. Et c'est comme ça que c'est venu.

De fil en aiguille, Agnès raconte sa journée et ses souvenirs d'enfance : l'histoire de son vol de pêches, sa peur de la rage quand elle avait sept ans.

– Après, c'était la tuberculose. Et plus tard, la polio...

L'Agathe ne rit pas. Elle se contente de hocher la tête à sa façon, un coup en avant, un coup à droite, un coup à gauche.

– Moi, j'ai été bien malheureuse une fois, à sept ou huit ans, aussi. Ce qu'on peut être bête, quand on est gosse ! Seigneur ! Un jour, j'ai entendu dire que la mante religieuse mangeait son mâle après les noces. Je ne sais pas ce que ça a pu remuer en moi, j'étais si gamine, je vous dis. Enfin, j'étais désespérée. Et je pensais : « Alors, si c'est comme ça la vie, je pourrai pas être heureuse ! » J'ai essayé d'en savoir plus, discrètement, sur cette histoire de mante. Mais ça faisait rigoler tout le monde, et moi je ne pouvais pas avouer que ça m'inquiétait à ce point, parce que j'avais honte. J'étais bien toute seule, dans mon cœur, je vous le promets.

Agnès rougit. L'école est peut être une mante qui dévore sans fin ses serviteurs et ses servantes, après leurs noces de chaque jour... Mais cette pensée la requinque. Bon, c'est la vie. Elle avale, pour finir, un café noir, brûlant, et suit l'Agathe à la cuisine. Mme Portal, la patronne, vient lui dire bonjour. C'est elle la mère de Virgile-Paul, mort en 1945 : un homme exceptionnel pour que son chien le regrette encore quatre ans après.

Agnès se chauffe maintenant au fourneau. Elle est si bien qu'elle se met à claquer des dents. Elle essaie de s'excuser, elle a du mal à parler. L'Agathe secoue la tête d'un air compatissant.

– Ça m'a eu fait ça, quand j'étais jeune.

Il y a tant de bonté dans sa voix qu'Agnès se sent fondre.

L'Agathe pose une pèlerine sur ses épaules.

– Vous allez coucher ici cette nuit, ma petite.

Comme elle voudrait ! Mais elle songe au paquet de cahiers qui l'attend sur son bureau. Et sa journée de demain à préparer... Elle ne dit pas non tout de suite. Elle a envie de rêver. Ce serait si doux : se faire dorloter, gaver de bonnes choses, dormir dans un lit moelleux. La nuit est tombée, et il va falloir pédaler sous la pluie, en poussant la dynamo, pour rentrer à l'école froide et sombre. Elle se lève.

– Vous voulez y aller quand même ? dit l'Agathe.

Elle noue son foulard sur sa tête pour raccompagner Agnès.

– Théophile... enfin, ce pauvre Canisius a été un bon maître, vous savez, malgré ses lubies. Je me demande ce qui s'est passé à l'école, l'an dernier. Je suppose qu'il s'est disputé avec la petite Paulet. Ah, cette Ninon ! M'est avis que tout vient d'elle. Un chat écorché, je vous dis. Elle a pas bien enduré la mort de son pauvre papa, qu'elle a pour ainsi dire à peine connu.

– Mais ça fait neuf ans qu'il a été tué.

– Vous savez le temps, chez nous. Tenez, y a pas plus de trois ans, qu'est-ce qu'elle avait, une dizaine d'années. La veuve Paulet a parlé de se remarier, et la petite a menacé de la tuer avec le fusil de son père !

À la porte, la brave femme aide Agnès à enfiler son imper encore fumant.

– Canisius n'a jamais su la prendre, m'est avis. Et puis il aurait voulu épouser la mère, et la petite l'a pas supporté. Elle fait semblant de croire que son père va revenir !

8.

En attendant *Une semaine avec*

Agnès Vincent à Françoise Bassac. Octobre 1949.

Ma chère Françoise,

Je relis ta lettre de juillet où tu m'écrivais ceci : « Les " bons auteurs ", de nos jours, tout le monde s'en fout. Et, que veux-tu, ma petite Agnès, les gens ont raison : la bonne vie n'est pas dans les bons auteurs. Ni dans les mauvais, non plus. La vie est dans la vie, voilà le secret. »

Quel morceau d'anthologie ! J'admire le coup de patte de ma Françoise, mais, tu t'en doutes, je ne suis pas d'accord. Voici, justement, mon idée : donner à lire les « bons auteurs » à mes petits paysans des Cévennes ! Je suis presque sûre que tu vas me trouver folle et essayer de me dissuader par retour. Tu as peut-être raison, et je ne suis pas encore tout à fait décidée (je ne te demanderais pas ton avis si c'était le cas). J'ai l'air de me moquer, mais tu sais combien j'attache d'importance à tes avis. Bon, cette fois, tu vas être obligée de te surpasser si tu veux me prouver que j'ai tort. De quoi s'agit-il ? Je te le donne en mille !

D'abord, un résumé des chapitres précédents. Ma « rentrée » s'est plutôt mal passée. Eh bien, oui, je me suis embarquée les yeux fermés dans une aventure à laquelle je n'étais pas préparée et qui dépassait mes capacités de navigation. Je n'imaginais pas qu'une classe unique soit si difficile à mener. Celle de Saint-André compte, « à plein », quarante élèves. J'avais passé une partie de l'été à agencer un emploi du temps savant, qui s'est avéré trop compliqué à l'usage et n'a jamais pu fonctionner. Il a fallu revenir à un découpage plus simple et plus souple. J'ai dû aussi me résigner à utiliser les moniteurs, pour occuper et aider les tout-petits, comme mon prédécesseur, Théophile Larguier, dit Canisius, en retraite à Saint-Jean-de-Combas.

Ce brave homme m'a laissé un cours moyen et un cours de fin d'études d'un niveau désastreux. Je pourrais te tirer des larmes de rire avec leurs bêtises et leurs fautes d'orthographe. J'en ris, parfois, un peu jaune, pour ne pas en pleurer. Je n'ai pas osé rendre visite à M. Canisius. J'ai peur d'éclater et de lui lâcher sans ménagement tout ce que j'ai sur le cœur.

Mes gamins sont, dans l'ensemble, gentils, drôles, malins. Mais on les sent ahuris, déboussolés, incapables de bon sens et d'efforts. Comment leur mettre du plomb dans la cervelle et rattraper leur faramineux retard en moins de neuf mois ? Je n'en sais rien, je ne suis pas à la hauteur d'un tel défi.

C'est pourquoi j'ai envie de prendre un risque. Je me dis : « Tu n'as rien à perdre, alors ose ! » J'y viens, patience. Il me faut changer le livre de lecture. J'ai presque convaincu la mairesse (la femme du maire, qui est la vraie patronne de la commune, je t'expliquerai). Elle admet que les grandes filles ne peuvent passer le certificat avec un livre qu'elles détestent et ridiculisent à la moindre occasion. Elle m'a dit : « Vous n'avez qu'à prendre le Dumas. Les parents seront contents, on l'a partout ! » C'est vrai que les gens préfèrent le livre unique : ça leur paraît simple, solide, c'est comme une assurance de sérieux.

Moi, tu le sais, je pense que le livre unique est un procédé périmé, qui perd sur les deux tableaux, car il ne donne aux élèves ni le goût de la grammaire ni l'envie de lire. J'ai feuilleté le Dumas, que nous connaissons tous. Je ne sais pas ce que tu en penses : je trouve que c'est un bon livre, bien fait, sérieux et ennuyeux au possible. On commence par une lecture de Lavisse : une école en 1848. On enchaîne avec Pérochon, toujours lui, un extrait de *Nêne* : le premier jour d'école de Lalie, Bien, bien... On continue par un grand classique de la rentrée, Anatole France, *Le Livre de mon ami : Je vais vous dire ce que me rappellent, tous les ans, le ciel agité de l'automne et les feuilles qui jaunissent dans les arbres qui frissonnent...* C'est émouvant, certes, pour nous adultes, moins sans doute pour les gamins. La rentrée, ils la vivent tous les ans, c'est sûrement pas ça qui va les faire rêver !

De l'école, on passe à l'automne, avec la célèbre – et quasi inévitable – poésie de Laprade : *La Vendange.* Puis la chasse, etc. Tu ne crois pas qu'ils commencent à nous gaver ? Après ça, j'ai fouillé les cartons de mon père et étudié les livres de lecture les plus répandus à la campagne. C'est du pareil au même !

Réflexion faite, je préfère encore les aviateurs de Pérochon.

Je me dis : « Ta seule chance, c'est de donner à tes élèves, à tes grandes filles surtout, la passion de la lecture ! » Comment ! Un titre m'est venu : *Une semaine avec.* Tu connais ce beau livre ? Il date déjà d'une quinzaine d'années. Beaucoup de classes de ville l'ont adopté. Mais tout le monde pense que les paysans sont trop bêtes pour en tirer profit. À onze ou douze ans, j'ai découvert un spécimen dans les affaires de mon père.

Je me suis plongée dans les aventures de Thésée, d'Ulysse, de Renard, de Gargantua, de Peau-d'Âne, de don Quichotte, du capitaine Fracasse, de Fabrice del Dongo et de tous les héros de la littérature de tous les temps, jusqu'au lieutenant de Saint-Avit, de *L'Atlantide* ! J'ai lu mille romans depuis cette époque, mais *Une semaine avec* me tient toujours sous son charme : l'habile présentation des textes y est pour beaucoup. Je sais maintenant que si j'ai aimé la littérature, je le dois pour une part à ce livre, que j'ai trouvé par hasard.

Papa croyait lui aussi ce genre de lecture réservé aux enfants des villes. Donner à lire à des gamins de la campagne huit ou neuf pages de Voltaire ou d'Anatole France, même en trois fois, quelle folie ! Restons-en à l'école, aux charmes de l'automne, à la chasse au perdreau et aux joies du printemps ! Il n'a pas changé. Quand je lui ai parlé d'*Une semaine avec*, il s'est écrié : « Tu perds la tête, ma petite fille ! Tu te vois faire lire dix pages de Racine à tes garnements de la montagne ! – Mais papa, il n'y a que neuf pages de Racine, en comptant les illustrations. Et puis ce n'est pas *Andromaque*, mais *Les Plaideurs*, une comédie très drôle. Enfin, Saint-André n'est pas dans la montagne, mais dans la vallée, et le car d'Alès passe plusieurs fois par jour devant l'école ! »

Voilà où j'en suis. Parle-moi franchement. Si toi, ma petite charcutière chérie, tu te ranges à l'avis général, je m'incline, je le jure. Pas sans regret, certes, mais je m'incline. Devant le bon sens, la raison, la sagesse, la prudence qui est mère de sûreté. Tant pis pour Ulysse, Fabrice, Saint-Avit et les autres ! Je compte sur toi. Tu m'as sauvé la vie plus d'une fois avec tes saucissons, tes saucisses sèches et tes pâtés de tête. Tu peux faire beaucoup pour moi, maintenant que les restrictions sont finies, en me donnant ton avis sincère, sans rire, et même en riant.

Que te dire d'autre ? J'ai un grand logement à la maison d'école, bien trop grand pour moi seule, mais mon installation est encore spartiate. Je crois que les parents m'accordaient un préjugé favorable au départ, parce qu'ils en ont plein les bottes de Canisius. Mais la Pialouse, la dame de la cantine, m'a prévenue : si j'encourage les grandes filles à chanter les « chansons du poste » à l'école, ils seront très fâchés contre moi ! Ah, les chansons du poste ! Pour ces protestants cévenols, qui ne connaissaient que les psaumes, c'est presque une nouvelle dragonnade ! Tu sais que les dragonnades consistaient à faire loger les dragons chez les protestants en leur permettant toutes sortes de sévices. Eh bien, c'est ce qui arrive avec la TSF, mais ce sont les protestants eux-mêmes qui ont fait entrer l'ennemi dans leur maison, pour écouter Londres pendant la guerre, et ils l'ont même payé de leurs chers gros sous ! Et le malin s'est installé, il séduit les filles et leur met le cœur à l'envers. Et souvent, j'entends mes grandes fredonner au bord de la cour *Quand allons-nous nous marier ?* (le plus grand succès de l'école de Saint-André), *Manola ma brune* ou *Ma cabane au Canada.* Je ne peux m'empêcher de pousser avec elles un bout de romance. Après – après seulement –, je fronce les sourcils, claque la langue, tss, tss, silence, on rentre. Elles ne sont pas dupes, elles pouffent dans mon dos. Elles marmonnent, pour un oui ou pour un non, la bouche en cul-de-poule, en forçant la scansion « pa-pa vou-dra ! pa-pa vou-dra ! » comme dans la chanson de Georges Ulmer : *J'espère que mon papa voudra*. Ou quelquefois, sur le même ton, « pou-pée chérie, pou-pée chérie ! » Ou, tout simplement « hay-di, hay-di-ho ». Seigneur, on est bien loin des psaumes !

Le progrès, quoi. Ce n'est pas moi qui l'arrêterai.

Un mot sur la « mairesse », Suzanne Lapierre, la Suzon. Elle n'a pas besoin du vote des femmes, celle-là, pour mener la commune à sa guise. Son mari est le « maire de la Résistance ». Il a peut-être été un héros et un chef en 1944, mais depuis il a déserté sa commune, où on ne le voit que le dimanche. Ça ne l'a pas empêché d'être réélu triomphalement en octobre 1947. Je suppose que les gens ont voté en réalité pour sa femme. Elle est très populaire, même si certains lui cassent du sucre sur le dos dès qu'elle l'a tourné. Elle ne s'embarrasse de rien, et les gens aiment sa manière. Une anecdote te la peindra, je crois, assez bien. Le pauvre Canisius en fait les frais. Un jour, elle m'a raconté : « Vous savez, Canisius, *en plus de ses défauts*, est aussi un vilain monsieur. Vous ne savez pas ? Je l'ai vu se promener tout nu ! » J'ai pensé : ce type est un détraqué. « Dans la campagne, je suppose ? Au bord du Gardon ? » Elle a pincé les lèvres et haussé les épaules. « Quand même pas dans la campagne. Dedans... – Vous voulez dire à l'école ? – Oui, dans la maison d'école. – Mais pas dans la classe ? – Non, il n'aurait plus manqué que ça. Dans son logement... J'étais rentrée tranquillement, et qu'est-ce que je vois ? – Mais vous n'aviez pas frappé ? – Frappé ? Il ferait beau voir que la femme du maire soit obligée de frapper pour entrer dans une maison qui appartient à la commune ! »

Et voilà. Elle l'a vu chez lui, où elle était entrée sans permission, après avoir presque forcé sa porte ! Maintenant, les gens de la commune répètent l'histoire sans aucun souci des circonstances. « La mairesse a vu Canisius courir tout nu ! » C'est comme ça qu'on écrit l'histoire. Voilà, ma belle, les nouvelles. N'oublie pas que j'attends une réponse, même brève. Je vais commencer à guetter le facteur dès après-demain.

Je t'embrasse de tout mon cœur, chère collègue.

Ton Agnès pour la vie.

Françoise Bassac à Agnès Vincent. Octobre 1949.

Agnès Vincent, ma douce enfant,

Quelle heureuse surprise, cette lettre longue, longue comme un jour sans amour ! Maîtresse jusqu'au bout des ongles, toujours, hein ? J'aimerais que tu me parles un peu plus de ta vie et un peu moins de tes problèmes de métier, dont je n'ai rien à fiche. Mais, bah, ça ne serait pas toi. Je reconnais aussi que l'aventure de la mairesse et de Canisius est sublime, et je vais la raconter à tous mes amis, avec ta permission.

J'alignerai moins de pages que toi. Je vis, moi, mademoiselle. Mais enfin, je te réponds vite, comme tu me l'as demandé. Je n'ai jamais eu *Une semaine avec* en classe. La directrice avait reçu un spécimen, à la parution, en 1936 ou 1937, et l'avait mis à la bibliothèque. Je l'ai lu comme un livre de bibliothèque, et il m'a tellement plu que je l'ai fauché. Plus tard, en stage, je suis tombée sur une classe de cours moyen, à Nîmes, où une vieille fille rigolote l'avait depuis dix ans comme livre de lecture. J'essaie de me souvenir si les gamines étaient plus dégourdies qu'ailleurs. Ma foi, ça ne m'a pas frappée. Ce livre est peut-être trop bon pour les élèves moyens, à la campagne ou en ville. Est-ce que ça vaut la peine de donner de la confiture à des cochons (ou des rillettes aux oies) ? Après des années de rutabaga, pourquoi pas, surtout si la confiture ne coûte pas plus cher que les feuilles de chou !

Maintenant, je vais te décevoir, accroche-toi au tableau noir ou au tuyau du poêle. Toutes les merveilles des livres ne servent pas à grand-chose. Les enfants ont perdu le goût de la lecture. Les filles écoutent les chansons de la radio (hein !), les garçons font du sport, les livres sont le cadet de leurs soucis. On a tout essayé pour les forcer à lire. Ce pauvre Pérochon

En attendant Une semaine avec (Ernest), que tu traites par-dessous la jambe, y est allé de trois ou quatre « romans scolaires ». Résultat : que couic, nib, la peau ! Aujourd'hui, ces putains de drôles se foutent de l'école et de l'instruction, tous ou presque.

Si tu voulais me croire, tu ferais comme moi : tu ne t'escrimerais pas pour sauver à toi seule l'école, la République et la littérature. Non, ma douce, tu toucherais ton mois de titulaire sans te casser la nénette. Tu te chercherais un gentil fiancé. Si tu aimes l'antiquité et la mythologie, tu t'intéresserais à Minerve, Hercule et Mercure. Connais-tu Pomone et Amphitrite ? Non ? Minerve et Hercule se trouvent sur le billet de mille francs. Pomone et Amphitrite symbolisent la terre et la mer sur le billet de cinq mille francs (Mercure est au verso). Les romantiques trouvent leur chéri, Chateaubriand, sur le billet de cinq cents francs. Quant au billet de cent francs, tu devrais regarder de plus près cette petite chose, tu verrais au recto un jeune paysan qui te mettrait en appétit. Ces illustrations ont deux avantages sur celles d'*Une semaine avec* (et autres livres scolaires). Un, elles sont en couleurs. Deux, on peut les échanger contre des tas de choses agréables, que je te laisse le plaisir d'imaginer !

En péroraison et terminaison, voilà mon avis : tu l'achètes, ton sacré livre, sans nous scier le dos avec tes cas de conscience. La terre continuera de tourner, ni plus vite ni moins vite. Tes cancres, hélas, resteront des cancres, mais au moins, tu ne passeras pas toute l'année à t'embêter comme un croûton de pain derrière une malle !

Et si on parlait un peu de moi maintenant, au cas où ça t'intéresserait ? D'abord une grande nouvelle : j'ai renoncé à la Talbot Lago rouge, six cylindres en ligne. Je pense toujours que c'est la voiture idéale pour une fille de charcutier, mais tous les héros de la mythologie ne suffiraient pas à la payer. Et puis, une grande nouvelle : j'ai, sur ma lancée, commandé une 4 CV Renault blanche (quatre cylindres en ligne, puissance réelle 21 CV, 100 km/h), la voiture idéale pour une jeune institutrice célibataire et décidée à le rester quelque temps. Je ne la recevrai pas avant quelques semaines, il faut de la patience, tout le monde en veut. Enfin, je l'aurai pour la mettre dans mon petit soulier, foi de garagiste, cochon qui s'en dédit. Pour la payer, je prends un crédit et fais appel au bon cœur de mon père, car elle vaut presque cinq cent mille francs. Mais oui, pa-pa vou-dra, pa-pa vou-dra !

Et je continue par une grande nouvelle, car il n'y a que des grandes nouvelles dans ma vie ! Il s'appelle Marcel et nous n'allons pas nous ma-rier, nous ma-rier, vu qu'il a déjà convolé et qu'il s'en mord les doigts. Je ne sais pas si c'était une prémonition ou une prédestination, j'ai toujours eu envie des hommes mariés. Au cours moyen 1, j'ai jeté mon dévolu sur le patron des autocars du bourg, un bel homme de quarante-cinq ans, et je ne le trouvais pas vieux du tout ! Marcel a beaucoup de qualités, et la plus importante de toutes : il n'est pas maître d'école ! En fait, il est officier (plus ou moins) dans la marine marchande. Il voyage beaucoup, il m'emmènera sous les cocotiers, au pays des vahinés, et même à Montevideo.

Nous voilà loin, ma petite Agnès, de l'école, des livres de lecture et du certificat d'études. J'ai grandi, moi. C'est comme ça que je comprends la vie, même si je n'en pense pas moins !

Je t'embrasse avec toute mon affection.

Ta Françoise qui blague mais t'aime fort.

M. J. Verdier, inspecteur de l'enseignement primaire, Alès.
À Mlle Agnès Vincent, chargée d'école. Octobre 1949.

Chère Mademoiselle,

Je m'autorise de très anciennes relations avec votre père et de la fraternité d'armes qui nous a liés dans la Résistance, pour vous adresser cette lettre, qui n'est pas un courrier officiel.

Je connais les difficultés qui se présentent pour vous à Saint-André-la-Vallée, où, j'en suis sûr, votre jeunesse et votre enthousiasme feront merveille.

Je veux que vous sachiez ceci : vous n'êtes pas seule, vos supérieurs, votre administration et votre syndicat sont avec

En attendant Une semaine avec vous. Vous pourrez m'informer de tout incident sérieux, de tout problème ou obstacle que vous pourriez rencontrer dans votre travail ou dans vos rapports avec la commune et les parents.

Je tiens à vous mettre en garde contre les ragots qui n'épargnent pas toujours le corps enseignant lui-même. J'ai bien connu votre prédécesseur, M. Larguier. Honnête homme, il fut aussi un bon maître. Victime dans sa commune d'une cabale haineuse, il a souffert des calomnies répandues contre lui, au point que sa santé, déjà chancelante, s'est encore détériorée durant l'année écoulée. C'est un homme malade et peut-être désespéré qui a conduit durant l'année scolaire 1948-1949 la classe unique dont vous avez désormais la charge. Cela explique sans doute le retard pris par certains élèves, en particulier les candidats au prochain certificat d'études primaires.

Je sais par M. P. Fontanes, délégué cantonal du syndicat, que vous estimez devoir changer le livre de lecture des cours moyen et fin d'études. Le choix des manuels est une prérogative des maîtres, et je n'ai pas à vous conseiller sur ce point, sauf si vous me le demandiez expressément. Si vous optez pour le changement, il vous faudra le faire assez vite, si possible avant la fin du mois d'octobre. Rien n'interdit à vos collègues plus anciens de vous faire part de leur expérience et de vous donner d'utiles conseils ; mais ils n'ont pas à exercer sur vous la moindre pression, même au nom du syndicat.

Je n'ignore pas que certains de nos collègues, par idéalisme, s'efforcent de promouvoir les livres – d'ailleurs excellents – de la société SUDEL, patronnée par le syndicat. Quelques-uns, emportés par leur foi, sont allés trop loin dans ce sens, condamnant avec violence les éditions classiques, comme la Librairie Hachette ou la Librairie Nathan, sous prétexte qu'il s'agit de sociétés capitalistes. Il se peut que les maisons d'édition capitalistes disparaissent un jour ; en attendant, elles existent, et leurs manuels, souvent conçus par les plus éminents d'entre nous, sont à la disposition des maîtres et des élèves. On vous dira peut-être : « Pas ce livre édité par H... Tout mais pas H... ! L'inspecteur ne veut pas de livres H... ! » N'en tenez pas compte. Que tout cela soit nul et non avenu.

Je vous souhaite beaucoup de réussite dans votre classe unique, le plus difficile mais le plus passionnant des postes. Je vous verrai naturellement à la conférence pédagogique, mais je puis vous rencontrer n'importe quand, pourvu que vous m'avertissiez par un coup de téléphone (soyons modernes !).

Recevez, chère mademoiselle, l'expression de ma vive sympathie.

J. Verdier.

Mlle Agnès Vincent à M. J. Verdier, inspecteur primaire.

Monsieur l'Inspecteur,

Je n'avais pas entendu dire que M. Larguier était malade. J'espère qu'il se rétablira pour profiter d'une retraite bien méritée.

J'ai, en effet, décidé de changer le livre de lecture du cours moyen et de la classe de fin d'études. J'ai bien eu quelques pressions amicales de la part des collègues, en faveur des ouvrages édités par SUDEL. Ces livres sont, certes, excellents, avec toutes les qualités... et tous les défauts de la plupart des autres manuels. Comme je crois à la littérature et à l'influence bénéfique des grands écrivains sur le goût des élèves, même les petits paysans de la montagne, je suis tentée de choisir l'ouvrage de M. Berry, *Une semaine avec*, édité par la Librairie Hachette. Les avis sont fort partagés sur ce livre.

Lorsque j'en ai parlé pour la première fois à mon père, il a « poussé les hauts cris ». Puis il a relu tout le livre, devant moi, à mon dernier congé. Je l'ai vu rire, puis essuyer une larme, sourire et se passionner. Il a eu l'air de prendre un plaisir extrême à *Peau-d'Âne* comme aux aventures de Gil Blas de Santillane ; il n'a refermé le volume qu'après être tout à fait rassuré sur le sort du lieutenant de Saint-Avit, le héros de *L'Atlantide*. Alors, il m'a dit : « Pourquoi pas ? »

Je suis consciente du risque qu'il y aurait à choisir ce

livre dans une classe unique rurale, comme Saint-André-la-Vallée. J'aimerais avoir votre avis avant de me décider pour de bon.

En vous remerciant, je vous prie de croire, monsieur l'Inspecteur, à mes sentiments les plus respectueux.

Agnès Vincent.

M. J. Verdier à Mlle Agnès Vincent. Octobre 1949.

Chère mademoiselle,

Quand j'étais enfant, pendant la Grande Guerre, je fréquentais une école de campagne, bien loin d'ici, dans une région sans doute plus déshéritée que les Cévennes. La plupart des élèves ne venaient en classe qu'après la fin des travaux agricoles, à la Saint-André, disions-nous. Et ils repartaient souvent à la Saint-Georges, qui tombe le 23 avril. Mais, autant que je me souvienne, tout le monde apprenait à lire, et nous, les « grands », avions une véritable adoration pour notre livre de lecture, le fameux Mironneau de la Librairie Armand Colin, réputé à l'époque très « littéraire » et très « difficile ».

Ma réponse vous convient-elle ?

Recevez, chère mademoiselle, etc.

J. Verdier.

Agnès Vincent à Françoise Bassac. Octobre 1949.

Ma chère Françoise,

C'est décidé, je joue mon va-tout : je prends *Une semaine avec*. Si tu voyais l'enthousiasme de papa depuis qu'il a redécouvert ce livre !

La lecture d'*Une semaine avec* a été le détonateur de son envie de revivre – c'est-à-dire d'enseigner de nouveau. Il est sur le chemin de la guérison, enfin. Un désir profond de retrouver l'école et les enfants était en lui, endormi mais toujours vivant. La pensée que je l'ai aidé à cette prise de conscience m'est très douce.

L'inspecteur approuve mon choix. Sur ma lancée (et aussi sur le conseil de papa), j'ai décidé de changer aussi la vieille grammaire Maquet, Flot, Roy, et j'ai choisi *La Grammaire par l'image*, de G. Gabet, illustrée, vivante, moderne.

Et en avant pour le certificat d'études du demi-siècle ! Oh, je sais que je n'ai aucune chance ; tant pis, je me battrai jusqu'au matin, comme la chèvre de M. Seguin !

Ma classe ? Elle va mal, mais un peu moins. J'échoue à tenir mon emploi du temps trois jours sur quatre, mais je progresse. Je suis à bout de nerfs tous les soirs, mais j'ai appris à me faire de la tisane calmante.

Je t'embrasse.

Ton Agnès.

9.

La leçon de morale

Il pleut. Agnès admire les petites en train de jouer à la marelle sous leur préau. Comme elle a aimé ce jeu ! Il porte toujours pour elle l'image de l'enfance la plus forte et la plus tendre. Elle connaît tous les rêves qu'il féconde, rêves de vie, d'espaces, de mondes. En même temps, il appelle des mouvements d'une grâce fragile, entre la légèreté et le défi.

Pour Agnès, il a été bien plus difficile d'y renoncer que d'abandonner ses poupées. Elle doit encore résister, parfois, à l'envie de rejoindre ses élèves dans une partie : ses chevilles la démangent, un frisson monte dans son mollet, elle se dresse presque malgré elle sur la pointe du pied.

Elle se souvient, pendant la guerre, les grandes de quinze ou seize ans, au cours complémentaire, avaient inventé un moyen de poursuivre un jeu qui n'était plus de leur âge. Elles poussaient, en guise de palet, un morceau de savon, enveloppé avec soin dans un carré de papier. Et on pouvait gagner en fin de partie la précieuse denrée !

Un jour, bien plus tard – c'était après le retour de son père –, elle devait sortir avec Françoise et deux garçons. En marchant au rendez-vous, elle a rencontré deux petites filles qui jouaient à la marelle sur un coin de trottoir. Elle a songé à son enfance perdue. Elle n'avait pas très envie d'entrer dans l'âge adulte, ce temps de la vie où l'on ne joue plus à la marelle... Elle s'est arrêtée, elle a observé les petites filles, puis leur a demandé d'entrer dans le jeu. Les gamines, d'abord surprises, ont accepté avec ravissement. Agnès n'a pas vu les minutes passer.

Elle est arrivée en retard au rendez-vous, mais heureuse comme elle ne l'avait pas été depuis des mois, prête à sauter le pas qui ferait d'elle une femme, à pieds joints ou à clochepied, le sourire aux lèvres et le rêve au cœur. Un message de sa mère l'attendait : son père était au plus mal, elle devait rentrer tout de suite. Son père a survécu, il est maintenant presque guéri.

Mais elle n'oublie pas sa dernière marelle.

Elle renifle avec une grimace. L'odeur d'encens du romarin, en bouquet sur son bureau, ne suffit pas à chasser celle du tabac froid. Les grandes filles ont encore caché des mégots quelque part, pour faire croire qu'un homme est venu.

Agnès s'assoit derrière son bureau, se retourne une seconde pour s'assurer que l'emploi du temps est toujours affiché au mur derrière elle, un peu comme un conducteur d'auto regarde dans le rétroviseur avant de démarrer. Il est à sa place, entouré d'illustrations d'histoire et de géographie qu'Agnès a prélevées dans sa collection personnelle. Au-dessus, la pendule indique exactement 8 h 30. La date du jour est inscrite sur le tableau noir des grands, à sa gauche : vendredi 28 octobre 1949.

Devant elle, le bouquet de romarin et une assiette creuse pleine de lactaires. C'est Angèle Roux qui a apporté les champignons, tout jeunes encore, suintant leur lait orangé. Ils serviront à une leçon de vocabulaire, tout à l'heure ; puis Agnès les mettra au frais à la cave et les mangera ce soir.

Elle vérifie que sa montre est à l'heure, respire un bon coup, la voilà partie pour un nouveau jour de classe. L'émotion des premières minutes de la journée est toujours forte, mais elle n'a plus peur. Un coup d'œil par la fenêtre sur le ciel brumeux, puis elle promène un regard assuré sur la troupe immobile des enfants et ouvre le cahier d'appel. Deux absents aujourd'hui. Tous les grands sont là. Comme chaque matin, Pierrette, la jumelle, soupire en s'installant : « Oh, là, là ! » Et Ninon Paulet, à sa droite, la tance d'un « Pouce, ça va ! ».

Agnès aime beaucoup, maintenant, le quart d'heure de morale du matin, souvent prolongé à une demi-heure pour les grands. C'est avec l'éducation physique le seul moment où elle s'adresse à toute la classe. Aussitôt après, il lui faut jongler avec l'emploi du temps, bondir sans cesse d'un cours à l'autre. Il y a même, deux ou trois fois dans la semaine, des « quarts d'heure fous », où elle doit être partout à la fois, mais presque sans bouger, car les tout-petits viennent lire près d'elle, un par un, leur livre posé sur ses genoux, pendant qu'elle s'occupe des grands.

Elle a choisi de parler cette semaine de la place des femmes dans la société, de leur travail et des métiers féminins. Elle n'est pas très sûre que le sujet plaise aux parents, mais elle le doit aux grandes filles. La leçon a été difficile à préparer, par manque de lectures. Maîtresse et élèves sont fatiguées des beignets de Suzel, dans *L'Ami Fritz*, et du courage de la servante, dans *Nène*. On sait tout de la fermière : pas de quoi passionner ces jeunes paysannes... Les livres récents font un sort aux couturières de Marguerite Audoux. Couturière, le métier féminin par excellence ! À quoi sert, alors, d'avoir gagné la guerre et donné le droit de vote aux femmes, si c'est pour les renvoyer aux métiers du passé ? Quant à la vie de Marthe, l'ouvrière, raconté par Jean Pallu dans *L'Usine*, elle est bien décourageante.

Agnès a finalement retenu pour les grands un texte sur la « dactylographe » et un autre sur l'infirmière. Pour les petits : rien. Elle a dû écrire elle-même quelques paragraphes simples mettant en scène ces métiers. Elle a tapé le tout, avec deux doigts, sur la vieille Olympia de son père. Puis elle en a tiré un nombre suffisant d'exemplaires avec le duplicateur qui servait à Pierre Vincent pour ses tracts, pendant la guerre, et qu'elle a elle-même sauvé de la Gestapo en le cachant. Ainsi, elle pourra associer morale, instruction civique et lecture, en attendant *Une semaine avec*, le livre qui changera la vie de la classe.

Elle ouvre la séance par quelques extraits d'un discours d'Ernest Lavisse, sur la « situation sociale de la femme au XXe siècle ». Style un peu pompier, mais, pour son temps, ce type n'était pas idiot ! Agnès observe la salle avec un sourire d'espoir... et un petit pincement de cœur. Elle se rend compte qu'elle a trop attendu de cette leçon. Une fois de plus ! Elle ne cesse de guetter, le cœur plein de foi, le moment où les grandes filles se réveilleront, sortiront de leurs chansons, de leurs fous rires, de leurs mimiques puériles. Mais à trop espérer, on risque une déception trop cuisante.

– Qui veut lire « La dactylographe ? »

Toutes les mains se lèvent, jusqu'au fond du cours moyen. C'est bon signe. Le texte est vivant, pas très malin, mais facile et drôle. Et puis le bruit de la machine est imité plusieurs fois : « Tac, tac, tac ! » Et chaque élève a envie de faire tac-tac-tac. Les mains se baissent une à une. Il a suffi que Ninon se dresse sur le coin de sa table et promène autour d'elle un regard impérieux, et tout le monde se désiste.

Ninon se racle la gorge, oh, oh, oh ! et s'élance.

Le patron est entré en coup de vent :

– Mademoiselle Aline, il faut me taper tout de suite cette lettre urgente.

Aline avait eu juste le temps de remettre sa petite glace dans son sac. Toujours cette boucle blonde qui se dérange, quand elle penche la tête sur sa machine !

Ah, le cliché de la jeune fille futile, qui se mignote et se pomponne à son bureau, au lieu de s'occuper de son travail...

Puis Agnès distribue les textes qu'elle a composés pour les petits et écrit au tableau d'un geste vif, d'un trait appuyé : *De nos jours, les jeunes filles doivent apprendre un métier, comme les garçons. Fermière en est un, il y en a beaucoup d'autres, à la campagne et surtout en ville. Les femmes votent et, un jour, elles feront tous les métiers des hommes.*

Elle s'aperçoit que la sueur ruisselle dans son cou et son dos. Elle relève une boucle qui lui tombe sur les yeux, comme la dactylo, et sourit aux grandes, la bouche tordue et l'air hagard. Pour un peu, elle le sent, les premiers rangs l'applaudiraient. Mais Ninon, l'impossible Ninon, gâche tout d'une seule phrase.

– J'épouserai un docteur et j'aurai pas besoin de travailler !

La garce ! Bien sûr ! Si elle avait dix ans de plus, elle mettrait le Dr Cavalier dans sa poche. Dans sa poche et dans son lit ! C'est à désespérer de l'éducation nationale, de la morale et de la vie. Agnès laisse le brouhaha des conversations éclater chez les grands, que les moyens et les petits ne tardent pas à imiter. Les filles ont toutes leur idée sur la question.

– Moi, j'élèverai des vers à soie, dit Angèle Roux.

Et Henri Daudé, impitoyable :

– Y vont tous crever. En plus, ça sert à rien, la soie, vu à cause qu'on a le Nylon !

Angèle lui tire la langue.

– Si, ça sert. Et les miens y crèveront pas, parce que j'ai un truc. Un truc de santé pour les vers ! Voilà !

Léa Benoît, une fille de l'Assistance en pension chez les Thomas depuis une semaine, lâche d'une voix étouffée :

– Moi, je ferai un bon métier, mais je le dis pas !

C'est une longue fille brune, aux yeux sombres, aux joues osseuses et aux narines palpitantes. Elle est vêtue d'un tablier gris souris, elle a de fortes mains marquées par les tâches ménagères ou agricoles. Elle regarde Agnès, puis ses voisins et voisines, comme étonnée de son audace. Agnès lui sourit, elle se rassoit en courbant les épaules. Ninon se retourne vivement.

– T'auras pas le certificat, t'es pas de niveau. On n'est pas de niveau ! Personne est de niveau, t'as compris ?

Agnès tape du poing sur la table. « Ninon ! » Ninon ricane derrière sa main. Elle lisse ses cheveux et ses yeux brillent d'insolence. Jacques Pagès, du cours de fin d'études première année, annonce qu'il sera aventurier. À côté de Ninon, Pierrette, la jumelle, se lève, fixe Agnès de son regard un peu en dessous. Blonde, la bouche petite, dessinée avec finesse, comme ses traits. Son visage un peu pointu prend la forme d'un cœur quand elle sourit. Elle peut être d'une seconde à l'autre jolie ou presque laide, suivant son humeur. Elle se tourne vers Jacques Pagès, elle se mouille les lèvres avant de parler.

– Toi, on t'a rien demandé. Aujourd'hui, c'est que les filles qui comptent !

Puis elle regarde la maîtresse d'un air candide.

– Moi, mademoiselle, je veux être député.

Agnès retient un geste de surprise et se tait. Avec les jumeaux, elle ne sait jamais s'ils sont sérieux ou s'ils se paient sa tête. Henri fait mine de pouffer dans son coin.

– Députain, oui !

La première insulte du jour. Agnès tape sur son bureau.

– Henri, je n'aime pas ce que tu as dit...

Jeannot bourre de coups son voisin, Henri hurle de douleur. Pierrette se trémousse en tripotant son soutien-gorge, c'est devenu un tic. Elle décoche une vilaine grimace à Henri.

– *Sible* toujours, *Verguette !*

La colère lui tire souvent des mots patois. *« Verguette »* est le surnom d'Henri Daudé. Et Henri lance sur le même ton : « Agrappe ! Bédigasse ! » Les gamins de Saint-André ne se servent plus guère du parler cévenol que pour échanger des injures. Agnès frappe dans ses mains.

– Vous viendrez me voir tous les trois à la sortie, ce soir. On reprendra ensemble la leçon de morale.

Une leçon qui tourne mal, Agnès ne s'en offusque plus. Le quart d'heure du matin est aussi le moment de lâcher ce qu'on a sur le cœur. Ninon lève la tête, pointe l'index.

– Mademoiselle, c'est pas juste. Pourquoi les trois ?

– Tu viendras aussi, dit Agnès. Chacun videra son sac.

Ninon blêmit et se tait. Le calme revient. Les grands développent la maxime du jour : « Les jeunes filles doivent apprendre un métier. » Les petits se contentent d'une seule ligne qu'Agnès inscrit sur le tableau de gauche. Les moyens copient deux lignes sur le tableau de droite.

On continue avec la lecture dans toutes les classes : silencieuse pour les uns, à haute voix pour les autres. Puis grammaire, calcul... les monitrices s'affairent auprès des petits. Après une hésitation, Léa Benoît tente sa chance et va s'occuper d'un garçonnet qui se plaint d'un mal de ventre. Agnès approuve d'un signe de tête. Léa prend le gosse par la main pour l'emmener aux cabinets. Pierrette souffle derrière sa main :

– Son métier secret, ça sera culotteuse de drôles !

Il n'y aura dans la classe aucune pitié pour l'orpheline.

À la sortie de midi, plusieurs filles, des petites et des moyennes, s'avancent vers la maîtresse pour annoncer qu'elles ont choisi leur métier. Puis Ninon surgit et, d'un grand geste rond, chasse les petites, qui s'égaillent dans la cour.

– Mademoiselle, je dois vous parler.

Agnès retourne à son bureau, Ninon la suit de près, plante les ongles dans la manche de sa blouse.

– Je ne peux pas rester en retenue pour la morale, ce soir, mademoiselle. C'est pas possible !

Agnès croise les bras et fixe longtemps Ninon.

– Mais qui a parlé de retenue ?

Ninon se tord les mains, agitée, rouge, échevelée.

– Quand on doit rester après la classe, c'est une retenue.

Elle porte la main à sa poitrine, paraît sur le point de suffoquer. Elle regarde par la fenêtre si personne ne la guette, baisse la voix et répète très vite, en butant un peu sur les mots :

– Si mon père était là, il croirait que j'ai été punie !

Agnès prend le poignet de la grande fille.

– Ton père, Ninon...

– Vous allez me dire qu'il est mort il y a dix ans !

– Ninon, je voudrais qu'on parle franchement, tous les cinq, avec Jeannot, Pierrette et Henri, de ce qui ne va pas entre nous et de ce qu'on pourrait faire pour arranger les choses, rien de plus. C'est comme ça que je comprends la morale.

Ninon secoue la tête, ses lèvres tremblent, elle balbutie :

– Je ne peux pas parler devant les autres.

La fringante Ninon au bord de la crise de nerfs ? Agnès n'a que trop cédé aux caprices de cette gamine. Le moment est venu de lui résister. Elle se raidit pour se préparer à dire non.

– Ninon, je veux que tu viennes. J'expliquerai à ta maman qu'il ne s'agit pas d'une punition.

– Mademoiselle, mademoiselle...

Voilà Ninon changée en une petite fille de huit ans, qui

renifle et hoquette. Les larmes coulent de son nez et s'étalent sur sa lèvre. Agnès s'apprête à sortir son mouchoir, puis retient son geste. Mais Ninon cherche ses doigts d'une main frémissante.

– Essuyez-moi, je vous prie. S'il vous plaît !

Agnès la mouche comme un bébé. Elle s'en veut de la tendresse presque maternelle, mêlée de douce revanche, qui lui pince le cœur. Ninon souffle, Agnès la sent trembler contre elle. « Mademoiselle... » Non, il n'est pas possible que ce soit une feinte. Agnès hésite entre l'envie de serrer Ninon dans ses bras et l'instinct de gronder. Ninon supplie, entre deux hoquets :

– S'il vous plaît, emmenez-moi chez vous. Je voudrais boire.

Agnès la prend par les épaules, mais Ninon fléchit sur ses jambes. Agnès la rattrape par la taille et la soulève plus qu'à moitié. Elle ouvre la porte du couloir d'un coup de pied et tire Ninon jusqu'à la seule pièce meublée du rez-de-chaussée, la cuisine. Elle n'est pas assez forte pour tenir dans ses bras une grande fille d'au moins quarante kilos qui se laisse aller comme un paquet de linge sale. Elle l'aide à s'étendre, essuie la sueur sur son front. Ninon tremble de la tête aux pieds.

– J'ai froid, mademoiselle.

Agnès saisit la couverture qu'elle pose sur ses genoux quand elle travaille à la cuisine. Elle couvre Ninon et va chercher un verre d'eau. Quelle drôle d'histoire ! « Où allons-nous si cette gosse exige d'être la reine de l'école et ne supporte aucune contrariété ? » Ninon boit une gorgée d'eau, ses dents cognent contre le bord du verre que tient Agnès. « Mademoiselle... » A-t-elle deviné les questions et pensées qui tournent dans la tête de sa maîtresse ? Son regard chaviré roule et se voile. Elle bredouille :

– C'est à cause de ma marraine, tantine Paulet. Je vais la voir à Alès, pour la Toussaint. Si elle apprend... si elle apprend... Vous comprenez, les jumeaux le diront à ma mère, ils sont comme ça, ils peuvent pas tenir leur langue. Et ma mère l'écrira à ma marraine, comme elles se voient pas. Et ma marraine... et ma marraine... le dira...

Voilà les larmes de retour ! C'est un vrai chagrin, qui cache un malheur secret et profond. Un quart d'heure plus tôt, une presque jeune fille s'est avancée vers la maîtresse en disant sur un ton impérieux : « Mademoiselle, je dois vous parler ! » Et maintenant Agnès serre dans ses bras une enfant qui grelotte de peine et de dépit.

– Tu sais, Ninon, je t'aime bien.

Ninon étouffe un sanglot et gémit :

– Moi aussi... mademoiselle... je vous aime.

Agnès remballe ses résolutions et caresse les cheveux de son élève – son élève préférée, ô honte. Elle s'était tant et tant juré de n'avoir jamais de chouchou, et Ninon est venue, l'a défiée, a joué les diablesses avant de se rendre, transie et plaintive. Au vrai, Agnès attendait cette capitulation, mais pas si tôt et après une vraie bataille. Elle souffre d'avoir vaincu sans péril.

Elle rage surtout de ne pas comprendre. À genoux devant la banquette, elle caresse les cheveux clairs et soyeux de Ninon. Foin des calculs mesquins et des peurs égoïstes, Agnès laisse parler ses sentiments.

– Ninon, je te libère pour ce soir. Sois consolée...

Plus bas, dans un souffle, elle ajoute : « Sois heureuse. » Elle écarte les mains, elle ferme les yeux. Et si Ninon allait se lever en riant, esquisser un pas de danse victorieux ? Agnès ne veut pas le voir. Mais non, elle se pelotonne, se roule en boule.

– Merci, mademoiselle. Oh, merci !

Et Agnès continue de la bercer. Elle n'a même plus envie de savoir la vérité, de trouver le secret de la devinette. Ninon se laisse aller, se laisse consoler. Elle renifle encore, puis ses sanglots s'apaisent.

Agnès trouve exquis ces instants volés à la pédagogie et peut-être à la morale. Elle a un peu honte de son bonheur. Mais le temps passe. Elle respire l'odeur de l'enfant couchée dans ses bras, puis retire ses mains, se relève doucement. Ses genoux sont un peu ankylosés, une douleur l'élance. Ninon la retient par le poignet. Comme ce geste est doux ! Agnès répond d'une brève caresse, prend la main de Ninon.

– Viens.
– Aidez-moi, s'il vous plaît.
Agnès a une seconde l'impression que Ninon retient un aveu au bord des lèvres : un mot d'encouragement suffirait peut-être pour qu'elle se libère de son secret. Mais Agnès n'a pas envie de précipiter sa confession. Il est sans doute trop tôt.

Interlude 1. L'automne

Matins frileux !
Le temps se vêt de brume ;
Le vent retrousse au cou des pigeons bleus
Les plumes.

Émile Verhaeren, « Les plaines » in *Le Livre unique de français, Cours élémentaire et moyen*, par L. Dumas, Éd. Hachette, 1934.

Silence de l'automne

C'est le silence de l'automne
Où vibre un soleil monotone
Dans la profondeur des cieux blancs.
Voici qu'à l'approche du givre
Les grands bois s'arrêtent de vivre
Et retiennent leurs cœurs tremblants.

Vois, le ciel vibre, monotone :
C'est le silence de l'automne.

Fernand Gregh, « La maison de l'enfance » in *Lecture et langue française, Certificat d'études primaires* par A. Lyonnais et P. Bessège, Librairie Istra, 1945.

Automne

Ma chère, nous irons aux derniers soirs d'automne
Voir fleurir dans les bois la tardive anémone,
Les chrysanthèmes d'or émailler les jardins,

Et les grappes déjà trop mûres de raisins
Et par les premiers froids légèrement ridées
Pendre aux rameaux brunis les treilles dénudées !
Nous verrons aux penchants des collines prochaines
L'or des grands peupliers et la rouille des chênes,
Et tout nous parlera d'automne et de départ.
Au ciel, ainsi qu'un rouge et sanglant étendard
Un nuage empourpré planera sur nos têtes ;
Et le calme attristé des campagnes muettes
Et dans les bois déserts le silence des nids
Nous diront que les jours d'été sont bien finis,
Que loin, bien loin de nous, est la saison des roses
Et que demain l'hiver et ses brumes moroses
Auront enveloppé de leur morne linceul
Ces bois que le sanglot du vent troublera seul.

Paul Haag, « Le Livre d'un inconnu », in *Le Nouveau Certificat d'études primaires et les bourses*, Librairie Delagrave.

Connaissez-vous l'automne ? L'automne en pleins champs, avec ses bourrasques, ses longs soupirs, ses feuilles jaunies qui tourbillonnent au loin, ses sentiers détrempés, ses beaux couchers de soleil, pâles comme le sourire d'un malade, ses flaques d'eau dans les chemins ? Connaissez-vous tout cela ?

Gustave Droz, « Monsieur, Madame et Bébé », in *Le Livre unique de français, cours moyen et certificat d'études*, par L. Dumas, *op. cit.*

10.

Ninon, Gatsou et le docteur

Gatsou est étendue sur l'herbe, au fond du jardin, appuyée sur ses coudes. Elle mâchonne la tige d'une fleur et fixe l'horizon par-dessus le mur de pierres sèches qui ferme l'enclos du Mas Vaillant, à Claire-Baraque. Ninon la frôle. Gatsou touche le bras de son amie.

– T'oublies tes gants, dit-elle d'une voix pensive. T'oublies toujours de les prendre pour travailler. Papa est furieux. Il dit que tu vas t'abîmer les mains et que ça sera bien dommage. Dis, est-ce qu'il te paie pour tout le travail que tu fais chez nous ?

Gatsou a dix ans, elle va entrer en sixième l'an prochain : par certains côtés, elle est déjà une grande fille, par d'autres, c'est encore une enfant taquine et naïve. Ninon balance d'une main sa faucille, relève de l'autre le bord de son chapeau de paille, emplit ses poumons d'un air vif tombé de la montagne.

– J'aide ton papa pour mon plaisir, dit-elle à Gatsou. Et puis parce qu'on est voisins, que j'aime bien votre mas et que j'aime bien me promener dans votre jardin.

Gatsou crache sa fleur, arrache une poignée d'herbe à côté d'elle, puis la jette au loin sans bouger de sa place.

– Papa t'a quand même donné un billet de trois cents francs, une fois, et cent francs une autre. Le billet de cent francs, le rose avec un jeune homme et des vaches, c'était la semaine dernière.

– C'était mes étrennes.

– Déjà ? Tu sais, Ninon, je suis contente que mon papa te donne de l'argent pour ton travail au jardin et aussi quand tu t'occupes de moi et mon frère. Tu as honte ? Est-ce que tu es amoureuse de papa, Ninon ?

Ninon baisse les cils. Une vive chaleur monte à ses joues.

– Oh, pouce, ça va. J'ai pas l'âge !

– Treize ans et demi, c'est trop jeune ? Moi, je crois que je pourrai être amoureuse bientôt. À onze ans ou douze ans, peut-être... Mon papa est assez vieux, mais il est docteur. Je crois qu'il te plaît et que tu viens travailler au jardin le dimanche pour le plaisir d'être avec lui !

Ninon met la main devant sa bouche, puis elle essuie une goutte de sueur au-dessus de son œil.

– Ton papa est très gentil.

– Papa est un type merveilleux, dit Gatsou en se léchant les lèvres et en regardant le ciel. Lui aussi te trouve plutôt bath. Mais il trouve la demoiselle de Saint-André très bath aussi. À ton avis, Ninon, est-ce qu'elle est amoureuse de lui ?

Ninon se balance sur une jambe.

– Comment veux-tu que je le sache ?

– Tu sais quel âge il a, mon père ? Tu penses que c'est trop vieux pour la demoiselle ?

Ninon ne répond pas. Gatsou jette deux ou trois coups d'œil autour d'elle, vers le jardin et le mas, puis elle baisse la voix.

– Je voulais te prévenir, sous le sceau du secret : mon papa est trop vieux pour avoir des enfants.

Gatsou s'écarte de deux ou trois pas, regarde Ninon en coin.

– Tu lui diras pas que je te l'ai dit, hein ? Il est très chatouilleux pour ces choses !

Ninon promet d'une mimique un peu apuyée.

– Motus et bouche cousue.

– Bouche cousue, hein ?

C'est Ninon qui a eu l'idée de remettre en état le jardin du Mas Vaillant. Le Dr Cavalier habite au bourg de Saint-Jean, où il a son cabinet. Il ne vient que le dimanche à sa maison de campagne près de Saint-André, qui appartenait à sa femme, Jenny. Ninon et sa mère ont leur maison juste au-dessous. Ninon préfère celle du docteur, surtout à cause de l'immense jardin. Elle a pressé le docteur d'entreprendre un débroussaillage complet et de nettoyer aussi l'intérieur. Elle ne lui a pas dit qu'elle a trouvé une clef, qui lui permet d'entrer en douce. Elle ne dit jamais tout à personne. Le docteur s'est déclaré d'accord, finalement, avec des gestes amples et exubérants, mimant déjà les travaux de nettoyage et de réparation.

– Oui, Ninon. Il faut boucher les gouttières, repeindre les pièces, remplacer les vitres qui manquent ! Nous y viendrons tous les dimanches. Quel chantier ! Montre tes mains.

Le docteur lui a caressé le creux des paumes, plié les doigts, tâté les ongles comme pour une visite médicale.

– Tu as de jolies mains, très douces. J'ai peur que tu les abîmes, en maniant toutes sortes d'outils.

– Ce n'est pas pire que la vaisselle, à la maison !

Il a gardé longtemps les doigts de Ninon dans les siens. Elle a songé à son prénom, Marc-Antoine. Ses amis l'appellent Doc Mac. Elle lui a abandonné ses mains avec un vrai bonheur.

Il se rappelle avoir vu un kiosque dans le parc quand il était enfant. Mais impossible de retrouver l'endroit exact.

– Cette petite construction doit être recouverte de broussailles. On finira bien par la dégoter, mais ça sera quasiment les sept travaux d'Hercule.

Ninon a rectifié : « Les douze. » Doc Mac a éclaté de rire.

– Tiens, la petite écolière qui en remontre à son docteur !

Les enfants sont entrés dans le jeu. Gatsou a annoncé qu'elle chercherait le kiosque et qu'elle en ferait sa maison. David a protesté. « Ça sera ma cabane ! » On est arrivé à un compromis général. Gatsou s'installera dans le kiosque, David aura la grande cage à oiseaux, disparue elle aussi sous un amas de ronces et de plantes grimpantes.

– À condition que j'aie droit d'élever un boa !

– Tu vas pas mettre un serpent dans une cage à oiseaux ?

– J'aime pas les oiseaux. Je veux un boa !

– Le boa vit dans les pays chauds. Il crèvera en hiver.
– L'hiver, je le mettrai dans ma chambre.
– Alors, moi, j'irai habiter à Paris !
– Bon, je prendrai aussi ton kiosque. J'y mettrai un python !

Mais on n'a pas pu repérer le kiosque. Et la cage à oiseaux paraît inaccessible pour le moment. Ninon a décidé de nettoyer aussi les vitres. Depuis Claire-Baraque, leur miroitement au soleil est un des plus beaux spectacles qu'elle connaisse.

David a déclaré que le grenier serait à lui.
– Je dirai que c'est un cadeau.

Gatsou a tiré la langue à son petit frère.
– Idiot !
– Patate !

David a pris une pose grotesque pour moquer sa sœur.
– T'es qu'une danseuse ! Une fille qui montre sa culotte !

Ils ont fini par s'empoigner. Ils sont de même force. David a trois ans de moins que sa sœur, mais c'est un garçon et il est plus méchant. Il choisit les coups vicieux, tire les cheveux, passe la main sous les vêtements... Ninon les a séparés, une fois de plus, sous l'œil attendri et un peu moqueur de leur cher papa. David l'a mordue à la cuisse. Doc Mac a rit et examiné la blessure, moitié médecin, moitié camarade. Il l'a badigeonnée de teinture d'iode et il massé le muscle autour. Et un peu plus tard, David a lancé à Ninon un clin d'œil appuyé.
– Mon père t'a levé la jupe, hein ?

Doc Mac ne veut pas se mêler des querelles de ses gosses. Peut-être est-il fatigué, il se fait aider par Ninon, en attendant de se trouver une jeune épouse... Et s'il tombait amoureux de la demoiselle ? Et s'il voulait l'épouser ? Est-elle assez jolie pour le docteur ? Ninon ferme les yeux. Oui, elle est jolie, dans son genre. Un peu petite, un peu menue, mais on devine, quand elle s'assoit ou s'étire, de fortes cuisses sous sa jupe longue. Et puis le docteur aime peut-être ce genre-là.

Et voilà que les maux de ventre de Ninon sont revenus ! Elle a souffert tout le printemps et le début de l'été, la faute à

Canisius, bien sûr. Elle croyait ses douleurs parties pour toujours. Et puis elle a de nouveau cette espèce de spasme au milieu du corps. À qui la faute, cette fois ?

Elle pose sa faucille, se relève, cherche son souffle. Gatsou n'est plus là. Ninon décide de changer d'outil : travailler à la faux est moins pénible, quand elle a mal au ventre. Elle va faucher quelques orties qu'elle ramassera pour la pâtée de ses dindons... Tout à coup, sa douleur, juste au-dessous du nombril, s'enfle, perce dans les reins, lui coupe la respiration. Elle lâche la faux, sursaute à un bruit de pas, derrière elle. Elle se retourne, ce n'est que Gatsou. Et Gatsou la fixe avec son petit sourire, qui questionne, suppute, savoure.

– T'es fâchée avec mon père ? Tu le laisses tout seul ?

Ninon répond d'un ton calme, sans regarder Gatsou.

– Va donc le retrouver, au lieu de traîner dans mes jupes !

La petite fille pince la bouche, d'un air de rage. Ninon voudrait rattraper sa réflexion. Elles sont face à face. Gatsou scrute Ninon, les paupières à demi baissées, sous ses cils.

– Mon papa t'épousera jamais, tu sais, parce que ta mère a fait la mauvaise vie avec des types, autrefois !

Une colère rouge éclate dans le cœur de Ninon, sa plus grosse colère depuis Canisius. Elle se sent possédée, changée en furie. Elle ne se contient plus. Sa main part toute seule, tombe sur la figure de Gatsou, avec un bruit de courroie qui casse. On a dû l'entendre au hameau. La petite fille est projeté sur le côté, se rattrape à un arbuste et pousse des hurlements de chat écorché.

Au moins, je ne l'ai pas tuée ! Ninon ne sait plus ce qu'elle fait. Une pensée lui passe par la tête : « J'ai gâché ma vie ! »

Elle court vers la maison, rejoindre le docteur. Elle se bouche les oreilles pour ne pas entendre crier Gatsou. Elle trébuche dans l'escalier du perron, s'affale sur les genoux. Une douleur lui brûle la peau. Elle se relève, le couloir, l'escalier des étages. Elle bute de nouveau contre les marches de pierre trop hautes, tombe sur les mains. Premier étage, deuxième, grenier... Mon Dieu, faites que le docteur soit là. S'il n'y est pas, tant pis, je me jette en bas ! Il y est. Il crie son nom : Ninon !

– Qu'est-ce qu'il y a, Ninon? Une vipère?

Elle le voit à peine, à cause de la sueur et de ses cheveux qui lui couvrent les yeux. Elle glisse encore une fois sur un morceau de tuile, elle vient s'allonger la tête la première aux pieds du docteur. Le docteur s'agenouille, lui prend les mains, cherchant une trace de morsure. Elle ferme les yeux.

– J'ai frappé Gatsou. J'ai honte!

Le docteur éclate de rire.

– Une petite baffe? Ça ne peut que lui faire du bien!

Gastou apparaît à l'entrée du grenier, la main sur sa joue. Elle prend une attitude théâtrale, très droite, la tête penchée, pour observer Ninon et son père. Ils sont vautrés au milieu des débris de tuiles et de lattes et des déchets de mousse. On dirait que le toit s'est effondré sur eux et qu'ils sont gravement blessés tous les deux. Le docteur découvre la plaie au genou de Ninon, qui saigne abondamment.

– Attention, ne frotte pas ton écorchure sur le plancher.

Gatsou s'avance, prend un air de grande dame.

– Tu n'auras qu'à lui faire une piqûre contre le tétanos, papa. J'ai pardonné.

Ninon comprime son ventre de sa main. «J'ai mal...» Gatsou se penche sur elle, cherche son regard.

– Je ne suis plus en colère contre toi. Je sais pourquoi tu as mal. Tu as les nerfs en pelote!

– Ce n'est pas les nerfs, dit Ninon. J'ai très mal.

Le docteur et Gatsou prennent Ninon chacun par un bras. Elle essaie de se libérer. Mais elle se sent faible, elle voit tout noir, ses jambes flageolent. Il la porte à moitié. Enfin debout, elle s'appuie contre lui, il la tient par les hanches. C'est bon. Sous ses cheveux en broussaille, les yeux de Ninon brillent de fièvre. Le docteur lui pince le menton.

– On rentre à la maison. Je veux t'examiner à mon cabinet.

– Et on sera rassurés, ajoute Gatsou. Il ne faut pas rigoler avec les maladies nerveuses!

Ninon serre les dents. Elle la giflerait avec joie une deuxième fois. Dans l'auto, la gamine se chamaille avec son frère, qui les a rejoints tout trempé. Il est tombé dans un bassin. Il se frotte contre sa sœur pour la mouiller, elle hurle.

– Papa, est-ce que je pourrai rester dans ton cabinet quand tu ausculteras Ninon, pour m'exercer ?

– Quelle idée, Gatsou ! Tu as bien le temps de t'exercer ! On ne commence pas sa médecine avant dix-huit ans !

– Ninon est mon amie. Je suis sûre qu'elle serait très contente que je puisse m'exercer avec elle.

– Gatsou, tu ne veux pas t'exercer, tu veux jouer au docteur.

– Je le jure sur la bible !

Ninon, appuyée au dossier, feint de sommeiller. « S'il lui permet de rester, je ne le pardonnerai jamais ! » Oh, et puis elle se fiche de tout, elle est bien, elle n'a presque plus mal.

Doc Mac arrête la voiture devant la maison Cavalier, à l'angle de la Grand-Rue et de la place Carnot. Les voilà dans le cabinet. Ninon n'aime pas cet endroit, à cause de la petite table roulante où sont posés les instruments. Elle s'étend sur une banquette, ferme les yeux. Le docteur lui tient la main, elle espère qu'il ne se servira pas de ses instruments. À l'hôpital d'Alès, ils ont fait avaler un tuyau à maman, une fois, parce qu'elle avait failli s'empoisonner. C'était terrible. Doc Mac n'a pas de tuyau. Il étend une couverture sur les jambes de Ninon. Gatsou va chercher un verre d'eau au robinet, aide Ninon à boire pour prouver son utilité. David cogne à la porte.

– Je veux rentrer ! Je veux voir Ninon toute nue !

Gatsou veut la même chose, pour se sentir supérieure. Ninon s'abandonne au bien-être, malgré son mal au genou. Le docteur prend sa fille par les épaules et la pousse dehors fermement.

– Gatsou, ce n'est pas ta place. Va finir ta rédaction.

– Les docteurs n'ont pas besoin d'être bons en français, pourvu qu'ils sachent bien leurs sciences !

Ninon a fermé ses yeux mouillés de larmes. « Merci d'avoir foutu dehors cette petite peste ! » Ninon a encore une espèce de boule en bas, à gauche, presque à la pliure de la cuisse. Elle se soulève sur les coudes.

– Il faut que je me déshabille ?

Doc Mac la regarde gentiment.

– Tu as une robe à boutons, tu n'auras qu'à en défaire deux ou trois, je t'examinerai à travers ta chemise ou ta combinaison.

Ninon est déçue. Elle avait envie de se mettre toute nue, pour que le docteur puisse lui ausculter le ventre à fond. Mais il ne pourra rien voir ni toucher à travers sa combinaison.

Il s'assoit au bout de la banquette, prend la tête de Ninon sur ses genoux, écarte ses cheveux, lui caresse le front.

– Tu pleures !

– Je ne veux pas de piqûre. J'ai plus mal !

– Ton genou saigne encore, je te fais un pansement.

Ninon se mord la lèvre pour ne pas embrasser la main qui lui caresse le bout du nez. C'est vrai, elle ne sent plus la douleur de son écorchure, ni les brûlures ni la nausée. Elle a juste le ventre un peu lourd, et c'est une sensation presque agréable.

– Docteur, s'il vous plaît...

Doc Mac se râcle la gorge plusieurs fois, souffle, soupire, presse la main de Ninon.

– Je vais t'examiner très sérieusement, ma fille. Et d'ici à quelques jours, je t'enverrai à Alès passer une radio. À la campagne, quand on dit « c'est nerveux », on pense que ça n'existe pas, que c'est une maladie imaginaire. Eh bien, on se trompe. J'ai connu pendant la guerre un pilote américain. C'était un as, ce type, un officier, un pilote de bombardier. Mais il avait eu un choc terrible quand un Messerschmidt l'avait abattu. Et, depuis, il souffrait de maux d'estomac nerveux.

Ninon secoue la tête entre les mains du docteur.

– Je n'ai pas été abattue par un Messerschmidt, moi !

Le docteur la force à s'allonger, lui reprend une main.

– Calme-toi, ma biche.

Doc Mac retire ses genoux de sous la tête de Ninon, sans lâcher sa main, et l'aide à trouver une position confortable sur la banquette. Elle commence à déboutonner sa robe.

– Si vous voulez, je me déshabille complètement ?

Il s'esclaffe, son rire sonne faux.

– À poil, mademoiselle Paulet, puisque vous y tenez !

Elle s'accroche soudain à son poignet. Il a commencé à l'examiner tout en parlant. Elle rit de l'expression, vulgaire mais bien jolie : à poil. Et aussi, à cause des mains du docteur qui courent sur sa peau.

– Excusez-moi, c'est nerveux.

– Je le sais bien ! En tout cas, tu es plus dodue que je pensais. Ça me rassure.

– J'ai honte quand je pense aux enfants qui meurent de faim.

– Tu n'as pas à avoir honte. Bouffe, petite. Trempe ton pain dans la sauce, puisque Dieu t'a donné de la sauce et du pain !

Gatsou a frappé à la porte plusieurs fois. Ninon est prête à se rhabiller, maintenant. Mais elle ne se presse pas. Elle esquisse une moue d'enfant.

– Alors, vous ne me trouvez rien ?

Doc Mac hausse les épaules, puis nouant les mains derrière son dos, se met à marcher dans le cabinet, les épaules courbées, à pas comptés, l'air préoccupé. Ninon se retient de pouffer. Il est si drôle, le docteur, tout enfoncé dans ses pensées et inconscient de ses gestes. Elle se tient debout, les bras croisés sur sa poitrine nue, elle tourne pour lui faire face, mais il ne la voit pas. « Oh, pour lui tu n'es qu'une petite fille de treize ans... Mon Dieu, quand est-ce que j'en aurai seize ! » Elle rit, mais son rire n'est pas moqueur. Elle s'amuse de le voir si absorbé par ses soucis, alors qu'elle est presque nue devant lui.

– Bon, dit-il.

Il se frotte les mains, répète sur un ton décidé :

– Bon, bon, très bien.

Puis il se tourne vers Ninon, fronce les sourcils.

– Qu'est-ce que tu attends pour te rhabiller ?

Ninon triture sa robe qu'elle vient de ramasser sur la chaise où elle l'avait posée. Elle la laisse tomber sur le plancher, court vers Doc Mac, lui jette les bras autour du cou.

– Je me sens guérie. Merci, merci !

Il lui rend son baiser, puis la repousse par les épaules.

– Ninon, je te supplie de t'habiller tout de suite. Tu n'es plus une enfant !

– Oh, ça me fait très plaisir que vous me le disiez.

– Suffit. Tu n'es pas encore une femme. Par bonheur !

Ninon rougit, baisse les yeux sournoisement. Elle le sait qu'elle n'est pas encore une femme, mais elle a tout ce qu'il faut pour l'être bientôt. Sa mère lui a soufflé le grand secret dans le tuyau de l'oreille.

Elle pousse un énorme soupir. Le docteur s'esclaffe.

– Sacrée Ninon ! Rhabille-toi, ma belle ! J'ai dit : rhabille-toi ! Et arrête de faire des mines !

– Je fais pas des mines.

Elle aimerait bien l'agacer encore un peu, sa robe à la main, mais elle ne voudrait pas qu'il la croie flirteuse.

Le téléphone sonne dans le couloir. Doc Mac hausse les épaules et sort en grommelant une excuse. Ninon soupire encore, puis elle enfile sa robe. Elle est seule dans le cabinet de consultation. Elle se promène entre le bureau et la table d'auscultation. Elle s'approche de la fenêtre, qui donne sur le jardin, avec ses massifs de capucines et... Elle met la main dans sa poche et trouve un morceau de craie. Mon Dieu ! Est-ce qu'elle va pouvoir se retenir ?

Elle sort sa main, la craie au bout des doigts, continue sa promenade à travers le cabinet du docteur, en chantonnant *Quand allons-nous nous marier, nous marier* ? Elle cherche un endroit pour écrire *devinette*... C'est plus fort qu'elle. Une fois, elle a rêvé qu'elle était grande, elle avait un mari et des enfants, et elle se cachait d'eux pour écrire devinette partout. Elle puis elle se faisait prendre et chasser du village à coups de pierres !

Il y a aussi le plaisir, le plaisir merveilleux qu'elle prend en gribouillant ces neuf lettres sur une porte, un meuble, une vitre, un mur. Et même le plaisir qu'elle ressent à revoir le mot écrit, plus tard, à savoir seule qu'elle est l'auteur de cette petite souillure ! Le comble du délice, c'était l'inscription sur le cabinet de la demoiselle, qui est restée plusieurs jours, sous les yeux de toutes les filles. Ninon y pensait la nuit, elle avait la chair de poule et frissonnait. Elle a effacé le mot elle-même, elle craignait que le plaisir s'use.

Mais aujourd'hui, chez le docteur, c'est bien plus fort. Elle a la bouche sèche, la gorge serrée, les jambes en flanelle, une coulée de sueur dans le dos et une lourdeur presque agréable sous le nombril. Il lui semble qu'elle va tourner de l'œil. Elle cherche en hâte un endroit pour écrire le mot, un peu caché mais pas trop. Son cœur bat, le souffle lui manque, vite, vite. Pendant ce temps, sa conscience gronde : « Non, tu ne vas pas faire cette saleté chez le docteur ! » Mais l'envie est trop forte, pour ne pas entendre sa conscience, elle marmonne « pa-pa vou-dra, pa-pa vou-dra ». Elle ne trouve pas d'endroit qui lui convienne. Sa vue se brouille. Elle est sûre que Doc Mac va revenir d'une seconde à l'autre. Tant pis, elle écrit tout petit sur le cuir du sous-main. La craie prend bien, elle forme les lettres à peine plus gros qu'un titre sur un cahier.

Ouf ! Elle pose le bloc d'ordonnances par-dessus le mot, un peu de biais pour le couvrir tout entier. Elle glisse la craie dans sa poche et court s'asseoir, les mains entre les genoux.

Elle a la tête en feu, la poitrine dure, et la sueur ruisselle dans son cou. Elle ferme les yeux et guette les choses bizarres qui se passent dans son corps.

11.

La mort du héros

À la Toussaint 1949, la France est en état de choc. L'avion Paris-New York s'est écrasé aux Açores : Marcel Cerdan se trouve parmi les victimes.

Le vendredi 4 novembre, dans toutes les écoles du pays, on ne parle que de Cerdan, chez les maîtres comme chez les élèves. À Saint-André-la-Vallée, les grandes filles, qui savaient tout de la romance du boxeur et de la chanteuse Édith Piaf, portent le deuil de l'amour perdu. Elles grattent la poussière du bout du pied, lancent des marelles sitôt abandonnées, fixent rêveusement l'horizon. Les garçons serrent les poings, esquissent des gestes de pugilat et menacent le ciel. Tous songent au titre mondial des poids moyens, que Cerdan ne pourra plus reprendre à Jake La Motta, son vainqueur du mois de juin. Et certains rêvent déjà au Français qui s'en ira outre-Atlantique venger Marcel.

– Tu parles ! Les Amerlos, ils le laisseront pas gagner !

– Ils ont tué Nungesser et Coli !

– Oui, pour qu'ils soyent pas les premiers à traverser l'Océan !

– Ils ont tué Cerdan. Ils ont fait sauter l'avion !

1949 est l'année du Pacte atlantique. Mais les communistes sont très nombreux en Cévennes. La défaite douteuse de Cerdan au mois de juin et, bien plus encore, son accident incompréhensible attisent la rancœur populaire contre les Américains.

Agnès, qui vit des jours moroses, se sent à l'unisson de la mélancolie ambiante. Elle pense à la violoniste Ginette Neveu, morte aussi dans l'accident des Açores, et surtout à Mermoz, disparu en mer treize ans plus tôt. Jean Mermoz était peut-être l'homme le plus populaire de France, quand la terrible dépêche est tombée, à la fin de 1936, venant de Dakar : « Sans nouvelles de la *Croix-du-Sud.* » Et le peuple de Paris est descendu dans les rues pour guetter les informations. Aujourd'hui, les journaux et la radio répandent les nouvelles jusqu'au fond des campagnes et amplifient tout, la passion, le malheur...

Agnès laisse les élèves s'installer dans un désordre lent et les bavardages se poursuivre quelques instants. Le chagrin des enfants rentre dans sa peau, lui serre la gorge. Elle s'assoit, pousse de côté le registre d'appel. Tout le monde est là : elle sait, d'instinct, qu'il n'y a pas d'absent ce matin. Sans un mot, elle ouvre le journal *Le Monde* du 31 octobre et lit :

– *Certes, il est cruel de penser que Cerdan aurait pu reconquérir son titre de champion et valoir à nos couleurs sportives un regain de lustre. Il aurait été tout aussi cruel, en revanche, de voir ce vaillant et loyal pugiliste s'écrouler, les bras en croix, aux pieds d'un adversaire plus jeune, prendre sa retraite puis remettre les gants comme tant d'autres, avaler l'âpre breuvage de la décrépitude...*

Elle s'interrompt une seconde, elle n'a pas le courage de se lever pour écrire au tableau cette proposition difficile. Elle fait un signe aux grands.

– Nous expliquerons « l'âpre breuvage de la décrépitude » pour le cours moyen et le cours de fin d'études. Je reprends.

... tomber dans la misère et présenter sur ses vieux jours le faciès méconnaissable des « gueules cassées du ring ».

Cerdan disparaît en pleine santé, en pleine force, si intact même et si exceptionnellement dynamique que l'on conçoit mal qu'il ait été foudroyé sans réaction à son siège de passager. Imaginez ces affolantes secondes dans un avion de transport qui s'abat, ce strident déchirement des moteurs et des ailes – et les furieux réflexes, le dernier combat d'un corps tout en muscles qui refuse de s'anéantir...

Agnès se mord le pouce, agacée par cette émotion qu'elle ne peut étouffer. La classe entière se tait. Deux ou trois poignes calleuses et tachées d'encre se balancent devant les visages fermés. Les grandes filles – sauf Léa, la nouvelle – ont la lèvre frémissante et les yeux agrandis. Qui d'Angèle Roux, la plus sensible, de Pierrette Vialle, la plus primesautière, ou de Ninon Paulet, la plus fougueuse, se mouillera la joue avant les autres ? C'est Angèle qui sort pour faire pipi !

Ninon plisse le nez et le front. Elle fait « oh, oh, oh ! », met la main devant sa bouche. Pierrette presse les pouces sur le haut de sa poitrine. Angèle revient en se tenant le ventre. Léa a les mains jointes sur son cahier ouvert, le regard droit et figé. On ne lit aucune émotion sur sa figure. Mais cette froideur forcée ne trahit-elle pas, d'une certaine façon, le tumulte de son cœur ?

Les paupières battent plus vite, les narines s'emplissent, les regards mouillés défient la maîtresse. Henri Daudé lève la main.

– Il faut planter un arbre pour Cerdan !

Le brouhaha éclate. Un châtaignier ! Un olivier ! Un mûrier ! Un chêne ! Un pin ! Un cerisier ! Le cerisier a des partisans. Les filles grondent. Un cerisier, ridicule, un chêne, trop long, un mûrier, c'est bouffé par les vers. Ninon se mouche bruyamment.

– Mademoiselle, si on allait au bois de la commune et qu'on grave le nom de Cerdan sur le tronc d'un chêne ?

Les grandes aiment bien cette idée. Cerdan et Piaf dans un cœur, enlacés, et la date de l'accident, ou la date d'aujourd'hui, signé : les élèves de Saint-André-la-Vallée. Mais les garçons huent et ricanent. Pierrette lève la main à son tour.

– Planter un arbre, c'est joli, mais on peut pas le planter à l'école. Si on plantait un rosier dans le jardinet ?

Les jumeaux se regardent.

– Nos parents en ont à la pépinière, dit Pierrette.

– Pour Cerdan, papa le plaindrait pas, dit Jeannot.

Ninon pouffe, chantonne : « Pa-pa vou-dra ! » Pierrette sourit rêveusement.

– On pourrait dire que c'est aussi pour Édith Piaf...

Henri Daudé ronchonne en se tordant le nez.

– Édith Piaf, elle est pas morte. Elle trouvera un autre type !

Agnès accepte la plantation du rosier dans le jardin de l'école. Une onde de ferveur étreint la classe un instant. Le silence revient. Lotte Maurin, la gaffeuse, rompt soudain le recueillement de sa voix candide.

– Cerdan, j'ai vu sa photo, il était tout nu, il avait des poils partout. Je pourrai le dessiner en dessin, mademoiselle ?

Suit une leçon de français de trois quarts d'heure pour les « fin d'études ». Agnès a composé une dictée, à partir d'un article sur la vie de Cerdan. On ne manque pas une occasion comme celle-là ! Elle écrit au tableau les noms propres et quelques mots difficiles, puis dicte lentement, en s'efforçant de contenir l'émotion qui, de nouveau, lui échauffe le sang. « Que tu es sotte, ma fille ! »

Il est trois heures du matin à Paris, le 21 septembre 1948, quand Marcel Cerdan s'élance, poings serrés, sur le ring du Roosevelt Stadium de Jersey City. Face à lui, Tony Zale, qui met son titre de champion du monde en jeu. Dans la poche de son peignoir, au moment des hymnes. Cerdan a serré le télégramme froissé de ses enfants. « Frappe fort, papa chéri. » Et Cerdan va frapper de toutes ses forces. Il va démolir Tony Zale, le martelant de crochets et d'uppercuts, et l'abattre au onzième round. Toute la France, impatiente de coller l'oreille contre les postes de TSF grésillants, à cause de la distance, a monté son réveil pour vivre l'événement.

Au retour, Cerdan traverse Paris, debout dans une limousine décapotable.

Le lendemain, samedi, les jumeaux apportent, tête basse, le rosier promis. Le père Vialle ne s'est pas fendu pour Cerdan et Piaf d'un spécimen émérite de ses pépinières. L'arbuste est rabougri, souffreteux, déjà aux trois quarts défeuillé, épineux quand même, et Pierrette s'est déchiré la paume en le manipulant.

Elle dresse la tête, le regard flamboyant.

– Je me suis piquée exprès, pour souffrir comme Édith Piaf !

Agnès lève la main pour réclamer le silence.

– Nous devons maintenant essayer de devenir meilleurs pour être dignes de Marcel Cerdan. Alors, prenons la résolution de lutter contre nos défauts et de bien travailler en classe.

Les enfants l'ont écoutée en silence. Ils la regardent gravement, hochent la tête, approuvent d'un signe. Elle est sûre de les avoir impressionnés. Cerdan ne sera pas mort pour rien.

Il fait un temps de Toussaint, gris et brumeux, un temps de deuil serein. Le vent joue avec les feuilles jaunies. La montagne, qui domine le village de ses terrasses étagées, roussit par plaques. Un vol de corbeaux traverse la vallée. Quelques croassements tombent du ciel dur.

Agnès s'essuie les yeux d'un revers de main, à cause des gouttes de bruine qui lui mouillent les cils. Elle tourne la tête vers la cour. Léa Benoît se tient à l'écart, droite et figée, dans son tablier à carreaux sombres. Elle a des vêtements presque neufs, toujours propres et bien repassés, mais mal taillés, trop serrés, qui la vieillissent de plusieurs années et lui donnent des airs de jeune veuve. En face de la maîtresse, elle se force à sourire. Ses traits restent un peu figés, mais son regard s'éclaire un instant. Elle baisse aussitôt les yeux, fixe le bout de ses gros souliers en se mordant le pouce. Agnès avance la main pour lui toucher l'épaule, hésite, retient son geste.

– Léa, ça va bien ?

La grande fille répond d'un hochement de tête vague. Puis, d'une voix enfantine, très bas, sans regarder Agnès :

– Je compte pas ici, dit-elle, je suis pas de la commune. Mais je m'en fiche. J'aime pas les boxeurs. J'aime pas les chanteuses. Les rosiers, c'est de la place perdue pour les légumes !

Dimanche, en revenant de Saint-Jean à bicyclette, Agnès croise la Peugeot 302 du Dr Cavalier. La voiture s'arrête, le docteur descend et marche à sa rencontre. Il relève le bord de son chapeau, tend la main.

– J'allais passer à l'école vous faire une petite visite.

C'est un homme jeune encore, de taille moyenne, plutôt

rond de corps, avec le visage plein, les yeux très enfoncés sous les arcades sourcilières osseuses, et la pomme d'Adam saillante. Une mèche un peu grisonnante tombe sur son front. Il pose la main sur le guidon du vélo d'Agnès.

– Il vous faut une 2 CV, mademoiselle Vincent. Ce n'est pas hors de prix, à peine plus de deux cent mille francs, et on fait crédit aux fonctionnaires.

Il rit en se frottant les mains d'un geste machinal.

– Rassurez-vous, je ne me suis pas arrêté pour vous faire la réclame de votre future auto. Vous m'avez questionné sur votre prédécesseur, M. Larguier. C'est un brave homme, avec ses manies, comme tout le monde. Je l'ai vu hier, il m'a chargé de vous dire qu'il aimerait beaucoup vous recevoir. Il habite un mas sur la crête, avant d'arriver à Saint-Jean.

Agnès tourne dix objections dans sa tête. Non, ce type lui a saccagé sa classe du certificat ! Eh bien, on verra.

– Je suppose, dit le docteur, que vous avez beaucoup parlé de la mort de Cerdan, en classe. Comme partout... Savez-vous que mon fils, David, en fait une maladie ? Et ma fille, Gatsou, a écrit une lettre au bon Dieu !

– Pardon ?

– Vous avez bien entendu : une lettre au bon Dieu. Un prétexte, quoi. Elle adore faire des rédactions, elle est la première de sa classe en français, et de loin. Mais elle est un peu... fantasque, elle ne s'entend pas avec sa maîtresse, elle se croit imbattable et elle ne travaille que si ça l'amuse !

Le docteur scrute Agnès d'un regard peu professionnel, soupire, lui tend la main.

– Quel dommage que Gatsou n'ait pas une institutrice comme vous... Mais ça pourrait s'arranger, qu'en pensez-vous ?

12.

Ils sont là !

Ils sont arrivés la veille, à la gare de Saint-Jean. Le colis était lourd, car il contenait, outre une quinzaine de livres de lecture, autant de *Grammaire par l'image,* de G. Gabet. La maîtresse avait proposé d'atteler sa jument pour aller le chercher. Doc Mac l'a devancée et a déposé le colis à l'école, en passant.

Agnès a distribué *Une semaine avec* aux neuf élèves des cours de fin d'études première et deuxième année et aux six du cours moyen. Les CM1 ont eu le droit de s'installer entre leurs camarades pour feuilleter le livre. Les petits tendent le cou pour essayer d'apercevoir les illustrations fort alléchantes.

Agnès est assise à son bureau, très droite, son livre devant elle, ouvert à la page 125. C'est l'exemplaire qu'elle a retrouvé dans une caisse de son père. Il a beaucoup servi, les pages sont souvent tachées et cornées, les coins de la couverture usés et le dos réparé au papier collant. Il n'en est que plus beau !

Un frisson court sur la classe. Agnès se laisse aller à son plaisir. Elle est l'amiral d'une flotte extraordinaire : l'invincible armada de la littérature. Ses vaisseaux de ligne s'appellent Homère, Rabelais, Cervantès, Voltaire, Stendhal, Hugo, Flaubert, Maupassant, Kipling... et dix autres au moins. Il y a parmi les croiseurs de bataille Scribe, Andersen, Mérimée, Daudet, Pierre Loti, Jules Renard... Elle éprouve aussi une grande tendresse pour ses précieux avisos, Edmond About, Hector Malot, André Theuriet, Jean Aicard... Quarante, ils sont quarante, comme à l'Académie française. La plus belle escadre jamais rassemblée dans une classe de campagne. Elle se sent propriétaire, pour ce jour au moins, de ces auteurs qui sont le patrimoine de l'humanité. Elle veut offrir en héritage, aux enfants de Saint-André-la-Vallée : Homère, Rabelais, Cervantès, Voltaire, Stendhal, Hugo, Flaubert, Maupassant, Kipling... et Racine, et Molière, et Alexandre Dumas, et George Sand, et Eugène Labiche et Théophile Gautier, et Jules Renard et Jean Aicard, et Pierre Benoit, la cerise sur le gâteau.

Elle se prend le visage dans les mains, pour mieux jouir de l'instant et pour se concentrer avant de lancer sa flotte sur la mer. Elle n'entend que le bruit des pages tournées. Les petits, impressionnés, se taisent. Agnès se répète, en silence, presque incrédule : « Il est là... » Puis elle adresse une courte prière au ciel. « Pourvu, mon Dieu, que ce livre leur plaise, qu'il leur donne le goût de la lecture pour toute la vie ! »

Elle ferme les yeux. Elle fait glisser les paumes sur le bois poli de son bureau, l'escadre gagne le large sous la conduite de Rudyard Kipling, le capitaine courageux, et de l'officier de marine Julien Viaud, dit Pierre Loti. Une formidable bataille va se livrer dans les prochains mois et les années qui viennent. Formidable, mais pacifique. L'enjeu sera, très audelà du certificat, le sens de la vie, le bonheur tout simplement.

Elle ouvre les yeux et regarde les élèves en souriant. Elle s'efforce d'étouffer le lyrisme qui lui monte à la gorge. Elle va parler en toute simplicité... enfin, si possible.

– Ce soir, nous couvrirons les livres avec du papier bleu. Profitez de ce moment pour observer la couverture. Vous...

Elle a failli dire : « Vous vous en souviendrez toujours. » Mais c'est justement cette exaltation qu'elle veut éviter.

– Qui va la décrire ? Angèle Roux ?

– Elle est jaune et verte, dit Angèle. Le titre est écrit en lettres marron...

– Tabac, rectifie Henri.

Ninon balance la main, comme pour faire bonjour.

– Il y a un petit livre au milieu, sous le titre, vert avec le dos tabac. Et les noms des auteurs sont écrits sur le petit livre.

– Le nom de l'auteur est écrit en haut : c'est Marcel Berry.

Un peu plus tard, Agnès ouvre le livre au hasard. Page 125, il s'ouvre toujours à cette page : « L'évasion de Fabrice », extrait de *La Chartreuse de Parme.*

– Qui peut me lire le nom de l'auteur... au cours moyen ?

Le h, à une place inhabituelle, sème quelque perplexité. Pierrette demande le prénom de M. Stendhal, Agnès doit expliquer ce qu'est un pseudonyme.

– Stendhal s'appelait en réalité Henri Beyle.

La première illustration, sur toute la largeur de la page et un quart de la hauteur, montre trois cavaliers qui traversent un pont à bride abattue. Un quatrième est tombé, il tend le bras comme pour appeler au secours, ou pour essayer d'arrêter les autres. Son cheval semble blessé, sa coiffure a roulé par terre. Jeannot Vialle l'identifie : c'est un shako. Aucun doute, une troupe de soldats français s'enfuient, la bataille perdue. On en distingue un cinquième, à l'arrière ; plus loin, des silhouettes floues apparaissent à travers la fumée et les flammes.

– Qui veut lire le résumé, sous l'image ?

Dix mains se lèvent. Agnès désigne Léa. La grande fille regarde la maîtresse avec son air de chien battu et fidèle. « Pourquoi me fais-tu mal, à moi qui t'aime ? » Elle n'a jamais lu à haute voix en classe. Elle hésite, rougit, se racle la gorge, penche la tête, commence d'une voix un peu rauque.

– *Un jeune écervelé, Fabrice del Dongo, habitant de Parme, vient en 1815 en France pour servir dans les armées de Napoléon. Vêtu de l'uniforme d'un hussard mort, il assiste à la bataille de Waterloo. Il se fait même blesser par des fuyards qu'il veut arrêter. Revenu dans son pays, il doit le quitter de nouveau pour fuir la justice.*

Léa relève le front, les yeux écarquillés, très rouge, des gouttes de sueur sur les ailes du nez. Les autres grandes lui décochent quelques sourires dédaigneux. Pierrette demande alors à Agnès de choisir dans tout le livre un passage qu'elle aime et de le dire à haute voix pour toute la classe.

– S'il vous plaît, mademoiselle !

Agnès regarde le ciel par la fenêtre. La classe retient son souffle. Jamais elle n'a vu des élèves aussi attentifs. Elle feuillette en hâte les quatre cent et quelques pages, et quarante regards suivent ses gestes fébriles. « Voyons, Agnès Vincent, il y a *quelqu'un* que tu places très haut, que tu as toujours aimé plus que tous les autres, et qui ne t'a jamais déçue. Pourquoi ne pas enrôler une fois encore Victor Hugo ? »

Elle lit tranquillement, dans un silence absolu, le début des *Misérables* : Jean Valjean échappe à Javert.

– *Jean Valjean a été condamné au bagne pour avoir volé un pain, un jour que les enfants de sa sœur avaient faim...*

« Haaaaah ! » fait la classe. Elle continue, et sa voix, tour à tour, s'affermit, tremble, frémit. Seigneur, Javert a-t-il pris la place du vieux mendiant pour espionner Jean Valjean ? Maintenant, c'est la nuit à Paris. Jean Valjean fuit avec Cosette. Vont-ils échapper au terrible Javert ?

– *Ne dis rien. Laisse-moi faire. Si tu cries, si tu pleures, la Thénardier te guette !*

Ah, la Thénardier. Mais qui est donc l'homme au grelot ? Serait-ce le vieux Fauchelevent ? Impossible ! Et Cosette, glacée, qui a fermé les yeux et ne bouge plus. Serait-elle morte ?

Agnès lit l'extrait jusqu'au bout : une dizaine de pages, presque une demi-heure. Elle lève les yeux, referme le livre. *Une semaine avec... Une semaine avec...* Elle se frotte les paupières, éblouie par la lumière qui tombe des fenêtres. « Eh bien, ma vieille, tu dois avoir l'air d'une chouette chassée du bois en plein jour ! » La classe est encore K.O., pour employer un langage que la gloire de Cerdan a mis à la mode. Les yeux brillent, on s'essuie le nez ou la joue d'un revers de pogne. Ninon lève les mains, laisse ses manches déboutonnées retomber joliment sur ses coudes, et fait mine d'applaudir du bout des doigts.

Des bancs du cours élémentaire, une voix demande :

– Mademoiselle, c'est bien vrai qu'elle s'est mariée, Cosette, quand elle a été grande ?

– Mais oui. Elle a épousé son ami Marius.

– Il y a une image ?

Aussitôt, les grands se précipitent près des petits pour commenter l'image du mariage : Cosette et Marius, en habit de noces, devant Jean Valjean cloué par l'âge dans son fauteuil. La petite fille doute encore. « C'est sûr ? C'est bien sûr ? »

Juste avant la fin de la récréation, arrive sur son vélo à guidon haut le facteur Marcel Constant, un grand gars, à longue figure, le képi de travers, la tunique graisseuse et le pantalon tire-bouchonné. Il pose comme d'habitude le courrier sur le coin du bureau et se met à renifler.

– Ça sent le papier neuf, hein ? Hein, voilà la chose !

Il scrute les tables si fort que les yeux lui sortent de la tête. Il s'essuie la moustache, soupire.

– Paraît que le livre est arrivé ?

Et Agnès, bon prince :

– Vous voulez le voir ?

– Oh, siouplaît, mademoiselle.

Angèle Roux, qui est la cousine du facteur, rentre à ce moment. « Bonjour, cousin Marcel. J'ai pensé que tu voudrais voir le nouveau livre ! » S'il veut ? Il en bave d'envie. Angèle tend le sien. « Fais attention ! » Pourvu qu'il ne postillonne pas trop dessus. Il prend le volume de ses grandes mains et le pose sur la première table d'élève pour le feuilleter, sous le regard vigilant de sa cousine. Il s'arrête à Théophile Gautier.

– Ah, là, là, oh, dis donc ! Le capitaine Fracasse ! *Amaï* ! Je l'ai lu, ce livre, moi. Sigognac... Chiquita... Agostin... Chirriguiri ! Je m'en rappelle comme si c'était hier !

– T'en as pas lu beaucoup depuis çui-là ! pique Angèle.

Le facteur hoche la tête en guise d'acquiescement

– Voilà la chose ! Ah, hum, le Matamore, Isabelle... Oh, écoutez ça. *La bourse ou la vie ! toute résistance est inutile ; au moindre signe de rébellion ma troupe va vous arquebuser !* Ha, ha, ha, ha ! Vous pouvez pas savoir ce qui me fait rigoler si tant. C'est que... ha, ha, ha !

Son képi en chavire. Il lâche le livre pour se tenir les côtes.

– On le voit un peu sur l'image, ha, ha, ha ! Les brigands, là, qu'on les voit sur le talus, ha, ha ! C'est pas des vrais, c'est des mannequins de paille !

À midi, la mairesse passe à la cantine. Pierrette Vialle a apporté *Une semaine avec*, sommairement plié dans une page du *Midi libre*. Agnès s'est inquiétée. « Et les doigts gras ? » Pierrette n'a pas eu le temps de cacher son livre quand la mairesse est entrée et lui a foncé dessus, le chapeau en bataille.

– Défense de lire avec les doigts gras. Donne-moi ça !

Agnès ne s'offusque plus des algarades et foucades de la mairesse. Elle se tourne vers la jumelle en souriant.

– Oh oui, Pierrette, un livre de la commune.

La Suzon tape du pied en tirant sur ses bagues.

– Oui, un livre de la commune. Je vous le fais pas dire !

Elle l'empoigne, tourne les pages précipitamment, la bouche serrée et les sourcils froncés, dans l'espoir de trouver un prétexte de reproche. « Hum, hum... » Elle s'arrête soudain, l'ombre d'un sourire court sur ses lèvres, son regard s'adoucit, une fossette presque enfantine se creuse au coin de sa joue.

– Ah, mon Dieu, *Peau-d'Âne*, quel joli conte ! J'en lisais en cachette quand j'étais petite, mes parents disaient qu'une Cévenole ne doit pas s'intéresser à ces histoires de princesses et de fils de rois. Les rois et les princes ont toujours été contre nous. Mon père ne croyait qu'à la République. Les fées, n'en parlons pas ! Mais moi, je ne pouvais pas m'empêcher de rêver, et il m'en voulait beaucoup. Ma foi, il avait raison, il m'a élevée pour le jour où les femmes auraient le droit de vote. Et si vous me voyez ici, c'est grâce à lui. Mais *Peau-d'Âne...*

Amadouée par le miracle de Peau-d'Âne, la mairesse feuillette *Une semaine avec*, un sourire bienveillant sur les lèvres.

– Rikki-tikki-tavi ! J'adore cette petite bête !

Le Dr Cavalier s'est assis sur le coin d'une table, dans la classe désertée par les élèves. Une pâle lueur tombe du couchant sur la vallée. C'est presque le soir. Un rayon perdu vient éclairer une mèche blanche à la tempe du docteur.

– Mademoiselle Agnès, dit-il, la main sur le cœur, vous avez devant vous un admirateur impénitent du *Livre de la jungle.* Rudyard Kipling, quel homme, et quel écrivain ! Vous connaissez le fameux poème ? « Si tu peux voir détruit l'ouvrage de ta vie et sans dire un seul mot te mettre à rebâtir... tu seras un homme mon fils. » Je le savais de bout en bout quand j'avais vingt ans. Ma foi, j'ai quand même un faible pour cette petite bestiole, là, Rikki-tikki, la mangouste. Ah, tenez, la scène de la bataille entre Rikki-tikki et Nagaina, la femelle cobra, est sublime. Écoutez !

Agnès profite de cette diversion pour se reposer un moment. Les coudes sur son bureau, le menton dans ses paumes, elle se laisse porter par une rêverie vague et plaisante. Le docteur a posé le livre sur son genou relevé, il suit les lignes avec le doigt, dans la pénombre de la classe.

– *Puis Rikki-tikki dansa en cercle pour arriver derrière elle, et Nagaina tourna sur elle-même pour rester face à face avec lui... et sa queue sur la natte bruissait comme les feuilles sèches au vent.* Bon sang, on n'y voit rien, chez vous !

Agnès le regarde avec un sourire indulgent. Cet homme merveilleux a des emballements et des candeurs de gosse. Il a quarante ans passés et quelque chose d'enfantin, qui ne déplaît pas à la jeune maîtresse d'école... Agnès soupire, regarde le ciel, approche sa montre de ses yeux. L'Agathe Félix l'a prévenue... « Les gens guettent la lumière de loin. S'ils voient que vous allumez tôt, ils vont penser : Ah, on voit bien qu'elle s'éclaire avec les sous de la commune, nos sous, quoi ! Ils vous jugeront là-dessus plus que sur votre travail. Vous êtes en Cévennes, ici, ma fille ! » Elle éclate de rire.

– Vous êtes sûr que vous n'avez rien aux yeux, docteur ?

Le médecin se frotte les paupières avec vigueur.

– Il ne manquerait plus que ça. J'ai deux enfants, moi !

Il caresse la couverture puis l'intérieur d'*Une semaine avec*, du bout des doigts, comme si c'était une savonnette ou un bibelot précieux, tourne encore les pages, en s'arrêtant aux illustrations et en ponctuant chaque étape d'un soupir.

– Homère... Ulysse... On n'a jamais fait mieux que *L'Odyssée*. Excellente idée de faire connaître ce chef-d'œuvre à nos petits montagnards ! Dites-moi...

Il tourne son chapeau entre ses doigts d'un air embarrassé.

– Vous ne pourriez pas m'en procurer un pour ma fille? Elle en serait folle. Elle ne se plaît pas dans sa classe. Son rêve serait de finir son école primaire ici, avec vous!

Agnès relève la tête, se renverse contre le dossier de sa chaise, la main crispée sur le bord de son bureau.

– Mais elle ne me connaît pas!

– Son amie Ninon lui a beaucoup parlé de vous.

Doc Mac baisse la voix, décoche un sourire complice à Agnès, enfonce son chapeau sur sa tête.

– Pour Gatsou, c'est très sérieux. Vous devriez y penser.

Il prend *Une semaine avec*, le soupèse.

– Vous pourriez m'en prêter un jusqu'à demain? Je voudrais relire ce soir le grand combat de Rikki-tikki-tavi!

Agnès se réveille dans la nuit, remuée par une pensée qu'elle a eue en dormant. Une scène qu'elle a vécue à un moment de cette journée extraordinaire lui est revenue tout à coup, si fort qu'elle a été jetée hors du sommeil. « Ne t'énerve pas, Agnès Vincent. Respire, fais le silence dans ta tête et tu vas trouver. »

Elle revoit alors le visage un peu hébété de Léa Benoît, quand elle a levé les yeux après avoir lu les quelques lignes d'introduction à *La Chartreuse de Parme*. Son regard vague, ses paupières battantes... L'explication lui apparaît dans un éclair, si évidente, qu'elle se désole de ne pas y avoir pensé plus tôt. Elle a envie de sauter du lit en criant: Eurêka!

– Cette pauvre fille a besoin de lunettes!

13.

Bientôt l'hiver

Agnès Vincent à Françoise Bassac. Décembre 1949.

Ma chère Françoise,

Combien de semaines depuis notre dernier échange de courrier ? Je ne compte plus, le temps passe si vite. Mes journées sont un peu folles, mais le soir, quand je me retrouve seule dans cette grande maison vide, j'ai chaque fois une petite crise de vague à l'âme. Je me répète, à l'occasion, tes conseils qui m'ont toujours été si précieux. Par exemple, tu m'avais dit de donner à mes élèves beaucoup de problèmes d'argent et de terrains. Merci, ma Françoise, ça marche !

Le genre de problème le plus apprécié par les parents est la mesure et l'achat d'un terrain. La vente des produits de culture et d'élevage est estimée, mais la vente des terrains plutôt mal vue. Quant aux objets mobiliers que l'on achète, le choix demande beaucoup de doigté. Surprise, le fusil a tous les droits. On peut y mettre le prix d'une vache sans choquer personne !

J'ai fini par recopier l'emploi du temps du *Manuel général*, que j'essaie d'adapter aux particularités de ma classe. Et puis je laisse libre cours à l'initiative des moniteurs et des monitrices, bien que ce soit une source de désordre permanent. Moyennant ces concessions et quelques autres, la machine tourne.

Une semaine avec est enfin arrivé. L'enthousiasme des élèves ne se dément pas. Ils sont quatre ou cinq à montrer une vraie passion pour ce livre et, du coup, une vraie passion pour la lecture. Les livres de la bibliothèque sortent au moins deux fois plus que l'an dernier, si j'en juge par le cahier de prêt. Les grandes filles se déchaînent. J'en suis à m'inquiéter qu'elles négligent leur travail pour se plonger dans les livres. En récréation, elles discutent de littérature ou, plus exactement, des rapports entre leur expérience, la vie au village, et les histoires qu'elles lisent dans leur livre de lecture ou dans les livres de la bibliothèque. Par exemple, à partir de *Pêcheur d'Islande*, elles ont débattu passionnément, plusieurs jours, de la vie des femmes restées seules à la maison pendant que leurs maris sont au loin : à la guerre, au travail ou prisonniers. *Gil Blas de Santillane* leur a inspiré des réflexions sérieuses sur la découverte de la société, la façon de gagner sa vie et de se débrouiller en ville.

À côté de cette réussite, j'ai une nouvelle source d'inquiétude : Léa Benoît. Léa est une grande fille, presque une jeune fille, qui est arrivée dans la commune à la fin d'octobre, une enfant de l'Assistance, que l'administration a placée chez les Thomas, des éleveurs de chèvres à Saint-Pierre-du-Mont, le village voisin. Elle a souffert, tu t'en doutes, elle est sauvage, solitaire, plus mûre que les autres grandes, et bien sûr mal acceptée. En plus, elle est myope, et j'ai été la première à m'en apercevoir. J'ai prévenu tout de suite le Dr Cavalier et la mairesse. À eux deux, ils ont réglé le problème en une semaine. La mairesse, qui est plutôt du genre grippe-sou, a décidé de payer les lunettes sur les fonds de la commune pour aller plus vite. Le Dr Cavalier est allée prendre Léa chez les Thomas, un soir, il l'a conduite chez l'oculiste d'Alès. Le chauffeur du car a rapporté les lunettes trois jours plus tard. Léa est transformée.

Le comportement des grandes filles, Ninon, Pierrette et Angèle, m'empêche de dormir. C'est un des points dont à propos de, mademoiselle, je fais appel à vos lumières. Tout vient, je crois, de la jolie Ninon. Une fille intelligente, douée, et un diable en jupons. Les deux autres se disputent jalousement son amitié et l'imitent tant qu'elles peuvent. Cette Ninon est très attachante, j'en conviens, fine, sensible, affectueuse, et j'en passe. Je me suis moi-même laissé prendre à son charme. C'est une meneuse née. Elle déteste Canisius, et je crois qu'il y a eu entre eux des heurts graves, à la fin de l'année dernière. Je sais qu'elle m'aime bien, à sa façon qui n'est pas de tout repos. Mais sa nature est de braver, ou de tourner toute autorité. Il y a en elle une malice plus forte que toutes les bonnes résolutions.

Je l'ai surprise en train de se livrer à une de ses facéties préférées : elle écrit partout le mot « devinette ». Ce n'est pas bien méchant ? À première vue, c'est même plutôt enfantin. On dirait qu'elle ne peut pas s'en empêcher. Or elle a un côté jeune fille qui jure avec cette conduite de gamine. Je commence à me demander si elle ne fait pas des fautes d'orthographe et des erreurs de calcul tout exprès. Pourquoi ? Devinette !

Parmi les grands, Angèle, Pierrette et Jeannot, son jumeau, me semblent entièrement sous la coupe de Ninon. Une règle mystérieuse leur interdit d'être meilleurs qu'elle. En outre, elle leur farcit la tête de politique : elle a un oncle communiste à Alès et rêve en même temps du parti et du mariage.

Que faire ? Que faire ? La clé du problème, c'est donc Ninon. Ninon et peut-être sa mère. Juliette Paulet est dans la trentaine, peut-être pas très loin de quarante ans. Veuve de guerre, elle n'a jamais voulu se remarier, mais elle passe pour avoir mené joyeuse vie. On l'appelle la *veuve bleue*, parce qu'elle a triché sur le deuil, en prenant du tissu bleu marine à la place du noir, puis, peu à peu, du bleu plus clair. Ce qui l'obligeait à changer souvent de robe à une époque où le tissu était rare. Les méchants disent qu'elle se vendait pendant la guerre pour un morceau d'étoffe à sa convenance. A-t-elle encore une liaison ? Des liaisons ? Je m'efforce de ne pas écouter les ragots.

Je me dis que je devrais aller voir cette veuve bleue et parler de sa fille avec elle, longuement. À certains moments, je me sens presque décidée à tenter l'aventure. Et puis je songe que ça ne servira à rien, sinon à envenimer les choses avec Ninon.

L'autre projet sur lequel je balance est une visite à mon prédécesseur, l'illustre Canisius. Il m'a fait savoir par le Dr Cavalier qu'il serait heureux de me recevoir. C'était juste après la mort de Cerdan, il y a un bon mois. Cette démarche serait peut-être utile, mais je n'arrive toujours pas à m'y résoudre.

Mon troisième et dernier problème (je ne veux pas abuser de ton temps !) est plus amusant et plus agréable à considérer. J'ai dû te parler du Dr Cavalier. J'ai beaucoup sympathisé avec lui. C'est un veuf de quarante ans, excellent médecin, je crois, et plutôt bien de sa personne, mais n'importe. Il a deux enfants : un gamin teigneux de huit ou neuf ans, David ; et une petite fille de dix ans et demi, Alice, dite Gatsou (?). Gatsou prépare l'examen d'entrée en sixième à l'école des filles de Saint-Jean. Elle est maligne, effrontée (pis que ma Ninon), phraseuse, poseuse, mais d'un très bon niveau. Elle ne s'entend pas avec sa maîtresse, elle voudrait quitter l'école de Saint-Jean et finir son cours moyen avec moi, ce qui n'est pas impossible légalement, car la famille Cavalier possède un mas au hameau de Claire-Baraque, commune de Saint-André-la-Vallée. Je n'ai vu la gamine que deux fois. Elle me fait un peu peur, mais je suis quand même tentée d'accepter, pour deux raisons.

Si elle venait avec nous, ce serait un succès assuré à l'entrée en sixième, quand l'année s'annonce plutôt mauvaise pour les examens. Mlle Gatsou n'est pas du genre à se laisser subjuguer par les grandes, et sa présence stimulerait la classe, car elle, au moins, est « de niveau » ! Enfin, troisième raison, compter au nombre des parents d'élèves le Dr Cavalier, notable protestant respecté, pourrait m'aider au village et dans tout le canton.

Je suis tentée de dire oui, mais l'arrivée de Gatsou aurait peut-être des inconvénients que j'imagine mal. Tu peux voir la situation de l'extérieur, je te prie de m'éclairer. Je danse sur le fil des rêves, au-dessus des abîmes de la réalité !

J'ose à peine te demander de tes nouvelles, mais je sais qu'elles sont bonnes : tu te débrouilles tellement mieux que moi dans la vie. Je t'embrasse de tout mon cœur.

Ton Agnès pour la vie.

Françoise Bassac à Agnès Vincent. Décembre 1949.

Agnès Vincent, ma douce enfant,

Mes nouvelles, tu t'en fiches bien, va, sois sincère. Tu es toujours pleine de ton petit monde, qui déborde de toi par tous les orifices... et c'est pour ça que je t'adore.

D'abord et d'une, j'ai mon permis de conduire ! Eh, ma vieille, ça compte autant qu'un CAP d'institutrice, le permis de conduire. Je me sens maintenant titulaire de ma vie et citoyenne à part entière ! Un jour, on te demandera ton permis de conduire en guise de papiers d'identité, pour n'importe quoi. Si tu ne l'as pas, tu seras jugé(e) comme un individu asocial, pervers et dangereux !

Ma petite auto, je la trouverai dans mon sabot, à Noël ou au premier de l'an. Dès que je l'aurai en main, je ferai un saut pour te voir, dans ta vallée au pied de la montagne (vers les cimes de laquelle je n'hésiterai pas à grimper dès la fonte des neiges !). Je viendrai seule ou avec mon garagiste. Il s'appelle Victor, il a trente ans et il est déjà divorcé : aux âmes bien nées, etc. Il m'a demandée en mariage un mois après que j'aie commandé la voiture. Hein ? Ai-je l'air de blaguer ? Pas du tout. Il a un coupé Citroën blanc, avec l'intérieur rouge qui me plaît assez. Puisque tu insistes, je dois t'avouer que mon gentil marin, Marcel, ne m'emmènera jamais sous les cocotiers. Il n'était pas allé plus loin que la Corse. Quant à Victor, je n'en suis pas folle-fada, mais je ne m'ennuie pas avec lui, j'apprécie ses qualités et on passe de bons moments ensemble...

Allez, tu piaffes comme une pouliche qui sent l'avoine, on en vient à tes affaires. Oui, les grandes filles sont compliquées, et la plus compliquée de toutes est ma petite camarade Agnès Vincent ! À propos de Casinius, tu as peur qu'il ne soit pas aussi vilain sire que tu t'es plu à l'imaginer. Tu as peur que les torts soient partagés avec les filles. Tu as peur d'être obligée de réviser ton jugement, ce qui est assez déplaisant. Alors, si tu en as dans la culotte, arrête de pignocher, va voir le Casinius à la première occasion.

J'ai toujours entendu dire que l'année d'avant l'année du certif, les filles étaient particulièrement « fumier ». Elles ne sont pas encore trop préoccupées par leur examen, elles enterrent leur vie de garçon... si j'ose dire ! (Pour les gars, la crise survient beaucoup plus tard, j'espère, ma douce, que tu n'es jamais tombée entre les pattes d'une bande de conscrits !) Elles excellent à cramponner, emmieller et empoisonner le corps enseignant. Elles inventent des trucs que tu n'irais pas imaginer si tu y pensais cent ans !

D'habitude, la politique n'intéresse guère les filles ; mais on leur dit maintenant qu'il faut s'en mêler pour être les égales des hommes. Et puis le communisme est à la mode. Je vois que l'air du temps souffle jusque dans tes Cévennes. Au sujet de la « veuve bleue », si tu n'as pas fait de visite aux parents jusqu'ici, ça ne serait peut-être pas très habile de commencer par cette gente dame. Moi, je ne me presserais pas.

Au début du deuxième trimestre, les choses vont se décanter, s'éclaircir : c'est toujours ce qui se passe. Tout s'arrangera, ou bien la solution t'apparaîtra, comme par magie, écrite dans le ciel en lettres de feu de trois mètres de haut ! En attendant, renseigne-toi, mine de rien, à droite, à gauche, essaie de brosser un tableau complet de la situation.

Quant à la fille du docteur dont au cas de laquelle je lis dans ta lettre de sibyllines allusions, comment veux-tu que j'aie un avis sans rien savoir de cette donzelle ? D'un côté, j'ai envie de te dire : marche sur des œufs, et encore fais bien attention qu'ils ne soient pas couvés ! D'un autre côté, je pense que ce médecin veuf et plutôt bien de sa personne peut, en effet, te rendre un signalé service. Un docteur, c'est idéal ! Avec lui tu ne cours aucun risque, penses-y, et en plus, tu apprendras des tas de choses, qui te serviront toute la vie, même quand tu seras mariée. Comment t'y prendre ? Ne lui donne surtout pas l'impression que tu veux te faire épouser ! Primo, les docteurs n'épousent pas les maîtresses d'école.

Secondo, il a dû reprendre des habitudes de célibataire, à la campagne et à la ville, et il doit y tenir ferme. Tertio, si quand même tu te mariais avec lui, tu serais obligée d'abandonner ton métier et, comme je te connais, tu en deviendrais dingo. Sans parler que tu te retrouverais bonne d'enfants du même coup !

Donc, tâche de ne pas louper une occasion pareille, ta Françoise au saucisson ne te le pardonnerait jamais. Et s'il te fait avaler un remède, *avant*, débrouille-toi pour savoir le nom. C'est un renseignement qui vaut de l'or.

À bientôt, en 4 CV Renault. Je te préviendrai pour que tu fasses dégager la route. Mille baisers de ta chérie préférée.

Françoise.

M. J. Verdier, inspecteur de l'enseignement primaire, Alès. À Mlle A. Vincent, chargée d'école, décembre 1949.

Chère mademoiselle,

Le transfert d'une élève – Mlle Cavalier Alice – de l'école de Saint-Jean-de-Combas, à l'école de Saint-André-la-Vallée, ne semble pas présenter d'obstacle sur le plan administratif. Mme Fontanes, directrice de l'École des filles de Saint-Jean et maîtresse de cette élève, m'a confirmé par téléphone qu'elle était favorable à ce changement.

Recevez, chère mademoiselle, l'expression de mes sentiments cordiaux.

J. Verdier.

Interlude 2. L'hiver

Décembre

Ouvrez les gens, ouvrez la porte,
Je frappe au seuil et à l'auvent.
Ouvrez, les gens, je suis le vent.
Qui s'habille de feuilles mortes.

– Entrez, monsieur, entrez, le vent,
Voici pour vous la cheminée
Et sa niche badigeonnée ;
Entrez chez nous, monsieur le vent.

– Ouvrez, les gens, je suis la pluie,
Je suis la veuve en robe grise
Dont la trame s'indéfinise
Dans un brouillard couleur de suie.

– Entrez, la veuve, entrez chez nous,
Entrez, la froide et la livide.
Les lézardes du mur humide
S'ouvrent pour vous loger chez nous.

– Levez, les gens, la barre en fer,
Ouvrez, les gens, je suis la neige,
Mon manteau blanc se désagrège
Sur les routes du vieil hiver.

– Entrez, la neige, entrez, la dame,
Avec vos pétales de lys
Et semez-les par le taudis
Jusque dans l'âme où vit la flamme.

Car nous sommes les gens inquiétants
Qui habitent le nord des régions désertes;
Qui vous aimons – dites, depuis quel temps? –
Pour les peines que nous avons par vous souffertes.

Émile Verhaeren, « Choix de poèmes », in *La Récitation française, Cours moyen, certificat d'études*, par A. Souché, Librairie Fernand Nathan, 1957.

Sous la lampe

Nous sommes là, ce soir, paisibles, sous la lampe.
Mon père lit, sa main pâle contre sa tempe;
Mon frère est accoudé, les yeux ailleurs, auprès
De ma mère qui brode avec des doigts distraits
Où luit le reflet lent du foyer sur ses bagues;
Parfois, le chien, perdu dans ses beaux songes vagues,
Étire de paresse et d'aise son flanc creux;
Et je rêve, parmi le grand silence, – heureux.
Nous sommes là, ce soir d'hiver, humble famille,
Écoutant à l'horloge indécise qui brille
Dans l'ombre, palpiter les instants fugitifs,
Groupés devant le feu, comme des primitifs.

Fernand Gregh, « La Maison de l'enfance », in *Le Livre unique de français*, par L. Dumas, cours moyen, Librairie Hachette, 1934.

La neige

Un soir de grand hiver, la neige emplit la nuit.
Et sa sourde blancheur rend l'ombre plus étrange.
Il neige dans la cour, il neige sur la grange,
Et sur l'étable, et dans la mare et sur le puits.

Tout ce que la maison peut découvrir du monde,
Les champs des siens et ceux des autres, les hameaux,
Et les bourgs éloignés qu'on voit quand il fait beau,
Tout appartient ce soir à la neige profonde.

On dirait qu'elle tombe ainsi depuis des ans
Et qu'elle tombera durant toute la vie;
Il semble qu'à jamais la terre est endormie
Et qu'on ne reverra jamais plus le printemps.

Mais, pendant que la neige innombrable accumule
Du froid et du silence autour de la maison,
Et que ses flocons fous meurent dans les tisons,
Le feu paisible et fort au cœur de l'âtre brûle.

Et soudain, du réduit obscur dont il est l'hôte,
Sentant un lumineux bien-être l'envahir,
Un grillon se réveille et chante au souvenir
Du chaud parfum des prés quand les herbes sont hautes.

Paul Haag, « Le livre d'un inconnu », in *Le Nouveau Certificat d'études primaires et les Bourses*, Librairie Delagrave.

14.

Le solitaire de la colline aux Bruyères

Agnès arrive au sommet et s'arrête pour souffler et contempler devant elle les crêtes qui ondulent jusqu'à la montagne, l'Aigoual, au fond de l'espace, au bout du monde... Elle se retourne. La colline des Bruyères étend ses bourrelets, ses terrasses et son plateau chaotique entre le nord et l'est. Mêlées aux chênes, aux pins, à toute une végétation sauvage, les bruyères arborescentes viennent pencher jusque sur la route leurs troncs tordus comme des ceps de vigne, mais plus élancés, et les milles bouquets gris de leurs rameaux.

Elle pousse sa bicyclette dans le chemin qui remonte vers le mas de Canisius. Le toit et la magnanerie, percée de faîtières carrées, pointent au-dessus d'un mamelon touffu. Au bord du chemin, les bruyères naines, les brandes ou callunes, forment un dense tapis, bruni par l'hiver.

Une flèche de bois brut, grossièrement peinte, annonce : *Le Mas de Marie*. Elle appuie son vélo contre un chêne et poursuit à pied.

Voilà le bonhomme ! On dirait presque qu'il l'attendait, qu'il est descendu à sa rencontre. Il adresse à la visiteuse un grand geste du bras qu'elle prend d'abord pour une menace. Mais c'est une invite. Il ôte son chapeau de toile, le balance en guise de salut et crie :

– Montez, montez donc. Vous devez avoir soif. J'ai de la bonne eau fraîche, la source de Marie est la meilleure du pays !

Agnès n'a pas envie de boire de l'eau fraîche en plein mois de janvier. Elle préférerait, de loin, un café chaud, mais elle ne l'avouera jamais : ce serait signer la paix sans avoir combattu.

Théophile Larguier est petit, maigre, vif, les cheveux tout blancs et la peau hâlée, en bras de chemise, sous le vent du nord, les manches retroussées, très Cévenol d'allure. Il descend du talus où il s'était perché pour guetter sa visiteuse et il dévale vers elle en souriant.

– Ah, je suis bien content de vous voir, mademoiselle Vincent.

C'est vrai, ses petits yeux, sous les sourcils épais, brillent de plaisir, ses joues rosissent, sa moustache frémit. Il a le poil brun roux, prématurément blanchi.

– Je vous ai espérée, mademoiselle. Enfin, vous voilà !

Agnès serre la main tendue, franche, sèche, durcie par les travaux des champs. À la retraite, Canisius joue au paysan. Il sort son mouchoir de sa poche et s'éponge le front.

– Ma foi, après trente ans de pédagogie, j'ai perdu l'habitude des travaux de la terre !

Il regarde Agnès dans les yeux, une seconde, puis baisse la tête, soupire.

– Paul Fontanes et l'inspecteur m'ont beaucoup parlé de vous. Ah, vous êtes bien telle qu'ils vous ont décrite. Quand je pense que je pourrais avoir une fille comme vous !

Il s'essuie la nuque, longuement.

– Venez donc goûter l'eau de ma source, je vous raconterai toute l'histoire de ma vie !

Agnès frissonne. Voir ce type suer tant qu'il peut lui donne encore plus froid.

Canisius conduit sa visiteuse à petits pas sautillants. Il est boiteux, et il a aussi un bras raide. Près de là, un grand chien gris veille sur un troupeau de dix ou douze chèvres, qui broutent les herbes sèches des murs, le gazon ras du pré et quelques branches de bruyère. Il dresse une oreille, salue d'un aboiement, le glouglou des clochettes lui répond.

– Je vous présente mon ami Fidèle, dit Canisius.

Il laisse échapper un petit rire triste.

– Comme vous voyez, je suis moi-même fidèle à Pérochon !

– Pérochon ?

Canisius prend un ton de reproche.

– Oh, mademoiselle, vous savez bien que les Dupré, dans *À l'ombre des ailes*, ont un chien nommé Fidèle !

Le Mas de Marie est là, sur un piédestal de terrasses, de faïsses, entouré d'arbres et de haies. C'est une grande bâtisse cévenole, conçue pour affronter les hivers glacés de la montagne et les été torrides du midi. Adossé au versant sud de la colline, presque aveugle de la face nord, il est percé d'étroites fenêtres au sud et à l'ouest. Il pose ses assises entre les faïsses plantées de tilleuls et de micocouliers. Les pièces d'habitation et les dépendances ordinaires occupent un rez-de-chaussée surélevé, et deux étages de magnaneries hissent le corps principal à la hauteur des grands arbres.

Avant d'entrer dans la cour fermée par un haut mur, Canisius se retourne et esquisse deux ou trois gestes.

– Mes chèvres, mes abeilles, mes poules... J'ai aussi une mule et des lapins. Voilà comment je vis, depuis ma retraite. Ah, mademoiselle, c'est le bonheur !

Il se tait un instant, sa pomme d'Adam remonte le long de son cou maigre, presque à son menton. Il avale sa salive avec effort.

– Enfin, ça serait le bonheur si je n'avais pas tant de regrets et de remords... Hélas ! Hélas !

Sur le perron du mas, un courant d'air froid vient battre les lauriers. Agnès boutonne sa veste de laine, tire son chapeau sur ses oreilles. Canisius enfile une veste de velours accrochée à une patère, dans le couloir.

– Je sais que vous avez changé le livre de lecture des grands. Vous avez sans doute eu raison. Mais *À l'ombre des ailes* m'a donné beaucoup de satisfactions et de belles réussites, aussi. Je viens de le relire, cet automne. J'ai souvent ri et pleuré parfois. Quel beau livre ! Et la morale n'est jamais oubliée !

– C'est un livre de garçons, dit Agnès, et de petits garçons.

Canisius l'observe d'un air pensif.

– Oui, une histoire de petits *drôles*. Vous n'avez pas tort, mademoiselle. Mais il y a quand même une fille, Madeleine.

– Les dessins sont maladroits et sentent trop l'avant-guerre. Je suis tombée par hasard sur l'image des négrillons en train de danser à moitié nus dans les bambous, au passage de l'avion français. J'avoue que j'ai été choquée, monsieur.

Agnès suit Canisius dans la salle commune du mas. Une pendule haute sur pattes sonne onze coups, puis le silence retombe, troublé de temps en temps par un volet qui bat dans le vent. L'intérieur est frais, pas vraiment froid, un peu nu, sonore. Agnès boit quelques gorgées d'une eau très pure, très douce. Canisius ôte son chapeau. Il a le crâne plus qu'à moitié dégarni, avec une demi-couronne blanc roux.

– L'eau de ma source, c'est pour le plaisir et la santé, dit-il. Je vais vous faire un café, parce que je vois que vous êtes gelée.

Agnès s'assoit sur un banc, tournant le dos à la table, et observe le feu que son hôte s'affaire à ranimer. Jolie scène d'hiver à rédiger pour le cours moyen, puisque les grandes filles de fin d'études s'en fichent éperdument.

Canisius se précipite à son fourneau, remue à grand bruit casserole et bouilloire.

– Ça vient, ça vient, mademoiselle. Pardonnez à un vieux bonhomme son installation plus que modeste.

Agnès hume les odeurs de la pièce. Celle des livres, du vieux papier est si forte qu'elle domine aussi bien les parfums d'herbes séchées que les relents de cuisine. Canisius se retourne et va s'adosser à la cheminée, un talon sur la pierre du foyer. Il secoue la tête à petits coups.

– J'ai demandé en mariage la veuve bleue, la veuve Paulet, en 1945, dans l'euphorie de la victoire. C'est une grave faute que j'ai commise, car je n'avais aucune chance. Elle m'a refusé, bien sûr. C'est ridicule, je ne sais pas pourquoi je vous raconte ça !

Maintenant, ils sont assis face à face, chacun d'un côté de la grande table, devant un bol de café fumant. Agnès sent la chaleur du feu se répandre de son dos dans tout son corps. Elle retient son souffle et se laisse engourdir par le bien-être.

Canisius sirote deux ou trois gorgées de café, pose son bol, se frotte les mains avec embarras, se mordille la moustache.

– C'est drôle pour un bonhomme de mon âge de se confesser à une jeune personne comme vous. Vous pourriez être ma fille. Si j'en avais une, j'aimerais qu'elle vous ressemble.

Agnès secoue la tête, chasse l'idée d'un geste.

– Je vous en prie.

Canisius s'excuse d'un sourire.

– Mon plus grand malheur, c'est de n'avoir pas eu d'enfant. Ma pauvre femme jurait que c'était de ma faute. Vous ne m'en voulez pas de vous raconter ma vie ? Mon premier manquement à l'honnêteté, c'est d'avoir prétendu que je boitais à cause d'une blessure de guerre, de l'autre guerre, bien sûr. J'ai été blessé, au bras, ce qui me vaut une minuscule pension de dix pour cent d'invalidité, mais ma jambe, c'est de naissance. J'ai été ajourné en 1913 et appelé au service auxiliaire début 1915. J'avais été refusé à l'école normale à cause de cette infirmité et j'en avais conçu une grande amertume.

« Par esprit de revanche, je me suis dit : pourquoi pas une carrière militaire, sous-officier, peut-être officier ? Avec l'hécatombe qui se poursuivait, on avait de plus en plus besoin d'hommes au front. Il y avait une arme dans laquelle, croyais-je, on pouvait boiter sans inconvénient : l'aviation. J'ai posé ma candidature comme pilote, puis comme mécanicien, puis comme observateur. Rien à faire. J'ai demandé la cavalerie, en vain. J'ai fini par être envoyé comme servant aux crapouillots. C'étaient les mortiers de tranchées, la pire des armes. Ma foi, là, j'ai tout fait pour qu'on oublie ma mauvaise jambe et j'y ai réussi. J'ai été blessé, pour de bon, deux fois, j'ai fini la Grande Guerre sergent-chef. J'ai rengagé pour trois ans, j'ai fait la campagne de Syrie, puis en revenant, j'ai passé le brevet supérieur et, grâce à mes états de service, j'ai pu devenir instituteur remplaçant. J'aurais pu prétendre à une meilleure situation dans l'armée et j'aurais même pu devenir percepteur, comme j'y ai songé un moment. Mais je voulais effacer l'affront qu'on m'avait fait en me refusant à l'école normale : cette idée m'obsédait. Je suis devenu titulaire en 1925. J'ai épousé Louisette en 1927. Elle était jolie et je l'aimais à la folie... oui, à la folie, hélas. Je m'émerveillais d'avoir su séduire une aussi belle jeune femme, moi le pauvre boiteux. J'ai rejeté avec mépris les avertissements des collègues, qui me disaient : attention, la jolie Louisette a une maladie nerveuse et la tête aux chimères. Elle a déjà été soignée dans une maison de repos... J'étais sûr que mon amour la guérirait. J'ai bien cru que j'avais réussi. Je l'ai cru presque dix ans, malgré quelques alertes : ses langueurs à n'en plus finir quand elle était contrariée, sa manie de sucer pour un rien des gouttes de laudanum sur un morceau de sucre et ses envies de fuite... Mais nous étions heureux. Nous avons connu dix ans au moins de bonheur, enfin quelque chose qui ressemblait au bonheur. Je ne regrette rien, sinon de n'avoir pas eu d'enfant. Autant que je sache, son mal venait d'une chute dans un puits à l'âge de huit ans. Elle s'était accrochée pendant plusieurs heures à une pierre en saillie, sans presque s'arrêter de crier au secours. On l'a sortie de là, mais elle n'a plus jamais été une enfant insouciante.

« En 1938, nous avons été nommés à Saint-André pour succéder aux Fontanes. Louisette allait plutôt bien ; elle ne trouvait pas facilement du laudanum ; elle s'était mise à l'élixir parégorique, qui la rendait souvent nauséeuse. Mais enfin, elle était très gaie, peut-être plus gaie que je ne l'avais jamais vue depuis nos fiançailles. Et puis au printemps 1939, elle a commencé à entendre des cigales tout le temps, jour et nuit. Les médecins ont diagnostiqué des bourdonnements d'oreille, sans trop savoir la cause. Ils lui ont interdit les médicaments à base d'opium, mais elle a été de plus en plus mal. Elle disait que les cigales chantaient pour la rendre folle.

« La déclaration de guerre l'a bouleversée. Il faut dire que son père avait été tué au début de l'autre, elle avait douze ans : ç'avait été terrible pour elle. Elle s'en est prise à moi ; elle ne comprenait pas que je ne sois pas mobilisé. Elle est vite retombée en enfance. Elle voulait tout le temps jouer à la marelle avec les filles, elle se couvrait la tête de peignes, elle en avait quelquefois une douzaine dans les cheveux, tout ce qui pouvait tenir.

« Il a fallu l'envoyer dans une maison de repos de l'administration, où elle n'est pas restée, son état s'aggravant toujours. Ses parents, c'est-à-dire sa mère et son beau-père, m'accusaient de l'avoir rendue folle, en la maltraitant et en lui refusant d'avoir un enfant, toutes choses dont je suis innocent, je le jure. Ils l'ont donc reprise, mais ils n'ont pu la garder, et elle a été internée dans un asile psychiatrique. Sous le régime de Vichy, ces établissements étaient les derniers servis pour toutes les fournitures, la nourriture, le chauffage. Ma Louisette est morte au printemps 1943, de misère et de froid, presque en même temps que Jenny Cavalier, la dame du docteur. 1943 : quelle année !

« Je suis resté à Saint-André, où l'école n'avait plus qu'une classe, tant par le manque de maîtres que par la diminution des enfants. Maintenant, les effectifs ont recommencé à augmenter, du fait des naissances, et aussi parce que l'école de Saint-Pierre-du-Mont n'a pas été rouverte. J'aurais dû partir, certes, mais l'inspecteur m'a demandé de rester quelque temps. En outre, j'assurais le secrétariat de mairie ; j'étais bien placé pour aider les réfugiés, les réfractaires et, plus tard, le maquis. Ce sont de bonnes raisons, mais il y en avait une, encore plus forte.

« Je suis resté à Saint-André surtout parce que j'avais le béguin pour la veuve bleue, Juliette Paulet. Elle m'a touché le cœur dès le premier jour où elle m'a amené sa petite Ninon à l'école. Ma pauvre femme n'était pas encore morte, mais commande-t-on à ses sentiments ? Je n'ai rien dit de trois ans, parce que je n'étais pas seul, et de loin, sur les rangs. En plus, mon âge et mon infirmité ne plaidaient pas en ma faveur. On racontait aussi que certains soldats, passés pour morts en juin 1940, étaient en réalité prisonniers, mais qu'ayant tenté de s'évader tout de suite, ils avaient été envoyés par les Allemands dans des camps spéciaux, en Pologne, et qu'il fallait attendre la fin de la guerre pour être sûr de leur sort. Ça pouvait être le cas de François Paulet. La petite l'a cru, et en 1945, quand les prisonniers sont rentrés, elle attendait son père. Elle a attendu des mois et des mois, tout l'été 1945 et même après. Et moi, j'ai attendu 1946 pour me déclarer à la veuve. Je n'étais pas jeune, et je traînais toujours la patte. Mais j'avais mon traitement, de bon états de service dans la Résistance et je venais de faire un héritage, dont le Mas de Marie, une maison à Nîmes et une assez grosse somme d'argent. Nous aurions pu habiter en ville, si elle le souhaitait, et je pensais lui offrir une auto : comme l'essence était rationnée, on trouvait de belles occasions pas chères. La veuve bleue m'a ri au nez. Et je ne suis pas parti ! J'espérais encore, contre toute raison, et puis je voulais rester près d'elle, continuer à m'occuper de sa fille, que j'aimais comme si elle était mienne.

« Malgré toutes mes précautions, ma démarche s'est ébruitée. Par bonheur, Ninon n'en a rien su, du moins sur le moment. On est en Cévennes, mademoiselle. Ici, tout un village est capable de garder ses secrets pendant des années. Toutefois, même en Cévennes, il y a des impatiences : ils n'ont pas tenu jusqu'au bout. Toutes les histoires qui me concernaient ont filtré au cours de l'hiver 1949 : mon infirmité de naissance, la folie de ma pauvre femme et ma demande à la veuve. Les enfants l'ont appris, par bribes.

« Ninon m'en a voulu, parce que j'avais osé demander sa mère en mariage et donc essayé, a-t-elle cru, de prendre la place de son père. Alors, elle a commencé à me chercher querelle à tout propos. Son idée, c'était de me faire payer mes vilenies. Le livre de lecture, *À l'ombre des ailes*, était un des meilleurs prétextes pour me chicaner. La petite peste s'est vite aperçue qu'elle avait mis le doigt sur un point sensible. Je suis attaché sentimentalement à ce livre. Je me souviens quand je l'ai dévoré, à réception du spécimen, en 1936. J'ai été bouleversé... même la couverture, cet avion avec ses ailes immenses qui barrent le ciel... j'ai pensé que le monde moderne entrait enfin à l'école, par la plume d'un de nos plus grands écrivains. J'ai vraiment cru que la question de la lecture était résolue pour toujours. Pendant dix ans au moins, ce roman m'a apporté de grandes joies, que beaucoup d'élèves, j'en suis sûr, ont partagées avec moi. Sans doute a-t-il fait son temps.

« De toute façon, ce n'était qu'un prétexte pour les grandes filles. Je m'y suis mal pris avec elles, c'est certain. Je n'ai pas su jeter du lest quand il fallait. Elle se sont mises à gâcher leurs devoirs, surtout les dictées et les problèmes, en criant partout que je ne les faisais pas travailler, que j'étais un mauvais maître et depuis longtemps. Elles ont continué leur sabotage jusqu'à la fin de l'année. Mon dernier trimestre de classe a été le pire de toute ma carrière. Les grandes filles s'amusaient à imiter ma pauvre femme, d'après ce qu'elles avaient entendu raconter de son comportement, quand elle a commencé à perdre la tête. Elles se mettaient des tas de peignes dans les cheveux en prenant un air imbécile, elles fabriquaient des gâteaux de sable avec des ustensiles de dînette. " Voulez-vous goûter mon gâteau ? – Je vous offre de mon flan... " Et ainsi de suite. J'en perdais l'appétit et le sommeil, si bien que je suis tombé malade. J'ai eu beaucoup de peine à assurer les quelques semaines avant le certificat. La fin de l'année, qui coïncidait avec celle de ma carrière, a été une délivrance, mais elle arrivait trop tard. Ces gamines m'avaient anéanti, et je ne suis pas encore tout à fait remis. Je fais toujours des cauchemars, j'ai des brûlures d'estomac, des crises d'étouffement.

« On me dit que les grandes filles se sont tellement habituées à bâcler leurs devoirs qu'elles ne savent plus travailler proprement. Bon Dieu, quel gâchis ! Qu'est-ce que j'ai fait ! Quand je pense que cette pauvre Ninon, si mignonne et si douée, a gâché son année du certificat pour se venger de moi ! »

Canisius se tait, considère sa tasse où refroidit un fond de café, puis boit à petites gorgées, avec une grimace. Agnès tape avec le bout de son soulier contre le pied de la table, puis elle lève la tête et respire très fort.

– Je suis touchée de votre confiance, dit-elle. C'est une grande leçon pour moi.

Canisius courbe les épaules, s'affale sur la table. Si le plateau de bois n'était pas là pour le soutenir, il s'effondrerait sur le sol comme un sac de chiffons. « Pauvre homme, songe Agnès. Qu'importent ses fautes, il les paie cher. »

15.

Journal de classe, janvier 1949

Je me sers régulièrement des moniteurs. Une impression se confirme : ce ne sont pas les plus grands les meilleurs. Les élèves du CM2 l'emportent sur les « fin d'études ». Là aussi, Alice Cavalier, « Gatsou », se révèle excellente. Pourvu que ça dure... et qu'il n'y ait pas de jalousie.

Ma classe du certificat s'est remise au travail. Les grands ont presque tous lu entièrement *Une semaine avec* et emprunté plusieurs livres de bibliothèque (parmi les auteurs les plus demandés, ceux qui figurent au sommaire du livre de lecture : Alexandre Dumas, Victor Hugo, Jules Verne, Pierre Loti, Erckmann-Chatrian, George Sand, Alphonse Daudet...). Les progrès en lecture à haute voix et en compréhension du texte sont extraordinaires. Grosse amélioration aussi en rédaction, sauf Angèle Roux, qui recule partout.

Mais le niveau en orthographe est désespérant et le calcul ne suit pas (sauf pour Henri Daudé). Je ne vois que deux succès à peu près assurés : Henri Daudé au certificat et Alice Cavalier à l'examen d'entrée en sixième (et je n'y suis pour rien !).

Je n'ai pas donné de compositions en octobre. J'ai noté celles de novembre seulement « bien », « assez bien », « médiocre », etc. Pour décembre, j'ai mis des chiffres, mais je n'ai pas fait de classement. J'ai tenté – rien que pour moi – une évaluation approximative des moyennes pour le certificat. Henri Daudé 6, Ninon Paulet 4 1/2, Jeannot et Pierrette

Vialle 4, Angèle Roux, entre 3 et 3 1/2, Léa Benoît environ 3. Jacques Pagès, qui ne passera le certificat que l'an prochain, est meilleur que les jumeaux. Quant à la pauvre Léa, son niveau est vraiment très bas. Elle ne descend presque jamais au-dessous de dix fautes !

J'ai tout misé au départ sur *Une semaine avec*. Or la rédaction est le chemin naturel qui va de la lecture à la maîtrise globale du français. Quand vient le goût de l'écriture, apparaît vite la nécessité de la grammaire et de l'orthographe. Sur les deux sujets d'examen, il y a presque toujours une lettre, plutôt facile, à condition d'être bien préparé. J'orienterai vers la lettre les deux garçons, Angèle Roux et, avec regret, Léa Benoît.

Les corrigés des revues pédagogiques ne m'aident pas beaucoup. Ou on nous oriente sur des modèles d'écrivains, trop difficiles à imiter pour les élèves ; ou les auteurs nous pondent des textes ampoulés et pompeux. Pour les lettres, on tombe même sur des erreurs impardonnables. Exemple : la réponse à une offre d'emploi parue dans le journal. L'auteur du corrigé écrit au directeur du journal pour demander l'adresse de l'entreprise qui a passé l'annonce ! C'est idiot, puisqu'on sait bien que l'employeur donne toujours son adresse ou un numéro pour faire suivre le courrier !

16.

Les visiteurs du soir

Le Dr Cavalier pose la main sur le poignet d'Agnès et serre la manche de sa blouse. « Oh, pardon ! » Il la lâche aussitôt.

– Alors, cette première journée de neige, mademoiselle ?

– Votre fille a joué comme une folle. Elle doit être morte de fatigue.

Doc Mac est passé à l'école dès la sortie de la classe. On est le lundi 9 janvier. Quelques flocons volent dans l'air du soir. Agnès a entendu le docteur freiner devant la cour, claquer la portière, courir sur le gravier saupoudré de neige. Il quitte son chapeau, essuie ses cils, reprend son souffle.

– Excusez-moi, dit-il.

– Vous êtes tout excusé.

Agnès se retient de pouffer. Le docteur s'assoit sur la première table, penche la tête et pose la joue sur sa main. Son regard fouille tout autour de lui, revient au visage d'Agnès.

– Gatsou ressemble tellement à sa mère. Avez-vous remarqué son type physique, les cheveux tombants, le visage romantique, long et doux, les yeux très grands et la bouche petite ? Le portrait exact de ma chère Jenny. Et le contraste avec son caractère hardi, impertinent, et très résolu ? Elle tient cette vitalité de ma famille, en particulier de mon père. Vous savez qu'elle a décidé d'être médecin, docteur, comme elle dit ? Elle joue si bien son rôle qu'elle a l'air de préparer l'entrée à la faculté plutôt que l'examen de sixième !

– Merci de m'avoir confié votre trésor.

– Vous vous moquez ?

Agnès s'est adossée à son bureau, les coudes en arrière, le regard perdu. Elle respire avec délices l'air un peu enfumé de la classe. Une lassitude presque enivrante gagne son corps par la chaleur du sang et les frissons de la peau. Les lundis sont toujours épuisants. Mais la compagnie de Doc Mac a sur elle un effet tonique et apaisant à la fois. Une pensée douce amère lui vient soudain : « Agnès Vincent, tu ne seras jamais plus heureuse que ce soir. De toute la vie ! »

– Votre Gatsou est très gentille, dit-elle. On voit qu'elle se force un peu, mais il n'y a que le résultat qui compte. La rumeur de ruche de la classe unique l'a un peu surprise, elle a eu beaucoup de peine à se concentrer pendant la demi-heure de français du lundi matin. Mais elle a bien réagi. Pour la lecture, je lui ai donné à choisir une page dans *Une semaine avec*, pour voir si elle avait bien lu le livre pendant les vacances. Oui ! Elle a pris un extrait du *Roman de Renart* : le faux médecin. Les enfants de Drouineau, le moineau, sont très malades. Arrive Renart, qui se fait passer pour médecin et croque les oisillons sous prétexte de les soigner... Elle lit bien, elle en rajoute un peu dans les mimiques, mais je pense qu'elle arrêtera ses chichis quand elle sera en confiance.

« Je me doute qu'elle a voulu venir ici pour être avec les grandes. Elle regarde de haut ses camarades du cours moyen. À la récréation, elle ne quitte pas Ninon et Pierrette. En calcul, elle va vite et elle est assez sûre dans ses opérations, ce qui n'est pas commun. Je crois que seul Henri Daudé est meilleur qu'elle, de toute la classe. Il est vrai que les grandes boudent le calcul depuis la rentrée d'octobre. Je suis très contente que Gatsou les batte. Si elles ne veulent pas avoir l'air ridicules, elles vont être obligées de se mettre au travail. Cet après-midi, le cours moyen 2 a travaillé au compte rendu de lecture de l'entrée en sixième. Dire que Gatsou est bonne dans cette matière est au-dessous de la vérité. Elle est excellente et même un peu plus. C'est ce que vous vouliez entendre ?

– Je ne voulais rien. Mais j'ai plaisir à *vous* l'entendre dire.

– En gymnastique, il y a la question du short...

– Mais Gatsou a un short !

– Elle est la seule. Ici, les parents n'aiment pas que les filles se déshabillent à l'école, et elles ne peuvent pas garder toute la journée un short sous leur jupe ou leur tablier.

– Il faudra bien que les grandes se mettent en culotte pour s'exercer au brevet sportif.

– De toute façon, on n'a jamais vu personne collé au brevet sportif. Docteur...

– Appelez-moi Doc Mac.

Agnès se sent rougir. Elle tourne la tête.

– Je voudrais vous poser une question... Doc Mac. Pourquoi *Gatsou* ? Qu'est-ce que ça veut dire ? D'où vient ce diminutif ?

Le docteur se lève, rejoint Agnès devant le bureau. Elle ne peut pas reculer.

– Gatsou ? dit-il. C'est toute une histoire ! Quand elle était petite, mon père, qui exerçait encore avant de me léguer son cabinet, s'était mis en tête de dresser sa petite-fille comme doit l'être une protestante cévenole, fille de médecin et, à son idée, future épouse de médecin. Il avait inventé une espèce de jeu qui plaisait beaucoup à la gosse. Il commençait : « Qu'est-ce qui vaut mieux ? Un bonbon ou un sou ? » Et Gatsou... enfin Alice devait répondre : « Un sou. » Après : « Qu'est-ce qui vaut mieux, un sou ou deux sous ? » Réponse : deux sous. Et mon père continuait : « Qu'est-ce qui vaut mieux, deux sous ou trois sous ? – Trois sous ! » « Qu'est-ce qui vaut mieux, trois sous ou quatre sous ? » À la fin, Alice s'impatientait. Dès qu'elle voyait son grand-père, elle sautait à la conclusion : « Quatre sous ! quatre sous ! » Mais elle prononçait : *gatsou, gatsou*. Et voilà !

Les yeux levés, Agnès observe le docteur qui la domine presque d'une tête. Il a le haut du visage taillé net, jusqu'aux pommettes, et le bas arrondi et doux, autour de la bouche et du menton. Un mélange plaisant de force et de délicatesse.

Enfin, on peut l'imaginer... Et Agnès songe : « Il serait presque beau, ce *type*, sans... » Sa pensée reste en suspens. Elle se réveille dans la nuit, en sursaut. « Sans quoi ?

Qu'est-ce qui empêche le Dr Cavalier d'être beau ? Et qu'est-ce ça peut te fiche, grands dieux ? »

Le surlendemain, à la même heure, Agnès attend la veuve bleue sur le pas de la porte. Et *la* voilà, elle donne un coup de timbre et saute de sa bicyclette, qu'elle appuie contre le mur du préau. *Elle* s'arrête à l'abri pour rattacher son foulard capuchon qui claquait au vent. Le geste découvre un instant sa chevelure noire, protégée par le col de son manteau. Ninon doit donc tenir de son père ses mèches d'un blond presque fauve...

La visiteuse se dégante et s'avance vers Agnès la main tendue.

– Je suis Mme Paulet.

La veuve bleue, la maman de Ninon ! Agnès est soulagée par l'abord modeste de la veuve et émue par sa grâce. À côté de cette femme, elle se sent réduite à peu de chose : une jeune maîtresse d'école, sans expérience de son métier ni de la vie.

– Entrez, s'il vous plaît, dit-elle, la gorge un peu serrée.

Dans la classe, elle aide la veuve à ôter son manteau en lainage gris foncé. Juliette Paulet est une brune aux yeux noirs, à la peau claire, rosie par le vent et le froid. Elle a un nez droit, aux narines palpitantes, des pommettes hautes, un bouche fine, élargie par deux traits de rouge. Elle est vêtue d'une robe en tweed à col montant, entre gris et beige, pincée à la taille avec une ceinture vernie et une jupe boutonnée. Elle est très belle.

Agnès lui offre aussitôt sa chaise et s'assoit sur le bureau, à la place que le docteur occupait la veille. La visiteuse se décoiffe à petits gestes nerveux, laisse son foulard retomber, puis ramène ses mains sur ses genoux, presse son sac de cuir noir.

– Je voudrais vous remercier. Ma fille est transformée. Je ne suis pas sûre qu'elle travaille aussi bien qu'elle pourrait, mais elle le fait au moins avec plaisir. Elle me parle tous les jours de vous... Et ce livre, mon Dieu, ce livre !

– *Une semaine avec* ?

– En arrivant de l'école, elle le sort de son cartable, elle se met à le feuilleter. En se couchant, elle l'emporte pour le garder sur sa table de chevet. Elle dit : « Si je me réveille la nuit, je sais qu'il est là, je n'ai pas besoin de l'ouvrir, j'ai qu'à le toucher. » Ma petite fille qui détestait lire !

Un fleuve de miel coule dans le cœur d'Agnès. Elle n'a aucune envie d'entendre des compliments, qui la gênent, sauf s'il s'agit du livre qu'elle a choisi. Et la veuve continue, d'une voix un peu chantante, le souffle court, les mains crispées sur son sac, les genoux serrés.

– Je ne me fais aucun souci. Je sais qu'elle aura son certificat, avec vous. Seulement...

Agnès est de plus en plus mal à l'aise sur sa table d'élève, position inconfortable, qui l'oblige à regarder la veuve de haut. Elle se lève et va s'appuyer contre le coin de son bureau. Elle s'aperçoit aussitôt que la position n'était pas seule cause de son embarras. Elle se sent trop inférieure à cette femme, mûre et jeune encore, avertie et jolie ; elle en a le cœur pincé.

Elle se tait, elle écoute, avec un effort d'attention si visible que la veuve s'interrompt un instant, la bouche entrouverte, puis s'excuse d'un sourire et reprend, les yeux baissés :

– Oui, on a dû vous parler de nous, en bien et en mal, plutôt en mal, n'est-ce pas ? J'ai mes défauts, qui n'en a pas ? Vous pensez que je suis une mère faible ? Oh, ce n'est pas tout à fait faux. Ninon a beaucoup souffert de la mort de son père, ça remonte à presque dix ans, mais je me demande si elle guérira un jour. De la voir si malheureuse pendant des années et de ne rien pouvoir, ça m'a peut-être inclinée à trop d'indulgence. Tant pis pour moi. Mais je ne permettrai pas que Ninon fasse du mal à cette petite Léa. Jamais ! Ce n'est pas que ma fille m'écoute tellement, je suis obligée de me gendarmer, quelquefois, et de la punir. Je lui interdis d'écouter les chansons à la radio et puis, s'il faut, je la prive de ses sorties chez sa marraine d'Alès. Ça, elle y tient plus qu'à ses robes, c'est dire. Alors, je peux la menacer de rester à la maison, et même la garder de force.

Juliette Paulet lève les yeux, croise le regard d'Agnès, puis fixe en silence la pointe de ses souliers vernis. « Il y a quelque chose de sournois dans les façons de cette femme, songe Agnès. Elle essaie de vous manœuvrer traîtreusement, en se servant de son charme, en se composant un air angélique... Mais qu'est-ce qu'elle veut au juste ? » La veuve décoche son sourire innocent, et Agnès ne peut s'empêcher de lui répondre par un signe complice, enjoué.

– Je vous remercie de m'en parler, madame Paulet. Il est vrai que Léa a été accueillie avec méfiance par les grandes, à son arrivée. Mais elle a su se faire accepter, et je crois que tout est rentré dans l'ordre assez vite.

À peine Agnès a-t-elle tiré cette conclusion un peu frivole qu'elle se prend à douter. Tout est rentré dans l'ordre... Mais quel ordre ? À quel prix ?

Juliette Paulet a glissé une main entre ses genoux, de l'autre main elle serre son sac contre son ventre en un geste de défense. Elle a l'air, maintenant, d'une très jeune fille, presque d'une enfant, et elle frissonne de froid ou d'embarras. Il est vrai qu'Agnès a oublié de garnir le poêle depuis un moment. La température de la salle a baissé vite, à cause du vent qui gêne le tirage. « Ou bien le froid est-il tombé sur ton cœur ? » Agnès retient l'élan d'amitié qui la porte vers cette jeune femme malheureuse. Car Juliette Paulet est malheureuse, Agnès n'en doute plus, tout à coup. Elle esquisse un mouvement et rencontre, en pleine lumière, le regard trop brillant de la veuve. Sous les cils noirs, vite baissés, elle a cru surprendre un éclair de triomphe. Son élan est coupé.

Juliette Paulet ramène son sac contre son ventre, à deux mains. Elle paraît plus que jamais désarmée et affligée. Agnès se reproche aussitôt ses soupçons. « Si tu n'avais pas entendu raconter tant d'histoires sur la veuve bleue, tu n'irais pas inventer toutes ces complications ! » Juliette Paulet gonfle la poitrine, ce qui lui va bien, soupire et, d'une voix quêtant la compassion, avoue :

– J'ai commis bien des erreurs. Je veux dire, pour ma fille. J'ai peur de l'avoir mal élevée. Vous savez, une femme seule... Et puis elle aimait tant son père.

– Madame, nous commettons tous des erreurs. Votre fille est une enfant très attachante. Elle a du cœur et une joie de vivre communicative. Elle a beaucoup d'allant et de grâce. C'est une meneuse-née et elle se sert de son ascendant sur les autres, au point d'en abuser quelquefois.

Juliette Paulet regarde Agnès dans les yeux, franchement.

– Vous l'aimez, n'est-ce pas? Oh, tant mieux!

Agnès voudrait nuancer son appréciation.

– Avec ça, Ninon a un fichu caractère, dit-elle.

La veuve baisse de nouveau les yeux, triture son sac.

– Mais ni vous ni moi n'y pouvons rien, n'est-ce pas? Ninon avait à peine trois ans quand son père est parti à la guerre. Et elle se souvient de lui, c'est étrange... Il est revenu en permission à la fin de l'hiver 1940, mais elle avait un gros rhume, et François était avec un camarade, elle l'a très peu vu. Je me demande comment elle peut se rappeler certaines choses. Mon mari avait une moto, une grosse Monet-Goyon, que j'ai donnée au maquis en 1943. Il prenait Ninon et l'asseyait sur le réservoir pour rouler dans le chemin et même un peu sur la route. Il faisait avancer la moto avec les pieds, en laissant tourner le moteur. La petite adorait les « tours à moto ». Avant de partir, en septembre 1939, ils en ont fait un plus long, en roulant pour de bon, avec le moteur. Ils se sont arrêtés devant toutes les portes de Claire-Baraque. Et François a demandé à Ninon : « Tu veux aller en Afrique ou en Amérique? » Il a insisté pour qu'elle réponde. Elle a répondu : « En Amérique. » Et, en partant, il lui a dit à l'oreille : « Ma Ninon chérie, quand on aura gagné la guerre, je reviendrai pour t'emmener en Amérique! » Elle avait tout juste trois ans, et elle s'en souvient. Elle me l'a dit il y a quelques jours. C'est rare qu'un enfant ait des souvenirs de ses trois ans, vous ne croyez pas?

Agnès approuve d'un signe de tête. Elle est sûre qu'on ne garde pas de souvenirs d'un âge aussi tendre. Ninon a dû entendre raconter cette histoire beaucoup plus tard; elle croit de bonne foi se rappeler ces détails, qu'on lui a soufflés. Mais à quoi bon ruiner une si jolie fable? Juliette Paulet insiste.

– Quand son père est venu en permission, elle avait trois ans et demi. Je vous ai dit qu'elle l'avait peu vu. D'ailleurs, François n'est pas resté longtemps, il devait visiter ses sœurs, celle d'Alès et celle de Marseille. Son camarade est resté avec nous pendant qu'il était à Marseille. Ce jeune homme s'appelait Bernard, et François l'appelait Bernard l'Ermite, peut-être parce qu'il était célibataire et qu'il vivait seul avant la guerre. Eh bien, ma fille a retenu ce surnom, Bernard l'Ermite, qu'elle trouvait joli. C'est étonnant, n'est-ce pas ? Elle m'a dit : « Bernard l'Ermite, l'ami de papa, qu'est-ce qu'il était gentil ! » Et puis il y a une autre chose qui est arrivée...

Juliette Paulet parle de plus en plus vite et de plus en plus bas. Agnès se rapproche pour l'entendre.

– Mon beau-père est mort aussi en 1940, dit la veuve bleue. Ma belle-mère est restée avec nous pendant la guerre. Après la libération, elle est partie chez sa fille d'Alès. Quand elle était ici, elle a appris la broderie à Ninon, et la petite, qui avait cinq ou six ans, faisait de petits travaux de gosse pour son papa, « quand il reviendrait ». On nous avait dit de ne rien lui dire tant qu'elle n'avait pas sept ans, qu'elle ne pouvait pas comprendre, n'est-ce pas ? En 1943, je lui ai dit la vérité, que son papa avant été tué à la guerre, mais je pense que j'ai eu tort d'attendre aussi longtemps. Elle avait l'habitude de penser qu'il était vivant, elle ne m'a pas crue. Et, en 1945, quand les prisonniers sont rentrés, elle l'attendait, et comme il y a quelquefois des miracles, je n'osais pas lui ôter trop brutalement son espoir. On racontait que certains prisonniers avaient tenté de s'évader au tout début de leur captivité, qu'ils avaient été repris et envoyés dans des camps spéciaux et aucune nouvelle. Je ne voyais pas comment ç'aurait été possible, puisque j'avais reçu le papier des militaires, disant que François avait été tué par un obus de 155 mm, tiré par un canon allemand. Ma belle-mère encourageait Ninon dans ses rêveries, je lui en voulais beaucoup pour ça. Nous nous sommes même fâchées, et elle est partie à Alès peu après. Enfin, Ninon avait l'âge de raison, elle a bien été obligée d'admettre qu'elle ne reverrait pas son père. Ça l'a reprise l'an dernier, je suppose que c'est la puberté, on n'y peut rien. Elle a toujours gardé les « broderies de papa » dans un petit coffret. Et je viens de m'apercevoir que ce coffret avait disparu. Je me suis dit : elle n'a peut-être pas renoncé. Je me demande si un jour elle oubliera son père.

« Voilà, je voulais vous dire toutes ces choses pour que vous la compreniez mieux. Ça ne l'excuse pas d'être méchante, et si ça arrive, vous seriez bien aimable de me tenir au courant. Seulement, il ne faut pas lui en vouloir, après ces événements, elle est un peu... un peu...

Juliette Paulet bute sur la fin de la phrase. Agnès lit son hésitation dans ses yeux. La veuve essaie en silence deux ou trois mots avant de prononcer à haute voix celui qu'elle a choisi.

– Oui, elle est un peu désorientée, voilà.

Agnès approuve d'un signe. Mais Ninon n'a-t-elle pas, dans son enfance, assisté à une scène qui l'aurait blessée de façon indélébile, tout le reste n'étant qu'habillage et poudre aux yeux ?

Juliette Paulet se lève, prend congé très vite, en prétextant la nuit tombée. Sur le pas de la porte, elle se retourne et lance à Agnès un regard grave et moqueur, à la fois. Un regard qui ressemble à un appel ou bien à une promesse. Après son départ, Agnès reste pensive, les bras croisés sur son bureau. Cette femme est étrange. Agnès l'admire, l'envie ; elle aimerait être son amie, mais elle a un peu peur d'elle aussi. La veuve bleue ne doit pas être aussi bonne qu'elle voudrait le paraître. Elle sait sûrement piquer et mordre. Amoureuse, l'agnelle doit se changer en panthère le temps de crier aïe !

Une croqueuse d'hommes, selon l'Agathe Félix. Ses amants doivent l'aduler avant de fuir.

Et Ninon ? Pauvre Ninon, rivée à l'image d'un père qu'elle croit se rappeler du fond de son enfance. Pauvre Ninon qui connaît peut-être des secrets au-dessus de son âge, les secrets de sa trop jolie maman !

On frappe à la porte. C'est le docteur Cavalier. Agnès accueille avec joie cette visite à demi prévue. Elle veillera ce soir pour rattraper le temps perdu.

– Alors, la veuve bleue ?

Elle fixe Doc Mac en souriant. « Si l'Agathe Félix dit vrai, tu la connais mieux que moi, la veuve ! » Mais les hommes prennent-ils le temps de connaître ces femmes qu'ils appellent maîtresses ? Le mot l'amuse, elle, la maîtresse d'école, la maîtresse de personne.

– Vous riez ?

– Non, c'est vous.

Ils parlent de Gatsou. La petite fille s'est mêlée au clan des grandes avec une habileté presque inquiétante. N'est-elle pas un peu trop maligne pour son âge ?

– Elle est plus naïve que vous pensez, dit le docteur. Elle sait très bien jouer à être une grande personne, mais ce n'est qu'un jeu pour elle, croyez-moi.

Agnès avoue que la visite de Juliette Paulet lui a mis la puce à l'oreille. Elle se sent en faute, parce qu'elle ne suit pas d'assez près les relations entre les élèves.

Le docteur pose la main sur son épaule.

– Vous ne pouvez pas être au four et au moulin. Mais je croyais que tout allait bien. Qu'est-ce qui vous tracasse ?

Agnès parle de Léa Benoît. Les grandes filles ont d'abord toisé de haut la nouvelle, bouche pincée, nez froncé...

– Elles l'ont snobée, dit le docteur en riant. C'est naturel. Il ne faut pas que les adultes se mêlent de ces histoires entre les filles, surtout pas la maîtresse.

– C'est ce que je pensais, dit Agnès, mais je me suis peut-être trompée.

Léa a su négocier son entrée dans le clan : elle a dû changer souvent d'école, elle a l'expérience de cette situation. Pour être acceptée, elle s'est soumise aux règles et aux rites édictés par Ninon. Agnès a demandé à voir ses cahiers de l'an dernier : elle n'a jamais été une très bonne élève, mais à présent elle travaille encore au-dessous de ses possibilités.

– Je crois qu'elle le fait exprès : c'était le prix à payer !

Doc Mac, pas très convaincu, se caresse le menton en regardant les poutres du plafond. Agnès met une bûche au poêle, revient à son bureau.

– Je m'inquiète aussi pour Angèle Roux. Elle n'arrête pas de dégringoler. À la Toussaint, je lui donnais encore une chance pour le certificat, maintenant, je désespère !

Le docteur regarde Agnès, secoue la tête et sourit.

– On ne vous avait donc pas prévenue ? Ces choses sont normales. Le certificat tombe pour les filles au plus mauvais moment de leur vie. Encore une idiotie des ânes savants qui nous gouvernent ! Il fallait laisser le certif à douze ans, c'était très bien. À quatorze ans, ça va encore pour les garçons, mais les grandes filles sont en pleine tourmente. J'ai eu l'occasion d'en parler une fois avec un inspecteur d'académie. Il ouvrait des yeux ronds. Alors, ne vous faites pas de souci : votre Angèle traverse une mauvaise passe, ça s'arrangera probablement.

Agnès s'est juré de ne pas parler à l'Agathe Félix de la visite de Juliette Paulet. L'Agathe est une charmante vieille personne, mais elle ne supporte pas sa jeune voisine. Tout le monde trouve grâce aux yeux de l'Agathe, sauf la veuve bleue.

À la fin de la semaine, Agnès fait un saut à Claire-Baraque, où l'épicerie est mieux fournie qu'au bourg de Saint-André. Il pleut de la neige fondue, elle a le nez gelé sous son capuchon. Elle ne résiste pas à l'envie de se payer un chocolat chaud au café Portal. L'Agathe Félix fait le ménage dans la salle. La mère Portal est dans son coin, au fond du couloir, penchée sur un gros registre, à compter des additions. Juste ou faux, le résultat ne lui convient jamais. Agnès passe entre les deux, sourit à chacune. Delphine Portal tourne la tête et, d'un battement de paupières, fait signe qu'elle est très occupée. Agathe Félix est bien occupée aussi. Elle est persuadée que le commerce ne tient que par son incessante activité de fourmi ménagère.

Elle se redresse à demi, en s'appuyant d'une main sur le balai qui lui sert à pousser sa serpillière, caresse de l'autre sa mauvaise hanche, lâche une grimace, regarde Agnès par-dessus l'épaule, sourcils froncés.

– Ma pauvre petite, vous voilà encore à traîner à point d'heure ! C'est bien dur, votre métier, je voudrais pas le faire !

– Je l'ai choisi et je suis...

Agnès a failli dire : « Je suis heureuse. » Est-elle heureuse ? Elle enchaîne sur des banalités. Delphine Portal claque du pouce pour demander qu'on se taise. C'est elle la patronne, et les clients la dérangent. Heureusement, il n'y en a pas beaucoup. L'Agathe pose son balai, s'essuie les mains à son tablier, prend Agnès par le coude et l'entraîne à la cuisine.

Il fait chaud, ça sent bon, cent odeurs se mêlent, qui vous flattent le nez, le cœur et l'estomac. Là, Agnès se sent protégée contre tous les périls du monde. Elle succombe vite à tant de douceur. L'Agathe s'affaire à la préparation du chocolat, avec des airs de conspiratrice.

– Ah, mademoiselle, vous avez aussi bien des satisfactions. La petite Gatsou du docteur dit à tout le monde qu'il n'y a pas de meilleure maîtresse d'école que vous jusqu'en Amérique !

Agnès sourit, un brin inquiète, quand même. Elle ne voudrait pas que Gatsou la mette sur un piédestal. C'est une position trop difficile à tenir. Une minute plus tard, elle se surprend à raconter la visite de la veuve bleue. « Agnès, tu avais juré... » Trop tard. Elle se tait, sirote son chocolat à petites gorgées. L'Agathe triture son tablier.

– Ma pauvre petite, vous ne savez pas tout. Ninon, la malheureuse, en a vu et entendu plus que de son âge. Je vous dirai pas comment l'Antoine Paulet, le père du *pauvre* François, est mort un mois après son fils ! Ah non, sûr que je vous le dirai pas aujourd'hui, vous le saurez bien assez vite !

17.

Le docteur et la cigale

Le Dr Cavalier a rangé sa voiture dans une rue tranquille et grimpé à pied la côte qui conduit à la maison de Rica, tout au bout de la ville. Il ne tient pas à se faire remarquer par les voisins. Et puis il s'est donné pour règle de faire autant d'exercice, la paix revenue, qu'il en faisait pendant la guerre, contraint et forcé.

Rica habite une grande maison, qu'elle partage avec trois autres locataires. Ce n'est pas l'idéal pour la discrétion, d'autant qu'elle a un appartement au deuxième étage. Mais bah, il s'en fiche. « Non, tu n'aimerais pas que Gatsou l'apprenne. Ni tes clientes... Qui sait ce qu'on raconterait à Saint-Jean sur les escapades du docteur ! »

Il s'arrête une seconde dans l'escalier. Il ne veut pas arriver à la porte de Rica en soufflant comme un bœuf las du joug. Il apporte le même cadeau que la semaine dernière, ou presque. Rica ne varie guère ses plaisirs : la bouteille de sherry lui fait dix jours à peine, et elle remplirait volontiers son appartement avec des pelotes de laine qu'elle ne tricotera jamais.

Le cœur de Doc Mac bat un peu trop fort, une légère douleur se promène dans sa poitrine. Il sonne, quatre coups. Onze heures et demie du matin : il est en avance, aujourd'hui. Eh bien, la voici, les cheveux dans les yeux, sans maquillage, la bouche molle, mais quand même plus qu'aux trois quarts habillée.

– Tu es en avance, toubib, dit-elle.

– Je voulais te parler.

Elle pose un doigt sur ses lèvres, caresse ses mèches.

– Chut, tout à l'heure.

Elle a des cheveux châtain clair, joliment coiffés, de beaux yeux bruns dans un visage rond et doux. Elle a jeté une veste de laine sur ses épaules, malgré la tiédeur de l'air. Elle est très frileuse, cela fait partie de son charme. Elle remonte d'un geste étudié sa jupe qui tombe.

Doc Mac l'aime pour son naturel frais et hardi, joueur et enjoué. Il lui pardonne volontiers les façons qui vont avec, ses manies et ses caprices. Rica est une cigale de sous-préfecture, comme on disait avant-guerre. Il doit en convenir, avec chagrin. Ces filles chantent au printemps, s'époumonent jusqu'à la fin de l'été. La bise venue, la plupart dansent devant le buffet. Mais Dieu nourrit bien les petits oiseaux...

Elle lui ôte des mains les cadeaux, trois pelotes de laine et la bouteille de sherry.

– Ouvre la bouteille, qu'on la mette vite en carafe !

Elle serre les pelotes sur ses joues, et ses yeux brillent.

– Comme ta laine est douce, mon petit docteur !

Elle en a des armoires pleines et des tas en vrac dans un coin de sa chambre. Elle aime accumuler toutes sortes de réserves, pour le plaisir et pour se rassurer, comme si les restrictions n'étaient pas finies, à jamais. Et Doc Mac est tout disposé à lui apporter longtemps encore, chaque semaine, trois pelotes et une bouteille. Il verse le sherry dans la carafe. Rica accompagne à mi-voix Line Renaud qui chante à la radio une ritournelle nouvelle :

Étoile des neiges
Sèche tes beaux yeux
Le ciel protège
Les amoureux...

Elle tourne le bouton.

– Je t'abandonne cinq minutes pour finir de m'habiller.

Elle s'éclipse avec un sourire mystérieux. Doc Mac

s'avance vers la fenêtre, qui s'ouvre sur le ciel de la montagne, par-dessus les toits de la ville, étagés en pente douce jusqu'à la rivière. Il se retourne pour considérer la pièce. La moquette couleur d'herbe donne envie de se mettre à genoux pour chercher des trèfles à quatre feuilles sous les meubles bas, les poufs, les monceaux de pelotes et les vêtements abandonnés.

Il rallume le poste qui a fini sa petite chanson et donne les nouvelles de midi. Le gouvernement de Georges Bidault se dispute avec ses ministres socialistes. L'affaire des généraux défraie toujours la chronique. On prévoit la création d'un salaire minimum garanti, le SMIG. La vie quotidienne devient un peu plus facile, mais la situation internationale est toujours noire. La Grande-Bretagne a reconnu la Chine populaire, beaucoup d'autres pays l'imitent. En Indochine, la guerre avec le Vietminh a l'air de s'aggraver...

Qu'est-ce qui attend le monde ? La paix éternelle est bien difficile à gagner. Personne, sous l'Occupation ou dans l'euphorie de la victoire, n'avait pensé que l'après-guerre serait aussi rude pour la France. Et l'Allemagne commence déjà à se relever. Un jour, elle sera de nouveau plus forte que nous !

Rica est revenue, vêtue moins qu'à moitié, de la mousse de vrai savon sur le minois, brandissant une enveloppe mouillée, avec un timbre des colonies.

– Il m'a écrit de Madagascar. Il est à Madagascar... à Tata... Tavata... je sais plus où. Il m'avait pas oubliée, mon petit fiancé de 1945 ! Séraphin Lagrange, dit Flamme dans la Résistance. Il m'écrit de Tamatave, Madagascar. Écoute ça.

« Très chère demoiselle,

Comme vous voyez, je ne me permets pas de vous appeler par votre prénom et encore moins par le diminutif charmant dont vous signez votre aimable lettre. C'est que je respecte beaucoup les femmes, même celles qui ont dû vivre d'expédients à l'époque si difficile où la trahison et le marché noir étaient monnaie courante.

Ainsi, chère mademoiselle, vous n'avez pas oublié le lieutenant Flamme et vous avez su me joindre à l'autre bout du monde, où j'ai transporté mes activités après les graves événements de la Libération. J'ai choisi de me fixer à Madagascar, car cette grande île est appelée à devenir, je l'ai *vu*, une nouvelle France dans les mers du sud. Au siècle prochain, Madagascar sera la France : vous pouvez me croire, chère mademoiselle, car je vois l'avenir... »

Rica s'est assise sur un pouf, les coudes sur les genoux, le menton dans la main. Elle replie la lettre à petits gestes secs, la laisse tomber, la rattrape au vol, la jette sur un meuble.

– Et voilà une demande en mariage pour les colonies. Une parmi beaucoup d'autres, mon petit docteur.

– Ma pauvre Rica, j'espère que tu ne vas pas rejoindre ce type à Madagascar !

– Pourquoi pas ? Tu sais, je suis un peu fatiguée des hommes que je vois tous les jours, qui ont les pieds sur la terre et la tête dans leur compte en banque. Flamme ! C'est quand même un joli nom, tu ne trouves pas ? Je ne suis pas encore trop vieille, ni trop vilaine : je trouverais sûrement un bon bourgeois sérieux et argenté pour m'épouser. Mais ça ne m'amuse pas. J'ai envie de vivre des aventures un peu folles. Quand j'aurai quarante ans, il sera trop tard. Oh, pardon...

– Je ne suis pas vexé et, dans un sens, je te comprends. À ta place, je crois que je partirais aussi aux colonies. Si je n'avais pas mes deux enfants...

– Tu m'emmènerais au bout du monde, tu me l'as déjà dit. Mais tu as tes enfants, ta vie est ici. Chacun son destin. Oh, là, là, que c'est profond, ça ! Tu sais, Marc-Antoine ? J'aimerais que tu sois marié avant de partir. Si, si, je me sens un peu responsable de toi. Depuis le temps qu'on se connaît et qu'on s'aime bien ! Pourquoi n'épouses-tu pas ta veuve bleue ! Je sais qu'elle te plaît. Elle est bien pour son âge... moins que moi, tu me l'as dit aussi, merci. Mais elle n'a pas envie d'aller au bout du monde, elle a une fille qui s'entend pas mal avec la tienne, n'est-ce pas ? Vous êtes bien assortis.

– Mais la fille est le principal obstacle. Je sais que Ninon ne supporterait pas le remariage de sa mère. Ce serait la guerre, et pas en dentelles. Et puis la veuve Paulet est catholique, et je suis protestant, comme la presque totalité de mes clients. En ville, ces choses-là ne comptent plus. Mais à Saint-Jean-de-Combas, on sort tout juste des guerres de Religion. Il ne faut pas que les camisards soient morts pour rien ! Si j'épousais la veuve Paulet, je n'aurais plus qu'à quitter le canton. J'y ai songé un moment. De toute façon, il y a Ninon.

Rica pouffe, la main devant sa bouche.

– On dirait que cette gamine vous terrifie, elle et toi.

Doc Mac devient tout pensif, regarde le coin du ciel, soupire.

– J'ai souvent l'impression qu'elle porte dans le cœur un secret trop lourd pour elle.

– Quel genre de secret ?

– Un secret de famille ou quelque chose comme ça. Je le sens à sa façon de détourner les yeux, de se taire en laissant une phrase en l'air... Ce sont des attitudes qui deviennent suspectes à force de se répéter. Et puis elle a une manie assez étrange. Elle ne peut pas s'empêcher d'écrire partout le mot « devinette », avec une craie, un crayon, un morceau de charbon ou un doigt dans la poussière. *Devinette*... Devinez quoi ?

– Devinez qui l'a écrit. C'est de même farine que « merde à celui qui le lira ! » Tu ne crois pas ?

– Mais c'est quelque chose qu'elle fait régulièrement depuis quelque temps, à l'école, chez elle, chez moi une fois ou deux, partout où elle va. C'est plus fort qu'elle. À mon avis, ça traduit une obsession inconsciente, qui peut être celle d'un secret.

– Hum, c'est toi le médecin, docteur.

Doc Mac marche dans la pièce, les mains derrière le dos, les épaules un peu voûtées, en se balançant d'une jambe sur l'autre, l'air préoccupé. Il s'arrête face à Rica, scrute la jeune femme.

– Dis-moi, tu es toujours aussi fine mouche pour les enquêtes ? Pendant la guerre, tu étais un sacré bon agent de renseignement, hein ?

– Mon Dieu, dit Rica en se rengorgeant, quand j'ai très envie de savoir quelque chose, je finis en général par y arriver.

– Ninon Paulet a une tante, la sœur de son père, qui est aussi sa marraine. Elle s'appelle Marie-Jeanne Bonnet, elle est mariée avec un mineur, Marcel Bonnet. Elle tient près d'ici le café *Chez Jeanne*, que tu connais sans doute... Elle est, je crois, brouillée avec sa belle-sœur, la veuve. Mais Ninon va, de temps en temps, passer chez elle trois ou quatre jours, aux vacances ou quelquefois un dimanche entre les vacances. On l'a même vue servir, paraît-il.

– Oui, ce café n'est pas malfamé du tout. Je dirais presque au contraire. Le syndicat des mineurs s'y réunit, et aussi les communistes du quartier. Je crois que Marcel Bonnet est secrétaire de cellule, ou quelque chose comme ça.

– Tout le monde est communiste, à Alès.

– Oui, même moi !

– Peux-tu te renseigner, voir s'il n'y a pas quelque chose de ce côté ? Si Ninon a un secret, sa marraine doit le partager.

– C'est si important ? Tu n'as donc pas tout à fait perdu espoir d'épouser la veuve ?

– J'ai vu des guérisons tellement imprévues !

– Je m'en occuperai. Et, maintenant, docteur, tu me fais tirer la langue ?

18.

La dernière mission des quatre grands

Pierrette trotte derrière Jeannot, son jumeau. Ils se donnent la main quand ils peuvent, Pierrette la gauche et Jeannot la droite : ce n'est pas toujours facile, dans les sentiers étroits, bordés de rocs ou d'épineux et parfois verglacés, mais ces courses sont un vrai bonheur. Pierrette aime l'hiver où on s'emmitoufle si bien qu'on a l'air presque déguisé, et il est plus facile ainsi de jouer à être trappeur ou mousquetaire, vêtue d'une épaisse fourrure ou d'une cape immense. Et quand on court rejoindre Ninon, à Claire-Baraque ou ailleurs, la joie est multipliée. Oh, là, là ! Elle s'exclame tout haut : Oh, là, là ! Jeannot ralentit, tourne la tête.

– T'en peux plus ? Je vais trop vite ?

Elle se retient de rire. Si elle voulait forcer, elle le laisserait sur place, son petit frère, mais elle aime lui donner l'impression qu'il mène le jeu. Il prend un air protecteur, il se croit, il est heureux. Il se retourne, sourit, les mains aux poches.

– T'as la rate, hein ? On s'arrête pour souffler ?

Pierrette se pince en douce pour ne pas pouffer au nez de son frère. Il a besoin d'être plus fort parce qu'il est un garçon. Il s'assoit sur une pierre, ôte son béret et le tend à sa sœur comme coussin. Elle lui rend son sourire.

– T'es gentil. Je le dirai à Ninon.

– C'est pas la peine, elle s'en fiche.

– Elle t'aime bien, tu sais.

Jeannot tord la bouche en une grimace boudeuse.

– Je compte pas pour elle, mais ça m'est égal.

C'est une chance que Ninon ne veuille plus Angèle au conseil des quatre grands. Jeannot est bête avec les filles. Il ne fait pas bien la différence entre une belle gazelle, qui sera dame avant longtemps, comme Ninon Paulet, et une oie blanche mal lavée, tout juste bonne à courir au cul des biques, comme Angèle Roux. Il serait capable de l'épouser si sa jumelle n'était pas là !

À cette idée, Pierrette se sent rougir de honte. Avoir Angèle pour belle-sœur ! Elle s'est juré de faire marier Ninon et son frère. Comme elle n'aimera pas les hommes, plus tard, elle ne se mariera pas. Elle vivra avec eux deux, et, s'il faut, elle leur servira le café au lit, elle fera leur chambre, et tout. Ce n'est pas qu'elle ait envie d'être servante, elle voudrait même être député. Mais elle est prête à faire de gros sacrifices. Elle s'occupera d'elle-même quand Jeannot et Ninon seront assez riches pour se payer une bonne. Elle tâchera alors de devenir député ou... chanteuse à la radio, ou peut-être hôtesse de l'air, qui est un nouveau métier, elle l'a lu dans un *Sélection* prêté par Ninon (c'est le docteur qui l'avait prêté à la maman de Ninon).

Elle jette un coup d'œil de biais à son jumeau, ils se sourient, mais elle serre les poings. « Si je le prends encore à courir après Angèle, je... » Et elle, jamais Pierrette ne lui permettra de se mettre en travers de son plan. La morale d'école, ça ne compte pas dans la vie, surtout à l'époque qu'on vit, avec l'aviation, la radio et le Parti. Alors, elle fera ce qu'il faut pour que cette petite dinde d'Angèle ne mette pas le grappin sur Jeannot !

Les voilà repartis.

Ils traversent maintenant un bois de châtaigniers, clair et dégagé, puis descendent vers le valat, un petit ruisseau saisonnier, et la végétation s'épaissit sur la pente. Une lumière de fond d'étang caille dans le sous-bois. L'air se charge de gouttelettes pleureuses, un reste de brouillard que le soleil de l'après-midi va vite chasser. Le vent, étouffé par le couvert, gémit doucement. Les jumeaux marchent avec précaution, en suivant une déclivité abrupte, semée de pierres glissantes.

Pierrette est un peu gênée par son vieux manteau qui la serre à la poitrine et aux épaules. Jeannot a l'air d'un Bibendum, avec ses deux chandails et une veste par-dessus, qui le boudine tout rond. Ses bottes, un peu trop grandes, font un bruit de succion, chaque fois qu'il pose les pieds sur la terre molle, gloup ! gloup !

Le valat passé à gué, le sentier escalade le flanc d'une autre colline, plus sombre. Pierrette frissonne. L'an dernier, Canisius a parlé en géographie de l'adret et de l'ubac. L'ubac est le versant exposé au nord, comme celui que Pierrette et Jeannot sont en train de gravir. À une heure de l'après-midi, il fait presque nuit, entre les chênes verts et les buis. L'adret, c'est le côté du soleil, le côté de la chaleur et de la vie ; mais les deux mots sont aussi effrayants l'un que l'autre. Pierrette a peur de certains mots, ainsi, sans savoir pourquoi. Les prononcer lui donne froid dans le dos, et pourtant elle ne peut pas s'en empêcher. Adret, ubac, adret, ubac... secret... et le plus affreux de tous : Islande. Quand elle voyagera dans le monde entier, plus tard, avec Ninon et Jeannot, elle s'arrangera pour passer loin de l'Islande !

Les jumeaux marchent au flanc d'une colline, à cinq cents mètres du Mas Vaillant. La maison du Dr Cavalier domine le hameau de Claire-Baraque de sa haute silhouette. Le soleil d'hiver tombant sur une fenêtre renvoie de temps en temps un éclair dans le ciel. La fenêtre est ouverte et bouge à cause du vent. Le feu est allumé dans la cheminée et une fumée transparente monte en volutes contre le blanc du ciel.

– Tu viens ? dit Jeannot. Ninon et Gatsou doivent nous attendre. Faut qu'on se dépêche !

Gatsou sera là aussi. La réunion du conseil a lieu chez elle. Après tout, il faut bien quelqu'un pour remplacer Angèle au conseil des quatre, mieux vaut que ce soit une petite...

Ninon les attend, à l'entrée du mas, au milieu du chemin bordé de noyers. Elle est vêtue d'une robe légère, à carreaux blanc et rose et manches bouffantes, les jambes nues, en plein hiver. C'est Ninon !

– Gatsou n'est pas encore arrivée, dit-elle, mais j'ai la permission de rentrer. J'ai allumé le feu. Venez !

Pierrette tourne la tête pour cacher son émotion. Un peu plus bas, vers le hameau, un ruisseau se faufile dans la touffeur du vallon. Les éclairs du courant s'allument sous le soleil, entre les joncs, les roseaux secs, les saules nus. Ninon, dans sa robe rose, ressemble à la fée du printemps. Elle n'a même pas la chair de poule ! On la verrait bien s'envoler et venir planer sur les berceaux ! Des bruits joyeux éclatent du côté des prés et du hameau : un chien qui aboie au facteur, un poulain mal mouché qui s'essaie à hennir, une charrette qui pleure pour une goutte d'huile, un tracteur à essence qui lance un teuf-teuf guerrier ! On distingue à peine le murmure de l'eau.

Les voilà maintenant tous les trois dans la grande cuisine du mas, où brûle un feu odorant. Gatsou surgit une minute plus tard en soufflant fort, les mains dans les poches de son manteau. Un petit chien gris gambade derrière elle, tout joyeux.

– C'est Chef-Miraut, le chien des Portal.

Chef-Miraut tourne, saute, fait fête à Ninon, qui le dédaigne, à Jeannot, qui le flatte, et à Pierrette qui le repousse d'une tape. Il aboie à petits coups, son bout de queue remue, ses oreilles frémissent. Il est l'image même de la joie.

– Il aime les enfants, dit Gatsou. À l'hôtel Portal, il voit que des vieux, c'est pas une vie !

Ninon se met à danser devant le feu, les mains levées, avec des gestes fluides de tout le corps, comme pour mimer les flammes. Sa jupe vole sur ses jambes, elle chante à mi-voix une toute nouvelle chanson du poste :

Étoile des neiges
Mon cœur amoureux
S'est pris au piège
De tes grands yeux...

Pierrette l'accompagne tout bas. Les souvenirs d'une amitié qui remonte à leur tendre enfance affluent soudain à sa mémoire et lui serrent le cœur. Une affection née le premier jour de leur rencontre à l'école, que jamais nulle querelle n'a ternie, souffrance et bonheur à la fois.

Gatsou se laisse tomber à genoux, aux pieds de Ninon, l'enserre de ses deux bras, et Ninon, emprisonnée, continue de chanter en regardant le plafond, le bout des doigts joints au-dessus de la tête. Gatsou supplie :

– Ninon, Ninon, tu m'apprendras *Étoile des neiges* !

Gatsou et Ninon sont allées chercher des couvertures et des coussins. Les quatre grands sont étalés, moitié assis, moitié couchés, devant le vaste foyer du Mas Vaillant, où le feu pétille. Ninon préside, assise sur une pile de coussins, le dos appuyé à un placard mural, loin de la cheminée. Le chien Chef-Miraut s'est creusé une bonne petite place entre Gatsou et Pierrette puis s'est endormi. Ninon lève la main pour arrêter les rires et les chuchotements.

– Bienvenue à notre nouvelle salle de réunion, camarades. Le Mas Vaillant nous est prêté par notre nouvelle camarade, Gatsou Cavalier. On va voter d'abord pour l'entrée de Gatsou Cavalier au conseil. Après, je ferai deux annonces.

Elle consulte une feuille de cahier couverte de notes, puis elle pose la main sur la tête de Gatsou.

– Maintenant, je peux pas t'en dire plus avant que tu sois au conseil. On va voter, les trois anciens. Attendez, d'abord, il faut sortir Angèle Roux du conseil. Qui vote pour sortir Angèle ?

Pierrette lève très vite la main, Ninon l'imite d'un geste retenu, élégant et las. Jeannot hésite, regarde Ninon.

– Pourquoi il faut qu'on sorte Angèle ?

Pierrette le pince sous sa chemise. Il crie : aïe ! Ninon le toise avec un sourire de dédain.

– À quelle heure on te couche, toi ? Ma voix compte pour deux, parce que je suis premier secrétaire. Jeannot, tu veux qu'on garde Angèle au conseil, tant pis si elle sent le pipi ? Ou alors tu t'abstiens ?

Pierrette prend le bras de son jumeau au-dessus du coude, le soulève un peu, et Jeannot poursuit mollement le geste.

– Il vote pour qu'on sorte Angèle, dit Pierrette.

– C'est pas dommage. Quatre voix pour, dit Ninon,

puisque la mienne compte double. Aucune voix contre. Élection de Gatsou Cavalier ? Quatre voix pour, aucune contre. Camarade Gatsou Cavalier, tu es membre du conseil des quatre grands. Tu seras l'Angleterre, à la place d'Angèle Roux, mais tu n'as plus de roi. George VI a été condamné par le tribunal du peuple et envoyé en exil à Sainte-Hélène, c'est bien fait pour lui. Maintenant, tu es une république populaire. Moi, je suis l'URSS et j'ai la bombe atomique. Pierrette est la France, Jeannot l'Amérique. Pouce, ça va. À toi, camarade.

– Un discours, Gatsou ! s'écrie Pierrette.

– Je suis très fière d'appartenir au conseil des quatre grands et d'être l'Angleterre, dit Gatsou en se levant. L'Angleterre a un très joli drapeau et beaucoup de colonies. Je vous... euh, je remercie les trois autres grands de m'avoir acceptée, surtout l'URSS. Plus tard, je serai docteur et je soignerai gratuitement les trois grands et leur famille. Est-ce qu'on doit toujours s'appeler camarade ?

Ninon prend la pose, tend la poitrine, penche la tête sur le côté, gonfle les lèvres.

– Quand je suis chez ma marraine, à Alès, j'accompagne quelquefois mon oncle, Marcel Bonnet, aux réunions du Parti, et puis mon... un camarade de Paris, M. Bernard, mon fiancé. J'ai même été avec lui à des *métingues*. Je trouve bien qu'on s'appelle « camarade ». Quand je serai assez vieille, je serai communiste, je m'inscrirai au PCF et à la CGT et j'irai en URSS.

– On est tous communistes au conseil ? demande Gatsou.

Ninon se pince l'oreille.

– On fait comme si tous les pays étaient des républiques populaires.

Gatsou médite la réponse, approuve gravement.

– Je crois que je suis pour les Russes.

Ninon lâche un sourire indulgent.

– Ça suffira pour commencer, vu ton âge. D'abord, tu vas prêter serment de jamais dire ce que tu as vu et entendu aux réunions. Même pas à ta famille, à personne, même quand tu seras grande. Même dans vingt ans... Lève la main droite, t'es pas gauchère, hein, ça va ? Dis : je le jure sur la tête de mon père. Attends, non. Dis : je le jure devant le camarade Staline.

Gatsou avale sa salive et s'exécute d'un geste solennel.

– Je le jure devant le camarade Staline ! Et qu'est-ce qu'elle a fait, Angèle Roux, pour être sortie du conseil ?

Ninon envoie le camarade Jeannot vérifier si les portes sont fermées et répète son avertissement à Gatsou.

– Tout ce qu'on dit au conseil est secret, sous peine de mort. N'oublie pas que tu as juré !

Ninon penche la tête vers Gatsou et baisse la voix.

– Angèle a attrapé le *brûle-pipi*. Elle fait tout le temps des pipis de chat. C'est une maladie qu'elle a attrapée à la vessie. Elle peut plus se retenir, elle est obligée d'aller aux cabinets entre les récréations et, quand elle garde ses bêtes, elle est obligée d'aller souvent derrière les haies. Quelquefois, elle n'a pas le temps d'arriver, elle mouille sa culotte et elle sent la *pudécine* !

Gatsou regarde Ninon bouche bée.

– Mais... mais... elle est malade, il faut qu'elle se soigne.

Ninon lève un doigt triomphant.

– Elle ne peut pas, parce que c'est une maladie honteuse et elle a honte de le dire à sa mère et au docteur.

Gatsou ne se laisse pas convaincre. Son sang de futur docteur bout dans ses veines.

– Mais mon père peut la guérir. Il y a des remèdes !

Le regard de Ninon transperce la petite fille, qui doit baisser les yeux. Pierrette retient son souffle et se détourne. Les colères de Ninon sont terribles. Mais elle se radoucit et sourit.

– Il y a autre chose. Les parents d'Angèle sont pour la réaction, c'est pas de sa faute, mais elle n'avait qu'à décider d'être pas de leur côté et de se mettre avec l'URSS. Elle n'a pas voulu, tant pis pour elle !

Gatsou approuve d'un signe de tête.

– Mais je sais la maladie qu'elle a, c'est un... une...

Impossible de trouver ce mot de docteur. Elle se tait, gênée. Ninon conclut.

– Angèle Roux sera collée au certificat, tant pis pour elle.

Elle n'est plus digne d'être au conseil des quatre grands, ni même camarade. Maintenant, je vais vous parler de la dernière mission des quatre grands avant le certificat.

Depuis un moment, le conseil se gratte à l'unanimité. Des puces ! C'est Chef-Miraut qui a des puces. Ninon secoue sa jupe.

– J'en ai une qui me grimpe à la cuisse. Sale bête, un chien d'hôtel ! Ça doit être la vieille Félix qui les lui a données. Les vieux n'ont pas d'hygiène. Ça va changer, sous la république populaire !

Les autres s'esclaffent. Chef-Miraut est expulsé à coups de pied et va se coucher près du feu en geignant. Le calme revenu, Ninon poursuit sa déclaration, la jupe troussée jusqu'en haut des cuisses, pour guetter les puces.

– La mission sera d'aider Léa Benoît. On va l'aider tant qu'on pourra, parce qu'elle est du prolétariat. Il faut qu'elle ait son certificat pour pas rester servante ou domestique agricole. Y a-t-il des camarades qui ne comprennent pas pourquoi c'est important ? Non ? Tant mieux. C'est une enfant pauvre et sans parents, exploitée par la bourgeoisie. Le certificat lui permettra d'avoir un métier en ville et de rentrer à l'Union des femmes françaises et peut-être même au Parti. Pour nous, c'est facile d'étudier, même si on n'a pas de bonnes notes maintenant, on en aura quand on voudra. Mais Léa n'a pas été beaucoup à l'école. Et puis ses patrons, les Thomas, ne lui laissent pas le temps d'étudier à la maison. Alors, voilà ce qu'on va faire pour commencer. On va l'aider à garder les bêtes des Thomas, les chèvres et les moutons, chacun à tour de rôle. Et pendant qu'il y aura un de nous qui surveillera les bêtes, elle pourra apprendre ses leçons tranquillement. Après, on lui fera réciter. Et puis il faudra trouver encore d'autres façons de l'aider, on réfléchira et chacun donnera une idée au prochain conseil.

– Qui est-ce qui est d'accord ?

Trois mains se lèvent. Le conseil approuve les propositions de Ninon. Pierrette demande la permission de poser une question. Permission accordée d'un battement de cils par Ninon.

– Mais nous, le certificat, est-ce qu'on va l'avoir ?

Ninon éclate de rire.

– Tu as peur, camarade ? Ha, ha, ha, la camarade Vialle Pierrette a peur d'être collée à son certif ! Le certif, je t'ai dit, c'est facile. On aurait pu le passer à douze ans, et maintenant on aurait un métier et on serait au syndicat. Mais tu as raison, camarade Pierrette, on a perdu du temps à s'amuser. C'est notre devoir de mieux étudier. Je propose qu'on travaille dur, à partir de maintenant, et on aura tous notre certificat et on l'offrira au camarade Maurice Thorez ! Qui est pour ?

Pierrette retient avec peine les larmes d'émotion qui montent aux yeux. Ninon a toujours des idées formidables. On sera tous reçus, pour « Maurice », comme dit papa, sauf Angèle qui aura son pot de colle. Quand même, un remords lui bourre le cœur. Pauvre, pauvre Angèle, qui ne pourra pas offrir son certificat à Maurice Thorez !

19.

Drame en plein vol

Comme pris de peur, l'avion s'est brusquement cabré. Cette fois l'orage le tient, ne le lâche plus. Il s'abat, perd cent, deux cents mètres. Une vague puissante le soulève, comme un coup d'épaule, il remonte. Nous sommes environnés d'éclairs, d'étranges éclairs, couleur cyclamen...

Toute la classe écoute la lecture. C'est la dernière heure du samedi, qui réunit l'ensemble des divisions pour les « activités dirigées », où la maîtresse se laisse aller à son inspiration. Les enfants sont suspendus à ses lèvres, même les grandes filles. Agnès tient le magazine ouvert devant elle. Le Dr Cavalier lui prête des vieux numéros de *Elle*, que lui donne une amie et qu'il reprend ensuite pour sa salle d'attente. Le magazine a publié en novembre et décembre 1949 le *Journal d'une hôtesse de l'air*, qu'Agnès a choisi pour le « retour à l'aviation », réclamé depuis un certain temps par les élèves. À cause de Canisius et du livre de Pérochon, tous les deux détestés par les grandes filles, l'avion était devenu un sujet quasiment interdit en fin d'études et, par ricochet, dans les autres cours.

Agnès a attendu sans impatience que cette phobie s'efface au vent de la vie. Juste, à l'occasion, un mot sur les exploits de Jacqueline Auriol, la belle-fille du président de la République et, selon les journaux, la plus jolie aviatrice du monde. Et puis ce nouveau métier, hôtesse de l'air, que célèbrent à l'envi la presse et la radio, fascine les filles. Pas une qui n'en rêve, en essuyant la vaisselle, en raccommodant les nippes ou en courant au cul des biques.

Agnès n'aime pas trop *Elle*, ce journal dit « féminin », qui sert à ses lectrices un mélange indigeste de potins et de falbalas, d'astrologie et de feuilletons à l'eau de rose. Elle a accepté l'offre du docteur, parce qu'elle n'osait pas refuser... Et désormais, dans la noirceur de l'hiver, avec les journées courtes et les soirées glaciales, elle prend plaisir à retrouver cinq minutes de temps en temps les chiffons, les futilités, les passions romantiques et les recettes de bonheur qui bourrent ces trente et quelque pages touffues. Elle lit le roman de Michel Davet, *Ma belle-mère l'ogresse*, et même, parfois, son horoscope... Elle lit en cachette, ce qui n'est pas difficile quand on vit seule, mais pour ainsi dire en cachette d'elle-même : elle fait comme si c'était une autre qui prenait plaisir à ces fadaises. Et elle essaie, en vain, d'imaginer la femme qui donne ses journaux au Dr Cavalier.

Et puis une agréable surprise, soudain, ce *Journal d'une hôtesse*, d'Alix d'Unienville : un document passionnant et drôle, qu'elle a eu envie de partager avec ses élèves. Elle se demande maintenant si elle n'a pas eu tort de flatter les chimères de ces petites paysannes, dont les plus douées, les plus chanceuses seront peut-être commises des postes ou institutrices comme elle-même. Et pourtant, quel ressort que le rêve ! Quelle source de bonheur ! On l'accorde aux garçons, peut-être parce qu'on suppose que ça ne tire pas à conséquence. On le mesure aux filles, parce qu'on a besoin d'elles à la cuisine et à la chambre !

Mais il y a déjà les chansons du poste, le rêve envahit tout...

– Qui veut lire la suite ?

Ninon a levé la main bien avant que la maîtresse ait fini sa question. Elle bondit, arrache le journal des mains d'Agnès et, au lieu de retourner à sa place, se pique devant le tableau, face aux autres, pose un regard impérieux sur les petits et les grands, puis baisse les yeux et lit d'une voix tendue et un peu tremblante :

– *Un choc plus violent que les autres arrache mes mains du dossier où elles se cramponnaient. Le plancher se dérobe sous mes pieds. Mon front heurte une surface dure, le plafond. Et soudain, dans un éclair, il me semble que le monde, autour de moi, devient fou...*

« Mademoiselle ! » Angèle Roux a retenu ses sanglots, mais un cri d'horreur lui a échappé, et deux larmes roulent de chaque côté de son nez. La douce Angèle toujours prête à déverser son trop-plein d'eau par tous les orifices de son corps... « Idiote ! » Foudroyée par Ninon d'un regard sans pitié, elle mouche son nez et s'enfuit, courbée en deux, vers la porte du préau. Ninon salue sa sortie d'un geste moqueur.

– Va pisser, petite, tu chialeras moins !

Agnès a le cœur serré. Angèle Roux va mal depuis quelques semaines. Toujours énervée, elle tremble et tache d'encre ses cahiers ou bien les poisse de sueur. Elle a des crises de larmes subites ; elle fait pipi cinq ou six fois pendant la classe. Les autres la tiennent à l'écart des jeux et des conciliabules et ne manquent pas une occasion de lui montrer leur dédain.

Ninon se retourne vers la maîtresse, les ongles pointés.

– Mademoiselle, je suis obligée de recommencer au début.

– Chut ! dit Agnès. On t'écoute.

Un choc plus violent... La classe retient son souffle. La catastrophe sera évitée de justesse. *Je pense : nous tombons, mais le plancher rattrape mes pieds. Avec un rugissement profond, l'avion remonte.* Henri prend la suite de Ninon. *À mesure que nous nous éloignons, l'orage perd progressivement de sa violence et de son acharnement. De loin en loin, entre les masses sombres, brille un lambeau de ciel pâle...*

Le journal d'Alix d'Unienville fait un triomphe à l'école de Saint-André. Le dernier extrait paraît dans un numéro de janvier 1950, que le docteur apporte à Agnès en février. *Le phare tournant nous adresse un dernier adieu et c'est fini. Bonsoir, Paris, dormez bien. Bonsoir...* Pendant presque deux mois, l'hôtesse d'Air-France a tenu tête aux héros d'*Une semaine avec* dans les rêves des filles et des garçons. Même le très prosaïque Henri Daudé a annoncé qu'il épouserait peut-être une hôtesse de l'air. Les lectures scolaires ont pris du retard. D'un commun accord, on décide de sauter plusieurs auteurs et on rejoint la littérature éternelle à Victor Hugo.

Depuis longtemps, les grandes filles demandent à la maîtresse de commencer les nombres complexes en calcul. Bien sûr, tous les élèves du certificat savent faire des opérations simples sur les heures et les minutes et de petits problèmes sur la mesure du temps. Mais le chapitre ne figure dans les répartitions d'Agnès qu'au mois de mars, juste avant les vacances de Pâques. Dans l'arithmétique de Delfaud et Millet, Librairie Hachette, les nombres complexes arrivent seulement à la page 190 d'un livre qui en compte 260. Agnès hésite. N'est-il pas dangereux de bouleverser l'ordre des chapitres d'une matière aussi articulée que le calcul ? Ninon se fait le porte-parole des grandes filles.

– C'est pas juste, mademoiselle ! Les garçons sont meilleurs pour les surfaces, les volumes, les intérêts et tout. Mais nous, on les bat pour les heures et les vitesses.

Agnès cède en partie : on fera quelques problèmes de nombres complexes en même temps que les fractions, mais seulement après la classe, lors des exercices d'entraînement au certificat. Les grandes filles battent des mains et réclament des « problèmes d'avion ». Canisius est bien oublié !

Tout de suite, les discussions éclatent sur la vitesse des appareils modernes. Le Delfaud-Millet n'offre que deux ou trois problèmes d'avion, et les vitesses indiquées ou calculées sont de l'ordre de 400 km/h, ce qui est jugé ridicule par les spécialistes, Henri Daudé, Jacques Pagès, Jeannot Vialle et Gatsou.

Agnès s'est procuré un recueil de mille et quelque problèmes du certificat, avec un chapitre « Avion » un peu mieux fourni. Les vitesses proposées sont aussi légèrement supérieures. Les filles sont prêtes à s'en accommoder, mais les garçons continuent de ricaner ; Henri Daudé se montre le plus arrogant. Agnès est ennuyée. En faisant lire le *Journal d'une hôtesse*, n'a-t-elle pas ouvert, une fois de plus, la boîte de Pandore ?

Elle est presque sûre que les garçons exagèrent la vitesse des appareils. Ils doivent confondre les chasseurs à réaction et les avions de ligne qu'on appelait jadis les « clippers ». Les chasseurs américains volent maintenant à plus de 1000 kilomètres à l'heure ; mais Agnès croit se souvenir qu'aucun appareil français n'a encore franchi le mur du son. Et il lui semble bien que le Lockeed Constellation, l'avion de transport le plus connu, ne dépasse pas 500 ou 600 kilomètres à l'heure en croisière. Elle n'ose pas l'affirmer, de peur de se tromper et de perdre la face devant Henri Daudé.

Et puis est-ce tellement important ?

Maintenant, elle garde ses candidats au certificat et à l'entrée en sixième une heure tous les soirs, après la classe. Jacques Pagès, du cours de fin d'études première année, est là aussi, le plus souvent. Plus que quatre mois avant le certificat. C'est beaucoup et c'est peu. Il n'y a pas un jour, pas une minute à perdre. Avec ce temps gris de la mi-février, on garde la lumière électrique allumée une bonne partie de la journée et, bien sûr, pour l'étude après la classe. La mairesse en est malade. Agnès la voit débouler sous n'importe quel prétexte. En s'en allant, elle abaisse l'interrupteur d'un geste distrait. « Oh, pardon... mais on y voit assez sans lumière. Ah, non, peut-être pas ? Le ciel est bien sombre, cet hiver, une calamité ! »

Agnès a décidé de prendre les visites de la Suzon comme un jeu ou comme une scène de théâtre qui vient rompre la monotonie des journées. La voici justement, sur le coup de cinq heures, au moment où l'exercice de calcul va commencer. « Ah, je vois qu'on est studieux... » D'épais nuages noirs venus de la mer ont envahi le ciel et effacé la clarté du soleil couchant. Plus un rayon de jour ne tombe sur les fenêtres. La mairesse tend la main vers l'interrupteur, retient son geste avec un soupir. Elle va visiter le poêle, soulève le lourd couvercle. « Ah, voilà une bûche qui va chauffer au moins jusqu'à huit heures du soir ! »

Puis s'adressant à Agnès :

– Je vois que vous n'êtes pas en retard pour préparer le certificat. Vous ne croyez pas que ces grands garçons et ces grandes filles pourraient faire leurs devoirs chez eux ?

Agnès explique patiemment que le travail à la maison n'est pas aussi profitable, qu'il est nécessaire de corriger les exercices aussitôt qu'ils sont finis. Elle se demande si elle ne va pas éclater, un jour, et pousser la bonne femme dehors à coups de poing dans les côtes. Alors, il ne lui restera plus qu'à quitter Saint-André pour retourner dans la plaine... Dieu sait pourquoi, elle est attachée à son poste, à ce village, et prête à supporter bien des avanies pour rester un an de plus. Ou dix ans !

Une idée lui vient. Dans l'espoir d'embarrasser la mairesse et de s'amuser à ses dépens, elle la prie de choisir le problème du jour dans le mémento qu'elle lui tend ouvert à la page « Avion » de la rubrique « Transports ».

– Mon Dieu ! s'écrie la Suzon. Les voyages en avion... Vous êtes bien sûre que vous ne leur donnez pas des goûts de fortune ? Je ne suis jamais montée en avion, moi. Et monsieur le maire seulement une fois !

– Angèle Roux veut être hôtesse de l'air, m'ame Lapierre ! s'écrie Ninon en mimant un envol de la main.

La mairesse se retourne vers la pauvre Angèle.

– Tu es complètement folle, ma fille. Si tes parents l'apprennent, ça va faire du vilain.

– C'est pas vrai ! gémit Angèle. Je veux pas l'être !

Elle se tient le ventre à deux mains et court aux cabinets. La mairesse a vite choisi le problème : ce sera le plus court, pour économiser le bois et la chandelle ! Puis elle sort en éteignant machinalement l'électricité. Tout le monde pouffe de rire. Ninon lui tire la langue dans la pénombre. « Roumèque, va ! » Agnès attend une minute avant de rallumer. L'obscurité crée une douce complicité avec les élèves.

– On fait le problème qu'elle a dit, mademoiselle ?

– Mais oui, c'est drôle, n'est-ce pas ?

Agnès copie le problème au tableau. Il commence ainsi : « Un avion relie Paris à Marseille. Sa vitesse normale est de 480 km/h et il met 1 h 43 mn pour faire le trajet. Quelle est la distance parcourue ? » Henri Daudé affiche un air méprisant, grommelle entre ses dents. Agnès a réussi à lui en imposer le premier jour, à propos de son dessin de la traction avant, et, depuis, il se tient généralement à sa place et ne cause à la maîtresse aucun souci particulier. Mais elle supporte mal son assurance, son air de tout savoir, l'arrogance qu'il dissimule à peine. Il sera un jour un de ces techniciens qui se veulent les rois du monde moderne et traitent de haut les profanes, les usagers, les clients. Elle n'a pas non plus envie de discuter avec lui ; elle ne se sent pas de force pour le contredire.

Il demande alors, sur un ton dédaigneux, la permission de changer la vitesse de l'avion. « Comme tu voudras. – Alors, je peux mettre 780 km/h ? » Ma parole, il se prend pour le commandant de bord ! Il regarde les autres comme des culs-terreux ! Ninon s'insurge. Pas de doute, 780 km/h, c'est trop vite. Mais un Henri Daudé n'a peur de rien. Plus tard, il conduira des voitures de course et des avions de chasse. Agnès cède. Elle s'en fiche.

Tout le monde se met au problème, qui compte une autre question. La première est simple, à la portée des CM2, Gatsou et Céline Lapierre. La deuxième est un peu plus compliquée. Agnès espère de tout son cœur que les grandes filles réussiront les deux questions. En passant entre les tables, elle s'aperçoit que les élèves ont gardé le chiffre de 480 km/h. Jacques Pagès a écrit 780 sur son brouillon, puis il est revenu à 480. Elle s'arrête derrière l'épaule d'Henri. Divine surprise ! Sa Suffisance Henri le malin est en train de se fourvoyer joliment à la première question. Il a donné à son avion une vitesse très supérieure à celle de l'énoncé, mais il a gardé la durée. Il va trouver entre Paris et Marseille une distance de plus de douze cents kilomètres !

Agnès marche lentement jusqu'à son bureau en essayant d'étouffer sa jubilation. Elle a honte de ses sentiments. Une institutrice qui se réjouit dans son cœur d'une bêtise d'élève, c'est une espèce de monstre ! Elle prend sa tête dans ses mains. Elle sait bien qu'elle devrait descendre près d'Henri Daudé et le remettre discrètement sur la voie. Mais il est le meilleur en calcul : il va s'apercevoir de son erreur et la rectifier, si ce n'est déjà fait. Attention de ne pas te ridiculiser, Agnès Vincent !

Elle ne bouge pas. Elle se tait, elle regarde sa montre : les aiguilles ont l'air presque immobiles. Elle relit l'énoncé du problème, calcule en hâte, car elle n'a pas de corrigé. La distance parcourue par l'avion, à 480 km/h, est de 824 kilomètres. Elle ouvre un livre de géographie, prend son double décimètre, mesure la distance Paris-Marseille en ligne droite : entre 650 et 700 kilomètres. L'avion évite les montagnes, suit les couloirs fluviaux. Enfin, on peut supposer que les auteurs du problème se sont informés. Et, sans aucun doute, Henri Daudé aura vu sa faute et trouvé la bonne solution.

Agnès a prévu vingt-cinq minutes pour ce problème court : c'est plus de temps qu'il n'en faut à des élèves moyens. Au certificat, on donne cinquante minutes pour les deux problèmes... Plus que quatre minutes, plus que trois. Elle lève les yeux. Ninon est en train de feuilleter *Une semaine avec.* Henri dessine. Gatsou rêve. Les autres ont l'air de revoir leurs calculs. Plus que deux minutes. Elle prend le texte de la dictée, un extrait de *Vol de nuit,* de Saint-Exupéry, pour ne pas sortir de l'aviation. Elle a un peu mal à l'estomac, elle sourit, ça doit être le mal de l'air. Plus qu'une minute.

– Henri Daudé, au tableau. Nous calculons d'abord la distance parcourue, de Paris à Marseille. Notez que celle-ci est supérieure à celle qu'on peut trouver sur la carte, en ligne droite, mais inférieure à celle qu'on donne par le chemin de fer.

Henri se pavane. Vitesse de l'avion 780 km/h, soit 13 kilomètres à la minute, 1 h 43 mn = 103 mn. Distance 1 339 kilomètres... Agnès lève la main, se tourne vers les autres, vers Ninon.

– Paris-Marseille, 1 300 kilomètres ?

Henri s'aperçoit de sa bourde, rougit et lâche un « merde » étouffé. Son regard, chargé de détresse, se pose sur Agnès, puis sur Ninon qui s'esclaffe. « Oh, quel âne ! »

Agnès donne un coup de règle sur son bureau. « Ninon ! » Elle n'a pu s'empêcher de laisser filer un ton de complicité dans sa voix. Henri, le placide Henri, le robuste Henri, bondit alors jusqu'à Ninon, la tire de son banc en un éclair, la renverse, la trousse et lui donne deux grandes tapes sur les fesses avant qu'elle n'ait eu le temps de comprendre ce qui lui arrivait.

Agnès se précipite, tire Henri par le bras, la menace d'une gifle qu'elle ne lui donne pas. Ninon hurle. C'est bien fait pour ces deux. René Constant, dit Mazette, du CM1, qu'on n'entend jamais, pointe un index accusateur et s'étrangle : « Mazette, je lui ai vu... je lui ai vu... son... » D'un revers de main bien appliqué, Ninon lui ferme la bouche. Agnès tape dans ses mains.

– Henri Daudé, cent lignes. René Constant, cent lignes !

René Constant essuie une goutte de sang sur ses lèvres. Ninon tente de se jeter sur Henri en brandissant son porte-plume. Les jumeaux la retiennent. Elle s'assoit, très pâle, les narines pincées. Elle essaie de parler, elle s'étouffe, sa voix tremble.

Enfin, elle reprend sa place et son souffle, joint les mains, dit sans regarder personne :

– Après le certificat, mon fiancé viendra te couper le nez, Henri Daudé ! Je le jure devant Dieu !

20.

Le pilote américain

Un jour, après la lecture du *Journal* d'Alix d'Unienville, Agnès a laissé échapper tout bas, sur un ton rêveur : « Moi, j'ai connu un pilote américain, pendant la guerre... » Tout bas, mais assez haut quand même pour que deux au moins des grandes filles surprennent la réflexion et échangent un regard excité.

Un peu plus tard, elles entourent Agnès sur le pas de la porte, à la sortie du soir. Ninon pousse Pierrette en avant. La jumelle se retourne, comme pour appeler au secours, puis bafouille :

– Mademoiselle, vous ne parlez jamais de vous. Le pilote américain... vous avez dit... on voudrait vous demander comment vous l'avez rencontré.

Agnès fronce les sourcils et lève la main dans un geste de refus.

– Mais je n'ai pas...

Elle se tait juste à temps. Qu'a-t-elle failli dire ? Qu'elle n'a pas envie de parler du pilote américain ? Elle en meurt d'envie. Est-ce qu'elle serait en train de tomber amoureuse ? Oh, non, tout mais pas ça !

Ninon s'avance au premier rang, penche la tête, tente une moue aguicheuse.

– Parlez-nous du pilote américain, mademoiselle. S'il vous plaît !

Agnès voudrait décliner l'offre, sous n'importe quel prétexte. Mais tandis qu'elle en cherche un, les mots se précipitent à ses lèvres, elle n'a pas la force de les retenir.

– Je l'ai rencontré seulement deux ou trois fois, trois ou quatre fois, peut-être, je ne sais plus. Son B. 17 avait été abattu au-dessus de la région parisienne, pendant un bombardement de nuit. Il avait sauté en parachute et des paysans l'avaient recueilli...

Les grandes filles retiennent leur souffle. Agnès se mord la lèvre, elle en a déjà trop dit. Comment refuser de raconter la suite? Ninon se dresse sur la pointe des pieds, s'approche encore.

– Vous l'avez connu à Paris?

Les souvenirs se pressent dans la mémoire d'Agnès, dans son cœur et sur ses lèvres. Elle cède soudain, entraîne les filles à l'intérieur de la classe, intime et chaude.

– Non, pas du tout. Mon père a été arrêté par la Gestapo au début de l'été 1943. Il s'y attendait et il avait prévu de m'envoyer chez des amis, en Lozère, pas très loin d'ici, pour me mettre à l'abri quelque temps. Ces amis hébergeaient aussi des résistants en fuite et des aviateurs alliés. L'Américain est resté chez eux près d'un mois, car la filière d'évasion qui devait l'emmener à la mer était coupée. Il vivait seul dans un mas de la montagne, Bellune, dont le propriétaire était prisonnier. Je lui portais du ravitaillement, je bavardais avec lui pour perfectionner mon anglais. Il parlait un peu français, aussi...

Agnès s'est assise sur une table, à la place où Doc Mac s'installe volontiers lors de ses visites. Les quatre filles, Ninon, Léa, Pierrette et Angèle, se tiennent rassemblées autour d'elle, pelotonnées, bouche bée. Ninon, assise les jambes contre le buste, pose le menton sur ses genoux.

– Oh, racontez, mademoiselle. S'il vous plaît!

Pierrette fait mine de battre des mains. « Oh, oui, racontez, mademoiselle... » Agnès sent l'émotion lui chauffer les joues. Elle passe la main sur son visage pour cacher son trouble.

– Bon, dit-elle, je vais vous raconter ce qui s'est passé une fois. Le major Madox, Frank Madox, c'était le nom qu'on lui donnait... rêvait beaucoup, peut-être parce que l'action – sa vie de pilote – lui manquait et qu'il se rattrapait ainsi pendant son sommeil. Et, chaque fois qu'on se voyait, il me racontait son rêve de la nuit. Un matin, je l'ai trouvé très agité. Il avait rêvé qu'un animal sauvage tournait autour de Bellune. Il m'a assuré que ce rêve était vrai, qu'il en avait souvent de tels. D'abord, je n'ai pas compris. Il m'a dit : « Je pense qu'il y a pour de bon un animal sauvage qui guettait près de la maison. » Moi, j'ai éclaté de rire. « Major, nous ne sommes pas dans les montagnes rocheuses. Il n'y a pas de grizzlys ni de pumas dans les Cévennes. Ç'aurait pu être un sanglier, cette nuit, mais à présent, en plein jour, il doit être bien à l'abri dans une bauge profonde. » Le major a secoué la tête. « Je ne crois pas que ce soit forcément un animal méchant. Mais je suis sûr qu'il est par là. Voulez-vous le chercher avec moi ? » Je n'avais guère envie d'aller courir dans les taillis, les bruyères, les genêts, surtout qu'il avait plu. Et il y avait aussi des fourrés de buissons très épais. Enfin, j'ai accepté pour lui faire plaisir et le calmer. Il a glissé sa flûte d'ébène – oui, il jouait de la flûte... – dans l'échancrure de sa chemise et nous sommes partis. Au bout d'une heure environ, nous allions rentrer, quand nous avons entendu hennir à proximité. Un cheval a surgi devant nous, l'air très effrayé. Il a voulu s'enfuir, mais il s'est trouvé coincé entre un mur de pierres sèches et un petit ravin et il s'est retourné vers nous. C'était un alezan, assez jeune et assez beau, apte à trotter devant une carriole ou même un cabriolet. Dieu sait comment il avait échappé aux réquisitions...

« J'ai su plus tard que des jeunes gens l'avaient volé à un notaire. Ces garçons étaient des réfractaires, des sortes de maquisards, mais sans chefs et pas encore organisés.

– Les réfractaires, je sais, dit Ninon.

Agnès continue son histoire avec un sourire songeur.

– Le notaire était peut-être un collabo, mais les jeunes réfractaires avaient quand même mal agi. Enfin, ils ont réussi à amener le cheval jusqu'à leur refuge. Puis ils se sont disputés. Les uns voulaient le tuer pour le manger...

– Les méchants ! s'écrie Angèle Roux.

– Ils avaient très faim, il faut leur pardonner. D'autres voulaient l'atteler à une charrette pour tenter une expédition de ravitaillement dans la plaine. De toute façon, la nourriture était leur principale préoccupation. Mais tous ces gars de la ville étaient incapables d'atteler le cheval autant que de le tuer. En se disputant à son sujet, ils lui ont fait très peur et il s'est sauvé. Quand nous l'avons trouvé, ils étaient à sa poursuite.

« Et le major, en lui parlant à sa façon, dans une langue qui était peut-être un idiome indien, a réussi à le calmer. Le cheval s'est laissé approcher. On aurait dit qu'il demandait protection à cet inconnu. Je suis sûre qu'il se serait mis à genoux, comme au cirque, si le major avait voulu !

« À tout petits pas et toujours marmonnant je ne sais quoi, l'Américain est allé jusqu'au cheval et s'est mis à le caresser. L'animal s'est cabré un peu, il a poussé un hennissement très doux, puis s'est soumis. Et c'est alors que les jeunes gens, les réfractaires qui poursuivaient le cheval, se sont montrés au bout d'un sentier, entre les grandes bruyères à balai. Ils se sont arrêtés une seconde pour regarder, puis l'un d'eux s'est précipité en criant : “ Il est à nous, c'est notre cheval ! ” Le cheval a henni encore, tout autrement, il a donné des signes de peur, roulé des yeux fous. Je n'ai jamais vu une bête montrer une telle terreur. D'une façon ou d'une autre, il avait compris que ces hommes voulaient le tuer !

« Alors, quelque chose s'est passé que je n'oublierai jamais. Le major a sauté d'un bond sur le cheval, qui n'avait pas de selle ni de rênes, juste une bride qui pendait. Frank Madox avait retroussé ses manches de chemise et déboutonné son col. J'ai admiré ses bras musclés, sa poitrine bronzée. Il collait à la bête et il avait grande allure. Le cheval a ployé un peu l'échine et accepté ce cavalier, à cru, sans selle. Et le major l'a guidé par la pression des genoux sur les flancs et des mains sur l'encolure. Les réfractaires se sont avancés pour leur barrer la route. Le major a fait tourner le cheval et il s'est engagé à l'opposé, sur un terrain accidenté et broussailleux. Le cheval a obéi et ils sont passés. Les jeunes gens étaient aussi impressionnés que moi. J'ai compris que le major voulait ramener son nouvel ami à la maison de Bellune, par le chemin le plus court, en évitant les poursuivants. Ça me semblait une gageure folle, mais il l'a tenue. Je me suis lancée derrière le cheval et le cavalier, j'ai déchiré ma robe aux épines, je me suis blessée aux pierres. Je courais pour ne pas les perdre de vue.

« Le major était obligé de zigzaguer sur une pente, à travers les arbres. À un moment, il s'est trouvé devant un de ces escaliers de pierre, qui vont de terrasse en terrasse. Je me suis demandé s'il allait tenter de faire descendre le cheval par les marches. Il était devenu pour moi, en quelques instants, une espèce de surhomme. Je m'attendais à n'importe quoi. Il n'a pas essayé, il a pris un sentier qui rasait le bord d'un ravin, comme il y en a tant dans nos montagnes. Un petit ravin, mais profond quand même d'une bonne douzaine de mètres... J'étais juste au-dessus, j'ai eu très peur. Je me suis arrêtée pour regarder, en retenant mon souffle. Les grandes bruyères, hautes de deux ou trois mètres, avaient gagné sur le sentier, et il y avait un passage à peine assez large pour les pieds du cheval.

« Le major maintenait sa monture avec les genoux et lui pressait de temps en temps l'encolure de la main gauche... du côté du ravin, pour la ramener vers l'intérieur ou la rassurer, je ne sais pas. Ça me semblait très, très dangereux sur environ sept ou huit mètres. Par chance, les réfractaires avaient renoncé à la poursuite et cessé de crier. Le major a dû baisser la tête pour passer sous les bruyères penchées. Il a mis peut-être une dizaine de secondes pour franchir ce passage : pour moi, ça a duré une minute ou une heure !

« Quand ils sont sortis du goulet, j'ai fermé les yeux et je me suis laissé tomber sur l'herbe. Je ne tenais plus sur mes jambes et j'étais mouillée de sueur, de la tête aux pieds. Mais je me suis vite relevée pour rejoindre le cavalier. Mon cœur battait fort, autant d'admiration que d'émotion. Il a levé la tête et j'ai croisé son regard. Je me suis sentie foudroyée ! C'était... c'était l'Amérique. Puis il a sorti sa flûte de sous sa chemise, et il s'est mis à jouer un petit air guilleret, joyeux.

Agnès se tait, soupire longuement. Ninon fixe sa maîtresse dans les yeux.

– Et alors, à ce moment, vous auriez aimé l'épouser?

Agnès ne répond pas, elle regarde les nuages défiler dans le ciel, vers l'ouest, entre les cimes des arbres, elle se souvient, elle rêve.

Ninon insiste, l'air dur.

– Vous auriez aimé, mademoiselle? Oh, dites-le, s'il vous plaît.

Agnès répond enfin, tout bas, si bas que les grandes filles l'entendent à peine :

– Oui, peut-être. Enfin, non. À ce moment, il avait l'air d'un héros invincible. Je n'aurais pas voulu épouser un héros invincible. Je le trouvais plutôt effrayant. Mais après, je l'ai rejoint à Bellune. Il riait comme un enfant qui a fait une bonne farce et il oubliait de regarder ses pieds. Il a trébuché dans l'escalier, il s'est écorché le genou. Je l'ai soigné, il m'a supplié de lui tenir la main pendant que je lui mettais de la teinture d'iode. Alors, oui, je crois que j'aurais aimé l'épouser pour le dorloter toute la vie!

Agnès s'étonne un peu de retrouver en elle des souvenirs aussi vifs, six ans après. Et elle se demande tout à coup si elle n'a pas choisi les Cévennes à cause de l'Américain.

21.

Journal de classe, février 1950

Cours moyen et cours de fin d'études. Le démarrage que j'attendais au deuxième mois du premier trimestre vient de se faire. Les progrès sont notables, à une exception près : Angèle Roux, qui se laisse couler, à mon grand regret. Je n'ai jamais eu beaucoup d'espoir pour elle, mais je ne m'explique pas sa chute.

À tous les cours, la lecture est devenue le point fort de ma classe, comme je le souhaitais. J'ai gardé pour le Cours élémentaire 2 et le Cours moyen 1 l'autre Pérochon, *Les Contes des cent un matins*. Finalement, je m'en trouve bien. C'est un livre très aéré, avec beaucoup de dialogues, de comptines, de chansonnettes ; la langue est assez musicale, souvent proche du poème en prose. Les enfants l'aiment bien. Ceux du CE2 lisent le début ; ceux du CM1 la deuxième partie. On sautera, bien sûr, le chapitre intitulé *Le terrible Bambouno du Congo*, où Pérochon se laisse aller à son péché mignon : ridiculiser les nègres. Et l'an prochain (car je commence à tirer des plans sur l'an de grâce 1951 !) ? Le Dumas élémentaire-moyen est fort bien fait, mais d'un gris, d'un triste ! Le Barret-Claveau est plus vivant, mais les textes, courts et variés, sont truffés d'astérisques et de chiffres de notes, qui cassent littéralement la lecture. Les livres de SUDEL sont trop touffus et les lignes trop longues ; même chose pour les Lyonnet-Besseige d'Istra. Les Souché de Nathan me plaisent assez, mais il existe un livre pour chaque cours (CE1, CE2, CM1, etc.) et ce n'est guère pratique en classe unique. Naturellement, je ne veux pas de « roman scolaire » ! Un casse-tête.

Désormais, Gatsou suivra les « fin d'études », sauf pour le compte rendu de lecture, qu'elle continuera de faire avec le cours moyen. Les grandes sont obligées de bûcher dur pour ne pas se laisser dépasser par ma nouvelle recrue. J'avais raison de compter sur l'émulation ; Léa Benoît se pique aussi au jeu et donne le meilleur d'elle-même. Angèle, par malheur, s'en fiche complètement.

Comme elles me l'avaient annoncé, les filles réussissent plutôt bien dans les calculs de nombres complexes. Le cas m'a laissée un moment perplexe (pour la rime). En fait, elles réussissent ce qui les amuse. Le travail de classe ne les incite pas ; la moitié du temps, elles s'ennuient. J'ai retrouvé au fond de la bibliothèque quelques cahiers de composition de l'année scolaire 1947-1948. Les candidats au certificat de 1950 avaient douze ans. Henri Daudé et Ninon Paulet avaient sensiblement le même niveau qu'aujourd'hui. Angèle Roux était meilleure, malgré quelques grosses bêtises de temps en temps. Mais tous stagnaient ; l'année suivante, ils ont commencé à régresser. La faute n'incombe pas tant, comme je l'ai cru dans ma naïveté, à Canisius et à ses bisbilles avec les grandes filles, qu'au système scolaire actuel de l'école primaire, avec le certificat à quatorze ans. En effet, ce système oblige les meilleurs élèves à répéter plus ou moins le même programme pendant trois ans (CM2 et deux ans de fin d'études), jusqu'à la satiété et l'écœurement. On leur propose le même examen, à quelque chose près, qu'on passait autrefois à onze ou douze ans. Ils « approfondissent », dit-on. Ou bien ils se déprennent de l'étude, et c'est ce qui arrive le plus souvent. Sans doute va-t-on prolonger l'école obligatoire jusqu'à quinze ans (l'âge du BEPC) : le certificat d'études est condamné.

Les grandes filles s'ennuient plus que les garçons ; elles inventent mille fables, chimères, complications, querelles et cabales pour passer le temps. (Exemple : Ninon s'attribue un « fiancé » communiste, qui serait un ami ou un parent de son oncle d'Alès... Les communistes sont les héros de notre temps, je suppose qu'ils épousent les hôtesses de l'air à la fin de l'Histoire !). Comment leur redonner à toutes le goût du travail et de l'école ? Pour la lecture, j'ai réussi grâce à *Une semaine avec*, mais je piétine pour le reste.

Elles attendaient beaucoup des leçons de puériculture, qui figurent au programme de fin d'études. Les instructions officielles disent ceci : « Hygiène de la première enfance : le nouveau-né, soins particuliers. Alimentation. Maladies de la première enfance. Prévention contre les maladies. Travaux pratiques : préparation d'un biberon, d'une bouillie, toilette du bébé. Emmaillotement du bébé. » (Sous Canisius, la mairesse se chargeait des travaux pratiques. Elle m'a proposé de continuer.)

Les filles sont déçues. À douze ans, elles pouvaient se contenter de ce programme, mais plus à quatorze ans. Elles espéraient que j'allais leur parler de l'accouchement... et même de ce qui se passe avant ! Mais pas question pour moi d'aller un millimètre au-delà des instructions. Trop dangereux pour une débutante, même titulaire. Je crois que je vais laisser la mairesse continuer son office. Elle sera ravie, les parents aussi.

Et l'an prochain, on verra, on verra, on verra...

Nous avons commencé les séances d'entraînement aux examens, après la classe. En petit comité, l'émulation devient plus vive, mais aussi les chamailleries. Il me semble que l'intérêt de Ninon, Pierrette et Jeannot pour le certificat se réveille tout doucement. J'ai de plus en plus la hantise des deux ou trois mois qui vont me manquer à la fin de l'année. En même temps, je sens qu'il ne suffit pas de bourrer mes candidats de leçons et de devoirs pour combler leurs manques. Il me faut provoquer une étincelle, qui fera flamber mes quatre grandes filles et échauffera mes garçons. Comment ? Je ne sais pas.

22.

Françoise et les mystères

Françoise Bassac est arrivée un dimanche matin d'hiver, en 4 CV, toute seule, mise sur son trente et un et encombrée d'un bagage de duchesse partant au bout du monde. Le temps est clair, la lumière bleue. La voiture brille de tous ses chromes devant la porte de l'école. Françoise toise son amie d'un regard faussement sévère et lui bourre les côtes.

– C'est pas parce que tu es mariée à l'Éducation nationale, ma douce, que tu dois t'habiller en souillon. Les hommes, ça existe toujours !

Agnès baisse les yeux. Elle éclaterait de rire, si elle ne se sentait coupable et si lasse, en même temps. C'est vrai qu'elle se laisse aller, le dimanche, et peut-être un peu la semaine, aussi.

– Oui, je l'ai appris dans *Elle*, dit-elle avec un fin sourire.

Françoise rougit jusqu'aux oreilles, qu'elle a délicates et bien dessinées, comme le reste de sa figure et toute sa personne. Elle se retourne et feint de regarder fixement quelqu'un.

– Oh, maman, Agnès chérie a dix-huit ans, tu ne veux pas qu'elle mette des bas Nylon et des talons hauts !

Agnès joue le jeu, cligne plusieurs fois des yeux, lorgne Françoise en hochant la tête.

– C'est égal, j'ai bien du plaisir à te voir en dame, ma Françou. Ça me paie de tous les sacrifices que j'ai faits pour toi.

Tout à coup, un sourire danse sur ses lèvres, elle creuse les joues comme pour l'avaler, puis renonce, et son visage s'égaie de dix plis espiègles. Elle ouvre les bras.

– Françoise, je suis si heureuse !

Devant un Banania, *qualité d'avant-guerre*, Françoise se lance dans un commentaire volubile des derniers événements : la prime aux salariés que le gouvernement a refusée, d'où le départ des ministres socialistes. En fin de compte, le nouveau gouvernement Bidault versera quand même une prime de 3 000 francs (« C'est mieux que rien, tu ne peux pas savoir l'argent que te pompe la voiture ! Et ton Solex, tu te décides à l'acheter ? »). Et puis les grèves, l'Indochine, l'affaire des Généraux (« Mais si, ma vieille, je suis les événements. Les collègues ne parlent que de politique. Ils sont tous communistes, bien sûr ! »)... Et le film de René Clair, *La Beauté du diable*, avec Gérard Philipe, qu'on va voir bientôt (« Ah, ce type, quand tu l'as vu une fois, tu trouves tous les hommes moches ! Et ne me parle pas d'Yves Montand, je reconnais qu'il chante bien... Mais il ressemble à un chiffonnier ! »)

– Et j'espère que tu te tiens au courant du sport, si tu veux parler à tes garçons ? Il n'y a pas que les filles qui comptent !

Agnès pique son fard.

– Ils ont l'air moins toqués, depuis la mort de Cerdan.

– Je te dirai tous les noms que tu dois absolument connaître.

– Tu ne vas pas me dire que tu lis le sport pour ton plaisir !

– Non, mais je vois des *hommes*. Je n'ai qu'à ouvrir les oreilles en bâillant pour tout savoir de Robert Villemain, Alex Jany, Alain Mimoun, Damitio, Oreiller et j'en oublie !

Agnès a toujours connu à son amie ce goût de charmer, d'entraîner et de colporter les nouvelles. Décidément Françoise Bassac est un fameux mélange d'ingénuité et de rouerie. On dirait qu'elle sait tout de la vie, mais elle se laisse prendre très facilement aux protestations d'honnêteté des menteurs et des filous.

– Comment trouves-tu ma petite robe ?

Françoise prend la pose devant la glace un peu tachée,

qu'Agnès a suspendue à la cuisine pour une dernière inspection avant la classe. La visiteuse porte une robe chemisier dans les bleu clair, avec des fleurs de toutes les couleurs et d'immenses poches. La jupe est boutonnée sur le devant, une ceinture vernie lui étrangle la taille. Des boucles et des accroche-cœur, plus blonds que nature, jaillissent de sous son chapeau rond. Agnès se trémousse, mal à l'aise de trop contenir son enthousiasme.

– Que veux-tu que je te dise ? Tu es magnifique. Mais je trouve que tu as un mois d'avance sur le printemps !

Françoise chante en prenant la voix rauque d'Édith Piaf :

Y a du printemps le long de ma vie
Et j'me fous des calendriers !
Car maintenant c'est de la folie,
J'en ai même au mois d'février !

– Tiens, je t'ai apporté quelques cadeaux. Rassure-toi, pas de charcuterie. Je me doute bien que dans tes Cévennes, tu dois être bourrée de saucisse et de saucisson !

Elle sort de la 4 CV un carton plat, noué d'un ruban rouge.

– Ne crois pas que dans ton patelin les bas Nylon c'est de la confiture aux cochons. Si tu veux que les grandes filles te prennent au sérieux, à défaut d'un amant, il t'en faut des jolis, tout neufs, pour que tu changes souvent. Je parle des bas !

Françoise détaille le contenu du paquet avec ses instructions. Agnès ne peut s'empêcher de sourire. La fille du charcutier a toujours eu ce côté « commandant ». Elle est très généreuse, mais elle n'offre jamais un cadeau sans le mode d'emploi. Gamine, déjà, elle aimait régenter ses petits camarades.

– Le chocolat, je t'interdis pas de le partager avec tes chouchous ou de les donner à tes candidats au certif en guise de bons points. Les savonnettes sont rien que pour toi. Ce n'est pas que je te trouve sale. Fais voir ton cou, là, sous les cheveux... Hum, vu les moyens du bord, qui doivent être assez limités, je dirai que ça peut aller. Attention quand même, les toubibs ont l'habitude de regarder dans les coins. Je sais que tu as *la beauté du diable*, ça autorise une petite touche de crasse par-ci, par-là, il y en a même qui aiment ça. Et puis tu devrais aller chez le coiffeur. Puisque tu lis *Elle*, tu dois savoir que les crins se portent courts, de nos jours. Ingrid Bergman, Martine Carol, tu connais ? Je trouve que tu en es restée à Katherine Hepburn, ouais, *Les Quatre Filles du Dr Marsh*, on avait dix ans, c'était le beau temps !

Elles s'embrassent longuement, entre rire et larmes.

– Tu as fait des folies, ma belle ! dit Agnès.

– Je t'étonne peut-être, je n'ai rien payé de tous ces trucs. Je rends des services et on me récompense en nature. J'ai gardé les habitudes de l'Occupation, c'est plus fort que moi. Tu ne peux pas savoir tout ce que je rends comme services ! Tu veux me faire plaisir ? Donne-moi un gant de toilette, je vais prendre une de tes savonnettes et t'enlever quelques petites taches mal lavées et après, tu iras t'habiller en dame. Si, pour moi !

Une visite. C'est la mairesse, à bicyclette. Elle saute de sa machine, en souplesse, devant l'école, détache les pans de son manteau rouge relevés à sa ceinture.

– Le voilà donc, ton dragon en jupons ! s'écrie Françoise. Crois-tu que j'aie encore le temps de passer sous le buffet ?

Agnès lève les yeux au ciel.

– À ton tour de trembler dans ta culotte ! Mais non, elle n'est pas si terrible que ça, la Suzon. J'en fais ce que je veux.

Elle range en hâte les cadeaux de Françoise. La mairesse entre sans frapper, à son habitude, mais s'annonce par un boucan énorme dans le couloir et tousse comme une poitrinaire.

– Je vois que vous avez du monde, mademoiselle. Je vous dérange sûrement !

– Vous ne me dérangez jamais, puisque vous représentez la République !

Dans la cuisine, la mairesse hume comme un chien : l'odeur du Banania, le parfum de Françoise, celui des savonnettes. Elle ôte son passe-montagne, ouvre son manteau.

– Je ne fais que passer, je ne m'arrête pas.

Agnès présente Françoise, une « collègue qui exerce dans le sud du département et qui a beaucoup d'expérience ». Françoise se retient de rire. La Suzon se pavane.

– Oui, oui, je suis la dame du maire de la République. L'expérience, dans votre métier, ça compte plus que les diplômes, pas ? Mais vous êtes bien jeune pour en avoir tant !

Françoise scrute cette diablesse, bien plantée, musclée mais rebondie aux bons endroits. La Suzon a les cheveux châtain doré, les yeux bleu clair, un visage un peu carré, aux traits agréables quoique sans douceur, et la peau rougie par le froid. Elle est ce qu'on appelle ici, sur un ton mi-figue, mi-raisin, une « belle femme ». Elle parle d'une voix assurée, toujours au bord du cri avec des gestes et des mimiques.

– Et alors, mademoiselle Vincent, votre collègue pourra peut-être nous dire ce qu'elle pense de cette affaire, avec son expérience !

Agnès invite la mairesse à s'asseoir, lui propose un café, que la Suzon accepte sans façon. Mais quelle est donc l'affaire en question ? Agnès se reproche son étourderie : elle a mal écouté ou peut-être oublié. Elle répond à tout hasard :

– Oh, je suis sûre que Françoise a vu des cas de ce genre.

– Ah, eh bien ! dit la mairesse. Ah, eh bien !

Françoise fouille dans son sac pour cacher son envie de rire.

– Oh, j'ai même vu pire quand j'étais à Paris !

– Ah, à Paris... Vous les connaissez, alors, les grandes.

– Les grandes ? Comme si j'étais dans leur tête, madame.

La mairesse en a le sifflet coupé pour un quart de minute.

– C'est une chance que vous soyez ici, aujourd'hui.

Françoise se rengorge.

– J'ai pour habitude de bien tomber.

– Vous pensez qu'il y a du vrai, dans cette histoire ?

– Je n'en sais pas assez pour décider.

La mairesse s'emporte soudain.

– Un fiancé en ville à même pas quatorze ans !

La réplique de Ninon Paulet à Henri Daudé, l'autre soir. Cette fable a fait le tour de la commune à la vitesse d'un cheval au galop. Agnès n'a pas songé une seconde que Ninon pouvait avoir un fiancé pour de bon. Les gens d'ici prennent tout au sérieux, ce n'est pas qu'ils manquent d'humour, mais leur penchant au drame est le plus fort.

– Et pas n'importe où, s'écrie la mairesse. À Alès !

– Cette ville de perdition, appuie Françoise.

– Avec la mine, et les cafés ! Justement la marraine de la petite en tient un, et pas des plus comme il faut !

– Ne nous affolons pas. Les filles sont quelquefois mythomanes, à cet âge. Nous nous sommes toutes inventé un fiancé, une fois dans notre vie, n'est-ce pas ?

– Ah, vous croyez ? Mais les gens s'inquiètent pour l'exemple. Des familles sont venues se plaindre. Déjà qu'il y a les chansons, cette *Étoile des neiges* qu'on entend partout !

Françoise fait mine d'applaudir.

– Voilà, vous avez trouvé ! La gamine se vante d'avoir un fiancé, c'est bien ça ? Juste au moment où on entend partout *Étoile des neiges*. Le lien est clair. Voyons...

Elle ferme les yeux, prend son visage dans ses mains.

– Est-ce qu'il y a le mot « fiancé » dans cette chanson ?

Elle fredonne le refrain, un bout de couplet.

– Oh, vous la connaissez, la chanson ! s'écrie la mairesse.

– À force de l'entendre partout... Oui, oui, le mot fiancé y est bien, troisième ou quatrième couplet, je ne sais plus trop.

La mairesse boit en avançant la lèvre une gorgée de café, qu'Agnès vient de lui servir.

– Figurez-vous, je m'en doutais un peu que c'était un effet des chansons du poste qu'on entend partout.

– L'affaire est claire, renchérit Françoise.

La mairesse partie, Agnès dit à Françoise :

– Non, l'affaire n'est pas si claire. Je connais ma Ninon. Elle invente peut-être des histoires, mais en s'inspirant de la réalité. Je me demande ce qui se cache derrière celle-ci.

– J'aimerais la voir, *ta* Ninon. Trouve un prétexte et faisons-lui une petite visite.

L'après-midi, après un tour en 4 CV, Agnès fait signe à Françoise de s'arrêter au bord de la route.

– On va monter au serre par les chemins des *miaoules*, des

mules, et on redescendra à Claire-Baraque par le chemin des oliviers. On passera ainsi devant la maison des Paulet...

Une crête culminant à cinq cent cinquante mètres s'enroule au-dessus de Claire-Baraque. Le chemin des mules se hisse au flanc d'une combe, coiffe une pente rocheuse, saillant par places sur l'à-pic d'un valat. Côté soleil, on longe les faïsses cultivées, on muse entre les oliviers, les mûriers, et les mimosas, jusqu'à plus de trois cents mètres. Françoise a enfilé ses bottines à franges ; Agnès s'est décidée pour une paire de chaussettes blanches et de vieux souliers à semelle de cuir, dix fois réparés. Leurs longues jupes volent sur leurs genoux gainés en voile de rayonne.

– Surtout pas de manteau ni de paletot, s'écrie Agnès. Tu verras comme il fait chaud là-haut !

– Mais c'est que je n'ai pas très envie de monter *là-haut...*

– On s'arrêtera à mi-pente.

Françoise fredonne *Étoile des neiges*. Elle se tait, soupire.

– C'est tellement bête que c'en est presque beau !

Le vent du sud change en vif-argent le gris de fer des oliviers. Le laurier-tin en fleur saupoudre de blanc la pente des collines.

– Je pensais à l'histoire de ta Ninon. Partout ailleurs, on sourirait. Mais ici, les gens sont allés se plaindre au maire !

– En Cévennes, on a vite fait un cheval d'une souris. La veuve bleue et sa fille sont entourées de soupçons. Tout a commencé avec la mort de François Paulet, en 1940, et le deuil en bleu de la belle Juliette. N'importe s'il y a eu plus que le deuil. Ou moins...

– Raconte-moi ça.

Après le récit d'Agnès, Françoise rapporte sa petite histoire, prétendue vraie.

– Si, si je te jure. D'ailleurs, c'est arrivé à une collègue. Il n'y a que les institutrices pour vivre des histoires d'amour aussi romantiques. Tout a commencé aussi en juin ou juillet 1940. À cette époque, donc, un soldat de l'armée en débâcle s'est arrêté quelques jours chez des paysans, dans la plaine, près de Nîmes. À la maison, il y avait une jeune fille de dix-sept ans, élève de l'École normale. Lui, c'était Alex, elle Jeannette ou quelque chose comme ça, n'importe. On commençait à dire que certains continuaient la guerre en Angleterre et en Afrique, avec le général de Gaulle. Alex aurait préféré rentrer chez lui. Mais il était amoureux de Jeannette et elle l'a convaincu de rejoindre la France libre. « Si vous n'allez pas vous battre, je ne vous aimerai jamais ! » Il hésitait. « Est-ce que vous m'attendrez, Jeannette ? – Je vous le promets, et tout. » Il est parti, il a donné de ses nouvelles, une fois ou deux, puis plus rien.

« Et le voilà qui revient au début de 1945, presque cinq ans plus tard, sergent-chef, en permission. Il avait fait toute la guerre avec les chars de Leclerc. Et Jeannette l'avait attendu. Enfin, elle était là. Ils se sont embrassés, Alex a dit : « Je peux pas en croire mes yeux ! » Et tu sais ce qu'il a fait, alors ? Il est tombé endormi ! On a cru qu'il était évanoui, malade, blessé, Dieu sait quoi. Non, non, il était seulement très fatigué et il dormait. On a appelé le docteur, qui a dit : « Je pense qu'il va dormir cinq jours, un jour par année de campagne, et il se réveillera frais et dispos ! » Et Alex s'est réveillé, sa permission était finie, il est reparti tout de suite à la guerre. « Tu m'attendras ? Je n'en ai plus pour longtemps, maintenant, et je reviendrai peut-être adjudant ! » Jeannette a promis de l'attendre. C'était une affaire de semaines, de mois au plus. Alex a écrit deux ou trois fois. Il était dans les troupes d'occupation en Allemagne. Puis plus rien. Jeannette a continué d'attendre. Un an, deux ans, trois ans... Elle disait : « Il a promis, j'ai promis, il reviendra. » Tout le monde pensait : pauvre idiote. Et une institutrice, en plus ! Elle a coiffé Sainte Catherine. Vingt-cinq, vingt-six ans... Elle aimait toujours son Alex. « Je sais qu'il est vivant et qu'il ne m'oubliera pas. » 1948, 1949... Elle passait pour une folle. Et fin 1949, il y a quatre ou cinq mois, Alex est arrivé, en civil, les poches pleines. « Tu m'as attendu ? Je n'en crois pas mes yeux ! – Tu es enfin revenu si j'en crois les miens. Qu'est-ce qui t'a retenu ? – Je voulais faire fortune avant de demander ta main ! » Ils se sont mariés au mois de janvier. Il a acheté un grand garage, il vend des voitures étrangères. Jeannette va quitter l'Éducation nationale pour le seconder. Ce n'est pas une histoire d'amour digne de Chateaubriand ?

– Plutôt de Bernardin de Saint-Pierre ?

Elles descendent bras dessus bras dessous vers le hameau de Claire-Baraque. À l'exception du Mas Vaillant qui domine la route par un dénivelé de cinq ou six terrasses, toutes les maisons se mêlent, s'encastrent et s'enchatonnent, avec des étages qui se chevauchent, des toits qui se recouvrent, des escaliers qui jaillissent par surprise, s'enfoncent et se perdent, des passerelles qui se glissent entre les murs presque joints. Et on devine que le labyrinthe se poursuit à l'intérieur des habitations.

– Un hameau typique des Cévennes, dit Agnès.

Agnès s'aperçoit qu'elle fait le tour du propriétaire avec son amie : elle se sent chez elle ici. Le monde entier lui paraît tout à coup bien fade à côté du bout de terre qu'elle a choisi. Une bouffée d'allégresse lui monte au cœur.

Elles s'arrêtent devant une maison aux volets bleus, incrustée dans la masse du hameau, mais plus avenante, avec un pigeonnier où roucoulent des bisets pattus, une cour fleurie de mimosa. Un rideau blanc bouge derrière une porte vitrée, en haut d'un escalier à rampe de bois. La porte s'ouvre, la veuve sort, vêtue d'une robe à rayures bleu et blanc, un béret blanc coquettement posé sur ses cheveux bruns. Apparition calculée, comme si elle avait guetté les deux promeneuses derrière son rideau pour surgir au bon moment.

– Mais entrez donc, mademoiselle Vincent.

La veuve sourit à Françoise.

– Je suppose que vous êtes l'assistance sociale ?

Françoise regarde la montagne, puis la veuve dans les yeux.

– Oh, madame, si j'étais assistante sociale, je ne travaillerais pas le dimanche. Je suis une camarade d'École normale de Mlle Vincent, qui me montre le pays. Vous voilà rassurée ?

– Oh oui ! Merci, mon Dieu !

Juliette Paulet a un peu bégayé, mais elle se reprend aussitôt. Le regard calme et profond de ses grands yeux lui donne une expression de richesse intérieure et de maturité. Sa bouche dessine une moue de mélancolie. Une minute plus tôt, elle cachait mal son inquiétude. Elle n'est plus, soudain, que douceur et sérénité. Une pensée malveillante traverse l'esprit d'Agnès – ce qui n'est pas son genre. « Trop sage pour être honnête ! » Elle suit la veuve dans la maison, tandis que Françoise, derrière elle, lui pince le coude. Une façon d'exprimer, dans leur code personnel, à la fois l'admiration et un rien d'étonnement.

– Oh, mais voilà Stevenson et son ânesse !

La veuve se retourne et sourit à Françoise.

– Oh, vous avez l'œil, mademoiselle !

Cinq ou six gravures sans cadre ornent le mur d'un vestibule. Toutes illustrent le voyage de Stevenson dans les Cévennes vers 1875. C'est un des premiers récits publiés par l'écrivain anglais. Agnès s'approche pour mieux voir, car le vestibule n'est éclairé que par une porte vitrée au bout. Un grand type coiffé d'un chapeau menant une petite ânesse, chargée, ma foi, comme une bourrique... Agnès cherche le nom de l'ânesse. Ah oui, Modestine. Réputée pour son sale caractère, Modestine a gagné sa part de gloire en transportant le barda de celui qui allait devenir un des écrivains les plus célèbres du monde. Juliette Paulet désigne du doigt une des gravures où l'on voit nos deux héros allant de conserve à travers un plateau désolé, sur une pente raide, le long d'une corniche vertigineuse.

– Mon mari aimait beaucoup celle-ci. Il la regardait quelquefois comme... comme s'il y cherchait quelque chose. Stevenson, c'était son grand homme. Il a lu au moins dix fois *L'Île au trésor*. Et aussi l'autre livre... l'histoire du docteur.

Françoise devance Agnès.

– *L'Étrange Cas du Dr. Jekyll et de Mr. Hyde.*

– Oui, mais celui-là est un mauvais livre, je crois. Un livre qui fait peur. Je l'ai brûlé pour que Ninon ne le lise pas. Je lui ai permis *L'Île au trésor*, je ne sais pas si j'ai bien fait. François rêvait de partir comme ça, très loin, pour chercher fortune. S'il n'avait pas été tué, nous serions peut-être allés aux colonies. C'est Ninon qui a retrouvé ces gravures et les a collées ici.

On en revient au cas de Ninon devant une tasse de thé et une assiette de biscuits.

– Je voulais l'empêcher d'aller à Alès aujourd'hui en punition. Mais il était prévu qu'elle passerait la journée chez sa marraine pour l'anniversaire de son cousin Jacquot, qui a dix ans. Je l'ai laissé partir, finalement, et j'ai écrit à ma belle-sœur pour avoir des explications. Ninon refuse de répondre à mes questions. Je me demande si elle a connu quelqu'un à Alès, enfin un homme, ou si elle a tout inventé.

Françoise montre du pouce le poste de radio.

– Bah, ce sont les chansons qui lui montent à la tête.

– Oui ? Vous le pensez aussi ? Elle écoute trop le poste !

– Il faut bien que jeunesse se passe.

– N'est-ce pas ? Nous rêvions aussi du prince charmant quand nous avions son âge... ou un peu plus. Il est quand même dommage que ça tombe l'année du certificat !

La pièce où Juliette Paulet a reçu ses visiteuses est petite, bourrée de meubles, de coussins et de tissus divers, avec la machine à coudre Singer d'un côté et le récepteur de radio Radiola de l'autre. C'est une espèce de salon qui sert aussi d'atelier de couture. Les murs sont garnis de tableautins : scènes de chasse et de campagne, paysages anciens. L'ensemble a un air presque cossu, et la cuisine, qu'Agnès a pu apercevoir au passage, paraît moderne et bien équipée. Les gens du pays disent que la veuve bleue vit un peu trop bien pour une qui n'aurait que sa pension de veuve et ses travaux de couture...

– Vous pensez que Ninon l'aura ?

Agnès, distraite, n'écoutait plus Juliette Paulet depuis un moment. Qu'elle aura quoi ? Son fiancé ?

Françoise glousse. La veuve rectifie sans élever la voix.

– Je veux dire : son certificat.

– Si elle ne rêve pas trop au prince charmant, elle l'aura.

Plus tard, dans la voiture, Françoise caresse son volant d'un air pensif.

– Dis, ma douce, c'est une drôle de bonne femme, ta veuve bleue. Je me demande ce que je ferais si j'étais un homme. Au premier coup d'œil, je serais fasciné, c'est sûr. Au deuxième, hum, je la déshabillerais du regard, comme ils le font tous avec les jolies femmes, et même les moins jolies.

Au troisième, eh, disons en sortant du lit, je m'assurerais peut-être que la porte n'est pas fermée et que la route est libre pour ficher le camp !

Agnès se laisse bercer par le ronronnement de la voiture. Elle a passé une merveilleuse journée, mais elle a de nouveau le cœur pincé par le souci.

– Françoise, tu crois que le certificat intéresse encore les filles, de nos jours ?

Françoise, à son tour, médite en silence jusqu'aux premières maisons de Saint-André.

– À mon avis, pas beaucoup. Quatorze ans, c'est trop tard, tout le monde le sait, sauf...

Agnès complète, en citant la formule du Dr Cavalier.

– ... sauf les idiots savants qui nous gouvernent !

Françoise éclate de rire.

– Dis donc, tu t'émancipes. Ta Ninon, si j'ai bien compris, a dit au garçon qu'elle lui ferait couper le nez par son fiancé ? Le nez... Je suppose que tu as lu Freud en sciences ex, comme tout le monde ? Le nez représente le pénis et les oreilles les testicules, hein ? Voilà ce qui les intéresse, toutes, plus que le certificat !

– Mais Ninon n'a quand même pas lu Freud !

– Oh, tu peux faire confiance à l'instinct des filles.

Au moment de partir, Françoise se frappe le front.

– Je sais ce qu'on a oublié : tous les noms des champions sportifs. Prends vite une feuille et note : Villemain Robert, boxeur, a battu La Motta, le champion du monde. Damitio Georges, a passé deux mètres en hauteur. Jany Alex, champion du monde du 400 mètres à la nage. Oreiller Henri, champion du monde de ski. Mimoun Alain, coureur à pied, champion du dix kilomètres...

23.

Journal du Dr Cavalier Gatsou

Première partie : avant le diplôme. Février-mars 1950.

1. Ça fait bientôt deux mois que je suis à l'école de Saint-André-la-Vallée, où la maîtresse s'appelle Mlle Agnès Vincent. Elle est un peu petite, mais elle me plaît bien. Je sais qu'elle plaît bien à papa aussi, mais ce n'est pas avec elle qu'il se remariera. Elle n'a pas assez de poitrine (elle est un peu maigre aussi). Peut-être qu'un docteur peut se débrouiller pour avoir des enfants plus vieux que les hommes ordinaires.

2. C'est quand même malheureux qu'on doive commencer par l'entrée en sixième pour être docteur. J'ai un peu honte d'être obligée de faire des problèmes et une dictée devant tous les autres qui savent que je dois être docteur, surtout les grandes filles. Encore heureux que je sois très bonne pour mon âge. J'aimerais passer mon premier examen de médecine de docteur, je sais bien que c'est pas possible, mais c'est plus fort que moi. Alors, je dis que je commence mes études de docteur à la rentrée. Plus tard, je mettrai Dr Cavalier Gatsou sur ma plaque, parce que j'aime bien ce nom.

3. Aujourd'hui, j'ai appris « conciliabule » comme mot nouveau. Ce mot me plaît. J'ai décidé d'avoir trois conciliabules. Un avec papa, il faut que j'essaie d'en savoir plus, mine de rien, sur le nouveau médicament contre la *sipsite* (ou quelque chose comme ça), dont je l'ai entendu en parler avec Clémence. C'est pour la pauvre Angèle Roux, pour lui soigner son brûle-pipi qu'elle a toujours.

Un autre avec David, parce que je trouve qu'il devient insupportable. Tous les docteurs savent qu'un petit garçon qui a perdu sa maman à l'âge de deux ans a beaucoup de peine à grandir normalement. Mais moi, je n'y suis pour rien.

Je compte aussi avoir un conciliabule très sérieux avec Ninon Paulet, sans la France et l'Amérique (les jumeaux), parce que ça sera secret entre nous. Il faut qu'elle me dise si c'est vrai pour son fiancé d'Alès, si elle veut l'épouser après le certificat pour avoir des enfants. Et puis si je peux avoir le médicament, je lui demanderai la permission de soigner Angèle comme si j'étais déjà docteur.

Je dois remercier le bon Dieu d'avoir exaucé ma prière, parce qu'il a envoyé Villemain pour remplacer Cerdan, c'est très fort. Villemain a battu le champion du monde, Jake La Motta, mon petit frère est très content. Alors, je vais demander au bon Dieu de s'occuper que Léa soit reçue au certificat, c'est moins difficile que d'envoyer un boxeur sur la Terre !

(À suivre.)

24.

La dictée, l'aveu et le rêve

Dictée du certificat pour la séance de ce soir.

Avant de choisir le texte, Agnès a feuilleté une dizaine de livres ou de recueils. Cet exercice suscite chez tous les élèves l'appréhension avant, l'ennui pendant et le chagrin après.

Certes, on ne peut pas toujours travailler dans la joie, surtout quand l'examen est au bout de la route, à trois mois maintenant, mais la tristesse et le dégoût sont de terribles obstacles à la réussite. Grâce à *Une Semaine avec*, les élèves des cours moyens et de fin d'études sont devenus presque tous d'ardents lecteurs ; et les plus jeunes aspirent à les imiter. Mais la dictée marque toujours le point culminant de cette épreuve qu'est la journée de classe. On n'y peut rien, c'est comme ça. Agnès réfléchit, les mâchoires serrées, les ongles plantés dans les paumes. Elle est sûre que l'étincelle ne jaillira pas, car son bois est mouillé !

Elle retarde l'exercice dans l'attente d'un miracle. Elle se tourne vers les fenêtres. Il pleut, l'adieu à l'hiver est un adieu mouillé. La séance du soir est à peine commencée et, déjà, la nuit tombe. Les élèves, après un effort douloureux et, pour beaucoup, le dépit de l'insuccès, devront s'en aller sous le vent et l'averse. Ils rentreront à la maison trempés, gelés, malheureux, quelques-uns même – Angèle Roux, Léa Benoît... – désespérés. Là-haut, sur les Cévennes, des torrents de nuées bourrent le ciel par-dessus la montagne. Plus d'horizon nulle part. Le vent balaie la vallée avec une plainte étouffée. Le Gardon roule déjà ses hautes eaux et sa rumeur s'enfle par intermittence. La pluie crépite sur les toits, chuinte dans les gouttières, fouette les vitres et gargouille au sol, le long des murs et des fossés.

Le poêle refoule, et la classe s'emplit d'une fumée lourde qui embrume l'ampoule électrique et charge l'air de son odeur de sève cuite et de suie mouillée. La température est douce, les bruits atténués. On pourrait vivre tous ensemble, maîtresse et élèves, un moment de bonheur dans l'intimité de cette pièce familière, où on se sent à l'abri. Mais une mauvaise fée court les allées, rase les bancs, ploie les nuques. Grimaçante, sinistre, elle inflige sa loi, défend tout abandon : la dictée. Agnès voudrait dire à ses élèves combien elle partage leur aversion pour l'intruse qui les désunit, les dresse, elle et eux, en ennemis.

Elle les observe. Plus elle tarde, plus le malaise s'aggrave, plus les élèves se tendent et s'agitent. Ninon bat des paupières, tangue d'une fesse sur l'autre, soupèse son porte-plume comme si elle se préparait à le lancer, à la manière d'une fléchette. Ses lèvres bougent en silence. Agnès essaie de deviner quelle chanson elle se chante dans sa tête. Trop lent, trop doux pour le mariage du cow-boy adoré : c'est sans doute *Étoile des neiges*... Pierrette tâte la bretelle de son soutien-gorge, un geste qui lui revient toujours dans les minutes d'énervement, puis elle risque un coup d'œil sournois vers la fenêtre, où palpitent de minuscules ruisseaux. Enfin, elle essaie pour la dixième fois sa plume au coin de son cahier de brouillon. Oui, ça glisse.

Agnès ramène un instant les yeux sur le texte qu'elle a choisi pour la dictée, un extrait de *L'Enfant*, de Jules Vallès, sur la lecture. Très beau : c'est presque dommage de le gâcher à torturer les enfants ! Elle lit pour elle seule quelques lignes : *Il est nuit. Je m'en aperçois tout d'un coup. Combien y a-t-il de temps que je suis dans ce livre ? Quelle heure est-il ? Je ne sais pas, mais voyons si je puis lire encore !* Elle cligne les paupières, aussi éblouie que son héros, et sourit aux grandes filles. Léa secoue la tête à petits coups, comme pour chasser une douleur : un tic de vieux. Elle tord un peu la bouche et écarquille les yeux derrière ses lunettes rondes : on dirait qu'elle tente de les dessiller pour voir enfin l'orthographe dans sa vérité nue. Elle ajuste sans fin la position de ses mains et de ses avant-bras, de chaque côté de son cahier. Elle trempe de temps en temps sa plume dans l'encrier. Prête ? Oui, elle l'est. Peu à peu, elle penche la tête en avant, l'air désenchanté.

Et Angèle, et Gatsou et Céline, et les trois garçons... Agnès leur sourit à tous, d'un pauvre sourire impuissant. Oh non, elle en a assez de l'impuissance. Elle doit tenter quelque chose, vite. Elle voudrait leur dire qu'elle les aime. À quoi bon ? Il faut trouver une solution pour les libérer de leur tourment : ce sera la plus belle preuve d'amour qu'elle puisse leur donner.

Elle lit encore une ligne de la dictée. *J'ai le cou brisé, la nuque qui me fait mal, la poitrine creuse...* Elle ressent d'un coup toutes ces douleurs. Elle étouffe, elle se retient de gémir. Alors, elle annonce d'une voix calme :

– Nous ne ferons pas la dictée ce soir.

Après une formidable seconde de silence, un lent soupir monte de tous les poumons, s'étrangle dans les gorges, jaillit des bouches. Un rire incrédule sonne le signal de la délivrance. Le brouhaha des respirations lâchées et des corps rendus à la vie précède de peu la rumeur des cris et des questions.

– Mademoiselle...

– On arrête, mademoiselle ?

– On fait calcul, mademoiselle ?

– On s'en va tout de suite, mademoiselle ?

– On réfléchit, dit Agnès. On cherche un autre moyen de progresser en orthographe. Je vous regardais depuis un moment et je songeais : « Ils n'ont aucun plaisir à ce travail. Ils sont crispés comme un jour de vaccination : ça ne peut plus durer ! »

De nouveau, le silence. Les filles retiennent leur souffle. Les garçons attendent bouche bée. Tous ont peut-être conscience de vivre un moment rare. Agnès joint les mains sur son bureau.

– Si vous êtes tristes et si vous avez peur, vous ne pouvez

pas faire de progrès. Je préfère que nous arrêtions les dictées du soir. Dans la journée, nous verrons. Nous serons obligés de les reprendre deux ou trois semaines avant le certificat, mais à ce moment, vous serez prêts. Ce soir, nous ne ferons pas la dictée. Plus tard, nous choisirons un exercice de remplacement. Vous vous mettrez deux par deux, ou par trois. Vous chercherez un texte de dictée, vous l'étudierez ensemble, puis vous vous le dicterez l'un à l'autre, en vous aidant. Ça ne sera pas facile, mais on s'amusera bien et je vous jure qu'on travaillera !

Ils ont écouté la maîtresse religieusement, comme le matin où elle leur a lu les aventures de Jean Valjean et de Cosette. Elle reconnaît sur tous les visages une confiance qui lui brûle le cœur. Ne va-t-elle pas fourvoyer ses candidats ?

Les grandes filles échangent des regards, un frémissement court sur les visages. Le minois chiffonné d'Angèle Roux s'illumine soudain. Une main se lève. Pierrette ?

– Mademoiselle, on peut commencer tout de suite ?

Angèle appuie la demande.

– Il pleut, on n'est pas pressé de rentrer.

Henri Daudé plaide qu'il ne veut pas être avec une fille. « Et avec moi ? » dit Agnès. « Oh oui, oh si ! » Le cri du cœur. Agnès est touchée. Il rougit, baisse la tête.

– Je viens à votre bureau ?

– On va s'asseoir sur une table, au fond de la classe.

– Mademoiselle, on peut prendre des dictées aussi difficiles qu'on voudra ? demande Gatsou.

– Pas plus de quinze lignes.

Le remue-ménage devient fébrile : bancs tirés, livres feuilletés à la hâte, courses en tous sens. Les couples se forment sagement : Jeannot et René, Ninon et Pierrette, Léa et Angèle. Gatsou et Céline... Mais Henri Daudé est si ému que la tête lui tourne, ses lèvres tremblent, il est tout près de claquer des dents. Il regarde Agnès d'un air suppliant.

– Je sais pas quoi faire, mademoiselle.

– Tu vas ouvrir ton Gabet, choisir un texte en haut de page et me le dicter !

– Moi ?

Les autres les guignent avec des sourires envieux. Un peu de jalousie donnera du piment à l'affaire ! Agnès s'installe, un cahier de brouillon sur les genoux, ôte le capuchon de son stylo.

– Tu me la lis ?

Un souffle de folie et de bonheur passe sur la classe. Agnès le respire en même temps que les élèves, elle en est grisée. Ninon imite la maîtresse, s'assoit sur une table, son cahier sur ses genoux haut levés. Léa et Angèle restent à leur place, mais Léa, bien plus grande, se penche vers Angèle, leurs têtes se joignent et leurs cheveux se mêlent. Henri Daudé lève sur Agnès des yeux de chien énamouré. « J'ose pas. »

– Regarde bien chaque mot, je te la dicterai après !

Il ne peut pas deviner le trac de la maîtresse. Elle a toujours été plutôt bonne en orthographe, mais qu'arrivera-t-il si elle fait une faute ou deux ? Tant pis, elle doit prendre le risque. L'étincelle a jailli, il faut que la flamme monte. Ce ne sera peut-être qu'un feu de paille... On verra bien.

Henri Daudé a choisi au hasard *L'Orage en forêt*, d'après Tolstoï. Il bredouille la première phrase. *Quand j'étais encore pe... petit garçon, on m'envoya un jour chercher des champignons au bois... au bois.* Un peu d'assurance lui vient au fil des lignes. *Il y eut un éclair si lumineux qu'il me fit mal et que je fermai les yeux.* Agnès ferme les yeux. Henri l'imite. Deux secondes de silence. J'écoute, dit Agnès. Les cinq lectures simultanées remplissent la pièce d'une rumeur de foire. Mais les élèves de classe unique savent se concentrer au milieu de l'agitation et du bruit.

De temps en temps, un éclat de voix plus aigu perce la rumeur. Puis le bourdonnement studieux reprend son rythme. La plume d'Agnès glisse en douceur sur le papier. Henri pousse l'indulgence jusqu'à lui indiquer par une mimique le double « p » de frappa. « *... puis quelque chose me frappa à la tête.* »

Voilà, c'est fini. On a sacrifié les questions. Qu'importent les questions ! On a oublié le temps qu'il fait dehors. La nuit s'enfle de noirceur, le vent geint, la pluie ruisselle, la rivière gronde. Qu'importe le monde extérieur ! Maîtresse et élèves se serrent les uns contre les autres, comme des voyageurs qui ont vécu ensemble une dangereuse aventure. Chacun de raconter ses surprises, ses découvertes, ses erreurs, ses triomphes. Et chacun de vanter les mérites de son coéquipier ou de sa coéquipière...

Agnès doit refréner son propre enthousiasme pour laisser les grandes filles chanter victoire.

– J'ai appris un mot ! dit Gatsou.

Elle attend qu'on lui demande quel mot, mais Angèle, Jeannot, Pierrette s'écrient : « Moi aussi ! Moi aussi ! » Et d'autres ont retrouvé une règle, se sont rappelé une conjugaison, ont évité un piège... Ils rient aussi de leurs fautes, ils jurent qu'ils ne feront plus celle-ci, ni celle-là. Ils s'exclament, se poussent du coude. Ninon est la première à se lasser de la fête. Elle retourne à sa place, commence à ranger ses affaires.

Agnès a un pincement de cœur. Trop beau pour être vrai, non ? Et si ce n'était qu'une réussite sans lendemain ? Elle frissonne, elle s'aperçoit que les plus frileux se frottent les mains, tapent du pied. On a même oublié le poêle !

Ils sont partis en profitant d'une accalmie, joyeux, bruyants, heureux. Tous, sauf Ninon, qui n'en finit pas de ranger son pupitre. Enfin, elle lève les yeux, croise le regard d'Agnès, qui la questionne d'un sourire.

– Tu voulais me parler ?

Ninon répond « oui » d'un signe, et s'avance vers le bureau. Agnès admire sa façon de faire trois pas en dansant, puis trois pas de marche sage : un curieux mélange d'insolence et de grâce qui est Ninon. Mais la jeune fille n'est pas en train ce soir : on dirait que les agapes de la dictée l'ont épuisée. Elle se tient devant la maîtresse, les yeux baissés, portant son poids d'une jambe sur l'autre.

– C'était bien, mademoiselle, je pense qu'il faudra continuer. Mais on n'aurait pas dû mettre Léa avec Angèle, les deux plus faibles ensemble. La prochaine fois, je me mettrai avec Léa, si vous me donnez la permission.

– Moi, je veux bien. Il faudra vous entendre entre vous.

Agnès s'avance à la rencontre de Ninon, pose la main sur son front pour la forcer à relever la tête. Sous la lumière électrique, elle remarque ses traits tirés, ses yeux gonflés.

– Raconte-moi ce qui ne va pas.

– J'ai menti, mademoiselle.

– Bon. Péché avoué...

Agnès se mord la lèvre. Voilà un mot qui ne passe pas, à l'école laïque. Ninon bat longuement des cils.

– Je vais tout vous dire.

Agnès respire, sourit, hoche le front.

– Je t'écoute.

Ninon tourne la tête pour s'assurer que les autres sont partis. La classe est vide. Dehors, sous la nuit noire, impossible de voir si quelqu'un attend dans la cour. La pluie a cessé, mais les chéneaux se vident à grand bruit. Ninon baisse la voix.

– Oh, je n'ai pas la tête au travail ! Je n'arrête pas de penser à des choses... des choses de la vie !

Agnès retient un geste de douceur : Ninon a passé l'âge des caresses. Surtout ne rien brusquer.

– Ninon, dit-elle, tu sais que j'ai besoin de toi pour entraîner les autres. Nous sommes bien partis, mais sans locomotive, le train de la classe va peiner dans les côtes. J'espère que tu pourras oublier tes soucis bien vite et jouer ton rôle.

Ninon ouvre la bouche, enfonce les ongles dans sa lèvre, tord le cou, grimace. L'aveu est dur à sortir.

– Je n'ai pas de fiancé à Alès, ni nulle part ! dit-elle enfin.

Agnès résiste à l'envie de lui donner une bourrade complice.

– Moi non plus, dit-elle en riant.

– Oh vous, mademoiselle...

Ce « oh vous », chargé à la fois d'estime et de commisération, Agnès en a le cœur fauché. Mais Ninon n'a pas fini sa confession. Elle risque une avance pour l'aider.

– Je peux entendre un secret et le garder, Ninon.

– M. Bernard est un grand camarade de mon oncle. Il

travaille aux chemins de fer, à Paris, il vient souvent à Alès. Il est quelqu'un d'important au Parti. Et puis...

Ninon claque les doigts.

– Et puis non, c'est pas ça!

– Alors, qu'est-ce que c'est? Parle-moi de lui.

– Je ne peux pas!

Ninon regarde la maîtresse, rougit, se détourne soudain, fait un bond en arrière, saisit son cartable et s'enfuit.

Agnès est si énervée, cette nuit-là, qu'elle ne peut s'endormir avant 1 heure du matin. Plus tard, son sommeil est coupé de rêves bizarres qui se poursuivent d'un éveil à l'autre.

Elle part ramasser du miel avec un grand panier et une cuiller. Elle arrive dans un immense champ de bruyères et se demande comment elle va faire pour ramasser le miel sur les fleurs, avec sa cuiller. Mais tout s'arrange. Les abeilles viennent se poser dans son panier et chacune pond une goutte de miel. Tout à coup, les abeilles s'en vont. Elle songe : « Ça doit être un orage qui monte, il faut que je parte aussi. »

Il fait de plus en plus chaud, et le panier de miel se met à couler. L'orage approche en grondant, le ciel s'emplit d'éclairs.

Elle court, elle court, et la tempête grossit. Un petit âne noir la rattrape et se met à galoper à côté d'elle. Elle l'enfourche d'un bond : il est tout petit, juste à sa taille. Et aussitôt, elle se retrouve dans un avion. Elle reconnaît le pilote, c'est M. Bernard. Tiens, il a quitté les chemins de fer pour passer dans l'aviation. Il a vu Agnès depuis le poste de pilotage. Il lâche les commandes et se précipite en criant : « Pourquoi as-tu amené un âne dans mon avion? Tu es folle! » Le petit âne noir se tient debout sur les pattes de derrière, au fond de la cabine.

M. Bernard commence à ouvrir la trappe de l'avion. « On va jeter cet animal, il est trop lourd. Il nous empêche de voler à 780 kilomètres à l'heure! » Agnès le supplie de ne pas jeter l'âne : elle a besoin de lui, elle l'aime. Mais

M. Bernard ne veut rien entendre. Alors, elle saute sur le dos de l'animal. « Vous n'avez qu'à nous jeter tous les deux ! » Et la voilà en plein ciel, à cheval sur son âne.

Elle descend doucement. Elle prend un plaisir très vif à cette chute. Elle n'a pas honte, car elle sait qu'elle rêve. Maintenant, elle vole, une sensation délectable, apaisante et forte à la fois la pénètre tout entière. Puis elle s'endort.

Interlude 3. Le printemps

Bientôt viendra le doux printemps
Chasser la neige, les autans,
Les jours moroses;
Bientôt les fleurs renaîtront
Et les oiseaux nous reviendront
Avec les roses...

Sur la route, chaque bosquet,
Dans l'arceau pimpant et coquet
De ses ramures,
Le soir comme au soleil levant,
Rendra sous les baisers du vent
Mille murmures...

Dans les guérets et sur les eaux,
Sous les sapins, dans les roseaux
Qu'un souffle ploie,
Sur les rochers, dans les buissons,
Tout sera parfums et chansons,
Lumière et joie.

L. H. Fréchette, « Pêle-mêle », in *Le Livre unique de français,* par L. Dumas, Cours moyen et certificat d'études, *op. cit.*

Le retour de l'hirondelle

Faites-moi bon accueil, j'arrive.
Du soleil, de la gaieté vive,
Je vous ramène la saison.

Jour et nuit, j'ai fendu l'espace;
À la voyageuse un peu lasse,
Vieux amis, laissez prendre place,
Sous le toit de votre maison.

Autran, « La vie rurale », in *Le Français par les textes*, de V. Bouillot, Cours élémentaire et moyen, Librairie Hachette.

Message

Le printemps est là, de ce soir.
Les oiseaux me l'ont dit, les oiseaux me l'ont dit!
Et l'odeur du lilas
Me l'a redit tout bas:
Le printemps pousse dru sous la pluie.

Le printemps est derrière les nuages,
Il joue à cache-cache avec eux.
Et les oiseaux, qui plus que nous sont sages,
Enchantent le ciel gris qui, demain, sera bleu.

Tandis que dans l'air mouillé du crépuscule,
Les petits buissons de lilas
Dressent au bout de leurs souples bras
Leurs grappes noires et minuscules.

Guy-Charles Cros, *Avec des mots*, in *Le Livre unique de français*, par L. Dumas, Cours élémentaire et moyen, *op. cit.*

La mésange

Le ciel jeune est tout bleu.
Les beaux nuages blancs
Passent en longs vols d'anges
Majestueux et lents...
Et voici la mésange:

Hiver, adieu... hiver, adieu... hiver, adieu...
Le ciel jeune est tout bleu.
Les anémones penchent
Leurs calices tremblants
Sous le merisier blanc
Où chante la mésange:
Hiver, adieu... hiver, adieu; hiver, adieu...

Pâques. Le ciel est bleu.
La charrue est aux champs.
Allons cueillir des branches
Pour le roi du printemps,
Écoute la mésange :
Hiver, adieu... hiver, adieu... hiver, adieu...

Francis Yard, « La chanson des cloches », in *Le Livre unique de français*, par L. Dumas, Cours élémentaire et moyen, *op. cit.*

Matins d'avril

Matins d'avril ! Ciels bleus, fleurs ! Réveils triomphants !
Parmi le clair-obscur des volets clos, où rôde
L'or du soleil vibrant dans l'ombre déjà chaude,
Nous bondissions pieds nus, hors de nos lits d'enfants

Et, frileux, nous courions pousser une persienne
Où soudain entraient l'aube et la brise et l'azur.
Des glycines pendaient mauves le long du mur,
Les gonds rouillés criaient sur la ferrure ancienne...

Éblouis, le front tiède et la tête sonore,
Nous écoutions monter la rumeur de l'aurore
Vaguement, des lointains de la brume vermeille.

Chocs du marteau, cris du clairon, chanson du nid,
Bruit solennel et doux du monde qui s'éveille...
Et devant nous, s'ouvrait un espoir infini.

Fernand Gregh, « La maison de l'enfance », in *Pour bien lire*, Classe de fin d'études, par H. Pommot, H. Bes-seige et A. Fourrot, Les Presses du Massif Central éditeur.

25.

Le secret de M. Bernard

L'auberge est une ancienne magnanerie, à la limite du Gard et de l'Ardèche, au bord d'une route à peine plus large qu'un sentier. On gare les voitures sous les mûriers de la cour. La 203 flambant neuve de Doc Mac se glisse entre une Simca sport décapotable et une Donnet-Zedel d'avant-guerre, opulente et pataude. Le docteur a promis cette sortie à Rica pour étrenner sa nouvelle auto. D'ailleurs, elle a des renseignements importants à lui donner : elle se rengorge par avance.

Les propriétaires ont transformé la grande cuisine du mas en salle à manger pour les touristes de la ville, parfois même des étrangers, que l'on voit s'égarer, de temps en temps, sur les routes des Cévennes. Les jambons pendent au plafond, les chaudrons de cuivre sont encore accrochés au mur.

– C'est voulu, souffle Doc Mac à Rica. C'est la nouvelle mode. Nom de Dieu !

Une famille de quatre personnes, les parents et leurs deux filles, est installée à une table voisine. Tous blonds, le teint rose et la mise cossue. Le docteur a prêté l'oreille à leur conversation et pâli. Il répète tout bas : « Nom de Dieu... » Rica lui demande ce qu'il a. Il pose le doigt sur les lèvres de la jeune femme, puis se penche à son oreille.

– Ils parlent allemand !

– Merde, c'est des Fritz !

Le docteur hoche gravement la tête.

– Oui, ça fait un choc, mais on est alliés, maintenant. On a même failli mourir pour eux au moment du blocus de Berlin.

Rica pince le nez et la bouche, serre les poings et jette à ses voisins un regard plein de rancune.

– Oh, moi, j'aurais jamais marché, blocus ou pas !

La patronne précise qu'elle a cueilli ses champignons dans le bois de châtaigniers derrière la maison et qu'elle fait ses conserves sur son fourneau. Rica s'insurge aussitôt.

– Mais je ne veux pas de champignons. Je voudrais un plat marocain, ou grec... oui, grec.

Elle se décide enfin pour une soupe aux moules, du saumon fumé et du lapin à la moutarde. Elle sourit d'un air futé.

– Ça me rappelle un repas dans un restaurant de marché noir, une fois...

– Il y a bien longtemps.

– Pas si longtemps que ça, en fait.

Elle se gave tout son soûl. Au dessert, s'estimant assez payée, elle serre frileusement sa veste de laine sur ses épaules, noue une boucle de cheveux autour de son index et passe enfin au rapport.

– De bien braves gens, ces Bonnet.

– Mais je n'en ai jamais douté, dit Doc Mac.

– Ah ! j'avais cru. À la façon dont tu me parlais d'un secret de famille, et tout ça...

– On peut avoir un secret de famille et être très honnête.

– Puisque tu le dis. Ils sont communistes...

– Je sais. Nous en avions parlé.

– Ils sont très, très communistes. Ils sont même amis comme cochons avec une huile du parti, le camarade Bernard Bastien, qui vient de Paris exprès pour les voir. Remarque, il ne paie pas son billet de train, vu qu'il est bien placé aux chemins de fer. C'est peut-être lui, leur secret de famille !

– Qu'est-ce qui te fait dire ça ?

– Mon petit doigt.

– Tu n'as rien appris de plus ? Toutes ces histoires doivent être de notoriété publique, à Alès.

Rica soupire, tend son verre, que Doc Mac remplit aux trois quarts. Elle sirote longuement une gorgée.

– Je me demande si les communistes pourraient m'aider à partir en Afrique.

– Inscris-toi au parti, tu verras bien.

– Tu te fous de moi ? Tiens, j'ai appris encore un truc sur les Bonnet et leur ami, ce Bernard Bastien. Quand Marcel Cachin est venu à Alès, il était juste à côté de lui. On voyait bien que c'était quelqu'un d'important... Et puis il ressemble à un boxeur. À Cerdan, même !

Le docteur écoute Rica le menton sur son poing.

– Hum. Continue. Je sens qu'il y a autre chose.

– Tu sens bien. La gamine, la nièce des Bonnet, Ninon, elle est tout le temps fourrée avec ce type, le camarade Bastien !

– Hum, elle vit à Saint-André, avec sa mère. Elle ne va à Alès que de temps en temps.

– Plus souvent que tu crois. En tout cas, cette familiarité a frappé les gens. La petite vient chez sa tante chaque fois que Bastien, ou M. Bernard, comme on l'appelle, descend de Paris. Chaque fois ou presque. Qu'en penses-tu ?

– C'est beaucoup et c'est peu.

Rica se renfrogne. « Peu, peu... » Doc Mac réfléchit longuement en regardant le ciel par la fenêtre.

– Oui, il y a sans doute un secret entre ces gens, les Bonnet et Bastien, dit-il enfin. Un secret de famille ou Dieu sait quoi. Mais nous n'avons sans doute pas le droit de nous mêler de leurs affaires, surtout s'il y a de la politique en dessous. Merci pour tes recherches, Rica. Maintenant, je veux que tu arrêtes ton enquête et que tu n'y penses plus.

Rica a joint les doigts en pyramide, devant son visage. Elle observe un moment ses ongles, puis elle lève ses yeux, brillants de malice, et sourit au docteur.

– Ah oui ? C'est dommage parce que je crois bien que j'avais tout deviné !

26.

Mélanges d'époque

Agnès Vincent à Françoise Bassac. Mars 1950.

Ma chère Françoise,

Ta visite m'a causé beaucoup de joie. Quelle journée ! Et tu as pu, par chance, rencontrer en quelques heures les deux figures les plus intéressantes de mon village, la bruyante et la secrète : la mairesse et la veuve bleue.

Je reprends espoir pour le certificat. Je t'avais parlé de l'*étincelle* qui devait réveiller mon cours de fin d'études et surtout les grandes filles. Je l'attendais comme les petits oiseaux le printemps. Elle a fini par jaillir. Je me suis aperçue que les élèves étaient hantés, écrasés par cet exercice monstrueux (si l'on y songe) : la dictée. Entre la classe et les séances du soir, mes grands en avaient à peu près dix par semaine. Diminuer le nombre d'exercices n'aurait servi à rien. Au lieu de cela, j'ai changé radicalement de méthode. Les élèves du certificat s'associent deux par deux et choisissent un texte qu'ils se dictent l'un à l'autre, puis corrigent ensemble. Bien entendu, je revois tout. J'ai étendu ce procédé à l'histoire, la géographie, les sciences... La grammaire et le calcul résistent au changement, mais je trouve des occasions de tourner la difficulté. J'ai supprimé aussi, provisoirement, la dictée classique aux cours moyen et élémentaire.

Tu crois peut-être que j'ai beaucoup moins à faire ? C'est pis qu'avant. En dictée, il y a quatre ou cinq textes différents.

Je dois les étudier tous, surveiller les fautes qui reviennent souvent, vérifier les corrections et la mise à jour des carnets d'orthographe. C'est bien plus long qu'autrefois, l'enseignement s'individualise davantage, et je dois suivre chaque élève de très près. C'est excitant et un peu affolant.

Demain, rédaction en classe : ce sera la composition de mars. Les élèves auront aussi une grosse surprise, car je vais proposer un *texte libre*. Oh, je sais, le texte libre a mauvaise presse chez les vieux de la vieille. Il est très discuté par les pédagogues, sauf les adeptes de la méthode Freinet. Il laisse beaucoup d'élèves désemparés. J'ai prévu une douzaine de sujets que j'ai recopiés et tirés sur mon duplicateur. Ceux qui n'auront pas d'idée pourront puiser là. Je permettrai aux retardataires de finir leur devoir pendant la récréation, à midi et même le soir !

Oui, arrête de te frotter les yeux. Ta sage Agnès est devenue révolutionnaire ! Les collègues sérieux vont me montrer du doigt et l'inspecteur... si je te racontais le cauchemar où je me suis vue fouettée en public ! Si les résultats ne suivent pas, ce sera terrible, mais j'ai confiance. Bref, supprimer la torture de la dictée (c'en était une aussi pour moi) a changé notre vie. Tant pis si on me fouette toute nue sur la place du village !

L'« affaire Ninon » n'est toujours pas éclaircie. Pauvre Ninon qui a la tête pleine d'une histoire d'amour, à moitié imaginaire, et ne peut plus se concentrer sur son travail... L'autre soir, elle a commencé à me parler. J'ai cru qu'elle allait me confier son secret, réalité ou chimère. Elle m'a avoué qu'elle n'avait pas de « fiancé » : je m'en doutais. A-t-elle tout inventé ? Et si cette gosse de quatorze ans était amoureuse d'un homme mûr, peut-être père de famille ? En tout cas, elle n'a pas la tête au certificat !

Léa et Angèle, aussi, me causent beaucoup de souci. Léa, tu te souviens, est une fille de l'Assistance, placée dans une famille du village voisin. Elle est assez mûre, mais elle a souvent changé d'école, elle a de grosses lacunes : il faudrait un coup de chance énorme pour qu'elle ait son certificat, mais depuis l'étincelle, je me prends à y croire. Le cas d'Angèle Roux me tracasse plus encore. Cette gamine souffre d'une nervosité extrême. Elle en est toute détraquée. Je me demande si ce n'est pas l'œuvre de Ninon... Non seulement elle n'a pas progressé depuis la rentrée, mais elle était en chute régulière jusqu'à ces derniers jours. Je ne pourrai sans doute pas la présenter à l'examen. Une gosse si gentille et si pleine de bonne volonté, ça me fend le cœur !

J'ai depuis quelques jours un Vélo Solex. Je trouve cet engin un peu ridicule, mais il me fait gagner du temps et il préserve ma dignité au village. Quant à l'auto, j'ai choisi la 2 CV Citroën. Je crois pouvoir économiser 250 000 francs en quatre ans. Le docteur Cavalier vient de s'offrir une 203 Peugeot à 650 000, belle comme un corbillard. Juliette Paulet a acheté un Solex en même temps que moi ! Elle pourra rejoindre son Doc Mac à la ville ou ailleurs, sans fatigue, et garder ainsi toutes ses ressources pour les amusettes !

Mieux vaut en rire. Crois-le si tu veux : la classe suffit à mon bonheur, je suis heureuse. Les prochains mois seront les plus passionnants, et les plus éprouvants, que j'aie vécus depuis la Libération. J'attends de tes nouvelles avec impatience.

Ton Agnès pour la vie.

Journal du Dr Cavalier Gatsou.

Première partie : avant le diplôme. Mois de mars 1950 (2).

Victoire ! Non, je ne rigole pas. J'ai mené mon affaire de main de maîtresse. Il y a eu des moments terribles, j'ai même douté. Enfin, ça y est, je peux dire que j'ai commencé mon métier de docteur. Pour la première fois, j'ai soigné quelqu'un avec un médicament que j'ai choisi. Et ça a marché !

Bien sûr, ce n'est pas déclaré et j'ai même triché avec papa, mais s'il savait, il me pardonnerait. Tous les docteurs me pardonneraient, car c'est pour le serment d'Hippocampe.

Enfin, que je raconte. J'ai entendu papa parler à notre bonne, Clémence, d'un nouveau médicament qu'on vient juste d'inventer pour la *cystite* (je recopie le mot). Notre Clémence a souvent une sorte de brûle-pipi. Je l'ai bien remarquée : elle va au jardin, même pas aux cabinets. Elle soulève ses jupes longues, je pense qu'elle ne porte pas de culotte. Si on ne fait pas très attention, on s'aperçoit de rien. Bon, alors, j'ai oublié le nom du médicament, puis j'ai vu la boîte de comprimés que papa a donnée à Clémence : c'est le Rufol. Après, j'ai cherché le mot dans le gros dictionnaire de médicaments de papa. Ça n'y était pas sur l'ancien, mais ça y est sur le nouveau. J'ai recopié les indications (les maladies que ça soigne) : « Les infections aiguës ou récidivantes (?) non compliquées des voies urinaires basses, principalement chez les femmes. » Les voies urinaires basses, c'est le pipi qui brûle, ça n'est pas compliqué du tout ! J'ai vu aussi qu'on peut en donner aux enfants.

J'ai fait semblant de courir souvent pour la petite commission, j'ai même mouillé ma culotte exprès, et j'ai dit : Oh, ça me brûle ! ça me brûle ! Puis j'ai demandé à papa de me donner le médicament de Clémence. Il a dit : Hum, hum, on va d'abord faire une analyse d'urine pour chercher les colis de bacilles. Alors, ça je n'avais pas prévu. J'étais désespérée, j'ai failli tout avouer. Puis j'ai pensé : il n'y a qu'à prier, ça a réussi la dernière fois, pour le boxeur Villemain, qui va remplacer Cerdan. Je l'ai fait. Trois jours après, papa a dit : Ça va, je vais te donner du Rufol. Et voilà. Au lieu de prendre mes trois comprimés par jour, je les ai mis de côté et je les ai donnés à Angèle en lui expliquant.

Je n'ai rien dit à Ninon. C'est une fille formidable, je l'aime beaucoup, mais elle a ses idées. Elle pense qu'Angèle est punie d'avoir été sale et qu'on doit pas la soigner. Ça, ce n'est pas une pensée de docteur. Et puis il y a le secret médical, qu'on appelle aussi le serment.

Angèle a pris les comprimés, maintenant elle est presque guérie. Je crois que je serai un très bon docteur.

Françoise Bassac à Agnès Vincent. Mars 1950.

Agnès, ma douce enfant,

Je vois. La classe suffit à ton bonheur, mais tu as des cauchemars où monsieur l'inspecteur te fouette toute nue sur la place du village ? Ce genre de rêve indique peut-être qu'il te manque un petit rien. Sans parler de ceux que je devine, où tu t'envoles au septième ciel, déguisée en hôtesse de l'air !

Gardons, mademoiselle, les pieds sur terre. Tu viens de réinventer l'École moderne toute seule, comme Pascal a réinventé la géométrie, dit-on. Pascal, c'est beau, c'est grand, mais tu me fais penser à la poule qui a trouvé un couteau ! Tout ça n'est pas nouveau. Nous sommes nées trop tard dans un monde trop vieux, ma pauvre. Bon, très bien, tu as raison d'essayer. Durant ces deux dernières années de l'école primaire, les gamines s'embêtent comme des vieux chiffons dans un sac. En les distrayant, tu as peut-être une chance de leur rendre le goût du travail scolaire qu'elles avaient perdu à force d'ennui. Garde-toi quand même des excès, aussi bien que des espérances exagérées... Freinet, c'est comme le Mont-Saint-Michel, on va visiter, mais on n'y habite pas. Et attention à la marée, qui revient à la vitesse d'un cheval au galop !

La petite Ninon, c'est bien l'amour qui la tourneboule ? Un homme ! Un homme ! Quand même, elle n'y va pas de main morte, la gosse. Une huile du Parti ! Ma foi, c'est le romantisme de notre époque. Les filles n'admirent que les pilotes de ligne et les chefs communistes... Ne te fais pas trop de souci pour tes Léa, Angèle, etc. Ce n'est pas le certificat qui changera leur destinée. De nos jours, les diplômes, c'est de la crotte de bique, à moins d'entrer à Polytechnique, bien sûr, ou à l'École Nationale d'Administration (ENA), comme un garçon que j'ai rencontré et que j'aime bien (il m'a à la bonne, aussi). Tu vois ta Françoise en sous-préfète aux champs, hé, hé ! Tout ça pour dire que le certif et même le brevet, ça ne vaut pas de s'arracher la peau du ventre. Tes filles ? Qu'elles soient jolies et se trouvent un homme.

Mes compliments pour ton Vélo Solex. C'est une machine commode pour les débutant(e)s, les veuves de guerre et les gens sans ambition. La 2 CV Citroën est un Vélo Solex avec un semblant de cabine : tu y es plus ou moins à l'abri s'il ne pleut pas trop fort. Seulement, ça ne grimpe pas les côtes et on a oublié les pédales pour aider. Si tu veux visiter les Cévennes, après le certificat, mieux vaut t'acheter une ânesse !

Ta Françoise qui blague, mais t'aime toujours.

27.

Divines surprises

Samedi, de 9 h 30 à 10 h 15 : compte rendu de la rédaction. Un des moments les plus importants de la semaine.

Mais Agnès a pris du retard en cette veille des vacances de Pâques. Le cours d'instruction civique a été très chargé, à cause des grèves, de l'appel de Stockholm contre la bombe atomique et de la mort de Léon Blum, annoncée la veille. Il est déjà presque 10 heures quand on en vient à la rédaction.

Le soleil brille, brille, dans un ciel bleu Cévennes. Agnès frémit d'impatience. Malgré tous ses efforts, les grandes filles lisent ses sentiments sur sa figure avec trop de facilité. Elles savent qu'une nouvelle surprise est dans l'air. Agnès s'en veut un peu, mais elle est heureuse. Oui, le travail suffit à sa joie, quand il se passe de belles et bonnes choses en classe. Pourtant, elle aimerait bien partager son bonheur avec quelqu'un...

On frappe à la porte, son cœur fait un bond fabuleux dans sa poitrine. Non, ce n'est pas *lui*, ce n'est que le facteur à la longue figure. Ses mèches pendent sous son képi relevé, son pantalon tire-bouchonne, mais il a mis une tunique propre pour fêter le printemps. Il promène son regard fureteur sur la classe que fige l'attente, puis se décide à poser le courrier au coin du bureau.

– Voilà la chose !

Agnès l'accompagne à la porte et le pousse dehors.

Enfin, elle s'assoit à son bureau. Devant elle, la pile des

cahiers mensuels, couverts de papier bleu, tous pareils. À sa droite, une feuille où elle a relevé les appréciations. Elle avait d'abord décidé de ne pas chiffrer les notes, puis elle a changé d'idée au dernier moment, pour la joie de tracer un joli neuf à tête ovale et à queue ronde, en haut du meilleur devoir. Elle observe les grandes filles. Ninon a pâli, Pierrette se gratte l'épaule, Léa, le coude sur la table, soutient sa tête du bout des doigts... Agnès sourit et croise le regard trop brillant d'Angèle.

– Je suis contente de vous, dit-elle à voix basse, comme une confidence. De vous tous... J'avais un peu peur, pour ce premier texte libre. Vous avez bien travaillé, aussi bien ceux qui ont inventé leur sujet que les autres. Je vais lire entièrement une rédaction et des passages de certaines. Mais d'abord, les résultats. Allez voir si le facteur n'écoute pas à la porte !

Dix voix s'écrient en même temps : « Il est parti ! »

– On l'a vu passer à la fenêtre ! Sur la route !

Agnès prolonge son plaisir. Elle va prononcer le nom de la première, et tout sera fini. Elle aura peut-être vécu le meilleur moment de sa vie. « Première », dit-elle. Et elle répète :

– Première, Angèle Roux, neuf sur dix.

Tout le cours soupire d'étonnement. Oooh ! Et voilà. Agnès sait qu'elle est pour bien peu dans la réussite d'Angèle, mais elle se sent payée de ses veilles.

– Je lirai le devoir d'Angèle, qui est très beau, malgré quelques fautes. Deuxième, Alice Cavalier, sept et demi. Troisième ex aequo, Pierrette Vialle et Ninon Paulet, six et demi. Les autres ont la moyenne.

Elle prend le cahier placé sur le haut de la pile, l'ouvre avec respect. Angèle Roux, la divine surprise. Elle parcourt en silence les lignes tracées d'une écriture irrégulière, pointue, assez enfantine. Angèle a mis tout son cœur dans sa rédaction.

– Il n'y a pas de sujet, mais un titre : *Mon amie.* Je lis.

« Je ne dirai pas son nom : elle se reconnaîtra, car elle sait que je l'aime. L'amitié est pour moi un très beau sentiment, aussi beau que l'amour de ma famille.

« Quelle est la différence entre l'amour et l'amitié ? Je pense quelquefois que je m'en moque. Pourtant, on fond de moi, je voudrais savoir : c'est important. Mais tant pis, j'aime mon amie. Quand elle est douce ou même cruelle, tant pis, je l'aime.

« Elle sait qu'elle peut me faire du mal si elle en a envie. Elle en a souvent envie. Tant pis, je l'aime. Je souffre très fort quand elle rit de mes défauts, quand elle me chasse ou me vexe devant les autres. Tant pis, je l'aime.

« Je souffre et je pense : ça serait mieux si je ne l'aimais pas. Mais au fond de moi, je sais que ce n'est pas vrai. Le sentiment d'amitié qui est dans mon cœur m'aide à supporter les moqueries, les vexations et même souvent le dédain que je vois dans ses yeux quand elle me regarde. Je n'ai qu'à écouter en moi, je le sens et je songe : tant pis, je l'aime.

« On n'a pas la même religion, elle est plus intelligente que moi et beaucoup plus jolie, mais ce n'est pas pour ça que je l'aime. Je l'aime parce que c'est elle, depuis toute petite, elle seule. Je ne peux pas dire pourquoi. Mais je ne peux pas imaginer que ce soit autrement, qu'elle ne soit pas mon amie. »

« Si elle en préfère une autre, tant pis. J'espère qu'elle reviendra vers moi. Et si elle ne partage pas mes sentiments, je ne lui en veux pas. Mais j'avoue que ça me fait très mal. Je voudrais qu'elle m'aime aussi.

« Bientôt, nous quitterons l'école. Elle aura son certificat et moi pas. Elle partira en ville pour entrer au parti communiste, ou elle épousera un docteur. Je resterai à Saint-André avec ma famille. J'essaierai d'élever des vers à soie, s'ils ne crèvent pas tous. On ne se verra pas souvent, mais je ne l'oublierai jamais.

« J'espère qu'un jour on se retrouvera et qu'en me voyant, elle se jettera dans mes bras. Je dirai : C'est mon amie. »

Angèle a caché son visage dans ses mains. Tous les regards se tournent vers elle en silence. Ninon, très rouge, tord la bouche, crispe les mains. Agnès enchaîne :

– La seconde est Alice Cavalier, du CM 2.

Dix voix s'écrient en même temps : « Gatsou ! Gatsou ! » Et Agnès consent, d'un signe de tête : « Oui, Gatsou. »

– Gatsou a choisi comme sujet : Quand je serai docteur. Son devoir est très intéressant. Mais elle n'a pas mis d'ordre dans ses idées et, donc, tout écrit n'importe comment. C'est dommage. Je vous lis un paragraphe que j'ai bien aimé. « Quand je serai docteur, je m'occuperai beaucoup des enfants, surtout des filles. À la campagne, souvent, elles n'osent pas dire qu'elles souffrent et qu'elles sont malades. Elles ont un peu honte. Je visiterai les écoles et je dirai : " Il ne faut pas avoir honte des maladies. " Et puis je les ferai déshabiller toutes nues, je les ausculterai bien et je leur donnerai de nouveaux médicaments. »

De nombreux rires fusent par-ci, par-là. Gatsou ne sait pas trop si elle doit se vexer ou se rengorger. Angèle a posé les mains sur son bureau. Ses joues ruissellent. Ninon feuillette *Une semaine avec*, la bouche pincée.

– Ninon Paulet, troisième, n'a pas choisi le texte libre.

Ninon se dresse aussitôt, les poings serrés, prête à boxer le monde entier.

– Oh, pouce, ça va. J'ai pas envie de déballer mes histoires. Si j'avais pris texte libre, j'aurais dit trop de choses vraies !

– Ce n'est pas un reproche, dit Agnès avec douceur. Sujet : « Décrivez un lieu que vous connaissez bien dans la campagne, ou un coin de jardin où vous aimez vous asseoir pour vous reposer, rêver et admirer la nature. Donnez vos impressions. » Et voici le meilleur paragraphe du devoir : « Je m'approche souvent de la " mare noire ", près de chez moi. L'été, ce n'est même plus une mare, mais une grosse flaque d'eau croupie. Des vieux chênes tout habillés de lierre mêlent leurs têtes au-dessus et font une ombre épaisse et des reflets. Je guette les bruits : l'eau qui clapote, le vent qui bat les feuilles, une bête qui fuit en froissant les herbes. Je trouve cet endroit un peu triste, c'est pour ça que je l'aime. Je suis moi aussi mélancolique, surtout le soir. Je m'assois près de la mare et je pense à l'avenir. »

Ninon lisse ses cheveux et continue sa lecture. Du moins, elle fait semblant. Elle ne peut s'empêcher d'avoir le feu aux joues. Une Ninon rêveuse et désenchantée, que ses camarades ne connaissaient peut-être pas, se dessine fortement dans ces quelques lignes. Mais, pas plus que les autres, elle n'a pris la peine de composer son devoir.

Agnès prend le cahier de Pierrette Vialle.

– Texte libre. Pierrette a choisi de nous parler de son frère jumeau, Jeannot. « Quand j'étais petite, j'ai entendu dire une fois qu'on était des faux jumeaux. J'ai eu très honte. Qu'est-ce qu'on avait fait de mal pour être des faux ? Je ne comprenais pas. J'ai pensé : on va être punis pour ça quand maman s'en apercevra. Je ne voulais pas que mon frère soit puni. J'ai dit à maman : " C'est de ma faute, c'est moi qui l'ai fait ? " Et maman m'a demandé : " Qu'est-ce qu'il y a ? Qu'est-ce que tu as fait ? " Mais je n'ai pas su quoi répondre. Plus tard, j'ai appris que les vrais jumeaux étaient toujours deux filles ou deux garçons. Mais Jeannot est toujours mon jumeau. Je pense que c'est pareil... »

Le dit Jeannot se cache la tête entre les bras. Agnès referme le cahier et promène un regard tendre et un peu possessif sur la classe entière. Ce deuxième trimestre s'achève en apothéose. Mais elle sait très bien qu'elle a pris les élèves par surprise. Les filles ne seront jamais plus aussi franches et naturelles.

« Agnès Vincent, ne boude pas ton plaisir ! » L'étincelle a couru, incendié le jeune bois. La flamme retombera peut-être, mais le feu couvera sous la cendre et renaîtra, tôt ou tard.

À midi, depuis une fenêtre, elle surprend Ninon et Angèle face à face, au coin de la cour. Angèle se tient tête basse, les bras ballants, dans une attitude digne et humble, devant Ninon qui regarde ailleurs, joue avec ses mains, mais ne tourne pas le dos ni ne s'en va. Mon Dieu, cessez de vous occuper des championnats du monde de ci ou de ça et exaucez la prière d'Angèle Roux. Si Ninon la traite par le dédain, ce sera une tache sur notre vie à tous. Faites...

Angèle commence à relever la tête, très lentement. Agnès

arrête de respirer. Ninon ne bouge pas. Si... un mouvement des épaules presque imperceptible. Elle commence à pivoter sur une jambe, comme si elle allait bondir. Elle fait un tour sur elle-même, deux, trois, dans un grand envol de jupes. Elle s'arrête un pied en l'air, tout contre Angèle, qui n'a pas bougé, et la prend dans ses bras. Elles s'enlacent et se serrent, longtemps.

Agnès reprend son souffle, essuie son front mouillé de transpiration et quitte la fenêtre sur la pointe des pieds.

28.

Les fruits de la liberté

Agnès a passé la première semaine de vacances chez ses parents. Papa a repris le travail, ô bonheur. Il a une classe de grands. Ses élèves de fin d'études ont un Souché, *La Lecture littéraire au certificat.* Papa a trouvé dans ce livre une occasion d'enrager : « L'hiver en pleins champs » est une lecture tirée du livre de Pérochon, *Les Creux-de-Maisons.* L'auteur décrit le travail de deux ouvriers agricoles, occupés à effeuiller des choux fourragers, dans le froid de l'hiver. Il est précisé que les choux sont très grands, « hauts presque comme des hommes ». Et le crétin de dessinateur montre les hommes penchés sur des choux pommés, des petits choux de jardin qui leur viennent au mollet ! « Et monsieur l'inspecteur Souché n'a rien vu ? Comment a-t-il pu laisser imprimer une pareille bourde ? s'écrie papa, je ne me l'expliquerai jamais ! » Le bon Pierre Vincent a été pris d'une colère sans nom. Agnès en riait de plaisir : voilà papa ressuscité. Il parle même de monter à Paris, pour s'expliquer avec l'éditeur, demander l'adresse de M. Souché, pour lui dire son fait !

« Si, c'est important. Question de morale. Il n'y a rien de pire pour les enfants que l'exemple des adultes qui ne font pas leur travail ! » Quelle joie de le voir se passionner pour cette affaire, comme si le sort du monde était en jeu.

Maman a de nombreuses commandes et, tout en tirant l'aiguille, chante *Mademoiselle de Paris, Cerisier rose et pommier blanc, Étoile des neiges*... Elle a une façon infiniment émouvante de finir le premier couplet en regardant papa :

Et de t'aimer toute ma vie,
Je fais serment...

Agnès est rentrée à Saint-André le soir de Pâques et a surpris Victor, le cantonnier, en train d'écrire « devinette » sur la porte des cabinets. C'était donc lui ? Mais non, l'écriture est différente, maladroite, trop appuyée... et il a oublié un « t ». Ce pauvre Victor regarde trop les grandes filles, et de drôles d'idées ont dû lui passer par la tête. Agnès efface l'inscription tout de suite. Elle a honte pour lui, mais elle ne lui en veut pas. Elle rit toute seule. Elle est heureuse d'avoir écourté ses vacances : elle a le tour du monde à finir.

Maintenant, elle attend les élèves. Elle leur a dit : « Venez quand vous voudrez, à n'importe quelle heure. Il n'y aura pas de séances, mais je serai toujours là, sauf le temps de midi. » C'est Angèle Roux, qui arrive la première, à midi justement, en même temps que le boulanger. Elle brandit un cahier.

– Mademoiselle, je ne viens pas travailler, je vous apporte la rédaction que j'ai faite la semaine dernière, en profitant que je suis devenue bonne. J'ai même pris un sujet du certificat !

Devenue bonne ? Espérons, espérons. Agnès garde le cahier toute la journée sur son bureau sans oser l'ouvrir. Elle est presque sûre que la réussite d'Angèle à la composition est un accident heureux. Transportée par l'émotion, l'élève gentille et médiocre s'est élevée au-dessus d'elle-même l'espace de deux pages. Elle ne retrouvera jamais cette inspiration. Et les sujets du certificat sont généralement si ennuyeux... Angèle a choisi la rivière. *Cette année ou une année précédente, à la suite de grandes pluies, la rivière qui passe dans votre localité a eu une forte crue. Dites ce que vous avez observé pendant cette crue.*

Quand donc les inspecteurs, les auteurs de manuels et les vieux maîtres comprendront-ils que les filles de quatorze ans ne sont plus des enfants, qu'il faut éveiller leur cœur, remuer leur sensibilité. Mais c'est sans doute trop demander !

Agnès referme le cahier. Elle a si peur d'être déçue. Elle le reprend le soir dans son lit. Elle a reçu en cadeau de ses parents une lampe de chevet : bonne occasion de l'essayer.

« La rivière qui passe en bas de chez moi s'appelle le Gardon. Elle est célèbre dans tout le pays. On dit souvent " notre Gardon ", car il y en a plusieurs. Bien sûr, le nôtre est le plus beau. Je l'aime beaucoup et je me demande si je pourrai vivre un jour loin de lui ! L'été, il est tout bas, tout sec, tout triste.

« Mais quand vient la pluie sur la montagne, en automne ou au printemps, il se remplit jusqu'aux rochers et même plus haut. Il fait des folies. Les folies de notre Gardon s'appellent " gardonnades ". Il devient terrible, comme la Gargilesse, la rivière de George Sand, dans *Une semaine avec...* »

Angèle Roux s'est libérée de la peur d'écrire. Elle est sans doute la moins mûre des grandes filles, et c'est sa chance. Sa rédaction « du certificat » est bien enlevée, bien envoyée, le ton enjoué, primesautier. Une naïveté de bon aloi court entre les lignes... C'est au moins la moyenne assurée à l'examen.

Agnès s'endort et retrouve le petit âne familier de ses nuits.

Mardi après-midi, les jumeaux, Henri Daudé, Gastou et Angèle se penchent sur leurs cahiers de brouillon. Après une joute d'histoire, où l'on s'est jeté à la figure les grandes dates du programme, l'accord s'est fait tout de suite sur un thème de calcul : les partages.

Les élèves se disputent maintenant le recueil de problèmes et choisissent un premier exercice. Personne n'a fixé les règles de travail, mais tout va comme sur des roulettes. C'est les vacances, et Ninon est à Alès. Pourvu, songe Agnès, qu'elle ne rentre pas avant la fin de la semaine !

Pourtant, sans Ninon, la classe serait bien triste et la vie bien fade... Agnès, assise à son bureau, feuillette livres et revues, cherche des exercices, des textes, des lectures, des épreuves d'examen. Elle se sent invincible. Elle ferme les yeux une seconde, de temps en temps, pour s'interroger. Est-ce qu'elle se sent si forte seulement parce que Ninon n'est pas là ? Ou parce qu'elle a enfin trouvé sa voie, sa pédagogie à elle ?

Elle observe le paysage par la fenêtre. Les faïsses gainent les pentes de leurs collerettes sinueuses, blanchies par les vergers en fleurs. Le printemps verdit la vallée, couvre la forêt de bourgeons aux couleurs tendres, lance les oiseaux à la poursuite des nuages, dans la lumière pure de l'après-midi. Hiver, adieu... hiver, adieu... Plus que deux mois avant le certificat !

Ah, voici qu'on l'appelle au secours pour un problème de dindons. L'énoncé n'est pas clair. Voyons...

> Une fermière possède 12 poulets et 5 dindons. Elle échange à une voisine 3 de ses poulets contre un dindon, puis elle vend toutes ses volailles à la foire pour la somme de 21 600 francs. Quel est le prix d'un animal de chaque espèce ?

La règle de l'échange signifie-t-elle qu'un dindon vaut toujours trois poulets ? Henri Daudé répond oui. Jeannot Vialle répond non. Agnès griffonne, Henri a raison... Quelques minutes plus tard, les élèves défilent les uns après les autres, leur cahier de brouillon à la main. Tout le monde a trouvé très vite que les poulets valent 800 francs et les dindons 2 400 francs.

– Trop facile, dit Henri Daudé.

Livrés à eux-mêmes, les élèves ont tendance à choisir les problèmes courts, souvent les plus faciles. Jeannot râle un peu.

– C'est un problème idiot !

On frappe à la porte. Léa Benoît paraît, rouge, haletante, les cheveux sur la figure, les lunettes embuées. « Pardon... » Une musette brodée se balance à son épaule. Elle en sort un livre et un cahier. Elle regarde Agnès en se mordant le pouce.

– Ninon est venue me remplacer pour garder les bêtes, en rentrant d'Alès. J'ai une heure, je crois, mais pas plus.

Angèle, Pierrette et Gatsou la poussent à une table. Agnès descend de son bureau, s'approche et lui touche l'épaule.

– Que veux-tu faire ?

Léa dit très vite, comme si elle avait préparé sa réponse :

– Je veux faire histoire, calcul mental, problème, science !

– Tout ça en une heure ?

Une lueur de détresse traverse le regard de Léa.

– Oui, mademoiselle, si je peux.

Les autres approuvent à grand bruit. « Oui, oui, d'accord ! » On ouvre les livres d'histoire au hasard, les voilà partis. Questions et réponses, fusent, se croisent, se mêlent. « Quels événements vous rappellent les dates suivantes... Depuis quand l'école est-elle gratuite et obligatoire ? L'abolition des privilèges. Jeanne d'Arc délivre Orléans. La taille était-elle avant 1789 un privilège ? Un impôt ? Une mesure ? Qu'est-ce que le coup d'État du 2 décembre ? 1936 ? Un impôt. 4 août 1789. Jules Ferry, 1881... Non, 1882... Non, 1883 ! Napoléon III proclame le second Empire... Le Front populaire... »

Agnès écoute. Léa n'est pas la dernière à questionner et à répondre. En arrivant à Saint-André, elle semblait très faible en histoire. On dirait qu'elle a beaucoup, beaucoup progressé. Elle s'excite, elle devient vite la plus ardente au jeu. Son visage s'anime, son regard s'enflamme derrière ses lunettes, elle claque les doigts, tape du pied, se lève et sautille sur place... C'est un plaisir de la regarder. Pourtant, Agnès décèle dans son attitude une fébrilité, une outrance qui l'inquiètent.

Et ça continue avec le calcul mental, animé par Henri Daudé, solennel et souverain.

– J'achète 8 timbres à 15 francs et 4 timbres à 8 francs. Combien dois-je payer ?

Léa n'attend pas le signal d'Henri pour lever son ardoise.

– Calme-toi, Léa, dit Henri. Attends mon signal pour montrer. Juste ! Pierrette, faux, je me demande où tu as la tête. C'est un exercice pour bébés ! Quel est le côté d'un carré qui mesure 232 mètres de périmètre ?

Léa bout littéralement d'impatience. Elle balaie d'un geste les cheveux qui tombent sur ses lunettes en mèches mouillées. Les chiffres courent sur ses lèvres. Elle écrase la craie, choque l'ardoise. Henri la considère avec l'indulgence un peu sceptique d'un vieil instituteur qui en a vu d'autres.

– Léa, Jeannot, Angèle, juste. Gatsou, Pierrette, faux. Pierrette, tu files du mauvais coton. Gatsou, tu passes pas le certif, fais quand même attention. Un automobiliste part à 8 h 15 et arrive à destination à 10 h 05. Durée du trajet ?

Cette fois, tout le monde réussit l'exercice. On passe aux sciences. À tout seigneur, tout honneur : la tuberculose... Mais Gatsou proteste. Avec les nouveaux remèdes inventés par les Américains, la tuberculose se guérit comme un rhume ! Agnès doit trancher : la tuberculose est au programme, les remèdes américains sont peut-être formidables, n'empêche. Bon, à quels organes s'attaque-t-elle surtout ? Quelles précautions d'hygiène doit-on observer pour l'éviter ? Léa, qui sait tout de la tuberculose, se déchaîne, trépigne, mime la toux et tousse pour de bon. Les autres s'esclaffent. Léa rit aux larmes.

Tous les élèves sont maintenant debout, devant le bureau d'Agnès, sauf Gatsou, qui observe la scène de sa place, un sourire moqueur aux lèvres. Henri pose une question sur les os. Léa se précipite pour dessiner au tableau un os long vu en coupe. Henri vérifie sur son livre. « Pas mal, pas mal... » Les autres feuillettent aussi en hâte leurs bouquins. « Qu'est-ce qu'une luxation ? – Une entorse ? – Qu'est-ce qui se passe dans le sang qui arrive aux poumons quand on respire ? – Quelles précautions faut-il prendre lors d'un orage ? »

Jeannot se passionne pour la météorologie. C'est d'ailleurs le thème qui revient le plus souvent à la « question commune » du certificat – filles, garçons, urbains et ruraux. Thermomètre, baromètre, pression atmosphérique... Pierrette voudrait parler de layette. Henri Daudé se fâche.

– Vous parlerez de vos histoires de filles quand vous serez entre vous. Aujourd'hui, on s'en tient aux choses sérieuses !

Il claque dans ses mains. « Problème ! »

Léa se dépêche pour être la première prête. Ses doigts tremblent sur le cahier ouvert pendant qu'Henri dicte.

« Un bassin de 360 hectolitres est alimenté par deux robinets... »

Pierrette et Angèle protestent à grands cris.

– Non ! Pas un problème de robinets !

Mais Léa applaudit, de plus en plus excitée.

– Si, si, un problème de robinets ! Je les aime ! Je vais le faire, je l'oublierai jamais, çui-là !

Et Henri poursuit tranquillement :

« ... Le premier y déverse 80 litres à la minute, le second 120 litres. On ouvre les deux robinets à 8 heures. À quelle heure le bassin sera-t-il plein ? »

Léa relève ses lunettes qui glissent sur son nez. Elle griffonne avec tant de fébrilité qu'elle froisse son cahier entre ses doigts. Sa plume sergent-major racle le papier et répand une traînée de gouttes violettes. Agnès l'observe, partagée entre amusement et inquiétude. Qu'est-il donc arrivé à la sage et discrète Léa pour qu'elle s'emballe ainsi ? Agnès n'a jamais vu une grande fille aussi surexcitée. Elle se jette sur les calculs avec frénésie, elle en perd le souffle, elle a un regard d'hallucinée...

Henri travaille un peu à l'écart, et la guette du coin de l'œil, un sourire perplexe aux lèvres.

Agnès se pique au jeu et cherche le problème. Il est très simple, mais le mot « robinet » a terrifié des générations d'écoliers et garde encore, en 1950, une espèce de gloire maléfique. 200 litres à la minute pour remplir un bassin de 36 000 litres, ça fait 180 minutes. Le bassin sera plein à...

– 11 heures, mademoiselle ! annonce Léa en levant une main triomphale.

Henri Daudé sourit gentiment. Il a trouvé la réponse quelques secondes avant Léa, mais n'a rien dit. Il reprend son air sévère, donne un coup de règle sur sa table.

– Attention, mélanges !

Léa lève les yeux sur la pendule murale. Il ne lui reste pas plus de quelques minutes. Elle ôte ses lunettes embuées.

– Vite, Henri, s'il te plaît, vite...

Puis, tournée vers Agnès, les poings serrés, elle lance :

– Je veux le faire ! Tant pis s'ils me battent !
Henri dicte.

« Une barrique pèse, vide, 35 kilogrammes. Pleine d'eau, elle pèserait 259 kilogrammes. On veut la remplir aux 3/4 avec du vin à 68 francs le litre et du vin à 8 400 francs l'hectolitre. On met 34 litres de plus du premier vin que du deuxième. 1° Combien de litres de mélange y a-t-il ? 2° Quel est le prix d'un hectolitre du mélange ? »

Léa prend sa tête dans ses mains, puis écarte les doigts pour regarder encore la pendule. Elle cligne en vain les yeux, sans lunettes elle ne peut lire l'heure. Elle appuie son front sur sa paume et se met à trembler, des épaules au buste. Elle prend son porte-plume, le repose, se mord le pouce. Puis elle remet ses lunettes, se lève, ramasse ses affaires. Elle est blême. Elle vient au bureau, dit d'une voix étouffée, à peine audible :

– Il faut que je parte, mademoiselle.

Elle tend une page de cahier à Agnès, se détourne et s'en va. Sur le pas de la porte, elle fait un signe de tête en guise d'au revoir. La porte se referme sur elle, dans un grand silence.

Henri écrit le résultat du problème au tableau. Prix d'un hectolitre de mélange : 7 438 francs. Jeannot a trouvé. Angèle et Pierrette se sont perdues en route. Gatsou n'a pas su faire la deuxième question.

Agnès étend la page de Léa, passe presque une minute à la défroisser et à regarder l'écriture, penchée, déliée, très belle.

« Voilà, ce n'est pas ma rédaction de vacances, mais ça en tient lieu. Sujet : texte libre, je me fiche du certificat, je ne le passerai jamais. Je vais avoir quatorze ans dans une semaine, le 18 avril, jour de la saint Parfait, le lendemain de la rentrée de Pâques. Alors, mes patrons, les Thomas, seront bien trop contents de me garder pour travailler, puisqu'ils ont le *droit.* Ils ne m'enverront pas à l'école jusqu'au certificat, je n'ai pas été bien surprise quand ils me l'ont dit. Je le savais depuis longtemps. Je n'ai pas le *droit* de me plaindre.

J'ai été très heureuse à l'école de Saint-André, avec la demoiselle. Je les regretterai. J'aurais bien aimé l'école, mais je n'avais pas le droit. J'ai le *droit* d'aimer rien ni personne... »

Agnès repose la feuille, le cœur battu. En une demi-douzaine de lignes, Léa a répété quatre fois le mot droit. Sa vie, telle qu'elle la voit, se résume ainsi : les autres ont le droit, elle ne l'a pas. Agnès reprend sa lecture.

« Je me suis retenue jusqu'à la fin. J'ai fait semblant de m'ennuyer, alors que la classe était le meilleur moment pour moi. Au début, j'ai fait semblant aussi de savoir presque rien, mais j'ai toujours lu mes livres de classe, ou quelquefois des livres de bibliothèque, en me cachant. J'en sais presque autant que les autres, mais je ne veux pas me mettre en avant. Et puis les autres filles ont été très gentilles, surtout Ninon, elles ont voulu m'aider à préparer le certificat. J'ai fait comme si je devais le passer. Je crois qu'elles auront de la peine quand elles sauront que je ne peux pas y aller.

« Une fois, j'avais un oiseau dans une cage, je n'ai pas pu l'emmener quand je suis partie en maison. Mais je m'en fichais. C'est comme le certificat. J'aime les clowns de cirque, mais j'en vois pas souvent. J'aimerais bien aller au cirque une fois. Si j'avais des parents, je passerais le certificat et je leur demanderais, au cas où je serais reçue, de me payer le cirque en cadeau, pour voir les clowns. Je voudrais voir aussi la mer, mais c'est trop cher d'y aller. Je ne le demanderais pas à mes parents, même si j'étais la première du canton. J'ai une poupée de quand j'étais petite, qui s'appelle Pimprenelle, j'en joue plus, mais j'aime bien la garder. Je la cache comme je peux, vu que ça serait mal jugé si on me voyait avec une poupée, à mon âge. Je suis obligée de cacher aux gens, surtout à mes patrons, des choses que j'appelle " mes trésors ". Il y a une clé que j'ai depuis longtemps. Une fois, on m'a vue avec et on m'a accusée de l'avoir volée pour préparer un mauvais coup. Ce n'était pas vrai, je l'ai trouvée dans un trou de mur, loin d'une maison. Peut-être que quelqu'un l'avait cachée là, pour quoi faire ? J'ai regardé chaque fois que je passais, elle y était toujours, elle était rouillée, elle servait à rien. J'avais très envie d'avoir une clé à moi et je l'ai prise. Je l'ai gardée et je l'ai toujours. Mais si on m'envoie encore en maison, je ne pourrai pas la garder.

« Quand je serai une grande personne, j'espère avoir une maison louée, avec une clé que j'aurai le droit d'avoir. Quand je partirai, je la rendrai honnêtement au propriétaire. Je pense aussi au métier que je ferai peut-être, mais je ne veux pas le dire. Il y en a deux. Celui que j'aimerais pour de bon. Je ne veux pas le dire, parce qu'on se moquerait de moi. C'est... (secret). Et puis il y en a un autre, je pense que je pourrai peut-être le faire sans le certificat (je m'en fiche). C'est ouvrière dans une usine de conserves. Je ne crains pas le chaud, c'est très utile. Je pense encore à autre chose pour l'avenir. Je ne sais pas si j'aurai des enfants, mais si j'en ai je ne les abandonnerai jamais. Tant pis si on est pauvres. À la campagne, on peut vivre pour moitié avec des choses ramassées et aussi élever quelques animaux sans avoir des terres. Seulement, il faut rester tous ensemble.

« Maintenant, je suis assez heureuse et je vais regretter l'école très fort, ainsi que la demoiselle et mes camarades. Je penserai tout le temps à eux, mais je ne ferai pas d'histoire, parce que je me fiche du certificat et que si mes patrons me renvoyaient, je partirais en maison. »

29.

Sous le signe de l'ânesse

Juliette Paulet a fixé à sa porte un carré de papier réclame avec une note : *Attention, grippe. Pour le docteur, le facteur et les commerçants, entrez sans frapper.* Doc Mac reconnaît l'écriture de Ninon, très habile à tracer les caractères bâton.

Il s'essuie les pieds et pousse la porte.

Saleté de virus, qu'on croyait parti avec le printemps et qui fait un retour en force au milieu d'avril ! Par bonheur, l'épidémie de cette année est bien moins virulente que la fameuse « grippe italienne » de l'an dernier, avec ses poussées de fièvre à 40 et ses grosses complications. Les gens, eux, sont les mêmes : ils veulent un remède qui leur coupe le mal en moins de deux. Doc Mac, pauvre médecin de campagne, n'a rien de tel. Il a toujours l'impression que les clients le regardent d'un air narquois quand il leur propose sa thérapeutique moyenâgeuse : ventouses, sinapismes, inhalations, aspirine et sirop... Il s'assure quand même que ses malades ne couvent pas, sous la grippe, une bronchite, une pneumonie ou une otite. Dans ce cas, il s'offre une minute de triomphe en écrivant le mot merveilleux : pénicilline, ou plus exactement, *Specilline*, la forme qu'il utilise en général pour les infections des voies respiratoires. Avec la certitude, à 99 %, de juguler le mal...

Dans le vestibule du rez-de-chaussée, il tourne la tête une seconde pour admirer les gravures fixées au mur par Ninon, qui représentent toutes Robert Louis Stevenson et son ânesse à travers les Cévennes, en 1874. Il s'arrête au pied de l'escalier. Une idée a traversé son esprit, si fugace qu'il n'a pu la saisir au passage. Maintenant, il se tient appuyé à la rampe en balançant sa serviette, le cœur remué par un écho intérieur. Comme s'il avait un bref instant saisi la relation entre les gravures et le secret de Ninon... Puis le fil s'est cassé ; mais Doc Mac est encore troublé. Quel secret ? Et quel lien ? Drôle d'histoire. Il a encore ce sentiment d'avoir *su*, le temps d'un battement de paupière. N'est-ce pas un effet de la fièvre ? La grippe est contagieuse, et il a vu quatre ou cinq malades aujourd'hui... Il entend parler de l'étage. « Qui est là ? » Il répond : « Le docteur. »

Une minute plus tard, il rejoint Juliette. La veuve bleue est toute blême, au milieu de ses draps froissés, ses cheveux noirs serrés sous un bonnet.

– Bon, dit-elle, j'ai vraiment la grippe, tu sais, mais... je suis contente de l'avoir.

– Tu es bien la seule.

– Ça me vaut ta visite, et la fièvre me chasse les soucis.

– Ah ? Tu as combien ?

– Je ne sais pas. J'ai essayé de la prendre sous le bras...

– Donne-moi tes fesses.

– Non, s'il te plaît, sous le bras.

– Foutaise. J'ai dit : donne-moi tes fesses.

Juliette obéit, roule sur le ventre, enfouit son visage dans l'oreiller, tandis que Doc Mac opère en douceur.

La visite achevée, il tire une chaise et s'assoit près du lit.

– Tu as bien fait de m'appeler. On ne sait jamais.

– Je ne te vois plus. 38° 8, c'est assez pour délirer ?

– Hum, un bon protestant ne délire jamais au-dessous de 41... mais tu n'es pas protestante. Quel genre de délire ?

– Je pense aux histoires de Ninon et il me vient de drôles d'idées. Cet homme qu'elle voit à Alès, ce soi-disant M. Bernard, je crois qu'il existe. On ne se parle plus, avec ma belle-sœur, mais jusqu'à l'année dernière, elle répondait d'un mot à mon courrier. Maintenant, plus rien. Avec la fièvre, je me suis dit que c'était peut-être le camarade de mon mari qui est revenu. Un nommé Bernard... Bernard, j'ai oublié son nom de famille. François l'appelait Bernard l'Ermite en riant. Il l'a amené en permission l'hiver 1940. Ninon m'a posé des questions à son sujet, elle prétend se souvenir de lui, mais ce n'est pas possible, elle n'avait que quatre ans.

– Pourquoi ce M. Bernard serait-il à Alès ? Pourquoi ne serait-il pas venu te voir ?

– C'est les questions que je me pose. Il était peut-être présent quand François a été tué. Et, avant de mourir, François aurait pu lui demander d'aller voir sa fille...

– Mais pas sa femme ?

– Il n'ose pas, à cause de ce qui s'est passé quand il est venu.

– Je vois. Tu as couché avec lui ?

Juliette se tait un moment, soupire. Doc Mac se lève, elle tend la main pour le retenir.

– Attends que je t'explique. Tu sais bien que ça n'allait plus avec François, depuis avant la guerre. Il avait juste une toute petite permission, et il m'a laissée pour en passer les trois quarts chez ses sœurs, à Alès et à Marseille. J'ai voulu me venger, après, j'avais honte. Bernard m'a écrit, je n'ai jamais répondu.

– Comment s'appelait-il ? Son nom de famille ?

– J'ai beau me presser la tête, je n'arrive pas à me souvenir.

– Il t'a écrit. Rappelle-toi sa lettre.

– Je ne l'ai pas lue.

Doc Mac regarde longuement la veuve bleue. Freud a bien écrit quelque chose au sujet de l'oubli ? Un fait est clair : Juliette a oublié le nom du permissionnaire parce que ce souvenir lui était trop pénible. Elle sourit, et une lueur de malice flotte dans ses yeux noirs, fendus en amande et agrandis par la fièvre. Malice et innocence à la fois. Fièvre ou pas, il l'a toujours connue ainsi. Elle repose sa joue sur l'oreiller.

– Je suis inquiète à cause de l'argent, dit-elle. Ninon a son porte-monnaie toujours plein. Et les vêtements que sa tante, soi-disant, lui achète. Ça dure depuis longtemps, je n'y faisais pas attention, je le reconnais. Maintenant, je me dis que Marie-Jeanne et Marcel sont devenus bien généreux avec leur nièce. Et puis, pour l'argent encore, il me semble qu'elle en met dans la boîte des commissions. Oui, au lieu d'en prendre !

– Et tu crois que tout ça vient du mystérieux M. Bernard ?

– Je ne sais plus que penser. Je ne suis pas sûre de lui avoir toujours donné le bon exemple, et... et...

Doc Mac éclate de rire.

– À 38° 8, tu n'as pas le droit de délirer si fort. Ninon n'a que quatorze ans, elle n'est pas livrée à elle-même, à Alès. Marie-Jeanne Bonnet passe pour une maîtresse femme qui ne s'en laisse pas compter. Elle surveille certainement sa nièce. Tu devrais quand même essayer de retrouver le nom de ton Bernard l'Ermite. Commençons par la première lettre.

– Il avait les deux mêmes initiales. Je crois que c'était un prénom.

– Benoît ? Benjamin ? Bertin ? Tu n'as qu'à suivre le calendrier de bout en bout et tu as des chances de tomber dessus.

Juliette respire avec effort, ses narines se pincent, ses lèvres étrécies par la pâleur tremblent légèrement.

– Dix ans après, ce n'est pas possible, pas possible !

Doc Mac prend la main, lui caresse le bout des doigts, pose un baiser sur son front moite.

– Je t'envoie les médicaments par le facteur. Dors, maintenant et oublie tout. La maladie, c'est fait pour ça, du moins quelquefois. Je repasserai après-demain.

Onze heures et demie du soir, Doc Mac rentre chez lui. Il a joué de malchance toute la soirée, les prescriptions de pénicilline ont dépassé ses espérances, les retards se sont accumulés, sa voiture s'est enlisée dans une coulée de boue... L'âne des voisins n'a pas pu la tirer. Pas de tracteur en vue, et tous les paysans dormaient. Il a fallu réveiller un brave homme de quatre-vingts ans et son cheval presque aussi vieux. Depuis la fin de la guerre, la montagne se dépeuple de façon alarmante.

Gatsou a attendu son père et elle s'est endormie sur le

divan, un gros cahier serré contre sa poitrine. Son mystérieux journal... Il caresse doucement les cheveux de sa fille. Il la soulève, à petits gestes habiles, la prend dans ses bras pour l'emporter. Elle grogne un peu, s'éveille à moitié, agrippe son cahier, ouvre le quart d'un œil, murmure : papa. Il la monte à sa chambre, la dépose sur son lit, la déchausse et la glisse tout habillée entre deux couvertures.

Il est épuisé. La journée a été dure, certes, mais il est sans doute en train de commencer une grippe. Bon, il sera fidèle à sa thérapeutique moyenâgeuse : aspirine, quinine, grog... Après les grandes espérances de 1945, la médecine de l'après-guerre a été une déception. Il lui arrive d'avaler certains médicaments comme on prend un verre, pour se remonter le moral !

Il renonce au grog, se déshabille en semant ses vêtements à travers la chambre. Clémence est tellement habituée à son désordre qu'elle serait déçue s'il se mettait soudain à ranger ses affaires. Le vrai problème, ce n'est pas la grippe, encore moins la tuberculose, c'est de se retrouver seul au lit !

Il ne sait plus très bien s'il a envie de rejoindre chaque soir la veuve bleue dans le sien. Il se promet d'y songer.

Il se couche, la tête pleine de préoccupations mélangées. Dans l'engourdissement d'un demi-sommeil, il s'attarde à la pensée de Juliette Drouet... non, Juliette Paulet, il n'est pas Victor Hugo ! Puis il repasse les événements de la journée, il en vient à l'âne du paysan, qui a refusé de tirer sa voiture. C'est fort, un âne, plus qu'un cheval par rapport au poids. Mais têtu, aussi, et doté le plus souvent d'un très sale caractère. Exemple, Modestine, l'ânesse de Stevenson...

Il s'assoupit, et ses réflexions lui échappent pour tourner à nouveau autour du secret de Ninon. Quel rapport entre l'ânesse Modestine et l'inquiétant M. Bernard ? L'ânesse souffrait-elle d'un dédoublement de personnalité ? Dr. Jekyll et Mr. Hyde, Mrs. Modestine et Lady Ass ! Une bonne blague. Pourtant, il ressent encore, avant de s'endormir, cette impression de frôler un signe, une piste, et de les perdre aussitôt. Quelle piste ? Quelle piste ?

Robert Louis Stevenson, forcément, l'auteur préféré de François Paulet !

30.

Le destin de Léa

« Je ne peux pas accepter que ces gens empêchent Léa de passer le certificat, pour deux mois d'école ! » Agnès est assise à son bureau, le visage dans ses mains. Comment forcer les Thomas à revenir sur leur décision ?

Ils l'ont à peine reçue dans le couloir, la porte ouverte. Ils l'auraient jetée dehors s'ils avaient osé. Ils ne sont pas mauvais, mais butés, fermés, comme presque tous ces paysans de la montagne. Pour eux, les guerres de Religion datent d'hier. Ils ont une mentalité d'assiégés, ils sont persuadés que le monde entier est ligué contre eux, que leurs biens et leurs libertés sont menacés. Ils ont accueilli Léa, cataloguée enfant difficile, pour la sauver des griffes papistes. Ils sont sûrs d'avoir fait leur devoir et même un peu plus. Maintenant, elle est à eux, pour son bien et le bien de la communauté. Elle doit gagner sa vie, elle n'a pas besoin du certificat pour s'en aller travailler en ville : une ville catholique et corrompue.

Les paysans du canton ont presque tous abandonné leurs plus hautes faïsses, étagées sur le flanc des collines, où on ne peut utiliser les machines, ni même les animaux de trait. Les Thomas, eux, s'acharnent, pour l'honneur plus que pour le profit. Ils n'ont pas compris que le monde avait changé. Ils ont besoin de bras, et Léa va payer leur entêtement insensé.

Agnès se lève, tourne autour de la classe. Non, ils ne reviendront pas sur leur décision, et ils ont la loi pour eux, en attendant l'école obligatoire jusqu'à seize ans. Personne n'y peut rien. Agnès, au retour de Saint-Pierre, est passée chez la mairesse, qui était absente, et lui a laissé un billet situant l'affaire en quelques mots. De retour à Saint-André, elle s'est rendu compte de sa bévue. « Ma pauvre fille, les Thomas ne sont pas de la commune. Ils se fichent bien de ta mairesse ! »

Elle s'assoit à la place de Léa, le cœur serré. Elle a gardé à la main *Une semaine avec*... Elle se revoit le jour où les livres de lecture sont arrivés. Elle se tenait à son bureau comme le chef de la flotte sur le gaillard d'avant du vaisseau amiral... D'avant ou d'arrière, elle ne sait plus très bien. Ce jour-là, elle croyait à l'invincible armada de la littérature... Elle n'imaginait pas d'être vaincue à la première escarmouche par un couple de montagnards bornés, qui n'ont peut-être jamais vu la mer !

Elle essuie d'un revers de main deux larmes sur sa joue. Quoi qu'il arrive maintenant, l'année scolaire, sans Léa, aura un goût de défaite. Waterloo, Fabrice del Dongo... Jamais Agnès ne s'était sentie si proche de Fabrice prisonnier, guettant une lumière dans la nuit.

La nuit est tombée aussi sur la campagne cévenole. Elle est seule, elle frissonne. Pauvre Léa. On frappe à la porte. Elle n'a pas le temps de répondre. La duchesse, ou plutôt la mairesse entre, tête nue, l'œil brillant, le cheveu en bataille.

– J'ai trouvé votre papier. Je suis venue tout de suite.

Elle tient à la main son chapeau mouillé, le pose sur le coin d'un bureau. Agnès, toute à ses soucis, n'avait même pas remarqué qu'il pleuvait. Elle joint les mains en s'excusant.

– J'avais oublié que les Thomas n'habitent pas la commune.

– Oh, la commune... L'affaire me regarde, puisque la gosse vient à *mon* école. Et le maire de Saint-Pierre a toujours marché droit, je le ferais rentrer sous terre, si je voulais. Racontez-moi tout, mademoiselle.

– Léa aura quatorze ans après-demain !

On est dimanche soir, la veille de la rentrée. Agnès plaide une dernière fois pour Léa, sûre qu'il est trop tard, que rien ni personne ne fléchira les Thomas. La Suzon l'écoute en hochant la tête, les mains dans les poches de son imper luisant de pluie. Elles tournent en rond toutes les deux entre le bureau d'Agnès, le tableau et la porte. La mairesse aperçoit sur le bureau un vieux livre d'arithmétique, qu'Agnès a tiré de la réserve pour chercher des problèmes et juger le niveau du certificat dans les années vingt. Elle le prend, le soupèse, l'examine, s'écrie :

– Mais je l'ai eu ! Arithmétique... Certificat d'études... Librairie Armand Colin... Je l'ai eu ! Mon Dieu, je l'ai eu !

Agnès hoche la tête, sourit poliment. Elle ne trouve pas la coïncidence bien extraordinaire. Mais la Suzon feuillette le livre avec émotion, le souffle court et les yeux brillants, en marmonnant : « Oh là ! Oh là, là ! »

– Je suis sûre que je me souviendrais de certains problèmes que j'ai faits si j'avais le temps de chercher. Attendez, attendez !

Agnès s'est assise sur la première table d'élève et pense à Léa. La mairesse n'en finit pas de retrouver ses souvenirs d'école.

– J'ai passé le certificat en 1926, je n'avais pas tout à fait douze ans. J'étais très bonne en calcul, moins en français. Heureusement, j'ai un livre de lettres modèles pour la mairie et nos affaires : *La Correspondance de tout le monde*. Et j'ai aussi *Le Secrétaire des compliments*... Vous avez bien de la chance : si je n'étais pas là, vous seriez obligée de faire le secrétariat de mairie, et je vois bien que vous vous y entendriez comme à ramer les choux ! Ah, oui, il faut que cette enfant finisse son année. Ou alors ça serait à vouloir la révolution tout de suite ! Je vais m'en occuper. Je leur dirai leur fait, aux Thomas ! Qu'ils sont la honte de la commune... enfin de la leur. La honte de notre religion ! Je dirai au Paul : « Viens t'expliquer avec ton fusil, si tu es un homme ! » Il tire comme sa mule pète, je pourrais le hacher menu avec le vieux douze de mon père !

Agnès soupire très fort. Elle n'est pas sûre que ce soit la bonne manière de s'y prendre avec les gens de Saint-Pierre-du-Mont. Mais la mairesse, après tout, connaît bien ses Cévenols. Elle va peut-être faire un miracle grâce à son bagou.

– Ils voudront peut-être l'envoyer demain, dit Agnès. J'ai peur que Léa refuse de venir en classe pour un seul jour et qu'elle se mette dans son tort. Les Thomas auront beau jeu de dire après : « C'est elle qui n'a pas voulu. »

– Ah, j'y songerai ! Un homme averti en vaut deux !

Le lundi matin, Léa Benoît arrive au dernier moment. Agnès vient de frapper dans ses mains. Léa se joint aux autres en évitant les regards. Elle s'assoit à sa place sans un mot.

Plus tard, à la récréation, on la voit très entourée. Puis le groupe se disperse, Léa se réfugie contre un mur où elle s'adosse, le regard perdu. Les autres grandes filles chuchotent en rond et se regardent dans le blanc des yeux.

En classe, Léa se tait, retient ses gestes, s'applique à la lecture et à l'écriture, au dessin des cartes, aux croquis de sciences et à la couture le soir. Plusieurs fois, elle appuie très fort les mains sur son bureau, pour maîtriser le tremblement de ses doigts.

À quatre heures et demie, elle vient près d'Agnès.

– Mademoiselle, je ne peux pas rester à la séance du certificat, ce soir. Et puis...

Elle se tient droite, les mains cachées derrière le dos, les narines pincées. Elle mouille ses lèvres pour parler.

– Ils ne m'ont rien dit. Je ne sais pas si je reviendrai demain. Je les ai entendus discuter très tard dans la nuit.

Agnès s'efforce de ne montrer aucune émotion. Beaucoup de gens disent qu'en 1950, le certificat d'études n'a pas de valeur, qu'il faut avoir maintenant le brevet ou le bac. Mais ce petit diplôme de rien peut changer la vie et le destin de Léa Benoît.

La jeune fille sort ses mains de derrière son dos, quitte ses lunettes embuées, ouvre plusieurs fois la bouche à la recherche de son souffle. Elle voudrait sûrement ajouter quelque chose, mais n'ose pas. « Léa », dit Agnès. « Mademoiselle... »

Léa se reprend la première.

– Si je ne reviens pas en classe, je passerai vous voir de temps en temps. Je... et puis je voudrais...

Elle se retourne. La classe est vide. La séance du soir ne commencera pas avant vingt minutes. Maîtresse et élève se tiennent face à face, Agnès à peine plus grande que Léa. Un sourire très doux éclaire le long visage de Léa.

– Je voudrais vous dire le métier secret que j'ai envie de faire. Si j'avais le certificat, j'aimerais être infirmière !

Le sourire s'épanouit jusqu'au fond de ses yeux. Agnès lui serre l'épaule en silence. Ses chances sont si minces d'être un jour infirmière. Cette fragile espérance se brisera bien assez tôt.

Le mardi matin, les élèves se pressent dans la cour plus tôt que d'habitude. Les jumeaux sont arrivés à 8 h 10. À 8 h 20, tous les grands sont là, sauf Ninon. Ninon et Léa... Dix minutes d'une terrible attente. Agnès essaie de se concentrer sur les cahiers du cours préparatoire. Impossible de tracer ce matin les modèles d'écriture, avec pleins et déliés. Elle a la jointure du pouce en sang... Voici Ninon, qui laisse tomber sa bicyclette devant le préau, se précipite dans la classe.

– J'ai la tête qui me tourne, je vais me trouver mal.

Agnès l'emmène à la cuisine, verse quelques gouttes d'alcool de menthe sur un morceau de sucre et le lui donne à sucer, puis s'offre le même remède. Ninon s'assoit, reprend son souffle. L'air indigné et suppliant à la fois, les cheveux flous et fous, elle se lève pour sortir.

– Vite, mademoiselle ! Si *elle* arrivait, on ne sait jamais ?

Plus que cinq minutes. Léa ne se montre pas. Les grandes filles s'agglutinent dans leur coin, encore plus serrées que d'habitude. Les garçons même se sont figés, appuyés aux murs ou aux tilleuls de la cour. Les petites filles, pénétrées par cette fièvre d'attente qu'elles devinent autour d'elles, ont interrompu leurs rondes et se sont rassemblées en un groupe frémissant.

Agnès sort devant la porte de la classe et fixe un moment le ciel profond, couleur de bleu à linge. Au-dessus de la vallée, le mistral pousse quatre petits nuages qui fuient vers la mer, emportant rêves et espérances. Encore une minute...

C'est fini. Les grandes filles décollent ensemble de leur

renfoncement, rejoignent à petits pas la maîtresse et l'entourent pour partager le chagrin. Gatsou lui prend un bras, Ninon saisit l'autre. Angèle retient un sanglot, la main sur sa gorge. « Mon cœur amoureux, chante Ninon sur un ton mélancolique, s'est pris au piège de tes grands yeux. »

C'est fini. Il faut rentrer.

31.

Un mois d'avril un peu mélancolique

Les grandes filles passent la moitié des récréations à bêler *Étoile des neiges*, surtout le refrain et le quatrième couplet :

Il s'en revint au hameau
Et sa fiancée l'attendait tout là-haut...

Il y en a dans cette rengaine une mélancolie qui convient à l'atmosphère de ce mois d'avril endeuillé par le départ de Léa.

Elles choisissent dans *Une semaine avec* les lectures les plus sombres et s'y plongent avec délectation, même si elles les connaissent par cœur. Ninon propose *Pierre et Camille*, d'Alfred de Musset, l'histoire d'une jeune fille sourde-muette, qui découvre le langage des signes. Angèle Roux a retenu *Le Perroquet*, de Flaubert, où Félicité, la vieille servante, finit ses jours dans la seule compagnie d'un perroquet empaillé. « Sa dernière caresse avait été pour son cher perroquet. »

Répondant à l'humeur des filles, Henri Daudé lit à haute voix la dernière page de *La Mort de Cinq-Mars*, d'Alfred de Vigny : Le jour de l'exécution.

– Le silence le plus profond régnait sur la foule immense ; on eût entendu les ailes d'un moucheron, le souffle du moindre vent, ou le passage des grains de poussière qu'il soulève ; mais l'air était calme, le soleil brillant, le ciel bleu. Tout le peuple écoutait.

L'air est calme, le soleil brillant, le ciel bleu. La classe écoute.

Le samedi, en activités dirigées, Pierrette Vialle demande à lire *Pêcheur d'Islande*, de Pierre Loti. La tristesse court tout au long de l'extrait, la dernière image est celle d'un naufrage.

– Je croyais que tu avais peur de l'Islande ? dit Agnès.

– Ça m'a passé maintenant. Je voudrais lire la dernière page.

Les têtes se lèvent. Pierrette commence.

– ... *Deux heures du matin. Cette nuit-là comme les autres, les mains jointes et les yeux ouverts dans l'obscurité, elle écoutait le vent faire sur la lande son bruit éternel.*

Gaud attend Yann. Pierrette lit de tout son cœur et soutient le ton jusqu'au résumé de la fin.

– *Maintenant, c'était tout à fait l'automne et Yann n'était toujours pas revenu...*

Les visages se font plus attentifs, les regards plus brillants. On entendrait battre les ailes d'un moucheron.

– *Yann ne revint jamais... Une nuit d'août, là-bas, au milieu d'un grand bruit de fureur, la* Léopoldine *avait sombré.*

Pierrette pousse un cri aigu, elle s'effondre sur sa table, le visage entre ses bras, secouée de sanglots. Aussitôt, Ninon et Angèle bondissent de leur place. Elles l'entourent, lui donnent des tapes dans le dos. Gatsou achève la lecture d'une voix posée, nette, presque cruelle.

– *Lui, le fort matelot, s'était défendu dans une lutte de géant, jusqu'au moment où il s'était abandonné, les bras ouverts, étendus et raidis pour jamais.*

Agnès plante ses ongles dans ses paumes pour résister au coup de cafard que la lecture a jeté sur les élèves. Pour eux, cette communion dans les textes de la littérature est un sentiment nouveau, à la fois bonheur et souffrance.

Pour elle, c'est une réussite qui va au-delà de toutes ses espérances.

Ils sont tous là, pour la séance du soir. Les jumeaux se présentent en délégation devant Agnès.

– Mademoiselle, on voudrait une dictée. On est d'accord : une dictée comme avant.

Agnès choisit un texte de Maupassant sur le retour de la belle saison. ... *il vous vient des désirs de bonheur, des envies de courir, d'aller au hasard, de boire du printemps.*

Agnès Vincent à Françoise Bassac. Avril 1950.

Ma chère Françoise,

Je ne regrette rien. J'ai choisi la classe unique, j'ai la vie que j'ai voulue, éprouvante et exaltante. L'autre jour, je n'ai pas téléphoné pour me plaindre, ne crois pas ça. Le téléphone m'angoisse beaucoup et je crains d'avoir été très confuse.

J'avais envie de te parler, de te raconter les derniers événements, et j'avais la flemme d'écrire une lettre. C'est tout. Oui, j'ai vécu un très mauvais moment, avec le départ de Léa Benoît. Quand je t'ai appelée chez tes parents, j'étais encore chavirée. Je me dis maintenant : puisque tu as surmonté cette épreuve, rien ne pourra t'abattre !

Pauvre Léa. La classe continue sans elle. Le certificat approche. Nous revenons peu à peu aux méthodes traditionnelles, à la demande même des élèves. Leur peur de la dictée s'est beaucoup atténuée. Nous en faisons d'ailleurs assez peu. Je les remplace par des exercices d'orthographe tirés du Bled, un très bon livre. Je crois la dictée appelée à disparaître de la pédagogie moderne, un jour prochain.

J'ai décidé de ne plus faire de comptes et de présenter tous les candidats en âge de l'être. Je suis à peu près sûre de Ninon et d'Henri. Les jumeaux, Pierrette et Jeannot, sont tangents. Quant à Angèle Roux, elle s'est mise à briller en rédaction et progresse à pas de géant en calcul et en orthographe. Mais elle rattrape seulement le niveau qu'elle avait à douze ans... l'âge où l'on devrait passer le certificat d'études !

Tu te dis : la voilà repartie. Tu n'as pas tort. Excuse-moi. J'ai beau faire, l'école me remplit la tête et le cœur. C'est tout juste si j'ai le temps de rêver à mon âne !

Nous avons tous oublié le « secret de Ninon ». Le malheur de Léa nous a remis les pieds sur terre. Peut-être n'y avait-il pas de secret, seulement les chimères d'une gamine tiraillée entre l'enfance et l'âge adulte ? Le saura-t-on jamais ? Maintenant, je vais te faire rire un peu, tu l'as bien mérité. J'ai surpris le cantonnier en train d'écrire « devinette » sur la porte des cabinets. Il n'a pas pu finir, il s'est rattrapé sur la boîte aux lettres. Pour se venger, le facteur a écrit le mot sur la porte de la remise aux outils. Et maintenant, je viens de trouver « devinette » joliment tracé sur la selle de mon Solex. Qui l'a écrit ? Devine ! À bientôt d'autres nouvelles.

Ton Agnès.

Françoise Bassac à Agnès Vincent. Avril 1950.

Agnès, ma douce enfant,

Je vais t'étonner fort. Moi qui conduis ma 4 CV avec le brio et le naturel que tu me connais, je ne suis pas du tout à l'aise au téléphone ! Je manipule cet instrument depuis mon plus jeune âge, et il m'a joué bien des tours. Je dirai même que je lui garde un porcelet de ma truie ! J'ai quand même été très heureuse de t'entendre. Il faut vivre avec son temps. J'ai senti que tu avais un vague à l'âme carabiné, va, ce sont des choses qui arrivent, surtout au mois d'avril.

Sacré mois d'avril ! Le plus beau mois de l'année, mais quel traître ! Sais-tu que beaucoup de gens meurent en avril ? Et il y a souvent ces grippes tardives qui vous fauchent les jambes et le cœur... Pour tout te dire, il me donne le spleen, surtout cette année, ce qui se traduit en frais d'essence pas possibles. Et ne compte pas sur les hommes pour te remonter le moral au printemps ! Soit ils sont plus bas que nous, cafardeux, lessivés, soit ils sont tout à fait inconscients qu'il puisse se passer quelque chose dans nos âmes, car privés de ce viscère, ils n'ont aucun point de comparaison !

Alors, je roule, je roule pour chasser les idées noires qui ne vont pas avec le vert avril.

De toute la saison passée, il ne me reste qu'un vrai bon souvenir : ma visite à Saint-André-la-Vallée. Les ouvriers des usines Renault ne se seront pas tués (à la tâche) pour rien. Ouais... Et puis quand je repense à toute cette année, mettons depuis l'été dernier, j'ai l'impression contraire. Il me semble qu'elle a été fructueuse et lourde en même temps. J'ai mûri – et toi aussi, ma douce, toi aussi... – et vieilli et accumulé cent mille jours d'expérience, sans oublier que je suis devenue ta conseillère attitrée, ce qui n'est pas rien. Je me dis : c'est la vie. Oh, ça fait bientôt douze ans que je me le dis. Mais cette fois, c'est pour de bon. La vie, si douce et si amère... Il y a un an, je causais, je faisais la forte et la savante, mais j'ignorais tout de tout. Et maintenant ? Honnêtement, je crois en savoir un peu plus. Ça ne m'avance guère ? Oui, c'est la vie, et je crois que nous en serons toutes là à quarante ans, dans un siècle ou deux. Prépare ton jupon de moisson, petite, et souris. Les beaux jours reviendront.

Ta Françoise qui t'embrasse comme elle t'aime.

Pour la première fois depuis la rentrée, Agnès néglige ses préparations. Elle est pourtant en retard dans son programme de lecture du Cours préparatoire. Mais quand elle se retrouve seule après la séance du certificat, il lui vient de son enfance ce sentiment de solitude qui la jetait sur les chemins autrefois. Elle n'a la tête ni au travail ni au rêve. Elle prend son Solex et elle roule, roule, entre chien et loup, pour chasser le gris, le noir, et même ce blanc qui lui vide le cœur.

Elle aimerait bien retourner voir Casinius. À sa première visite, elle lui avait promis de revenir bientôt ; maintenant, elle se sent coupable d'avoir tant tardé. La Pialouse l'a mise en garde : « On ne sait pas ce qu'il a dans la tête, ce bonhomme. Voilà qu'il se remet à tourner autour de la veuve bleue. On l'a vu ! À son âge ! » Agnès n'attache pas trop d'importance à ces commérages, mais se sent un peu gênée.

Une idée lui vient : elle doit une visite à Mme Fontanes, la directrice de l'école des filles de Saint-Jean, seulement elle ne peut y aller sans rendez-vous. Le téléphone ? Son cœur bat la chamade à cette pensée. Bonne occasion de t'aguerrir !

Claire Fontanes vient l'accueillir sur le perron de l'école, qui dessert deux classes. Une troisième se trouve en contrebas et une quatrième en face, de l'autre côté de la cour. La directrice est une femme mince, presque maigre, très droite, dans sa blouse bleue, bien taillée. Elle doit avoir cinquante ans passés, elle en paraît dix de moins. À peine quelques fils gris dans ses cheveux, au-dessus des oreilles et quelques rides aux coins des yeux, très brillants sous ses lunettes.

– Mademoiselle Vincent !

Elle tend les deux mains.

– Comme je suis heureuse de vous voir... enfin !

Agnès s'excuse en balbutiant de n'être pas venue plutôt. Claire Fontanes retient le sourire qui plisse son nez et creuse deux fossettes au bas de ses joues. Une lueur de malice s'allume dans ses yeux. Elle pose les poings sur ses hanches.

– Mais vous êtes là, c'est l'essentiel.

– J'avais peur que vous m'en vouliez un peu pour Gatsou.

– Oh, mon Dieu, certes pas. Bien au contraire, j'ai souvent pensé que j'avais été lâche en vous confiant cette gamine à vous, si jeune et... et... Je l'aime bien, Gatsou. J'ai beaucoup de plaisir à la voir dans la rue, à bavarder deux minutes avec elle en faisant semblant de la prendre pour une grande personne. Mais en classe ! Pour la première fois de ma vie, j'en étais arrivée à ne plus pouvoir supporter une élève... Et c'était la meilleure de sa division. En français, elle était même la meilleure de la classe, fin d'études compris. Et avec vous, comment est-elle ?

Agnès ouvre la bouche pour répondre : parfaite. Non, Gatsou est une élève calme, disciplinée, raisonnable. Elle a voulu se mêler tout de suite aux grandes, ce qui aurait pu causer les pires difficultés, mais Ninon l'a intronisée dans le clan. Elle se soumet, elle file doux et veille à ne jamais offenser sa suzeraine, ce qui l'oblige à une modestie bien peu dans sa nature.

Agnès se contente de soupirer, le regard au plafond.

– La classe unique lui réussit plutôt bien, je crois.

Claire Fontanes offre sa chaise à la visiteuse. Agnès préfère rester debout à observer les tableaux de sciences affichés aux murs. La pièce est vaste, bien éclairée et aérée par ses cinq grandes fenêtres, mais elle sent le produit chimique.

– Les filles du certificat sont en séance du soir avec mon mari, dit Claire Fontanes. Je suis un peu fatiguée en ce moment. Vous allez rire : je souffre du mal des saisons. J'ai en général deux crises : une au milieu de l'automne, l'autre au début du printemps. La pire est toujours celle du mois d'avril. Je voudrais en finir sans délai avec le métier, être tout de suite à la retraite. Puis je me dis : « Ma fille, ça sera terrible, tu mourras d'ennui ! » Vous connaissez le mal des saisons ? Il touche tous les instituteurs un jour ou l'autre. C'est une grande angoisse à l'idée de recommencer encore une fois l'année scolaire avec ses saisons éternellement célébrées par tous les livres de français ou presque. On salue l'automne, on chante l'hiver, on fête le printemps, on exalte l'été... Et puis un jour, on en a la nausée, on voudrait s'en aller très loin, dans un pays sans saisons !

Agnès regarde le ciel qui s'assombrit. Elle n'a pas encore la maladie, pourtant, ce mois d'avril commence à lui peser sur le cœur. Elle s'appuie contre une table puis, à l'invitation de Claire, se laisse tomber sur une chaise.

– Moi aussi, je...

Oh, elle est seulement lasse des espérances rompues et des victoires cher payées. Elle a le cœur lourd du septième mois de l'année. Elle ferme les yeux, respire longuement. Combien d'avrils encore jusqu'à la fin des temps ?

Elle suit machinalement Claire Fontanes.

– Dans la cuisine, sans façon ? Vous aimez le thé ?

Agnès n'aime pas trop le thé, mais elle s'en fiche. Elle parle, pendant que Claire s'active à sa bouilloire, à sa passoire. Elle raconte la classe unique, les grandes filles, Léa, Ninon, Angèle, la dictée, les problèmes, *Une semaine avec*, la tristesse de Gaud qui attend Yann, les séances du soir, la peur du certificat. Elle s'arrête sur le point de décrire le vol à dos d'âne de ses nuits solitaires ! Un vertige la prend. Ce n'est pas un malaise, seulement le plaisir de réciter sa vie comme un poème. Elle se sent légère, elle n'a plus de poids, elle flotte, elle monte, elle plane cent kilomètres au-dessus de la montagne. Le regard de la directrice, un peu taquin, mais rayonnant de chaude amitié, la ramène sur terre en une seconde.

Elles échangent un sourire complice.

– Ah, les grandes filles ! s'exclame Claire Fontanes. Leur travail scolaire, qui n'est plus de leur âge, les ennuie et les retient en enfance, dit Claire. Elles sont désenchantées, elles ont trop de temps pour s'étudier l'âme. Elles essaient de toutes leurs forces de devenir adultes, en même temps, elles s'accrochent à leurs jeux et à leurs rêves. Et quand ça se passe l'année du certificat, la vie, fatalement, les rattrape. Imaginez leur désarroi, leur déchirement.

– Je sais, mais je n'aurais pas su le dire aussi bien que vous.

Claire frappe sa tasse de sa cuiller, comme pour imiter le son de la cloche : fin de récréation.

– J'y réfléchis depuis si longtemps.

Elle rit soudain.

– Vous, à Saint-André, vous avez en plus la veuve bleue...

– On connaît donc la veuve, à Saint-Jean ?

– On ne connaît qu'elle !

Oui, songe Agnès, nous avons la veuve bleue, qui a élevé sa fille dans ses chimères et déboussolé le pauvre Canisius. Mais sans elle, sans Ninon, la vie serait bien fade, les saisons monotones ! Et sans remède la mélancolie d'avril !

– Savez-vous que j'ai failli avoir Ninon Paulet au CM 2 ? dit Claire. Sa mère m'avait demandée de la préparer à l'examen d'entrée en sixième, il y a trois ans, parce que M. Larguier ne s'occupait pas d'elle. Elle s'est montrée si persuasive que j'ai failli accepter. Puis j'en ai parlé avec mon mari, qui a dit : Oh, non, non, je t'en supplie ! D'abord, ce n'était pas très gentil pour un collègue que nous aimons bien. Et puis Paul craignait de voir trop souvent la veuve bleue à l'école. Mme Paulet est une femme très attirante, mais elle fait peur aux hommes. C'est curieux, n'est-ce pas ?

« Je pensais que M. Larguier présenterait Ninon en sixième, car c'était une bonne élève, et je suppose qu'elle l'est toujours. Mais il a préféré la garder pour le certificat, en espérant peut-être le prix cantonal. La sixième n'a toujours pas bonne presse chez les maîtres de campagne. Mme Paulet a récidivé l'an dernier. Elle est venue me raconter que sa fille ne s'entendait pas du tout avec Ca... avec M. Larguier et que ça risquait de tourner au vinaigre. Ce sont ses mots. J'ai été lâche. J'ai dit que j'en parlerais à mon mari. Elle lui a téléphoné deux ou trois fois et l'a même abordé dans la rue. Moi, je riais comme une sotte. Il m'en a voulu. Ninon est restée à Saint-André.

En s'en allant, Agnès croise dans la cour les grandes filles de Saint-Jean qui sortent de la séance du certificat. Une d'elles chante *Étoile des neiges*. Les autres reprennent en chœur :

Le ciel protège
Les amoureux...

Elle rentre à la nuit tombée, lasse et heureuse. En fermant les volets de la cuisine, elle découvre sur la vitre une inscription au rouge à lèvres : *devinette*. Ce n'est pas l'écriture un peu écrasée du cantonnier, plutôt les longs jambages du facteur Constant. Elle efface l'inscription à l'eau chaude et au savon. Elle en rit toute seule. Quel que soit l'imbécile qui a fait ça, elle ne lui en veut pas. On est vendredi soir, demain le mois de mai. Ouf.

32.

Journal du Dr Cavalier Gatsou

Première partie : avant le diplôme. Avril 1950.

J'ai décidé de consacrer mon journal du mois d'avril (en profitant des vacances de Pâques) à une affaire grave. Papa dit qu'on réfléchit mieux la plume à la main. C'est à propos de Ninon. Elle parlait beaucoup de son fiancé d'Alès, et maintenant elle affirme qu'elle n'en a pas. Je me demande si elle a menti pour se vanter (ça ne ressemble pas à Ninon) ou si c'était la *foudre* aux yeux pour cacher un événement terrible, genre vicissitude (c'est un mot nouveau que j'ai appris).

Ça ne m'étonnerait pas que Ninon ait une vicissitude, elle est presque une grande personne à son âge et quand ça arrive, il se passe des choses qu'on ne peut pas dire à tout le monde (comme papa avec Mlle Rica). Le fiancé d'une jeune fille est un jeune homme : ça veut dire qu'elle va l'épouser pour avoir des enfants. On a les enfants par des fréquentations parentales, en général le soir avant de s'endormir. Tous les docteurs le savent. Ils préviennent les fiancés ou les jeunes mariés après une visite spéciale, déshabillés complètement. Et puis ils font un conciliabule et les docteurs expliquent comment il faut faire et ce qui se passe, puis ils garnissent une feuille de Sécurité sociale et ils signent illisible. Ninon est peut-être allée voir avec son fiancé un docteur d'Alès et il a dit qu'ils ne pouvaient pas se marier parce qu'elle est trop jeune, ou bien elle a eu peur des vicissitudes quand il lui a montré et elle ne veut plus se marier.

Mais ce n'est pas sûr. Je connais d'autres explications où il n'y a pas de docteur, je les garde pour mon journal du mois prochain, parce que j'en saurai peut-être plus.

Je travaille maintenant avec ceux du certificat. Je suis aussi bonne en français, et même en histoire-géo. En sciences, je suis meilleure. Ils ne savent même pas que la médecine moderne guérit la tuberculose et beaucoup d'autres maladies terribles. Papa dit qu'il y a des nouveaux médicaments américains, qui ne sont pas dans le livre rouge, et qui guérissent tout, sauf le mauvais caractère et les jambes coupées.

Léa Benoît ne vient plus à l'école. On a toutes pleuré.

(À suivre.)

33.

Stevenson, Stendhal et George Sand

– Canisius, dit la Pialouse, vous ne savez pas ? Il tourne encore autour de la veuve bleue !

– Mais il ne tourne pas rond. Vous me l'avez dit !

– Ça, pour sûr, vous avez raison, qu'il tourne pas rond ! Avec l'Agathe Félix, autre son de cloche.

– S'il lui tourne autour, c'est qu'elle l'a encouragé. Si vous la connaissiez, la veuve ! Je vous dirai pas comment l'Antoine Paulet, le père du *pauvre* François, est mort un mois après son fils ! Ah bien, ah bien ! Je vais vous le dire. C'était vers la mi-juillet, en quarante, pour sûr. Et un jour, l'Antoine Paulet a trouvé sa belle-fille dans le foin avec un soldat de l'armée en déroute, qui traînait par là. Ah, il traînait pas pour rien, je vous dirai. L'Antoine qui pleurait son pauvre garçon, ça lui a porté un coup terrible. Il avait pas le cœur bien solide, il est rentré chez lui la main serrée sur la poitrine et la bouche ouverte pour chercher son air. Il a eu juste le temps de se coucher et il a eu une crise. Il est mort le lendemain. Voilà, mademoiselle !

L'Agathe regarde férocement les quatre petits fromages ronds qu'elle vient de choisir pour Agnès. Puis elle déchire d'un geste ample une page de journal.

– Alors, qui est le plus mauvais, Canisius ou la garce ? Agnès contemple le ciel sur la montagne.

– Je pense que les gens se laissent quelquefois prendre par leurs passions. Ils ne sont pas forcément mauvais.

L'Agathe se tord les mains, puis se fige, tête basse.

– Ah, vous pensez ça? Vous avez appris la vie dans les livres, vous! J'espère que ce n'est pas cette morale que vous enseignez aux enfants. Oh, et puis...

Elle relève la tête, fixe Agnès les yeux brillants.

– Et puis vous avez peut-être raison, au fond. Vivre et laissez vivre! Ah bien! Ah bien! C'est qu'on lit trop l'Ancien Testament, par ici, et pas assez le Nouveau. Notre Seigneur Jésus-Christ aurait peut-être dit comme vous. Que celui qui n'a jamais péché, Marie-Madeleine et tout. Mais on n'y pense pas. Et il faut croire que la veuve bleue avait aussi des excuses. Son François, c'était quand même un drôle de bonhomme. Oh, il faisait bien son travail à la mine. Mais il ne *descendait* pas, il n'était pas mineur. Il s'occupait du matériel et des chargements à la surface. Il conduisait même un camion, je crois. C'est bien dommage qu'il soit pas été en bas, ça lui aurait mis du plomb dans la tête! Il faisait le fou avec sa moto, il menaçait tout le temps la Juliette de la quitter pour aller dans une île déserte. Une île déserte, je vous demande un peu! Faut-il être bête pour croire à ces histoires de trésor! Peut-être bien que les torts étaient partagés, allez savoir!

Le lendemain, arrive une lettre M. Larguier Théophile, instituteur en retraite. Le Mas de Marie. Canisius!

Chère mademoiselle Vincent,

Votre aimable visite m'avait bien réconforté en son temps, déjà lointain, hélas. Je me sens fautif, car j'ai manqué à la courtoisie en omettant de vous remercier. Eh bien, que ce soit fait aujourd'hui, en vertu de l'adage : mieux vaut tard que jamais. Vous avez gentiment écouté l'incorrigible bavard que je suis! Il faut dire qu'étant condamné au silence tout au long des jours et des semaines, dans ma Thébaïde des bruyères, j'ai tendance à me rattraper quand une oreille attentive vient se placer à portée de ma voix. Certes, j'aurais pu choisir la ville, puisque, je crois vous l'avoir dit, j'ai une maison à Nîmes, où j'ai un moment rêvé de vivre avec une âme sœur. On peut donc estimer, non sans quelque apparence de raison, que je suis responsable de ma solitude.

Eh bien, soit. Mais il est des occasions où même un reclus dans mon genre souhaite ouvrir son âme à une douce oreille comme la vôtre, chère mademoiselle. Mon âme, certes, mon cœur aussi. Non, pardonnez-moi, ce billet n'est aucunement une déclaration à vous adressée. Vous connaissez la belle veuve vers qui, pour mon malheur éternel, mes penchants m'inclinent. En vous, si sage et bienveillante à l'âge mûr, je vois l'idéale conseillère d'un homme déjà presque vieux, mais toujours mal averti du mystère de la Femme.

J'aimerais entendre votre avis de maîtresse d'école et de vierge (j'emploie le mot dans son sens poétique et vous prie de n'y trouver nulle allusion). Je pourrais me rendre près de vous, mais eu égard aux ragots que ma visite susciterait, il serait plus judicieux que vous vinssiez à moi, en mon ermitage dont vous connaissez le chemin.

D'avance et de grand cœur, merci. Confraternellement vôtre, Théo Larguier.

Le premier mouvement d'Agnès est de froisser la lettre et de la jeter au panier. Elle retient son geste. Elle l'aime bien, au fond, ce vieil imbécile. Et ne vient-il pas de l'appeler au secours ? Elle a aussi une raison moins avouable de se rendre aux Quatre-Bruyères. Canisius a connu les Paulet avant-guerre. Agnès songe qu'elle pourra peut-être le questionner sur le caractère du mari et sur la vie du couple à cette époque.

Le premier jeudi de mai, elle noue ses cheveux dans un foulard, enfourche son Solex et s'élance vers la fameuse Thébaïde. Partout, les genêts en fleur sèment les talus de leurs bouquets d'un jaune éclatant. Canisius a entendu le vélomoteur s'étouffer et pétarader dans la côte. Il la guette au même endroit que l'autre fois.

– Mademoiselle Vincent, c'est une pure joie du cœur de vous voir, à la fois si sage et si belle !

« Oh, le vieil idiot ! » songe Agnès, mais elle est un tout petit peu attendrie. Il porte aujourd'hui un chapeau de ville, qu'il ôte d'un geste cérémonieux pour la saluer et tient à la main en descendant à sa rencontre.

– Je désespérais de vous revoir sur la colline aux bruyères. Je me disais : si près du certificat, elle ne voudra jamais distraire deux heures de son temps pour un pauvre homme solitaire... D'un autre côté, au mois de mai, les jeux sont faits. C'était un peu ma devise quand j'enseignais : au mois de mai, les jeux sont faits. Alors, on peut jeter du lest !

Il parle tant et tant qu'elle n'a pas remarqué tout de suite à quel point il a changé depuis l'autre fois. Il est vêtu d'un costume gris de bon faiseur et une cravate bien nouée lui serre le col et il a les cheveux plaqués à la brillantine. On dirait qu'il s'est déguisé en jeune marié !

– En mai, je ne crois pas que les jeux soient faits, dit-elle sèchement. Ma devise serait plutôt : les jeux ne sont pas faits avant le soir de l'examen !

Il la regarde bouche bée, les yeux brillants.

– Comme vous êtes forte ! Ah, je vous admire !

Elle voudrait se moquer, mais elle est tout de même sensible au compliment. Forte, elle ? Mon Dieu, elle voudrait bien. Et puis elle a pour ce bon Canisius une étrange et douloureuse sympathie. Cet homme chaviré par l'amour, à son âge !

Il l'invite à monter au mas. Elle préfère rester dehors.

– Le temps est si beau et il y a toutes ces fleurs.

Il la conduit à un banc de pierre au coin du jardin. Il a un pied qui bute contre la terre, un bras qui bouge avec retard. L'aurait-elle seulement remarqué si elle n'avait su ? Elle s'assoit sous les cerisiers. Certains sont encore en fleur, d'autres portent des cerises qui déjà rosissent. Canisius prend sa main, la lâche avec un sourire d'excuse. Il s'exclame, montrant le jardin, puis d'un geste élargi, le paysage tout entier, jusqu'au ciel :

– Voilà mon endroit préféré pour penser à *elle*. Je ne peux m'empêcher d'espérer qu'il se passera quelque chose quand les premières cerises seront mûres !

Agnès allonge les jambes, respire, l'écoute, se laisse bercer par sa voix claire et bien posée. N'importe si son discours est un peu fou. Mais il a des gestes désordonnés et un regard fiévreux. Il semble parfois se retirer en lui-même – pour quelle rêverie hallucinée ? Elle lui rend son sourire pour le calmer.

– Comme vous l'aimez !

– Ah, vous l'avez compris, n'est-ce pas, avec votre sensibilité de femme ? J'aurais dû partir, m'en aller très loin. Ici, la tentation est trop forte d'aller rôder sous ses fenêtres !

– Et c'est ce que vous faites ?

Il ne répond pas. Agnès ajoute, dans un élan :

– Juliette Paulet est une femme très émouvante. Il me semble que si j'étais un homme, je serais attiré par elle comme un papillon de nuit par la lumière.

Canisius se lève et se plante devant elle, grave, inspiré.

– Vous me faites tant de bien, mademoiselle. Quelle belle image, si juste. Je suis attiré par Juliette comme un papillon de nuit par la lumière... Plaignez le pauvre papillon !

« Je ne te plains pas, mon vieux. C'est si bon d'aimer... » Canisius poursuit, les poings serrés.

– Toutes les femmes la jalousent et la maudissent. Les hommes, n'en parlons pas. Ils cachent leur dépit sous de mauvais rires. Pas un qui n'ait rêvé de l'avoir... comme moi. Mais moi, je l'aime !

Il marche devant Agnès, trébuche, courbe les épaules.

– J'ai commis bien des fautes, certes...

Agnès l'écoute avec attention. Et puis elle songe. Elle espère saisir à travers ses confidences la clé du mystère Paulet. Canisius sort son mouchoir, s'éponge le front et se laisse tomber sur le banc de pierre, près d'Agnès.

– Ma plus grande faute, c'est de ne pas avoir envoyé Ninon en sixième, il y a trois ans. Car elle avait le niveau, en la poussant un peu... Mais je ne supportais pas l'idée de la perdre et de perdre sa mère en même temps. Elle était le seul lien entre nous. Je ne peux me pardonner d'avoir, par mon égarement, ruiné l'avenir de cette enfant.

– N'exagérons rien.

– En tout cas, j'ai été bien puni. Ninon m'a fait payer mon erreur, en semant le désordre et la zizanie dans ma classe, les deux années suivantes. Elle a failli avoir ma peau, la petite garce, mais j'ai mérité ce qui m'est arrivé. Et puis je l'aime, parce qu'elle est la fille de Juliette.

Agnès se fiche de ses repentirs. Après un moment, elle réussit à l'orienter sur le père de Ninon.

– Vous avez bien connu François Paulet, n'est-ce pas?

– Si je l'ai bien connu? J'ose affirmer qu'il était mon ami. Et je me suis dit souvent : « Théophile, as-tu le droit d'aimer la veuve de ton ami? » À la cérémonie du monument aux morts, avec les enfants, c'est à lui que je pensais. Mais il nous a quittés depuis dix ans, maintenant, et la vie continue. On dit parfois avec cynisme : un chien vivant vaut mieux qu'un lion mort. Je suis ce chien, amoureux fou de la femme du lion!

Elle le ramène avec doigté à son sujet. Il baisse la voix, parle sur un ton pensif, les yeux au ciel, en quête de ses souvenirs.

– François m'intriguait. J'étais sans doute le seul à qui il osait confier son goût de l'aventure, ses envies de fuite. Ah, les îles... Il avait toujours sur lui son couteau onze pièces, de Saint-Étienne, et toutes sortes d'objets, comme des pierres à briquet, qui devaient lui servir s'il se retrouvait dans une île déserte, en cas de naufrage. Mais il ne prenait jamais le bateau... Il a voulu s'engager pour la guerre d'Espagne, en 1937. Juliette lui a dit : « Si tu pars, tu peux aussi bien te faire tuer, parce que tu ne me retrouveras pas à ton retour! » Alors, il a cédé, il est resté.

« Il avait bien vu que je regardais sa femme d'un œil pas tout à fait innocent. Je ne pouvais pas m'en empêcher. Quand j'allais passer une soirée chez eux, pour bavarder, elle ne se gênait pas pour se montrer en tenue de nuit...

Le regard de Canisius s'éclaire sous les sourcils épais, sa moustache frémit, une vive rougeur monte à ses joues.

– Il n'était pas jaloux. Il m'a dit une fois : « Dommage qu'on ne puisse changer de vie. Si c'était possible, je vous donnerais bien Juliette contre votre instruction! » Je tombais des nues. Mon instruction? » Qu'est-ce qu'il en ferait? « Et qu'est-ce que vous feriez de ma femme? Si j'avais votre instruction, je m'inscrirais à l'École Centrale de TSF pour suivre des cours par correspondance et devenir radiotélégraphiste dans la marine marchande! » C'était une nouvelle lubie. Et moi, je songeais quelquefois : « À force d'en parler, il finira par s'en aller, et sa femme sera libre... » C'est à cause de cette sotte espérance que je me suis laissé emporter par mes sentiments !

Pas étonnant que François Paulet ait lu avec passion les romans de Stevenson : l'histoire d'un trésor dans une île perdue et celle d'un homme en qui se cachait un autre homme.

Canisius revient à sa belle.

– Je rêve d'elle chaque nuit. Chaque nuit, je le jure ! Je suis jeune et heureux... heureux avec elle. Ah, le soir, quand je la regarde monter l'escalier ! Ou bien nous allons partir en bateau. Nous arrivons à l'embarcadère. Je la vois, vêtue d'une longue cape, coiffée d'un chapeau à plume. Moi aussi, je suis vêtu à la mode du siècle dernier...

Agnès s'est levée. Elle attend l'occasion de prendre congé. Pauvre, pauvre Canisius, avec ses rêves. Il se tait, soudain. Elle lui tend la main, il la prend, la retient un instant.

– À votre avis, mademoiselle, dois-je partir d'ici ? M'en aller vivre à la ville pour oublier ?

Il la croit vraiment capable de le conseiller ? Elle qui ne sait presque rien de la vie ? Que répondraient Stendhal ou George Sand à sa place ? Elle les interroge dans son cœur. L'auteur de *La Chartreuse* dit : « Qu'il reste ! » L'auteur de *La Mare au diable* est plus indécise. À la fin, elle tranche. « Oh, qu'il s'en aille, il souffrira autant, mais il risquera moins de faire des bêtises ! » Agnès se retrouve seule face à une terrible responsabilité. Stendhal ou George Sand ? Elle est presque sûre que la seconde a une plus grande expérience de la vraie vie. Mais le premier est un admirable connaisseur de l'âme humaine. S'il soutient que Canisius doit rester, il a ses raisons.

– Vous êtes si bien, ici, dit-elle. Restez, mais soyez prudent et... rêvez seulement !

34.

L'âme des filles

Samedi 20 mai 1950, cinq heures de l'après-midi. Plus qu'un mois avant le certificat. De lourds nuages blancs planent dans le ciel bleu, lavé par une averse. Des ombres passent et repassent devant les fenêtres et obscurcissent un instant la classe, puis le jour revient, éclatant et doux. L'humeur d'Agnès est à l'unisson du temps : tour à tour sombre et traversée d'embellies.

La séance du certificat est consacrée à la lecture et à la récitation. À la fin, Agnès donnera les résultats de l'examen blanc du mois de mai, le dernier de l'année. Ce sont les élèves qui ont voulu cet examen. Ils ont d'eux-mêmes renoncé à la méthode de préparation libre, qui les a délivrés de la peur de la dictée et qui a eu de bons résultats dans la plupart des matières, mais qui, le certificat approchant, fait peur à tout le monde.

La réussite n'est pas au rendez-vous, elle espérait mieux, tant pis. Le 20 mai, rien n'est encore joué.

– Je vais finir mes calculs, dit-elle, tout en écoutant vos lectures et vos récitations. Qui commence ?

Pierrette Vialle lit, un peu lentement, mais avec beaucoup de finesse, un extrait de *Minos et la tendre Ariane*. Puis Angèle Roux récite *L'Enfant* de Victor Hugo.

Lorsque l'enfant paraît, le cercle de famille
Applaudit à grands cris. Son doux regard qui brille
Fait briller tous les yeux.

Henri Daudé lit *Enfance et jeunesse de Gargantua.* Ninon récite sur un ton passionné la *Ballade* d'Aragon.

Et s'il était à refaire,
Je referais ce chemin...

Elle s'arrête un vers avant la fin, près de suffoquer.

– Mon Dieu que c'est beau ! Mon Dieu que c'est beau !

Elle lève la tête vers la maîtresse, le souffle coupé par l'émotion. Les autres se taisent et échangent des coups d'œil sous leurs cils baissés.

– Aragon, dit Ninon, c'est bien un communiste ?

Agnès approuve d'un signe. Elle voudrait dire que l'engagement politique n'ajoute ni n'enlève rien à la poésie. Mais cela ne plairait sûrement pas à Ninon, elle n'a pas envie d'entamer une discussion. Ninon insiste.

– Mon père a dit... il a dit à ma mère, une fois, il y a longtemps, qu'Aragon était communiste. Et c'est pour ça qu'il est le meilleur poète du monde. Enfin, avec Victor Hugo. Et Victor Hugo était communiste aussi !

Agnès se mord la lèvre pour ne pas rire. Victor Hugo aurait peut-être signé l'appel de Stockholm ! Cette soudaine passion politique de Ninon s'explique, bien sûr, par l'influence du mystérieux M. Bernard. Et là, on saute à pieds joints dans le mystère Paulet. Agnès a maintenant son idée.

Mais pour le moment, la seule affaire qui vaille, c'est le certificat. Et puis elle se demande si elle n'a pas noté trop généreusement les compositions. Les rédactions sur les deux sujets proposés, une description et une lettre, sont toutes passables, à la limite de la médiocrité. On est loin des improvisations personnelles et sensibles qu'elle a pu lire sous la plume de Ninon, Angèle et Gatsou. Le soufflé est retombé.

Angèle reste un peu au-dessus du lot : c'est une surprise. Ninon a choisi la lettre : « Vous écrivez à une amie pour lui demander de venir chercher un jeune chiot que vos parents lui ont gardé. » Agnès trouve le sujet idiot, mais on en voit de pires à l'examen. Qui sait pourquoi Ninon a choisi la lettre ? Elle est de plus en plus troublée, obsédée, surexcitée, elle n'a pas la tête à son travail. La lettre représentait pour elle le moindre risque. Ou bien c'est une espèce de vengeance. N'importe.

Les grandes filles lisent à la perfection – merci, monsieur Marcel Berry pour *Une semaine avec* – quoiqu'elles aient tendance à rajouter parfois des effets de théâtre. Elles ont choisi pour leur cahier de récitations de beaux poèmes de Du Bellay, Aragon, Baudelaire, Victor Hugo, Verhaeren, Fernand Gregh..., qu'elles disent avec l'intelligence du cœur. Elles s'intéressent à la vie, à la société, au monde. Elles sont capables de réflexion et de jugement. L'orientation des leçons de morale sur l'actualité leur a été bénéfique, sauf peut-être pour Ninon, que la flamme partisane aveugle.

Elles ont un joli bagage de notions variées, une sensibilité à fleur de peau mais aiguisée, un embryon de savoir que bien des élèves de quatrième des cours complémentaires pourraient leur envier. En face, leur moisson de notes est médiocre, presque décourageante. Toutes sont tangentes à l'examen blanc, et plutôt du mauvais côté de la ligne. Quelle injustice ! Agnès est révoltée, mais s'efforce d'envisager la situation avec calme.

Quelque chose va mal. Elle en débat avec elle-même au long de ses insomnies.

– On dirait que ta pédagogie n'est pas tout à fait au point, ma bonne.

– Pas seulement. Et les programmes, alors ! Et les sujets ! Et le certificat à quatorze ans !

– Hé oui, tout ça. Mais comme tu ne peux rien y changer, il faut t'arranger avec !

Elle en vient à ressentir du dégoût devant les annales d'examen qui dansent la sarabande dans sa tête : la dictée, les problèmes et surtout les rédactions.

– Enfin, tu connais assez don Quichotte pour ne pas te lancer à ton tour dans la guerre contre les moulins à vent !

« Quoi ? » Ninon a posé une question pour la deuxième ou troisième fois, avec une insistance perfide.

– Mademoiselle, est-ce qu'il y a des poètes qui ne sont pas communistes ?

Agnès hausse les épaules, esquisse une moue de désintérêt.

– Tu es mieux placée que moi pour te renseigner à ce sujet, non ? Je crois qu'il y en a, surtout parmi les morts !

Ninon blêmit et rougit aussitôt. Touché ! Elle a eu à l'examen blanc son plus mauvais score depuis le début de l'année, 46 sur 100, en comptant large. Elle ne franchit pas non plus le cap de l'écrit, c'est-à-dire des quatre matières principales : 22 1/2 sur 50. Il va falloir ajouter trois ou quatre points à sa note pour éviter un drame. 49 1/2 sur 100 serait un bon chiffre, qui sonnerait comme un avertissement sans trop la décevoir. Et les autres ? Agnès devra remonter toutes les notes, par simple souci de justice et pour n'accabler personne.

– Alors tes comptes, de fil en aiguille, seront affreusement truqués. Tu n'as pas honte ?

– Oui, j'ai honte. Oui, j'ai honte ! Mais que proposes-tu ?

– C'est toi qui n'es pas à la hauteur !

Elle serre les poings, puis se force à ouvrir les mains, feuillette machinalement deux ou trois livres qu'elle a toujours sur son bureau, le Souché, le Dumas, les annales du certificat. En rédaction, les auteurs de sujets ont tenté depuis la guerre de s'adapter à l'âge des candidats. Mais les inspecteurs, les vieux maîtres – et beaucoup de jeunes aussi, surtout de jeunes hommes – ignorent tout de l'âme des filles de quatorze ans. Savent-ils seulement qu'elles en ont une ?

Pour l'examen blanc, Agnès a choisi un sujet banal qu'elle a agrémenté d'une petite invitation au rêve. « Une promenade à la campagne au printemps, décrivez. » Elle a ajouté, de son cru : « Que vous inspire, chaque année, le renouveau de la nature ? » Seule Angèle Roux a saisi plus ou moins la perche tendue.

Ninon a esquivé la confession par le biais de la lettre. Agnès lui a donné 5. Voyons si elle pourrait lui ajouter un demi-point. Tout y est, plutôt bien dit, un peu sèchement, sans fioritures...

Pendant ce temps, Pierrette Vialle récite : *Heureux qui, comme Ulysse, a fait un beau voyage...* Elle se régale de ce poème difficile et beau, qu'elle déclame les yeux presque fermés, avec un mélange de légèreté et de mélancolie extrêmement troublant. Mais où va-t-elle donc chercher ça ?

Agnès l'écoute, la gorge serrée. Une envie de renoncement lui vient. La solitude l'étouffe. Sa poitrine s'emplit d'angoisse. Elle n'en peut plus. Elle se lève et descend dans la salle, avec le secret espoir de trouver un peu de réconfort près des élèves. La sueur coule sur son front et dans son dos. Elle a des frissons, la tête lui tourne, une nausée lui chavire l'estomac. Elle doit s'appuyer à un coin de table. « Dis, tu ne vas pas tourner de l'œil devant tes grandes filles ! »

Elle transpire de la tête aux pieds.

– Tout va bien, dit-elle. Pour cette fois, vous passez tous, mais de justesse.

Aucun signe de satisfaction, ni de déception. Personne ne réagit. Le ton de sa voix a dû les glacer. Elle regagne son bureau à petits pas. Elle pose un pied sur la première marche. Mon Dieu, que cette estrade est haute ! Enfin, elle y est, miraculeusement. La salle ne bouge plus, le plancher paraît bien amarré. La terre et le ciel tiennent ensemble. L'air s'échappe de ses poumons. Ouf !

– Voici donc les résultats de l'examen blanc.

Elle n'ose pas les regarder en face. Elle se force à continuer.

– Excusez-moi, j'ai dû revoir presque toutes les notes. Henri Daudé, 56 1/2 sur 100. Ninon Paulet et Pierrette Vialle 51. Angèle Roux, 50 1/2. Jeannot Vialle, 50.

Elle marque une pause. Ils vont deviner qu'elle a triché !

– Pour le Cours de fin d'études 1 et le CM2, voici les résultats des quatre matières principales. Jacques Pagès.. René Constant... Alice Cavalier...

Ninon commence à ranger ses affaires, très vite. Les autres l'observent en silence. Elle se tourne vers Agnès, l'air véhément, les boucles volant autour de son visage.

– Je me présente plus au certificat. Ça vaut pas la peine !

Agnès cherche une réplique cinglante, la trouve, la reperd

et se tait. Ninon traverse la classe d'une démarche balancée et souveraine, comme une belle quittant son amant. Elle ouvre la porte, sort sans la refermer.

– Elle reviendra, dit Henri Daudé, vous en faites pas. Je la connais. Elle est comme sa mère !

35.

Dernier courrier avant le certificat

Agnès Vincent à Françoise Bassac. Mai 1950.

Ma chère Françoise,

Après un mois d'avril plutôt morose, j'espérais – sans trop y croire – un mois de mai triomphal. Eh bien, le triomphe sera pour juin si les petits cochons ne nous mangent pas!

La préparation du certificat se poursuit avec des hauts et des bas. Surtout des bas, hélas. Le dernier examen blanc m'a beaucoup déçue. L'expérience des « devoirs libres », dans laquelle je m'étais lancée imprudemment peut-être, avait donné de très bons résultats. Trop bons, sans doute. Je me berçais d'illusions. Maintenant, je bute de nouveau sur la dure réalité.

Ma Ninon est de plus en plus chamboulée par son histoire. Sa dernière lubie : elle ne veut plus se présenter à l'examen! Elle ne vient plus aux séances du soir (que j'ai très envie d'abandonner, mais je ne peux pas, à cause des parents). Elle fréquente la classe régulièrement, se montre même très appliquée dans la journée, alors que puis-je dire?

À force de trimer sur cette préparation d'examen, j'ai fini par me rendre compte que je n'étais pas très sûre de ma façon de noter. Oui, il m'a fallu près de huit mois pour en arriver là. J'aurais dû y penser avant Noël! Tu diras : c'est le métier qui rentre. J'ai voulu en avoir le cœur net. Mme Fontanes, la directrice de l'école de Saint-Jean, a été très gentille quand je lui ai rendu visite, aussi lui ai-je demandé si elle voulait bien revoir mes cahiers et vérifier quelques-unes de mes corrections. Elle a tout de suite accepté. Je suis confuse à présent, quand je songe au paquet de cahiers que je lui ai remis. J'ai prévenu les élèves de ma démarche : ils en ont conçu, je crois, plus de crainte que d'espoir. Ils me trouvent bienveillante, généreuse, et pour tout dire, un peu « coulante ». Les malheureux s'attendent à une douche froide au retour des cahiers !

Je les présente tous. Advienne que pourra. Je ne sais pas si Ninon maintiendra son refus jusqu'au bout. N'importe. Je suis prête à recevoir la gifle que je n'ai sans doute pas volée. Si je finis l'année scolaire avec un reçu sur cinq au certificat, la terre ne s'arrêtera pas de tourner. J'ai fini par accepter cette idée !

J'ai quand même un regret. Mes grandes filles sont intelligentes, sensibles, plutôt douées. Elles méritaient une meilleure maîtresse. Terrible leçon pour la débutante fougueuse et candide que tu as connue il y a un siècle ou deux.

Le mystère Paulet : je ne te dirai pas aujourd'hui l'hypothèse un peu folle qui me trotte dans la tête depuis quelque temps. Je vais essayer de la vérifier, d'une façon ou d'une autre, sans attaquer Ninon de front, ce qui pourrait avoir des conséquences graves. Peut-être vais-je en parler au Dr Cavalier qui se pose les mêmes questions que moi, je le sais. Je t'écrirai de nouveau dès que j'aurai un commencement de preuve et alors je te raconterai tout. Sinon, ma prochaine lettre sera pour t'apprendre les résultats du certificat... Oui, le certificat dans moins de trois semaines ! Les mois et les saisons ont passé si vite. C'est ainsi qu'on vieillit ? Bon courage à toi pour les chaudes journées d'été. Une caresse à la 4 CV.

Je t'embrasse de tout mon cœur.

Françoise Bassac à Agnès Vincent. Mai 1950.

Agnès, ma douce enfant.

Je crois que tu n'aimes pas assez la vie, l'action, l'aventure, je ne sais quoi. Pour ta première année d'école rurale, tu t'es offert plus de péripéties, coups de théâtre et rebondissements que d'autres en une bonne moitié de carrière ! Et, en prime, un mystère, et un beau veuf comme cerise sur le gâteau (bien que tu fasses le silence sur cette partie de ta vie, mais un silence bien éloquent...). Ne te plains pas, tu te remplis les poches de souvenirs. Quand tu seras bien vieille, le soir à la chandelle, tu diras : en ce temps béni, au moins, je ne m'ennuyais pas !

Anxieuse, mademoiselle ? Pour parler la langue de tout le monde, tu crèves de trouille. Et, comme la plupart des grands inquiets, tu te jettes à l'eau toujours où c'est profond et glauque. Je ne connais pas grand-chose au certif et je ne souhaite pas en savoir davantage, mais je te connais, toi. Je suis certaine que dans le creux obscur de ta cervelle, où veille le démon, tu as très, très peur d'être trop indulgente. En conséquence, tu as dû t'appliquer à être aussi sévère que possible. Tu t'en es d'ailleurs aperçue, à un certain moment, et tu as tout lâché pendant quelques semaines. Ça n'a été qu'un feu de paille et te voilà repartie dans les affres et les tribulations. Une chose me rassure, cette année scolaire touche à sa fin : on y verra plus clair l'an prochain. Bises au docteur, salut au mystère.

Je t'envoie ma fidèle affection en attendant l'été.

Françoise.

P.-S. Mais si, mais si, tu es une bonne maîtresse. Je suis sûre que tes grandes filles se souviendront avec nostalgie de l'année 1949-1950. Ton défaut, c'est de vouloir trop bien faire : ça te passera.

Interlude 4. Récitations du certificat

La petite patrie

Heureux qui, comme Ulysse, a fait un beau voyage,
Ou comme celui-là qui conquit la Toison,
Et puis est retourné, plein d'usage et raison,
Vivre entre ses parents le reste de son âge !

Quand reverrai-je, hélas, de mon petit village,
Fumer la cheminée, et en quelle saison ?
Reverrai-je le clos de ma pauvre maison ?
Qui m'est une province et beaucoup davantage ?

Plus me plaît le séjour qu'ont bâti mes aïeux
Que des palais romains le front audacieux ;
Plus que le marbre dur me plaît l'ardoise fine,

Plus mon Loire gaulois que le Tibre latin,
Plus mon petit Liré que le mont Palatin,
Et plus que l'air marin la douceur angevine.

Joachim du Bellay, *Les Regrets.*

L'albatros

Souvent, pour s'amuser, les hommes d'équipage
Prennent des albatros, vastes oiseaux des mers,
Qui suivent, indolents compagnons de voyage,
Le navire glissant sur les gouffres amers.

À peine les ont-ils déposés sur les planches,
Que ces rois de l'azur, maladroits et honteux,

Laissent piteusement leurs grandes ailes blanches
Comme des avirons traîner à côté d'eux.

Ce voyageur ailé, comme il est gauche et veule!
Lui, naguère si beau, qu'il est comique et laid!
L'un agace son bec avec un brûle-gueule,
L'autre mime, en boitant, l'infirme qui volait.

Le poète est semblable au prince des nuées
Qui hante la tempête et se rit de l'archer;
Exilé sur le sol au milieu des huées,
Ses ailes de géant l'empêchent de marcher.

Charles Baudelaire, *Les Fleurs du mal.*

L'enfant

Lorsque l'enfant paraît, le cercle de famille
Applaudit à grands cris. Son doux regard qui brille
    Fait briller tous les yeux.
Et les plus tristes fronts, les plus souillés peut-être,
Se dérident soudain à voir l'enfant paraître,
    Innocent et joyeux.

Soit que juin ait verdi mon seuil, ou que novembre
Fasse autour d'un grand feu vacillant dans la chambre
    Les chaises se toucher,
Quand l'enfant vient, la joie arrive et nous éclaire.
On rit, on se récrie, on l'appelle, et sa mère
    Tremble à le voir marcher.

Il est si beau, l'enfant, avec son doux sourire,
Sa douce bonne foi, sa voix qui veut tout dire,
    Ses pleurs si vite apaisés,
Laissant errer sa vue étonnée et ravie,
Offrant de toutes parts sa jeune âme à la vie
    Et sa bouche aux baisers!

Seigneur! préservez-moi, préservez ceux que j'aime,
Frères, parents, amis, et mes ennemis même
    Dans le mal triomphants,
De jamais voir, Seigneur! l'été sans fleurs vermeilles,
La cage sans oiseaux, la ruche sans abeilles,
    La maison sans enfants!

Victor Hugo, *Feuilles d'automne.*

Ballade de celui qui chante dans les supplices

« Et s'il était à refaire,
Je referais ce chemin... »
Une voix monte des fers
Et parle des lendemains.

On dit que dans sa cellule,
Deux hommes cette nuit-là,
Lui murmuraient : « Capitule,
De cette vie es-tu las ?

Tu peux vivre, tu peux vivre,
Tu peux vivre comme nous !
Dis le mot qui te délivre
Et tu peux vivre à genoux. »

– « Et s'il était à refaire,
Je referais ce chemin... »
La voix qui monte des fers
Parle pour les lendemains.

« Rien qu'un mot : la porte cède,
S'ouvre et tu sors ! Rien qu'un mot.
Le bourreau se dépossède...
Sésame ! Finis, tes maux.

Rien qu'un mot, rien qu'un mensonge
Pour transformer ton destin...
Songe, songe, songe, songe
À la douceur des matins ! »

– « Et si c'était à refaire,
Je referais ce chemin... »
La voix qui monte des fers
Parle aux hommes de demain.

J'ai dit tout ce qu'on peut dire :
L'exemple du roi Henri...
Un cheval pour mon empire...
Une messe pour Paris...

Rien à faire ! « Alors, qu'il parte !
Sur lui retombe son sang !
C'était son unique carte ! »
Périsse cet innocent !

Et si c'était à refaire,
Referait-il ce chemin ?
La voix qui monte des fers
Dit : « Je le ferai demain. »

Louis Aragon, *La Diane française*, Seghers.

Oh ! les bons jours !

Oh ! les bons jours que je vécus alors !
La chambre était joyeuse et sa tiédeur légère...

Les blancs après-midi d'été,
À travers les rideaux y tamisaient leur violence ;
L'horloge s'y taisait, son pendule arrêté ;
Un vol de mouches y bourdonnait dans le silence.

Mon oreille écoutait les fers tumultueux
Du forgeron chanter dans le village,
Les foins passer, pesants et montueux,
Les fouets claquer autour des attelages ;

Et les jeudis, venant de loin, de loin,
Le cri du vieux marchand de sable,
Son pas boiteux quand il tournait mon coin,
Sa voix cassée et son refrain intarissable.

Si bien que j'entendais toute la vie
Venir à moi avant de la revivre encore.

Émile Verhaeren, *Les Tendresses premières*,
Mercure de France.

36.

L'attente et le secret

Le Dr Cavalier a fait deux fois le tour de la classe à grands pas, les mains derrière le dos. Il s'arrête devant Agnès, appuyée à son bureau. Il se tient très près d'elle, comme pour la humer, et la regarde les yeux dans les yeux.

– N'importe qui peut entrer dans la classe !

– Pas à cette heure-ci.

– La mairesse se gênerait ?

– Elle ne vient plus depuis qu'elle a échoué pour Léa.

La nuit est tombée depuis un moment. Quand Doc Mac est passé, Agnès revoyait pour la dixième fois les corrections de la dernière dictée du certificat. Le trait d'union manquant à « là-haut », un quart de faute ou rien du tout ? « Évayer » au lieu d'« éveiller » : demi-faute ? « Chamoi » ou « chamoix », « trappues » avec deux p, « quelque minute » au singulier ? Ah, dans ce dernier cas, la faute entière est flagrante ! La dictée est un texte de Frison-Roche, d'une douzaine de lignes, sans difficulté grammaticale particulière, mais hérissé d'épines minuscules, où se sont piqués la plupart des élèves. Agnès balance une fois de plus entre l'inquiétude et l'espérance.

– Ninon...

Doc Mac se frotte les mains en riant.

– Ah, Ninon ! Elle ressemble tellement à son père, toujours tiraillé entre deux désirs inconciliables. Ajoutez l'héritage de la mère, vous conviendrez que la pauvre gosse n'a pas la vie facile.

Agnès a envie de crier : « Et moi, vous croyez que j'ai la vie facile. » Au vrai, elle comprend Ninon, mais son impuissance à l'aider lui est une blessure.

Elle guide Doc Mac dans le couloir sombre de l'appartement.

– Attention, l'ampoule est grillée.

– Oui, oui.

Il est perdu dans ses pensées. Il n'écoute pas Agnès, qui s'excuse de le conduire à la cuisine, la seule pièce à peu près meublée de son logement.

– J'emménagerai pour de bon cet été, puisque je reviens l'an prochain.

– Vous dites ?

– Je dis que je reviens l'an prochain.

– Voilà une bonne nouvelle.

Il cherche une patère pour poser son chapeau, l'accroche finalement à la poignée de la fenêtre. Il tire une chaise, s'assoit à califourchon, croise les bras sur le dossier.

– Je vois que vous avez un réchaud à gaz. Je boirai bien un café. Vous aussi ? Que disiez-vous à propos de Ninon ?

– Elle est un peu revenue sur son refus d'aller au certificat. Elle jure qu'elle ne se décidera qu'au dernier moment. « Vous verrez bien si j'y suis, le matin de l'examen ! »

– Elle se plaint de nouveau de ses douleurs au ventre.

– Quel genre de douleurs ?

– Nerveuses. N'entrez pas dans le jeu des filles. Elles vous font marcher pour se donner de l'importance. Il ne faut pas leur en vouloir, elles n'en sont même pas conscientes.

– Vous me rassurez...

Le ton d'Agnès prouve qu'elle n'est pas rassurée le moins du monde. Les derniers jours d'attente, avant l'examen, se révèlent pires qu'elle ne l'imaginait. Elle voudrait en finir tout de suite, puis s'enfermer chez elle un mois entier pour ruminer sa défaite. Car l'échec lui semble maintenant inéluctable et certain.

– Je m'en fiche complètement. Qu'elles abandonnent toutes, j'irai passer la journée au bord de la rivière !

Le docteur éclate de rire, en secouant sa chaise.

– Pourquoi pas au bord de la mer ? Je vous emmène.

Le menton posé sur son poignet, il la suit des yeux pendant qu'elle met l'eau à chauffer et moud le café avec des gestes brusques. Elle n'a pas l'esprit à ce qu'elle fait et elle a honte de sa maladresse. Il lève la tête et redresse les épaules.

– Ma proposition tient pour les vacances : nous irons fêter vos succès. En attendant, j'ai étudié la question du transport pour les examens, avec votre mairesse. Pour l'examen d'entrée en sixième, j'emmènerai donc la Suzon et sa fille à Alès, et la mienne, naturellement. Pour le jour du certificat, la mairesse m'a promis que son mari serait disponible avec sa Juvaquatre. Il conduira la moitié des élèves. Je vous emmènerai avec l'autre moitié. Ça va ?

– Ça va, dit Agnès.

Elle sera assise près de Doc Mac, à l'avant de la 203. Elle n'a jamais voyagé avec le docteur.

– Je dois vous prévenir : je n'aime pas la mer.

Elle ment. Elle aime la mer, mais elle n'oserait jamais se montrer en maillot de bain. De plus, elle ne sait pour ainsi dire pas nager. Elle serait paralysée par la peur du ridicule. Doc Mac secoue la tête et sourit.

– La montagne, alors ? Je vous propose de suivre dans la mesure du possible l'itinéraire Stevenson, de Saint-Jean au Puy et retour. Il nous faudra au moins deux jours, plutôt trois.

Agnès verse enfin l'eau chaude dans sa petite cafetière.

– Stevenson...

– Êtes-vous comme moi ? Chaque fois que le nom de Stevenson me vient à l'esprit, je ne peux m'empêcher de penser à François Paulet.

– Le lien, je suppose, ce n'est pas le voyage de Stevenson dans les Cévennes, mais ses romans, écrits bien après : *L'île au trésor* et le *Docteur Jekyll et Mister Hyde* ? Je me trompe ?

– Non. François Paulet n'était pas un grand lecteur de romans. Mais je pense qu'il a découvert Stevenson, comme beaucoup de gens ici, par le *Voyage avec un âne*. Le maître d'école, Théophile Larguier, votre prédécesseur, lui a peut-être prêté ces trois livres. François Paulet a trouvé dans les deux romans une forte évocation de ses idées fixes : le départ, l'aventure, dans *L'île au trésor*, le rêve d'être un autre homme, moins sage et moins ordinaire, dans le *Docteur Jekyll et Mister Hyde*. Du moins, c'est ce que je crois. Juliette a dû vous raconter cette histoire à sa façon?

– Elle m'a avoué qu'elle avait brûlé le *Docteur Jekyll* pour que Ninon ne le lise pas. Elle prétend que c'est un mauvais livre, un « livre qui fait peur ». Mais elle a permis *L'île au trésor* à sa fille, elle s'en excuse presque. Canisius... pardon, M. Larguier, m'en a parlé aussi.

– Ce qui est certain, c'est que les romans de Stevenson nourrissaient les rêveries de François Paulet.

– On peut voir les choses d'une autre façon, n'est-ce pas? François Paulet n'était pas heureux en ménage ni dans son métier, il ne se sentait pas à sa place. Il souhaitait en secret changer de vie. Il cherchait l'inspiration dans les livres, avec l'aide de l'instituteur.

– Nous sommes d'accord.

– Allons plus loin. Ninon s'est intéressée aux livres de Stevenson, *Le Voyage avec un âne* et les romans. Elle voulait lire le *Docteur Jekyll*... Il a bien fallu que quelqu'un lui en parle. Ce n'est sûrement pas sa mère, ni Canisius.

– Elle a trouvé au grenier les livres de son père et les gravures extraites d'une vieille édition du *Voyage*. Mais vous avez raison : il a fallu que quelqu'un lui parle de la passion de son père pour Stevenson.

– Et vous soupçonnez le fameux M. Bernard? Qui pourrait être le non moins fameux Bernard l'Ermite, le camarade de permission de François Paulet!

– Comment ne pas y penser?

– On pourrait admettre qu'il soit venu revoir la veuve de son ami François, qu'il avait connue lors de cette permission. Et non. Il s'intéresse à la fille de quatorze ans, mais il ignore superbement la veuve.

– Oui.

– L'attitude de M. Bernard est étrange.

– Sauf si...

Le docteur mâchonne sa lèvre. Agnès pose les tasses, les cuillers, le sucre dans sa boîte. Leurs regards se croisent.

– Il semble que nos réflexions se recoupent, dit Agnès. Vous avez pensé à une substitution d'identité ?

– Je vais vous amuser. L'idée m'est venue en rêve. Quand je me suis réveillé, je me suis dit : non, c'est impossible, c'est fou ! J'en ai ri, mais pas longtemps. Plus je songeais à l'histoire de Ninon, plus je revenais à l'hypothèse de mon rêve.

– Si M. Bernard était en réalité François Paulet...

– Et si Ninon avait retrouvé son père !

– Et c'est Bernard l'Ermite qui aurait été tué en juin 1940 ?

– Oui. François Paulet aurait profité de circonstances favorables – mais difficiles à imaginer – pour vivre ses chimères, changer de peau et partir à l'aventure.

– Dix ans après, il serait de retour, dit Agnès. Pourquoi ?

– Il a eu envie de revoir sa fille. Il a renoué avec sa famille, mais pas avec sa femme. Elle est veuve de guerre, n'oubliez pas. Elle touche une pension depuis dix ans. En juin 1940, il a dû se dire : « Voilà une occasion unique de la quitter en lui laissant de quoi vivre ! » Mais il pourrait être condamné à rembourser tout ce que la veuve a reçu de l'État pendant ces années. Et sa situation est d'autant plus délicate qu'il est devenu quelqu'un d'important dans les chemins de fer et au Parti communiste.

– Il prend quand même d'énormes risques.

– Son amour pour sa fille a été le plus fort. Avez-vous questionné Ninon ?

– Elle a eu envie de se confesser. Elle semblait prête à tout me dire, mais au dernier moment, elle n'a pas pu ou pas voulu.

– Elle a dû jurer à son père de se taire. Le secret est très lourd pour elle, alors, elle s'est inventé un fiancé pour parler de son histoire sans trahir sa promesse. Elle a vécu ces derniers mois un tourbillon d'émotions que bien des adultes n'auraient pas supporté sans dommage. Voilà qui explique son comportement fantasque.

– Oui.

– Et que sait-elle au juste de l'aventure de son père ? Il a pu y avoir en 1940 un drame que nous ne soupçonnons pas.

La guerre et l'Occupation ont créé bien des situations aussi étonnantes que celle-ci, plus étonnantes peut-être, et certaines resteront ignorées toujours.

– Mon amie Françoise Bassac m'a raconté le cas d'un homme qui est revenu en 1949 pour épouser une jeune fille qu'il avait connu en 1940. Et elle l'avait attendu !

Agnès boit deux ou trois gorgées de café, pose sa tasse et regarde Doc Mac dans les yeux.

– Je me demande comment on peut prendre la place d'un autre en se faisant passer pour mort, même dans les circonstances les plus troubles de la guerre et de la débâcle. Ça me paraît très, très difficile. Ai-je tort ?

Le docteur tourne sa tasse vide dans ses doigts, d'un air pensif et soucieux.

– Oui, ça semble à première vue presque infaisable. Je donnerais cher pour avoir le fin mot de cette affaire, mais je me souviens de François Paulet comme d'un homme très sympathique. Je suis heureux qu'il soit peut-être encore vivant.

Doc Mac se lève brusquement.

– Merci pour le café, Agnès. J'ai passé un moment délicieux. À bientôt.

Il s'échappe sans même lui tendre la main. Elle a eu l'impression qu'une idée effrayante lui traversait l'esprit et qu'il en était bouleversé. Elle voudrait se lancer à sa poursuite, mais reste figée sur place, au milieu de sa triste cuisine où la lumière de l'ampoule semble vaciller.

Plus tard, au moment de se coucher, elle se rend compte qu'elle est bien trop énervée pour dormir. La visite de Doc Mac, le café, le mystère Paulet et l'approche du certificat, tout cela lui tient l'esprit et le corps en éveil. Elle enfile un manteau par-dessus sa chemise de nuit et sort dans le couloir de l'étage. Elle écoute un instant les bruits de la nuit, dans la grande maison pleine d'échos et de souffles. Par la fenêtre ouverte, elle respire l'odeur fraîche qui monte de la rivière. Une veine bat sur son cou, et son cœur roule au creux de sa poitrine.

La lune jette sur les murs et le plancher une lumière

blanche et des ombres brisées, qui semblent sortir d'un cauchemar. Agnès en avait de ce genre après l'arrestation de son père, en 1943. On dirait qu'une menace plane derrière les carreaux de la fenêtre. Elle se force à respirer lentement et à fond.

On est au début de juin, c'est presque une nuit d'été. Le croissant du premier quartier est cloué au ras des montagnes, dans un ciel bleu, sans nuages. Attirée par la lumière, une chouette chevêche vient lancer son « kouvitt-kouvitt ! ». Le cri de la hulotte lui répond au loin, doux et chantant : « Houi-ou-ou. »

Agnès a toujours aimé sortir au grand air, le soir, respirer, compter les étoiles et les nommer parfois, rêver au ciel, à l'avenir, au bonheur. Mais elle est trop préoccupée pour jouir du spectacle de la nuit. Après le certificat, peut-être. Et puis le départ brusqué du docteur l'inquiète un peu.

Elle est sûre qu'une pensée affreuse lui est venue. Elle l'a pour ainsi dire lue sur ses traits. Il réfléchissait à *L'Étrange Cas du Dr. Jekyll et Mr. Hyde*. Tout à coup, il a pensé : « Et si François Paulet avait tué son ami Bernard l'Ermite pour prendre sa coquille ? » Agnès hausse les épaules. Non, elle n'y croit pas.

Elle observe un moment les étoiles, repère, haut dans le ciel, un point jaune vif qui doit être Arcturus. Mon Dieu, le certificat dans moins de quinze jours !

37.

Le soir d'un long jour

– Rangez vos ardoises !

L'exercice de calcul mental a été ce soir-là un vrai désastre. Les élèves en sont conscients. Le tapage habituel du rangement est réduit à quelques chocs et quelques chuchotis. L'ambiance est morose depuis que Ninon ne vient plus aux séances du soir. Et surtout, les grandes filles sont de plus en plus distraites : pas vraiment dissipées, mais soucieuses et inattentives.

Peut-être faut-il abréger les séances du soir ou même les supprimer ? Agnès craignait par-dessus tout ce qui vient justement d'arriver. Ninon a entraîné la classe du certificat – Henri Daudé excepté – dans sa crise d'âme. À huit jours de l'examen, la situation paraît désespérée.

– Qu'est-ce qu'on fait, mademoiselle ?

C'est Henri Daudé qui a posé la question. Les autres se préparaient sournoisement à partir, avec une demi-heure d'avance. Agnès résiste à l'impulsion de crier : terminé, on s'en va ! Elle décide au hasard.

– Révision de géographie. Croquis des côtes de la Manche.

Quelques soupirs fusent. Agnès dicte les questions.

– Citez les ports de pêche. Quel est le plus grand port de commerce situé sur cette côte ? Avec quels pays est-il en relations ? Vous avez vingt minutes : dix pour la carte et dix pour les questions. Au certificat, vous aurez quarante minutes pour les trois matières : histoire, géographie, sciences. Mais, rassurez-vous, le temps ne vous manquera pas.

Elle sait bien ce qui leur manque : c'est la foi, le moral. « Et toi, ma vieille ? Après tout, tu n'es peut-être pas faite pour ce métier ! » Elle s'est posé la question, à l'école normale, puis, d'une façon ou d'une autre, elle a fini par se persuader de sa vocation de maîtresse d'école. Dans les petites classes, elle s'ennuyait. À Saint-André, elle n'a pas eu le temps de s'ennuyer, certes non. Mais elle a échoué, elle doit en convenir, même si elle a des circonstances atténuantes, comme Ninon. Elle s'est adaptée à la classe unique, au prix de journées très lourdes et d'un renoncement à toute vie personnelle, ou presque. Elle a connu des moments de joie et même d'exaltation. Mais les résultats n'ont répondu ni à son attente ni à ses efforts.

Le sacrifice le plus pénible a été sans doute celui de la lecture, de la vraie lecture, les romans, la poésie, tout ce qui n'était pas strictement nécessaire à son travail, et qu'elle a reporté aux grandes vacances. Elle se met à feuilleter *Une semaine avec* pendant que les élèves se penchent sur leurs cartes de géographie. Le sommaire réveille ses envies. Elle n'a jamais lu toute *L'Odyssée*, ni tout *Don Quichotte*, ni tout *Gil Blas de Santillane*. Elle relirait avec joie *La Chartreuse de Parme*, *Le Rouge et le Noir*, *Lucien Leuwen*. Elle connaît bien George Sand, mais il lui reste à découvrir la grosse moitié des soixante romans de la dame de Nohant, par exemple, *Le Péché de M. Antoine*, dont un extrait figure dans *Une Semaine avec*, et *Lélia*, et *Mauprat*, et *Mademoiselle de la Quintinie*... Et lire n'est pas tout. Elle aimerait parler des livres, aider les enfants, les grandes filles à se plonger dans la littérature.

Sa vraie vocation est peut-être d'enseigner le français dans un cours complémentaire ou un jour, qui sait, à l'école normale !

Les élèves sont partis. Agnès est seule avec sa fatigue et son chagrin. Le soleil descend sur l'horizon. C'est la saison des longs jours, la paix du soir se fait attendre longtemps. Par la fenêtre ouverte, le parfum du foin coupé se répand dans la classe. Agnès se lève et va écrire au tableau, pour son seul plaisir, deux vers de la comtesse de Noailles.

Voici l'heure où le pré, les arbres et les fleurs
Dans l'air dolent et doux soupirent leurs odeurs.

Une guêpe vient se poser sur la coupe de cerises qu'un élève a remplie pour elle et qu'Agnès n'a pas encore touchée. Elle chasse l'insecte, prend une cerise d'un rouge presque noir, qu'elle garde longtemps dans la bouche.

Une auto s'arrête devant l'école. Deux portières claquent. Elle surprend des bribes de conversation, une voix d'homme et une voix de femme. Une minute plus tard, on frappe quatre coups assez secs. Agnès crie d'entrer, une tête d'homme coiffée d'un chapeau de paille rond s'encadre à la porte. Elle reconnaît Paul Fontanes et se précipite à sa rencontre. Il est en bras de chemise, sans cravate, et serre contre sa hanche un paquet de cahiers : les siens. Claire Fontanes entre à la suite de son mari. Elle porte aussi un chapeau, une petite toque de velours grise. Elle est vêtue d'une robe bleu clair à pois blancs, corsage flou, serrée par une ceinture qui l'amincit encore. Elle paraît glisser dans l'air.

Agnès s'empresse auprès des visiteurs en bégayant d'émotion.

– Ve... venez chez moi... mon logement... ma... classe...

Paul Fontanes la regarde avec un sourire un peu moqueur. Elle sent ses joues rosir. Il esquisse un geste protecteur.

– Ne vous dérangez pas pour nous.

– D'ailleurs, nous n'avons qu'une minute, ajoute Claire d'une voix douce et amicale.

Agnès aimerait paraître forte, à la hauteur de son rôle, et en même temps se laisser aller, avouer sa défaillance. Paul Fontanes pose les cahiers sur le coin du bureau.

– Nous nous excusons de les avoir gardés longtemps, dit Claire. J'ai voulu que mon mari confirme mes impressions.

– Ce que j'ai fait, dit Paul, mais avec retard. Je suis toujours en retard, ce qui ne m'empêche pas d'arriver au 14 juillet en même temps que tout le monde !

– C'est moi qui m'excuse, dit Agnès. Je n'aurais pas dû attendre la fin de l'année scolaire pour vous demander conseil.

Elle offre sa chaise à Claire, qui s'appuie sur le dossier. Ils l'observent tous les deux, l'air embarrassé. Elle croit lire dans leur regard une indulgence qui confine à la pitié. Tout va si mal en ce moment qu'elle n'ose espérer une bonne nouvelle. Elle est sûre maintenant d'avoir été trop généreuse dans ses notes. Ils se préparent à lui dire que ses candidats sont encore plus loin du niveau qu'elle ne le pensait. Elle n'a qu'à les regarder !

Ils savent qu'ils vont lui faire mal et cherchent comment adoucir la triste vérité. Les jambes fauchées, elle s'appuie à une table d'élève. Paul semble se décider à parler. « Bon... » Il ne va pas plus loin. Il se racle la gorge, sa pomme d'Adam monte et descend. Claire enlève ses lunettes, son regard flotte et ajoute encore à son charme.

– Ce que nous voulons vous dire est assez délicat.

Paul secoue la tête, écarte les bras d'un geste de regret.

– Ça ne vous servira guère cette année, qui touche à sa fin.

– L'an prochain, vous en tiendrez compte si vous voulez.

– D'autant que vous restez à Saint-André, n'est-ce pas ?

Agnès approuve d'un signe. Elle se tait, de peur qu'ils remarquent le tremblement de sa voix. Paul prend un cahier sur le haut du tas, fait mine de le feuilleter. Claire balance ses lunettes, se tourne vers la fenêtre. Agnès cherche son souffle.

– Vous savez, dit Paul, nous sommes dans le métier depuis trente ans. Nous avons déchanté plus d'une fois. Je vous ai déjà confié à la rentrée qu'il devenait difficile d'enseigner la morale depuis la guerre. Il faut jeter du lest... et dans les autres matières aussi. *Je crois que vous avez surestimé le niveau du certificat et de l'entrée en sixième.*

Claire remet ses lunettes, regarde Agnès, joint les mains.

– Vos notes nous semblent à tous les deux un peu sévères, parfois même très sévères.

– Attention, dit Paul. Pas dans l'absolu, certes, mais le niveau étant ce qu'il est... Prenez l'orthographe. Les commissions se font un barème de correction le matin de l'examen, elles le revoient en général à la baisse après la dictée et souvent encore une fois le soir, dans le même sens, bien sûr !

Claire approuve avec un sourire rêveur.

– J'ai suivi une de vos candidates à travers un trimestre...

Elle sort un bout de papier de la poche de sa jupe.

– Pierrette Vialle. Je me suis permis de revoir quelques-uns de vos chiffres. Je crois qu'elle peut très bien avoir son certificat.

Agnès cache un instant son visage dans ses paumes. Non, tu ne rêves pas, elle l'a dit ! Alors, nous sommes peut-être sauvés ?

Ils sont partis. Elle court à sa cuisine. Vite, l'alcool de menthe et un sucre... Elle sort dans la cour, dans la rue, marche vers la rivière. Une chanson vole d'une fenêtre. Elle s'arrête un instant pour écouter la voix enfantine, si douce, si triste.

Étoile des neiges
Sèche tes beaux yeux
Le ciel protège
Les amoureux.

38.

Journal du Dr Cavalier Gatsou

Juin 1950. J'ai passé mon examen d'entrée en 6e. C'était pas bien terrible (je mets plus mes négatifs exprès maintenant). J'ai pas encore le résultat, mais je m'en fiche, vu que je serais reçue forcément, parce que j'ai fait tout juste ou presque, et sans vicissitude en calcul, qui est mon point faible. Le compte rendu du texte était d'un bête ! Mais il faut y passer pour être docteur. Je marque un mot nouveau, ça sera le dernier de l'année. J'ai choisi dorénavant : ça veut dire, à l'avenir, à partir de maintenant. J'ai décidé que dorénavant je commence à faire médecine en douce, avec les livres de papa, mais personne le saura. Dorénavant, je mettrai des gros mots dans mon journal si j'ai envie. Dorénavant, ce qui m'emmerde le plus, c'est les négatifs, qui sont obligatoires en 6e et même jusqu'en 3e.

J'ai déjà décidé le premier médicament que je vais étudier par cœur : le Rufol, qui soigne les infestions urinaires pas compliquées (ou brûle-pipi). Je préfère commencer par des choses simples.

Dans cinq jours, on a le certificat (d'études primaires) ou certif. La demoiselle a dit qu'elle s'était trompée, qu'elle avait noté trop sévèrement les devoirs. Mais je suis sûre qu'elle l'a fait exprès, pour qu'on soit plus forts. Ma prophétie, c'est que tout le monde sera reçu, même les garçons. (Ninon seulement si elle se présente...)

À l'année prochaine, cher journal.

39.

On croyait qu'on n'y arriverait jamais, pourtant il est là : le jour du certificat.

Ô lumineux matin, jeunesse des journées,
Matin d'or, bourdonnant et vif comme un frelon,
Qui pique chaudement la nature, étonnée
De se revoir après un temps de nuit si long.

Anna de Noailles, « Le Cœur innombrable », in L. Brangier et E. Ballereau, *Les Textes vivants, Choix de lecture à l'usage des classes du Cours moyen,* Éditions S.U.D.E.L.

Lundi 19 juin 1950.

Agnès est réveillée depuis 4 heures du matin et debout depuis 5 heures. Elle claque des dents, elle a les yeux bouffis, la tête pleine de cendres et la bouche de plâtre. Hier au soir, les nouvelles étaient très mauvaises : Ninon préparait son panier et ses bottes pour aller chercher des champignons le matin du certificat !

Il est 6 heures. Les étoiles s'effacent dans le ciel brouillé. La brume se déchire et s'étale en écharpes longues sur les crêtes. Brume ou nuages bas ? La pluie ou le beau temps ? Au sud, l'horizon se teinte de mauve. Un souffle passe, tourbillonne dans la cour et s'échappe par-dessus les murs. Leurs sommets enfouis sous les châles d'ouate, les *serres* cévenols se déguisent en montagnes de légende, incrustées de palais et de donjons.

Agnès frissonne, le froid est dans ses os. Au village, un coq chante, un âne brait. La journée commence.

Quelqu'un a écrit « devinette », au charbon, sur le mur du préau. Elle ne cherche plus depuis longtemps à reconnaître l'écriture des graffiti et ne prend plus la peine de les effacer. Devinette : quelle tête ferons-nous ce soir ? Elle part marcher sur la route de Saint-Pierre-du-Mont. La nature est si belle. On devrait passer la vie à l'admirer, à la décrire, à la chanter...

Les châtaigniers en fleur hérissent leurs bouquets chevelus, petites pieuvres aux doigts d'or. La forêt en est tout éclairée.

– Et tu voudrais partir t'enfermer dans une école de ville ?

– J'irais à la campagne le jeudi et le dimanche.

– Si tu as fini de corriger tes rédactions !

– J'ai passé toute l'année au milieu d'un paysage magnifique, mais j'en ai bien peu profité.

– C'est de ta faute, ma vieille.

Elle a fini par avaler une tranche de pain beurrée, trempée dans une tasse de café tiède.

Voici le premier arrivé, Henri Daudé. Ma meilleure chance, se dit-elle, et peut-être la seule. En veston, les mains aux poches, il sifflote, ramasse un caillou qu'il jette par-dessus un mur, très haut, très loin, comme pour éprouver ses forces.

– Va faire beau, m'zelle.

Elle a l'impression qu'il se fout un peu d'elle. Mais elle le mérite. Elle se sent au-dessous de tout. Angèle Roux arrive à son tour, coquette, en tablier rose et sandales à lacets. Les jumeaux suivent de près. Jeannot est vêtu d'un tablier gris, si neuf qu'il craque encore à chaque mouvement. Pierrette se pavane en robe bleue, manches bouffantes et ruban au col. Ils ont voulu se distinguer le plus possible par la mise et l'allure. Mais les manches de Pierrette vont la gêner pour écrire, et cet après-midi, s'il fait très chaud, son col l'étouffera !

Une voiture : c'est le maire et la mairesse. Le maire, Agnès ne l'a pas vu trois fois depuis le début de l'année scolaire. Il se tient derrière sa femme, l'air gêné, tire son chapeau sur ses yeux, puis le relève, se frotte les mains, enfonce la tête dans les épaules. Agnès s'avance à la rencontre du couple.

– Belle journée, mademoiselle Vincent, dit le maire. Le jour où j'ai passé mon certificat, c'était, ma foi, laissez-moi calculer, juste après l'autre guerre, en 1920, il pleuvait des cordes. Je suis arrivé trempé à l'école, je n'ai pas pu me sécher de la journée. Les meilleurs ont été ceux qui avaient pu se garder au sec. S'il avait fait beau, j'aurais pu être premier du canton !

Sa femme l'interrompt vivement.

– Mlle Vincent se fiche de tes souvenirs d'enfance. Elle voit bien que tu n'as pas une tête de premier du canton. Va à ton volant, on ne laisse pas sa voiture quand le moteur tourne. D'ailleurs, il est 7 h 20, tout le monde est là. Nous pouvons partir, Henri et les jumeaux montent avec nous !

Le maire court à sa voiture. Agnès sourit. Espérons qu'il est meilleur chauffeur qu'édile. La Suzon s'assoit à côté de lui. Henri, Pierrette et Jeannot s'entassent à l'arrière de la Juva, qui démarre aussitôt. Agnès et Angèle Roux se retrouvent face à face devant la cour et échangent un long regard.

– On a bien le temps, dit Angèle. Moi, j'aime mieux monter dans la 203 du docteur. Est-ce que je peux aller aux cabinets ?

7 h 25. Ninon, si elle vient, sera sans doute déjà avec le docteur. Un bruit de moteur, feutré, coulant. La 203 pointe son mufle noir, étincelant de chromes. L'auto se range. Agnès porte la main à sa gorge. Son cœur saute une marche, le docteur est seul, c'est fini. « Tâche de faire bonne figure, ma vieille ! » Le prince charmant jaillit de son carrosse. Très élégant, complet gris trois-pièces, veste croisée, cravate rayée. Il est tête nue, et ses cheveux gonflés par le shampooing lui font une superbe crinière poivre et sel.

– La journée s'annonce belle, ma foi, dit-il. Ah, juin en Cévennes... Vous permettez que je tombe la veste ?

Agnès permet. Il se déploie, extrait ses bras et ses épaules du vêtement, avec d'infinies précautions. Agnès se retient de pouffer. Il rougit et s'excuse d'un sourire.

– Je l'étrenne pour le grand jour. Je vais peut-être vous

faire rire, c'est le premier beau costume que j'achète depuis la mort de ma femme, en 1943 !

Doc Mac serait-il en train de lui faire la cour ? Tout à coup, il se frappe la tête.

– J'oubliais. Je suis passé chez les dames Paulet. Ninon vient avec nous, mais elle n'était pas prête. Sa mère l'accompagne. Nous les prendrons au passage !

Ninon vient. Ninon sera au certificat. Ninon sera reçue !

– Vous allez bien, Agnès, dites-moi ?

Agnès sourit au docteur. Merci, mon Dieu. Elle se dirige vers l'auto d'un pas incertain, se cogne à la portière. Enfin, elle est assise à droite de Doc Mac, elle respire, se laisse aller. Le 19 juin 1950, mon premier certificat d'études. Combien d'autres derrière ? Oh, pas beaucoup, le certificat va disparaître, il est condamné.

Elle se surprend à somnoler. Comme il fait bon et doux dans cette voiture ! Doc Mac n'aurait-il pas branché le chauffage, à deux jours de l'été ? Mais la matinée est froide, et puis il a dû voir que tu étais bien près de tourner de l'œil !

La veuve bleue et sa fille sont maintenant installées à l'arrière, silencieuses, fâchées entre elles ou avec le docteur, ou le monde entier peut-être. Juliette est vêtue d'une élégante robe à plis, orangée, revers blancs, col blanc, manches au coude, bordées de blanc, ceinture blanche. Sa pâleur fait ressortir le brun foncé de sa chevelure, sous un petit chapeau de velours crème, et on dirait qu'elle a pleuré. Ninon a choisi d'être mal habillée pour le certificat. Elle est engoncée dans un tablier à carreaux gris, d'une étoffe assez jolie, mais trop ample, trop long, déformé ici et là par des plis et des poches. Le docteur lui a jeté un drôle de regard, l'air de dire : « Mais d'où sort donc ce truc-là ? » Impossible d'imaginer que la veuve, bonne couturière et femme de goût, ait pu acheter à sa fille un tablier de deux tailles trop grand, et encore moins le confectionner tel.

Un mystère de plus sur le compte Paulet.

Doc Mac essaie en vain d'engager la conversation. Il n'obtient qu'un soupir de Juliette et un grognement de

Ninon. Sa main droite plane une seconde par-dessus les genoux d'Agnès, mais il remet l'atterrissage à plus tard et accroche ses doigts au volant.

– Je crois qu'on aura une belle journée, dit-il. Sauf si le temps se gâte en fin d'après-midi.

Tout en guidant l'auto à bonne vitesse dans les virages de la descente sur Saint-Jean, il entonne brusquement un air de *Faust.*

Le veau d'or est toujours debout.
On encense sa puissance...

Agnès sent un sourire lui chatouiller la lèvre. Ninon se réveille soudain de sa torpeur.

– Le veau d'or... c'est une façon de dire le capitalisme ?

Doc prend le temps de finir :

... autour de son piédestal
Et Satan conduit le bal !

Il donne un coup de frein, caresse le volant et répond :

– Oh, on n'a pas attendu le capitalisme pour adorer le veau d'or. Je suppose que c'est dans la nature humaine !

– Pouce, ça va ! dit Ninon sur un ton insolent.

Puis elle se renfrogne et se tait jusqu'à Saint-Jean. La ville s'allonge dans une vallée, où la rivière court entre les falaises. Les plus basses terrasses, encore en culture, portent vignes et vergers, étagés sous les pentes couvertes de forêts. Plus haut, la ligne des crêtes mure l'horizon jusqu'à mi-ciel. Le bourg se blottit entre la gare et la grand-place, avec l'école, la mairie, le temple, et deux trois rues commerçantes, cossues, animées.

Le certificat d'études n'est plus ce qu'il a été avant-guerre. Il donne encore, pourtant, l'occasion d'un cérémonial presque égal au comice agricole. Le chef-lieu de canton est ce jour-là une petite capitale, et les provinciaux des communes viennent défier dans leur fief maîtres et élèves de la ville (2 000 habitants). C'est la communion solennelle de l'Église laïque, le conseil de révision des gamins et la mobilisation générale des cerveaux !

Une agitation extrême régnera toute la journée, de l'école aux boutiques, de la place du marché aux cinq cafés du bourg, jusqu'au soir, où la fête finira entre fanfare et mélancolie.

La petite foule des candidats, des maîtres et des parents se répand dans la cour ombragée de tilleuls. On se rue à la boulangerie et à l'épicerie pour le ravitaillement de dernière minute, parfois à la pharmacie pour calmer les maux de tête, de gorge, de dents, de ventre... Puis tout le monde se rassemble devant le perron. Une cloche sonne, un homme sort du couloir de la direction, une feuille à la main. C'est l'appel. Une vague pousse les candidats en avant. Quelques-uns se retournent une dernière fois. Ils sont seuls en face de leur destin.

Les cigales saluent de leurs crissements le jour du certificat.

Doc Mac prend Agnès par le bras.

– Venez boire un verre au Café des Cévennes. Je voulais inviter aussi Juliette Paulet, mais elle a disparu...

Sa main se resserre sur le coude d'Agnès.

– La pauvre femme vit des jours difficiles.

Agnès a envie de s'écrier : moi aussi. Mais sans doute ne peut-on comparer. Au café, elle choisit d'instinct un coin sombre pour se cacher. Elle se sent dolente et fiévreuse. Elle a froid, elle aurait dû prendre un manteau, mais en plein mois de juin, elle aurait été ridicule. Peut-on attraper la grippe en cette saison ? La main du docteur, qui a volé tant de fois au-dessus de son genou, se pose sur son front.

– Mais vous avez la fièvre !

– Tant mieux.

Il rit, lui saisit le poignet sur la table, cherche le pouls.

– Pourquoi tant mieux ?

– Enfant, j'étais si bien quand j'avais la fièvre. Je restais au lit, le monde s'estompait, les livres s'emplissaient de mystère et devenaient plus réels en même temps. C'était le bonheur.

– Et vous avez envie de redevenir une petite fille.

Elle baisse les yeux. La chaleur de la confusion s'ajoute à celle de la fièvre. Ses joues cuisent et elle trouve cette sensation exquise. « Oh, tu perds la tête, ma bonne ! »

– J'ai le temps aujourd'hui, dit le docteur. C'est un peu la morte-saison. Venez à mon cabinet, après midi. Je voudrais m'assurer que vous ne couvez pas un sale truc. Voulez-vous ?

Elle s'entend répondre oui, sans hésitation. Elle a envie que le docteur s'occupe d'elle. Et peut-être ne serait-elle pas fâchée de couver un sale truc !

Il l'a laissée partir à regret. « Vous seriez mieux dans votre lit, vous savez. » Elle a ri à son tour, elle s'est mordu la langue pour ne pas répondre : « Ou dans le vôtre ? » La fièvre lui donne toutes les audaces. Elle marche dans la rue, elle ne sait quelle rue. Elle n'a pas eu le courage d'attendre ses élèves dans la cour, de guetter les rumeurs, de commenter les épreuves jusqu'à la nausée, d'échanger des potins avec ses collègues.

Elle se sent vraiment malade. Elle est si fatiguée qu'elle n'a pu se défendre contre un virus affaibli d'être passé chez tous les autres, durant l'hiver et le printemps, mais tenace et rancunier. Si elle avait son manteau, ce serait le paradis. Elle joue à s'imaginer qu'elle quitte la ville. « Donnez vos impressions... » Eh bien, j'ai l'impression que je suis assise sur un petit nuage qui m'emporte au bout du monde. Et en même temps, je suis couchée dans le lit de ma chambre d'enfant, et mon lit est un bateau qui vogue sur une mer bleue, une mer de rêve. Je suis bien. L'alizé me porte vers un endroit merveilleux. Je suis partout à la fois, mais je ne bouge pas. Si j'avais un manteau, je serais aussi heureuse que dans mon lit de petite fille. Vous me pardonnez, docteur ? Il y a des moments où ce serait si bon de redevenir une petite fille !

Ça va, comme impressions ?

Elle a tenu le coup tout l'hiver, elle a tenu le coup au printemps. Elle a attendu l'été pour s'embarquer sur le bateau de la fièvre, qui mène à l'île au trésor. Mais tenir le coup n'a servi à rien, et ses pauvres candidats sont en train de se faire fusiller à bout portant ! « Pardon, chers élèves, si je n'ai pas été à la hauteur. J'ai fait ce que j'ai pu, ce n'est pas une excuse, tout est de ma faute. Oui, docteur, examinez-moi à fond, si je vous plais... pardon, s'il vous plaît ! »

Dictée

Pilote de chasse. – Je grimpe dur et vite et je franchis la côte anglaise à environ six mille cinq cents mètres. La Manche n'est qu'une masse confue et opaque. Pas un nuage. Je monte dans l'ombre qui ceinture la terre vers le ciel, maintenant lumineux, d'où les étoiles fuient.

Soudain, sans transition, comme un plongeur, je m'enfonce en pleine lumière dorée. Sous mes ailes, c'est la nuit, et je suis seul à dix mille mètres d'altitude, dans le jour. Je suis le premier à aspirer, dans le froid glacial, la vie chaude des rayons qui percent les prunelles, comme des flèches. En plein ciel, je possède à moi seul le jour naissant ; tout m'appartient, la lumière et le soleil.

Pierre Clostermann,
Le Grand Cirque.

Barème de correction. *Pillote, 1 fte ; pilotte, 1/2 ; dure, 1 ; cote, 1/4 ; Anglaise, 1/4 ; milles, 1 ; cent, 1 ; manche, 1/4 ; hopaque, 1/2 ; onbre, & ; cinture, seinture, 1/2 ; lumineux, 1 ; soudin, 1 ; transicion, transission, 1/2 ; transitions 0 ; enfonçe, 1/2 ; glaçial, 1/2 ; plaine, 1 ; seule, 1 ; haltitude, 1 ; haspirer, aspirrer, 1/2 ; persent, 1 ; prunèle, prunnelle, 1/2 ; apartient, 1/2.*

Questions. *1. Essayez d'imaginer quelles impressions éprouve ce pilote de chasse. (3 pts.)*

2. Expliquez : je grimpe dur et vite. Je passe sans transition. Je possède à moi seul le jour naissant. (3 pts.)

3. Conjuguez le verbe « franchir » à la première personne du singulier du présent, du passé simple et du futur de l'indicatif. Nature et fonction de « tout ». Fonction de « comme un plongeur ». (4 pts.)

Conversation entendue après la dictée entre un maître et une maîtresse d'un certain âge.

– On ne peut pas dire que la dictée soit difficile.

– On ne peut pas dire qu'elle soit facile. Ceux qui ne savent pas la règle de cent et mille vont le payer cher.

– Pour mille, jamais de pluriel, les miens n'hésiteront pas.

– Mais la règle de cent !

– Autrefois, j'avais essayé de la mettre en vers. Mais l'inspecteur est tombé sur mon sonnet, après la guerre. Et c'est moi qui me suis fait sonner !

– Le monde change, la pédagogie doit changer aussi.

– C'est ce qu'on dit. J'avais pris l'habitude de mettre en vers toutes les règles d'orthographe, j'en ai même publié quelques-unes dans une revue : ça m'avait valu une petite considération, à l'époque. Aujourd'hui, on veut du rationnel, du scientifique, et les vers n'ont pas bonne presse, surtout réguliers.

– Les jeunes ne savent même plus compter les pieds.

– Je connais des inspecteurs, ma chère, qui seraient bien incapables d'aligner deux alexandrins !

Agnès se croyait en route vers la montagne ou la mer, elle se retrouve au bout de la Grand-Rue de Saint-Jean. Elle a fait le tour de la ville sans s'en apercevoir.

Elle passe devant un café. Elle lève la tête, mais elle n'arrive pas à distinguer le nom de l'établissement, tant les lettres se chevauchent et dansent. Tant pis, elle se fiche du nom, c'est un endroit pour se reposer. Elle s'assoit à la terrasse, ferme les yeux, somnole un instant. Elle est dans une salle, sa feuille de composition devant elle. Au moment de tremper son porte-plume dans l'encrier, elle retient de justesse un cri d'horreur. Une plume Sergent-Major ! Elle n'écrit qu'avec une « Lance » : les Sergent-Major sont bien trop raides, elle a déchiré son papier chaque fois qu'elle a essayé d'en prendre une... Vite, la trousse. Oh, mon Dieu, rien que des Sergent-Major ! Elle ouvre un œil.

Le garçon, ou le patron, se tient devant elle, une main dans la poche de son tablier, un sourire inquiet sur les lèvres. Osera-t-elle commander un grog, en ce beau matin d'été ? Non, pas si beau que ça : le ciel se brouille, l'horizon se charge. Tant pis, elle ose. L'homme hoche la tête d'un air bienveillant.

– Oui, un grog. À l'eau-de-vie de pays ou au vrai rhum ?

Agnès choisit le vrai rhum, se ravise. L'homme ajoute : «Je vois bien que vous n'êtes pas dans votre assiette.» Elle répond qu'elle préfère un bol. Il lui propose de rentrer, à cause du vent frais. Mais elle veut rester dehors. Elle voudrait même être au sommet d'une montagne, ou sur une longue plage, seule face à l'océan. Ou encore au fond de son lit, planant au-dessus du monde. L'homme revient et pose devant Agnès un bol fumant. Il a fait vite. Non, elle a dû sommeiller encore.

Une auto freine devant le café. Tiens, une 203 noire. La portière s'ouvre, on l'appelle.

– Mademoiselle Vincent ! Agnès !

Le Dr Cavalier. Elle se lève, s'appuie à la table pour ne pas chanceler. La veuve bleue est assise à côté du docteur. Est-ce qu'ils partent en voyage de noces ? Ils ont besoin de moi pour tenir la chandelle ? Doc Mac lui fait signe, sans lâcher le volant.

– Ça va, Agnès ? Venez vite. Ninon est partie !

Ninon est partie ? Elle tourne les mots dans sa tête sans les comprendre. Ninon est partie... Allons bon ! Elle se précipite, s'assoit à l'arrière de la 203, qui est très confortable. Que répète donc le docteur ? La veuve se retourne.

– Ses douleurs au ventre sont revenues. Elle est partie pendant la dictée. Quelqu'un l'a vue prendre le car, on ne sait pas si elle est partie pour Alès ou si elle est rentrée à la maison.

– À mon avis, dit le docteur, elle est chez moi, au Mas Vaillant. C'est là qu'elle se réfugie quand elle veut être seule.

Juliette Paulet s'explique d'une voix tremblante.

– Je ne veux pas téléphoner à ma belle-sœur si Ninon est à Claire-Baraque. Elle dira que tout est de ma faute. Et je suis bien trop nerveuse pour parler au téléphone !

Agnès réfléchit tout haut.

– Quand je l'ai vue avec cette blouse grise, trop grande, j'ai compris que ça n'allait pas.

– Je n'y suis pour rien, gémit la veuve. Elle se l'est achetée à Alès, toute seule ou... ou avec *lui* !

Le docteur prend la route de Saint-André, accélère.

– Pourquoi l'a-t-elle achetée, c'est une question, dit-il. Pourquoi l'a-t-elle prise ce matin, c'en est une autre.

La veuve se tord les mains.

– Je voulais l'empêcher, mais on était trop en retard.

Le docteur tapote son volant, joue avec le levier des vitesses.

– Une chose est claire : elle a acheté la blouse pour avoir l'air d'une ouvrière. Soit elle l'a voulu trop grande pour l'effet. Soit elle n'a pas trouvé sa taille, ce qui est plus probable. Pourquoi tenait-elle à la porter aujourd'hui ? Pour se venger !

– C'est la faute de son...

Juliette mange le dernier mot en reniflant ses larmes. Agnès se penche en avant, entre les deux sièges.

– La faute de son père ?

La veuve hoquette un « oui » indistinct, puis s'écrie :

– Alors, ils vont me supprimer ma pension ? Et peut-être m'obliger à rembourser tout ce que j'ai touché depuis 1940 !

Le docteur lui caresse l'épaule.

– Ne vous en faites pas. Vous êtes innocente comme l'agneau qui vient de naître, et on ne prouvera jamais que vous n'êtes pas veuve. Cet homme est sans doute votre mari. Une substitution d'identité a eu lieu en 1940, Dieu sait comment. Il est devenu Bernard Bastien et il le restera.

Juliette se tamponne la figure.

– Ma pauvre Ninon !

– Nous allons la retrouver et tout s'arrangera.

– Je ne savais rien, je le jure. Ils m'ont tous trompée. Il y a moins d'un mois que j'ai commencé d'avoir la puce à l'oreille. Ma pension...

Le docteur prend un virage sur les chapeaux de roues.

– Ne nous embêtez pas avec votre pension. Si on vous l'enlève, vous pourrez toujours divorcer et vous remarier !

Claire-Baraque. La veuve descend et se précipite chez elle. Le docteur se retourne vers Agnès.

– N'oubliez pas que vous venez me voir en consultation, cet après-midi. Vous êtes blanche comme une aspirine !

– Oh, moi qui me croyais toute rouge.

Elle descend de l'auto en se retenant à la portière.

– Si Ninon est au Mas Vaillant, il vaut mieux que j'y aille. Je crois que ça m'incombe.

Elle fait quelques pas, trébuche contre une pierre, s'appuie au tronc d'un mûrier. « Oui, ça ira... » La veuve revient tête basse et avoue que sa fille n'est pas à la maison. Agnès lève les yeux. Le Mas Vaillant domine le hameau de sa lourde masse carrée.

– J'y vais. Montrez-moi le chemin.

Elle avance comme dans un rêve. Tout est facile, tout est possible. Elle murmure pour elle seule : « Ninon, je t'aime. J'aime aussi les autres, Angèle, Pierrette, Léa, Gatsou, les garçons. Mais tu sais bien que tu es ma préférée. Tu le sais, n'est-ce pas ? » Elle voit le chemin du Mas Vaillant s'étirer devant elle. Elle n'aurait jamais cru que ce soit si loin. « Je me suis attachée à toi dès l'instant où je t'ai vue. Tu sais, je n'ai jamais compris par quel miracle tu m'avais trouvée et reconnue quand je suis venue en reconnaissance ce fameux jeudi. Quelque chose nous a poussées l'une vers l'autre. Je me fiche que tu n'aies pas ton certificat. Je veux que tu sois heureuse... »

Elle est sous les fenêtres du Mas. Elle crie : Ninon ! Ninon !

– Ninon, c'est moi, Agnès Vincent. Viens me parler !

Elle fait le tour de la maison. Ninon ! Ninon !

– Nous avons besoin de parler. Je ne t'en veux pas, juré.

Elle entre dans la cour, à l'arrière du mas, lève la tête vers les fenêtres, répète : Ninon, Ninon. Elle sait bien le mot qu'il lui faut crier. Elle l'a prononcé tout bas quelques minutes plus tôt. C'est un mot difficile à dire dans ce pays austère, secret, un mot qui engage pour longtemps, quelquefois pour la vie. Et le lancer à tous les échos est encore plus gênant. Si elle n'avait cette sensation de rêve, grisante, elle n'oserait pas crier : je t'aime.

Elle ne doit pas tarder une seconde de plus, elle se décide.

– Ninon, je suis là. Je t'aime.

Elle attend.

Ninon, soudain, est près d'elle, en combinaison, à moitié nue, les cheveux fous, une main serrée sur le ventre. Agnès la prend dans ses bras. Ninon pleure sur son épaule.

– J'ai si mal. *Il* m'a menti, mademoiselle !

– Oui ?

– *Il* m'avait dit qu'*il* ne s'était pas remarié. J'ai cru qu'*il* vivait seul. Mais *il* est avec une femme. *Il* a fini par me l'avouer. Oh, que je suis malheureuse ! Oh, que j'ai mal !

Agnès lui caresse les cheveux à petits gestes doux. Comment la consoler d'un si grand chagrin ? Ninon renifle un coup et niche son museau humide entre le cou et l'épaule d'Agnès.

– Vous m'aimez vraiment ? Vous ne m'en voulez pas ?

– Je t'en veux un peu. Mais je t'aime.

– Je ne vous crois pas. Personne ne m'aime !

– Ton père est revenu pour toi.

– Mais cette femme...

– Je suppose que ton père est un homme, pas un saint.

Calcul

I. Dans une course automobile, une voiture a parcouru le kilomètre en 25 secondes. À quelle vitesse horaire a-t-elle effectué cette distance ?

En supposant que sa vitesse soit restée toujours la même durant tout le parcours, combien lui aurait-il fallu de temps pour couvrir les 16 tours du circuit, le tour ayant 15 km 750 ?

II. Un père de famille a été malade. Il paie au médecin 5 visites à 450 francs et 2 800 francs de pharmacie. La Sécurité sociale lui rembourse 4/5 des frais de médecin et 80 % des frais de pharmacie. Quelle somme a-t-il dépensée ? Quelle somme lui est remboursée ? Sur la différence de ces sommes, une société de secours mutuels lui verse encore 50 %. Quelle somme définitive aura-t-il déboursée ?

Commentaires entendus :

– Le second problème est quand même un peu facile.

– Plaignez-vous que la mariée soit trop belle !

– Le prix cantonal ne vaudra pas cher cette année.

– Moi, je crains que les bons en calcul se disent : il doit y avoir un piège, et qu'ils cherchent Dieu sait quelle complication.

– Oui, qu'ils *ne* cherchent, hein ? On a assez vu de ces problèmes compliqués à plaisir : les robinets, par exemple.
– N'empêche. Si on continue comme ça, le certificat ne sera plus le certificat.
– Peut-être, mais c'est important de savoir comment marche la Sécurité sociale.
– Un jour, elle remboursera 100 % de tout et on ne pourra plus inventer de problèmes dessus !

Rédaction

Premier sujet.

À la veillée, au reçu d'un catalogue d'appareils ménagers (réfrigérateurs, cuisinières et réchauds électriques, Butagaz, machines à laver, etc.), la famille discute. Maman voudrait ceci ou cela ; papa désirerait...

Racontez la conversation et présentez les raisons de chacun.

Note.

On expliquera aux candidats le mot « réfrigérateur ».

Deuxième sujet.

Un avion passe. Vous le suivez des yeux. Vous imaginez son voyage, peut-être ses aventures. Faites-nous part de vos réflexions.

Conversation entendue :
– Pas de lettre ? C'est un peu fort !
– Rien dans les Instructions ne dit qu'il y a forcément une lettre au certificat.
– Je croyais que c'était devenu la règle.
– Justement, il n'y a pas de règle.
– Les sujets de lettres sont souvent si bêtes que j'en ai honte pour ceux qui les ont trouvés.
– Eh bien, moi, cette année, j'ai deux garçons qui ne savent pas décrire, qui n'ont pas d'impressions et qui font des fautes. Alors, j'avais tout misé sur la lettre.
– Bah, les garçons sauront toujours dire quelque chose sur le passage de l'avion. Tous les garçons aiment l'aviation.
– Les vôtres savent ce que c'est qu'un réfrigérateur ?

– Ma foi, je n'en connais pas dans ma commune.

– Et la machine à laver? Vous croyez qu'ils ne vont pas confondre avec la douche?

– Pour le deuxième sujet, vous voyez une différence entre les impressions et les réflexions?

– Les élèves sont tout à fait capables de réfléchir, mais le mot « impressions » leur coupe la chique!

– Et la formule « faites-nous part » sera-t-elle comprise par tout le monde?

– Qu'est-ce que vous auriez mis, vous?

– Ma foi... « Dites tout ce qui vous passe par la tête. » À mon avis, ce devrait être l'intitulé de tous les sujets de rédaction!

À midi, le maire et la Suzon ont invité les candidats et la maîtresse à déjeuner. Le maire a un magasin à Saint-Jean, avec une cuisine et une chambre au-dessus. Le Dr Cavalier a excusé Agnès qui se repose à l'hôtel Portal : elle a promis de venir pour les résultats. Les nouvelles sont bonnes et les faces sont plutôt réjouies. Henri Daudé hausse les épaules d'un air bougon.

– Les problèmes étaient trop faciles. On pouvait presque les faire de tête. C'est pas la peine d'avoir un examen!

Par chance, ou parce que la maîtresse a eu du flair, on a vu à Saint-André la règle de cent et mille quinze jours plus tôt.

– Moi, je me suis tout rappelé, affirme Angèle.

– Moi aussi, dit Pierrette avec une petite hésitation.

Jeannot est moins sûr de lui. Il n'a pas mis d' « s » à mille, mais il ne sait plus très bien ce qu'il a fait pour « cent ».

– En tout cas, dit la mairesse avec conviction, on peut remercier la demoiselle qui a pensé à tout!

En rédaction, Henri a choisi l'avion. Il a raconté comment il s'imaginait dans le cockpit (il n'est pas sûr d'avoir bien écrit le mot), en train de manier le manche à balai et toutes les commandes, même les mitrailleuses. Il s'est vu piquant sur un navire de guerre ennemi, larguant ses bombes au tout dernier moment... Il a bien failli ne pas redresser l'appareil à temps!

Jeannot et Angèle ont choisi le sujet des appareils ménagers. Pierrette a raconté ses rêves de voyage et s'est peinte en hôtesse de l'air, avec un coquet uniforme, du rouge à lèvres et du Rimmel. Jeannot a vanté les mérites du réfrigérateur et du Butagaz ; Angèle a insisté sur l'utilité de la machine à laver.

Ils sont tous les quatre plutôt contents d'eux.

Agnès est allongée dans la chambre que les propriétaires de l'hôtel Portal lui ont prêtée pour une heure. Ninon et l'Agathe Félix sont assises chacune d'un côté de son lit.

– Ma petite, dit l'Agathe, il y avait un dicton comme ça, quand j'étais jeune : tant va l'âne sur la pente qu'à la fin il prend la sente. Et les hommes disaient « frère l'âne » en parlant de leur carcasse. « Il faut ménager frère l'âne si tu veux qu'il monte la pente jusqu'au bout. » Tiens, votre frère l'âne, il en pouvait plus de monter, il a pris la sente du bas. Faudra aussi apprendre à vous économiser si vous voulez faire de vieux os !

Agnès sort sa main gauche de sous le drap pour regarder l'heure à son poignet.

– Ce n'est rien, juste un rhume.

– C'est-il à moi que vous voulez m'en faire accroire ce gros mensonge ?

L'Agathe partie, Ninon fixe un moment le plancher.

– Vous vous êtes rendue malade à cause de moi, mademoiselle. Je vous demande pardon !

Agnès se retient de pouffer, son rire se change en quinte.

– C'est vrai, je me suis fait du souci pour vous tous. Je me disais : tu dois tenir jusqu'au certificat. J'ai tenu jusqu'au certificat, mais pas une heure de plus !

Elle tend la main, prend celle de Ninon.

– Parle-moi de toi.

– Vous savez tout pour mon père ? J'avais juré de rien dire, mais puisque vous avez deviné...

– Je n'ai pas deviné grand-chose. J'ai seulement compris que M. Bernard n'était pas ton fiancé, mais ton père.

– Oui, c'est papa. Il avait un camarade, à la guerre, Bernard Bastien, qui a été tué en juin 1940. Il a pris sa place, parce qu'il l'aimait beaucoup. Il voulait continuer de se battre, comme ça il n'a pas été obligé de rentrer à la maison, et maman a eu sa pension.

L'histoire captive Agnès, qui lutte en même temps contre un sommeil invincible. Ninon lisse ses cheveux.

– Plus tard, papa a été officier dans la Résistance et il est devenu communiste. Après la guerre, il est rentré dans les chemins de fer, il travaillait à Paris, gare de Lyon. Maintenant, il est secrétaire du syndicat et cadre du Parti. Et alors... et alors... il s'est mis avec une femme ! Il m'a dit son nom, mais je l'ai oublié. Je ne veux pas la voir, jamais !

Bernard Bastien a été tué en juin 1940, François Paulet a pris sa place, parce qu'il l'aimait beaucoup... Tout le mystère est là. Saura-t-on jamais ce qui s'est passé ?

Agnès lutte contre le sommeil. Le souvenir du dicton de l'Agathe force un sourire sur ses lèvres. Âne, mon cher frère ! Puis elle se laisse glisser, ferme les yeux. Elle est dans un avion piloté par Doc Mac. Elle se tient au milieu des passagers, à califourchon sur l'âne de ses rêves. Les gens la montrent du doigt en s'esclaffant. Elle meurt de honte, elle essaie de descendre, mais en vain. Elle est pour ainsi dire collée sur le dos de cette bourrique. « Tu ne peux pas quitter l'âne, ma vieille, parce que c'est ton frère, ton corps. L'âne est ton corps. » Elle appelle : « Doc Mac, Doc Mac, venez vous occuper de mon corps, vite ! » Il répond tout de suite, d'une voix apaisante.

– Je suis là, Agnès, tout va bien.

Il tire le drap, la découvre légèrement.

– J'ai préféré vous voir ici, pour vous éviter de venir à mon cabinet cet après-midi.

Ah, mais ce n'est plus un rêve. Très bien, songe Agnès, comme ça, je n'aurais pas besoin de me déshabiller, puisque je suis déjà à moitié nue. C'est quand même un peu dommage !

Elle s'abandonne aux doigts experts et doux du docteur.

– Je viens de voir vos candidats, chez le maire, dit-il. Il sont assez contents de leur dictée. Je vais vous faire rire. Moi, j'ai complètement oublié la règle de cent et mille !

Agnès, mal réveillée, comprend « le sang d'Émile ». Mais de quoi parle-t-il ? Il lui raconte la dictée, les cent et les mille. Puis il la fait asseoir sur son lit et relever sa combinaison.

– Si j'osais, je vous demanderais de quitter votre soutien-gorge.

Osez, docteur, osez. Elle s'exécute en hâte.

– Vous voulez que j'enlève tout ?

– Ça ne sera pas nécessaire cette fois. Mais j'aimerais vous revoir avant les vacances.

– Me revoir ?

Il sourit, lui caresse l'épaule.

– À mon cabinet, bien sûr. Votre grande fatigue, physique et nerveuse, a ouvert la porte à un virus plus acharné que les autres, qui traînait par là, en attendant le certif. Vous avez surtout besoin de repos. Je vais même vous dispenser d'aller à Saint-Jean pour les résultats.

Elle se dresse, brandit les poings.

– Ah, ça non ! J'y serai !

Elle y est, fiévreuse, tremblante, presque heureuse. Ses candidats se serrent autour d'elle. On attend l'annonce des résultats dans la cour de l'école. L'orage plombe le ciel du côté de la mer. De lointains roulements de tonnerre sonnent comme une menace retenue et bonhomme. Maîtres, élèves et parents composent une foule dense, qui bouge à peine, frissonne, se tend au moindre mouvement, au moindre murmure venu des classes.

Les quatre de Saint-André pensent tous avoir réussi l'histoire et la géographie. On récapitule les dates. 987, Hugues Capet roi de France. 1099, prise de Jérusalem par les Croisés. 1214, victoire de Bouvines, 1453, fin de la Guerre de Cent ans. 1492, Christophe Colomb découvre l'Amérique. Pierrette en a cinq, Henri et Jeannot quatre, Angèle trois. En géographie, tout le monde connaissait l'Équateur et la zone équatoriale. Les sciences ont paru d'une grande facilité.

Deux hommes s'avancent sur le perron : un instituteur de petite taille, en veston gris, les cheveux gris, et, derrière lui, un homme plus jeune et plus grand, en complet marron, cravate, élégant, souriant : M. Verdier, le nouvel inspecteur primaire. Gatsou surgit à ce moment, fagotée dans une robe trop courte, échevelée, barbouillée, les yeux bouffis.

– J'arrive pas trop tard ? J'ai profité que mon père était occupé pour étudier un peu dans ses livres. J'ai trouvé un médicament, oh, la, la, si vous saviez où ça se met !

Tous les autres font chut, chut, un doigt sur les lèvres. L'inspecteur tend une feuille à l'instituteur aux cheveux gris, qui ajuste ses lunettes et lève la main pour demander le silence. Le grand moment est venu.

Les noms tombent, par ordre alphabétique. André Alain, Arnaud Janine, Aubaret Louisette, Bertrand Philippe... Daudé Henri... Agnès presse l'épaule de son champion. En voilà toujours un. On arrive à la lettre R. Rémi Francis... Angèle se pousse un peu contre la maîtresse. Puis l'instituteur aux cheveux blancs annonce : Roux Angèle... Les ongles de Roux Angèle se plantent dans le poignet d'Agnès. « Mademoiselle... » Moins d'une minute plus tard, vient le tour des jumeaux : Vialle Jean, Vialle Pierrette. Fini. L'inspecteur s'avance pour annoncer le prix cantonal, qui revient à un élève de Paul Fontanes. La deuxième du canton est une élève de Claire Fontanes.

Le moment des congratulations est arrivé. Il y a aussi, par-ci, par-là, des pleurs et des grincements de dents. Agnès s'enfuit. La mairesse la rattrape.

– Rendez-vous à l'école dans une heure pour les cadeaux !

Un maître, plus très jeune, s'en va les épaules basses, l'air écrasé.

– Ces problèmes, quelle pitié !

Une maîtresse du même âge, renchérit, la voix chagrine.

– Où sont nos beaux certificats d'avant-guerre ?

En fin d'après-midi, tout le monde est là, dans la cour de l'école de Saint-André : les quatre lauréats, la maîtresse, la mairesse, et même le maire, en retrait, qui frotte d'un air gêné ses doigts jaunis par le tabac.

Arrive Léa Benoît. Agnès l'aperçoit la première et l'appelle : Léa ! Léa ! Angèle Roux et Pierrette Viale viennent l'embrasser, les garçons lui envoient un signe amical. La mairesse appelle les jumeaux.

– Je commence par la lettre V, ça va vous changer. Vialle Jean, Vialle Pierrette, Roux Angèle, Daudé Henri, Benoît Léa !

Les quatre premiers reçoivent chacun un livre. Léa se mord le pouce. « Moi ? » Elle a les larmes aux yeux quand la mairesse lui remet son paquet enrubanné.

– Hé oui, toi. Tu croyais que je t'avais oubliée ?

La mairesse a encore deux cadeaux sous le bras.

– Celui-ci est pour vous, mademoiselle Vincent, une lampe de chevet, ce n'est pas grand-chose, mais vous savez que notre commune est bien pauvre. Ah oui, et voilà le livre de Ninon Paulet. Ce n'est pas de sa faute si elle a eu son mal au ventre. Vous le lui remettrez de ma part.

La journée est finie. Mon Dieu, ça paraît incroyable ! Agnès s'assoit sur la deuxième marche de l'escalier, une bouteille d'eau à sa droite, le sachet de médicaments apporté par le facteur à sa gauche. Elle a le cœur qui cogne, la tête qui tourne, les jambes fauchées, l'estomac levé. Elle se demande si elle trouvera la force de monter à l'étage pour se coucher, même en s'accrochant à la rampe. Et il lui faut garder une main libre pour monter l'eau et les médicaments. Elle calcule comment elle va s'y prendre, mais ce simple effort lui arrache les yeux. Elle baisse les paupières. Oh, elle s'en fiche. Elle dormira en bas, sur le plancher, n'importe où, elle est si fatiguée, si fatiguée...

À ce moment, elle entend des voix de filles, dans la cour. On dirait que des pas se rapprochent.

« Si tu appelais au secours ? Ah, non, tu n'as quand même pas envie que les grandes filles te voient dans cet état ! » Elle se tait. Et puis on frappe à la porte. Une fois, elle se tait encore. Deux fois, elle ouvre les yeux et crie d'entrer. Léa et Ninon montrent le bout du nez ensemble. Elles restent une seconde interdites, à la porte du couloir.

– Mademoiselle, j'ai plus mal au ventre.

– Mademoiselle, c'est vous, maintenant ? Ça ne va pas ?

Elles s'approchent d'Agnès, Ninon s'agenouille devant elle, Léa se penche. Ninon, Léa, les deux qui n'ont pas eu le certificat. Léa, Ninon...

La certitude vient à Agnès qu'elle a réussi son année au-delà de ses espérances. Les grandes filles l'entourent, la prennent aux épaules et la soutiennent dans l'escalier. « Tu peux dormir huit jours, ma vieille ! » Elles l'aident à s'étendre sur son lit, elle leur sourit, leur donne les mains.

Elles échangent un regard. « Mademoiselle... » C'est Léa qui se décide à poser la question.

– Mademoiselle, nous voudrions savoir comment vous avez eu la vocation de maîtresse, euh, d'institutrice, enfin si vous vous rappelez, peut-être.

Agnès soupire, baisse les yeux. Oh oui, elle s'en souvient comme si c'était hier.

– J'avais cinq ans. Nous étions encore en ville, je suis rentrée en section enfantine avec une jeune adjointe. Mon père l'avait prévenue : « Agnès est bavarde, soyez sévère, il faut qu'elle perde vite ses mauvaises habitudes ! » Oui, j'étais bavarde. Je le suis toujours, vous voyez... Dès mon premier jour de classe, j'ai été réprimandée, punie et finalement mise en retenue. J'ai trouvé le temps bien long, ce soir-là, j'ai eu peur, j'ai eu mal, je me suis sentie abandonnée. Puis la colère m'a prise. En rentrant enfin à la maison, j'étais folle de rage. J'ai dit à mes parents : « Je me vengerai ! » Mon père a ricané : « Ha, ha, et comment ? » Alors, moi : « Je deviendrai maîtresse, quand je serai grande, pour punir les enfants ! »

40.

Apocalypse peut-être

Agnès Vincent à Françoise Bassac. Le 1er juillet 1950.

Pardon, très chère Françoise, d'avoir tant tardé à t'écrire. J'ai été malade (une espèce de grippe aggravée par le surmenage) une huitaine de jours. J'ai beaucoup dormi. Je n'avais pas le courage de prendre la plume.

Et puis les événements nous sont tombés sur la tête. Même ici, tout le monde a peur. Le Dr Cavalier croit que la guerre mondiale pourrait éclater avant la fin de l'été, ce qui rend notre certificat bien dérisoire. Et pourtant, quelle émotion le matin du 19 juin ! Je n'oublierai jamais cette journée. En résumé, Ninon nous a lâchés au moment de la dictée, prise de douleurs, complètement chamboulée par ses problèmes familiaux. Les quatre autres sont reçus. La mairesse et le docteur m'ont beaucoup aidée.

Je me suis alitée en rentrant. J'ai gardé la chambre une semaine. Le 26 au matin, le docteur est venu et m'a annoncé la terrible nouvelle : « La Corée du Nord a attaqué la Corée du Sud et son armée vient de franchir le 38e parallèle ! » Je n'ai pas compris tout de suite la gravité de l'événement. Le docteur a insisté. « Je pense que la troisième guerre mondiale est commencée. Et les Russes ont la bombe atomique ! »

J'ai décidé que je ne voulais pas mourir dans mon lit. Je me suis levée pour suivre les communiqués à la radio. Je suppose que tu fais comme moi. Ça s'annonce mal, n'est-ce pas ?

Les Nord-Coréens ont pris Séoul, l'URSS considère que la décision du Conseil de sécurité de l'ONU n'a aucune valeur... Et, depuis que j'ai commencé cette lettre, je viens d'apprendre que le président Truman a engagé l'infanterie américaine en Corée du Sud et l'aviation dans le Nord ! En classe, maintenant, on parle de la guerre une heure tous les matins.

Je voudrais te voir vite, au cas où il arriverait quelque chose au monde. Demain, je serai chez mes parents. Jeudi prochain – s'il n'est pas trop tard –, je pourrais aller te voir où tu voudras. Nîmes serait peut-être le plus commode. À moins que tu puisses faire un saut en 4 CV jusqu'ici, n'importe quand, même un soir.

Je t'embrasse plus fort que jamais, en attendant l'apocalypse. Ton Agnès pour la vie (même si elle doit être courte !).

Françoise Bassac à Agnès Vincent. Le 5 juillet 1950.

Agnès Vincent, ma douce enfant,

Mais non, tu ne vas pas mourir jeune. Tu feras une délicieuse grand-mère ! Les événements ? Bah, comme tu as vu, le général MacArthur est nommé commandant en chef des forces de l'ONU. Il va bouter les Nord-Coréens hors du Sud en trois coups de cuiller à pot. Quant à la bombe atomique des Russes, ils vont se la garder bien au chaud. Je sais de source sûre (j'ai des relations haut placées, te l'ai-je dit ?) que Staline est bien trop content de voir les Jaunes se taper sur la courge. Il va crier très fort, mais il ne bougera pas le petit doigt.

Apocalypse ou pas, on pourrait se rencontrer dimanche prochain, 9 juillet. Je viendrai en voiture si tu veux bien m'accueillir dans ta montagne (à moutons). C'est-à-dire que nous viendrons, et je te présenterai Edgar, mon fiancé. Nous aurons sans doute sa voiture, une Simca sport décapotable, qui monte à 140 à l'heure. Tu ne m'en voudras pas si j'arrive décoiffée. J'apporterai la charcuterie pour le pique-nique.

Edgar est militaire de carrière. Je ne te dis pas son grade : ça sera la surprise. Alors, la guerre de Corée, il en faut plus que ça pour l'effrayer. Tu sais ce qu'il dit ? « Entre 1995 et 1999, nos petits-enfants verront peut-être la guerre de Mars contre la Lune, à coup de bombes superatomiques. La guerre de Corée fera rire aux larmes ceux qui, par extraordinaire, s'en souviendront encore ! » C'est quelqu'un, hein, mon Edgar ! Eh bien, tu vas le connaître. Il te rassurera.

Je t'envoie mon affection, en attendant que le soleil s'éteigne (dans un milliard d'années, pas avant, sois patiente !).

Ta Françoise qui n'oublie jamais le saucisson.

41.

Rêves et révélations

Agnès profite du beau temps de juillet pour faire chaque soir un tour du hameau, jusqu'à la rive du Gardon. Les rumeurs de la nuit bourdonnent à ses oreilles, mille parfums assaillent ses narines. Elle suit des yeux un chat-huant suspendu au clair de lune. L'oiseau lâche son rire et va se percher sur un arbre, de l'autre côté de la rivière. Le spectacle du ciel, la nuit et son mystère l'émerveilleront encore, elle en est sûre, à l'âge de la grand-mère Félix. Si la troisième guerre mondiale n'éclate pas avant l'automne !

C'est demain le dernier jour de l'année scolaire et le départ du 37e tour de France. Le président Truman a annoncé que l'Amérique n'utiliserait pas la bombe atomique.

Du moins, pas tout de suite. On vivra peut-être encore un été... dix étés, mille étés ! Agnès bondit gaiement sur les marches de pierre, de faïsse en faïsse, jusqu'au verger des oliviers, tout en haut du village. Le sang bout dans son cœur. Vivre, vivre !

Elle a un chien depuis quelques jours. Ce n'est pas un chiot, mais une bête adulte, un corniaud gris, pelucheux, que les jumeaux ont trouvé errant dans la campagne, affamé, misérable. Les grandes filles l'ont amené à la maîtresse : l'adoption a été réciproque. Nul ne savait son nom. Agnès a demandé à Pierrette la permission de l'appeler Pierrot.

– Oh, oui, mademoiselle, ça me ferait très plaisir !

Pierrot ne l'accompagne jamais dans ses sorties du soir et

fort peu le jour. Il a tellement roulé sa bosse que, désormais, son plus grand plaisir est de rester à la maison. Et le soir, il dort.

Tout à coup, elle se sent seule. Elle a envie de rentrer chez elle, de retrouver son chien et ses livres. Elle dégringole au hasard les escaliers des faïsses. Heureusement, la lune s'est levée tôt, elle rejoint sans trop de peine le chemin de l'école. Elle arrive à l'appentis, près de la remise des cantonniers, où Pierrot dort comme un loir sur sa couche de paille. Il n'est pas vieux, pourtant. La Pialouse lui donne cinq ans. On dirait qu'il a un immense retard de sommeil à rattraper. Affamé, fugitif, il n'avait pas le cœur assez tranquille pour dormir son soûl... Maintenant, il se rattrape. Est-il heureux ? Elle l'observe à la lueur de la lune.

Il dort, il rêve, on le devine aux mouvements qui secouent ses pattes, mimant la course. Une bombe ne le réveillerait pas !

– Méchant toutou, dit-elle avec tendresse. Pourquoi ne viens-tu jamais te promener avec moi ?

Il s'étire de tout son long, ses mâchoires bougent. Il rêve toujours la même chose : il court, il aboie, il chasse sans doute. Ses pattes de devant s'agitent dans le vide. ses pattes de derrière se tendent à petits coups nerveux. Agnès ne peut détacher ses yeux du tableau. Sacré Pierrot, toi et moi sommes les plus grands rêveurs de la commune ! Ce n'est pas bien vu, tu sais, par ici !

Agnès lui a donné ce nom si humain en souvenir du chien de la mère Lefèvre, dans le conte de Maupassant. Mme Lefèvre est une veuve aussi avare que riche. On lui a fait cadeau d'un petit chien jaune qu'elle a baptisé Pierrot. Quand elle apprend qu'il lui faudra payer un impôt de huit francs, elle décide de se défaire de l'animal. Au pays de Maupassant, la coutume était de jeter les chiens condamnés dans le puits de la marnière. Le plus souvent, les pauvres bêtes ne se tuaient pas en tombant, elles se blessaient plus ou moins gravement et mouraient de faim et de soif au fond du trou. Mme Lefèvre et sa servante, Rose, emportent donc Pierrot à la marnière... La suite de l'histoire est magnifique et terrible.

Agnès a serré les poings et versé bien des larmes en la lisant à douze ans.

– Tu crois qu'on sera heureux, tous les deux ?

Ce Pierrot-ci est plus habile, dirait-on, dans ses rêves que dans la vie réelle. Quand les jumeaux l'ont trouvé, il avait eu si peur des chiens de berger qui le poursuivaient qu'il avait grimpé dans un arbre, un vieux mûrier fortement incliné et à demi creux. Il y est resté caché jusqu'au soir. Tout en dormant, il tricote des pattes de devant à toute vitesse. Il semble se rapprocher de son gibier. Il lance une sorte de jappement étouffé, sa babine pend, ses yeux roulent. Non seulement il fait toujours le même rêve, mais ce rêve est de bout en bout la même poursuite sans fin. Un lapin, à coup sûr, qu'il n'attrape jamais.

– Mais c'est l'enfer, mon pauvre vieux !

– Pas du tout, répond Pierrot. C'est la vie, et je m'amuse bien. Suppose que je l'attrape, ce lapin ? Qu'est-ce que j'en ferais ?

– Tu le mangerais.

– Tout cru, avec la peau par-dessus ? J'ai envie de vomir rien que d'y penser. Je ne suis pas le chien que tu crois !

Agnès renonce à la discussion, elle se sent trop découragée, incertaine. Ça doit être Pierrot qui a raison. La vie, c'est courir après le bonheur sans jamais l'attraper : si on l'attrapait, qu'est-ce qu'on en ferait ? Ça ne se mange pas plus que le bleu du ciel. Et à voir comment certains vivent heureux au milieu du malheur général, on a presque envie de vomir !

Elle se sent désœuvrée : une impression neuve, douce amère. À quoi bon préparer la dernière classe de l'année ? Elle n'aura même pas dix élèves. Elle a, enfin, tout le temps de lire. Passer une soirée entière avec un livre, quelle joie, quel bonheur !

Elle réfléchit, se promène devant ses étagères. Elle n'a aucun désir. Elle prend un volume, un autre. Elle les tourne entre ses doigts, examine les couvertures, fait glisser les pages entre ses doigts. Non, rien ne la tente, aucun nom, aucun titre, aucune lecture. Elle n'a connu de toute sa vie pareille inappétence pour les livres.

La Chartreuse ? Ça ne lui dit rien. *Les Contes de la bécasse*, de l'incomparable Maupassant ? Même pas Maupassant. Ni *Une vie*, ni *Bel-Ami*. Elle feuillette quelques numéros d'*Elle*, dont le tout dernier, bourré de potins ridicules et de romans sans intérêt. Pas un mot de la guerre.

Elle jette le magazine, se lève, parcourt la maison de haut en bas. Elle regarde le ciel par la fenêtre. Deux grosses étoiles encadrent la Polaire : Véga et... voyons, quelle est l'autre ? Elle a oublié et, pis, elle s'en fiche. En tout cas, elle est bien trop énervée pour aller se coucher. La semaine prochaine, Doc Mac prendra quelques jours de congé. Ils partiront sur le chemin de Stevenson, sans âne, ni ânesse, mais avec la 203 Peugeot du docteur. Ils rechercheront ces villages jumeaux aux noms intrigants : Fouzilhac et Fouzilhic. Elle répète comme un refrain de chanson : Fouzilhic et Fouzilhac... Et le soir, ils se retrouveront dans une chambre d'hôtel. Chacun la sienne ou une pour deux ? Oh, n'importe, ce qui doit arriver arrivera, sinon la première nuit du moins avant la fin du voyage.

Et s'il n'attendait pas le voyage ? S'il venait la rejoindre à l'école, un soir, une nuit ? Ce soir, cette nuit ? Soudain, elle en est sûre : il va venir, il est là. Elle sent une présence toute proche. Il a dû laisser son auto sur le bord de la route pour se glisser par les sentiers qui font le tour du village... Elle retient son souffle, pose la main sur son cœur.

Elle court se regarder à la glace. « Ah non, tu ne vas pas t'apprêter comme si tu l'attendais ! C'est bien qu'il te trouve un peu négligée, les cheveux dans la figure, les yeux bouffis... pourquoi pas en chemise de nuit ? » Elle boit un grand verre d'eau, écoute les bruits de la nuit. « S'il passe derrière l'école, Pierrot se réveillera peut-être et lâchera un ou deux jappements enroués. Et puis il connaît le docteur, il se taira et retournera à son somme... On a vu mieux comme chien de garde. »

Enfin, c'est irrationnel, c'est fou, cette sensation qu'elle a de quelqu'un qui tourne autour de la maison. Doc Mac a aperçu les lumières, il sait qu'elle est là, qu'elle ne dort pas. Pourquoi ne se décide-t-il pas à entrer ? Oh, il est venu passer la nuit avec elle et il hésite, au dernier moment, à sauter le pas. « Et toi, Agnès Vincent, tu es prête pour le sacrifice ? » Elle ne sait plus. Une moitié d'elle aurait préféré attendre Fouzilhac et Fouzilhic, l'autre moitié bouillonne de fièvre. Elle guette dans le couloir, sous la lumière de l'ampoule.

Pierrot lance deux ou trois « ouah-ouah » assez secs, mais il n'insiste guère. Agnès cache ses yeux sous ses paumes. Alors, c'est arrivé ? Oui, on frappe à la porte, doucement Elle ne reconnaît pas la façon vive et brusque du docteur, et Doc Mac n'attend pas qu'on lui crie d'entrer, il cogne deux fois ou trois fois et pousse la porte. Elle baisse les mains, respire une gorgée d'air brûlant. De nouveau, quatre coups.

Ce n'est pas le docteur. Elle reprend son souffle, avance d'un pas.

– Qui est là ?

Un temps, puis une voix d'homme, inconnue :

– Je peux entrer ?

Tu ne vas pas jouer les poules mouillées, Agnès Vincent ! Elle marche jusqu'à la porte, d'un pas décidé, elle ouvre. Une seconde, elle a cru se trouver en face d'un fantôme... Le fantôme de Marcel Cerdan !

– Bonsoir, mademoiselle Vincent, dit l'homme d'une voix un peu moqueuse. Non, ce n'est pas *lui*. Ce n'est que *moi* !

Il est grand, sûrement plus grand que Cerdan, bien découplé, les épaules larges avec un faciès de boxeur : le nez écrasé, les pommettes, les arcades sourcilières et la mâchoire aplaties. Ses yeux clairs brillent d'un éclat profond et fixe, et Agnès reconnaît la lumière qu'elle a vue dans le regard de Ninon.

– Vous êtes...

Il rit, esquisse un geste d'excuse.

– Je ne suis pas Cerdan. Quand on est mort, je crois, c'est pour toujours. Moi, il se trouve que je suis vivant !

– Vous êtes le père de Ninon.

– Oui. Ma fille m'a dit que vous saviez la vérité depuis longtemps. Pour l'état civil, je suis Bernard Bastien. En réalité, je suis François Paulet, vous avez deviné. Je suis venu vous parler.

Elle regarde derrière lui, vers la cour, comme si elle espérait que Ninon l'accompagne. Il secoue la tête.

– Je suis seul. Est-ce que je peux finir d'entrer ?

Pierrot vient renifler le bas de son pantalon. Il se penche pour caresser la tête de l'animal.

– Ninon ne m'avait pas dit que vous aviez un chien.

– C'est tout nouveau.

– Je n'ai pas revu ma fille depuis bien avant le certificat.

– Mais vous savez qu'elle ne l'a pas passé ?

– Je le sais par ma sœur. Elle est partie au beau milieu de l'examen. Tout est de ma faute. Je regrette.

– Entrez.

Elle hésite entre la cuisine et la classe et choisit la cuisine. Il la suit d'un pas pesant, en tapant du talon sur le plancher. Son pas semble très assuré, mais elle se rend compte qu'un de ses pieds heurte le sol plus lourdement que l'autre. Il doit avoir une jambe raide, une blessure de guerre peut-être. Elle se retourne pour s'excuser. « Écoutez, je... »

Il sourit, pose les mains sur la poitrine, incline la tête, en une pantomime presque orientale.

– Je vous remercie de m'accueillir, mademoiselle Vincent. Ma fille vous porte une estime sans pareille. Je partage ses sentiments.

Agnès hausse les épaules, s'efface pour le laisser entrer. Il est vêtu d'un blouson léger, en tissu soyeux, beige, très élégant, et d'un pantalon de toile un peu plus foncé, au pli impeccable. Il a dû acheter ces vêtements à Paris et pas chez n'importe quel vendeur de confection. Il n'a pas tout à fait l'allure qu'elle aurait prêté à un chef communiste.

Elle cherche en hâte deux verres, ils sont dépareillés, tant pis, elle pose le plus grand devant son visiteur qu'elle invite à s'asseoir.

– Des parents d'élèves m'ont offert une bouteille de madère.

– Va pour le madère.

Il s'assoit, tire un mouchoir de sa poche, s'essuie le front. La nuit est brûlante, au-dehors, mais l'épaisseur des vieux murs garde une certaine fraîcheur dans la maison d'école.

François Paulet ne transpire pas seulement à cause de la température. Il est aussi troublé qu'Agnès. Il saisit son verre, le serre si fort que ses phalanges blanchissent.

– Vous ne parlerez pas de ma visite à ma femme.

Il se racle la gorge, lâche un rire sec et dur.

– J'allais dire ma veuve ! À ma fille non plus, du moins pas tout de suite. Je suppose que vous me considérez comme un voleur ? Ma femme touche indûment une pension depuis dix ans. J'espérais pouvoir régulariser notre situation d'une façon ou d'une autre, c'est plus difficile que je pensais. Je pourrais considérer que j'ai remboursé ma dette en services rendus au pays. Ce ne serait pas tout à fait honnête ? Mais, d'autre part, ma femme n'est pas responsable et je ne veux pas qu'elle soit pénalisée. J'ai commencé de reverser cette créance au trésor public, par le biais d'une association de résistants. Vous n'êtes pas obligée de me croire, enfin je vous le dis. C'est une grosse somme et je ne suis pas riche, du moins pour le moment.

Agnès ne l'écoute que d'une oreille. Elle n'avait pas envisagé l'affaire Paulet sous cet angle. Qu'importe, au fond, cette dette ridicule, à la veille d'une guerre atomique qui va peut-être ruiner le pays ou même détruire le monde !

Il s'interrompt, la regarde fixement. Elle en profite pour poser la question qui lui trotte dans la tête.

– Pensez-vous que nous allons avoir la guerre ?

Il baisse les yeux, fait tourner le vin au fond de son verre.

– Je crois qu'on va y échapper, du moins cette fois.

– Vous êtes pour la Corée du Nord, bien sûr ?

Il sirote une gorgée, soupire.

– Non, je n'y crois plus, depuis un certain temps, disons depuis un an ou deux. Le livre de Kravchenko...

– *J'ai choisi la liberté...*

– Oui. Et le procès Kravchenko, le procès et l'exécution de Rajk, en Hongrie. Tout cela m'a ouvert les yeux... qui n'ont jamais été vraiment fermés. Ma situation est devenue intenable, parce que j'ai perdu ma foi communiste. et aussi parce que mon identité est sur le point d'être dénoncée : ma carrière politique sera brisée. Au pire, je me retrouverai en prison ou acculé au suicide. Alors, j'ai décidé de partir, de disparaître à nouveau. C'est pour cela qu'il fallait que je vous parle, tout de suite !

– À moi ?

– À vous, mademoiselle Vincent. Ma fille est très fâchée contre moi, elle ne me pardonne pas certaines choses, vous le savez sans doute. Ce que je vais vous dire ce soir, si vous acceptez de m'écouter, je vous demande de vous en souvenir pour le lui répéter quand vous la jugerez en âge de comprendre, à seize ans, ou dix-huit, vous déciderez. Ma sœur et mon beau-frère d'Alès sont de bons communistes, au cœur simple et droit : pour eux, je vais devenir un traître au Parti, ils ne peuvent pas se charger de cette mission. Vous, ma fille vous aime. Et puis je crois que vous ne me condamnerez pas...

Il prend son menton dans sa main et fixe Agnès d'un air interrogateur.

– Est-ce que je me trompe ?

Elle le regarde bien en face. Mon Dieu, comme il ressemble à Ninon, malgré son visage abîmé !

– Vous avez raison, dit-elle.

Ses mains, posées sur la table, se décrispent légèrement. Elle remarque une cicatrice qui s'étend le long de l'index gauche, jusqu'à la base du pouce, et blanchit quand il serre le poing. Il sourit, sort un paquet de cigarettes de la poche de son blouson, puis le remet en place tout de suite.

– Vous n'auriez pas un peu de bouillon ?

Elle se retourne d'un grand mouvement vers le fond de la cuisine.

– Oh, vous tombez bien. J'ai du bouillon de légumes... Mais il faut que je le réchauffe !

– Merci. Je suis parti d'Alès, ce matin, j'ai laissé ma voiture à cinq ou six kilomètres d'ici et j'ai couru la campagne à pied toute la journée, sans manger. Je voulais revoir ces paysages, retrouver les lieux de mon enfance, avant de m'en aller pour de bon. J'espère bien revenir un jour, mais sait-on jamais ? La guerre peut me rattraper n'importe où, bien loin d'ici.

– Vous voulez toujours partir très loin ?

Par la fenêtre entrouverte, il jette un coup d'œil rêveur au ciel et à la nuit. Il sort de sa poche une montre, munie d'un anneau et d'un couvercle de cuivre, il l'ouvre. Est-ce bien une montre ?

– Ma boussole fétiche. Je l'ai achetée en 1928 à la Manufacture de Saint-Étienne. J'avais vingt ans. J'ai toujours envie de découvrir mon île au trésor. En 1940, je ne suis pas allé plus loin que l'Algérie, et j'ai plus que jamais besoin d'un trésor, ne serait-ce que pour rembourser mes dettes à l'État. Oui, j'ai l'intention de partir le plus loin possible. J'hésite entre l'Amérique du Sud et les îles du Pacifique. Ma compagne ne me suivra pas. Vous savez, ma fille est très jalouse d'elle. Vous lui direz... vous direz à Ninon que je pars seul et que je penserai à elle chaque jour de ma vie jusqu'à mon retour.

Agnès a mis chauffer une casserole de bouillon sur son gaz. Elle pose une assiette creuse devant son invité.

– J'aimerais entendre votre histoire. Je n'ai pas compris comment vous aviez pu changer d'identité avec un mort.

– Je suis venu vous raconter *toute mon histoire.* Je suis sûr que vous serez très attentive et que vous la répéterez mot pour mot à ma fille, plus tard. Il y a eu un concours de circonstances extraordinaire et terrible. Si j'étais croyant, je dirais qu'une volonté supérieure a voulu ce qui est arrivé. Je crois que ma femme a été plus heureuse sans moi qu'avec moi. Ma fille...

Tout en buvant son bouillon, François Paulet tend son bras gauche sur la table, allonge la main. Une coccinelle est venue se poser sur son doigt. Elle progresse très lentement, atteint l'ongle, déploie ses ailes, mais ne s'envole pas.

– C'est tout à fait moi, dit François Paulet en riant. De temps en temps, je me prépare, j'ouvre les ailes, mais je ne décolle pas. On va voir : c'est un signe.

Il a posé sa cuiller et scrute la bestiole au bout de son doigt, sourcils froncés.

– Les anges m'envoient un signe ! Ou bien c'est l'esprit de Stevenson ! Agnès, vous allez voir, si elle s'envole, c'est que je partirai. Allez, coccinelle, bat des ailes !

Il retient un éclat de rire, pour ne pas déranger la bestiole.

– Je ne sais pas ce que vous a dit Ninon, encore moins ma femme et les gens du pays, qui ne m'aiment pas. Nous étions le mouton noir et la brebis galeuse, à Saint-André, autrefois. Bon, je vais faire comme si vous ne saviez rien du tout... Allez, coccinelle, ma belle, décide-toi. À gauche, l'Amérique, à droite le Pacifique ! J'ai préparé une lettre que vous donnerez à Ninon dans un an, s'il vous plaît, environ. Pour mon histoire, vous attendrez deux ans, ou plus si vous jugez qu'elle n'est pas prête à seize ans. Ah, je vais vous laisser un trèfle à quatre feuilles que j'ai cueilli cet après-midi. Vous pourrez le lui donner demain ou n'importe quand. Bon, la coccinelle est partie tout droit : elle me laisse le choix de la destination !

Agnès s'installe face à son hôte, joint les mains sur la table.

– Monsieur... dois-je dire Paulet ou Bastien ?

– François. Ce soir, je suis François Paulet pour la dernière fois. Demain matin, je redeviens Bernard Bastien. Et d'ici quelques jours, j'aurai un nouveau passeport, avec un autre nom, et Juliette sera veuve pour toujours ! Je dois essayer d'être sincère, juste et pas trop long : ça sera difficile, hein ? Mais vous m'aiderez s'il faut. J'ai beaucoup aimé Juliette, je le jure. Bon Dieu, je l'aime encore, mais je sais bien que je ne pourrais pas vivre un seul jour avec elle. En 1938, je me disais souvent : « Je ne passerai pas un jour de plus avec elle ! » Et je passais une semaine, un mois, un an. Ninon sait que sa mère aimait trop les hommes. Je crois que j'aurais accepté ça, mais son caractère en plus ; ses caprices, son mépris pour le chauffeur de camion que j'étais, à la mine et pas mineur, hein ? Et tout ce que je ne peux pas vous dire de notre vie intime ! Simplement, on n'était pas faits l'un pour l'autre, voilà ? Même à l'époque, je ne pensais pas que tout était de sa faute. Je savais que j'avais aussi mes torts. L'instituteur, Canisius, m'a prêté des livres, j'ai découvert les romans de Stevenson, qui m'ont passionné et aidé à voir clair dans mes idées. Je rêvais tantôt de partir au loin, c'était le côté *L'île au trésor*, tantôt de devenir un autre : ou quelqu'un qui aurait eu tout pour plaire à Juliette, ou quelqu'un qui aurait été assez fort et assez méchant pour la punir, ça c'était le côté *Dr. Jekyll et Mr. Hyde.* Je dois reconnaître que je n'ai pas tellement changé.

« Je suis parti à la guerre avec un sentiment de délivrance. J'essayais de ne pas songer au retour, mais au fond de moi, quelque chose me disait que je ne reviendrais jamais. Ma fille avait un peu plus de trois ans à la déclaration, et je dois avouer que je ne pensais pas beaucoup à elle. Je l'ai payé très cher plus tard. Il y en a eu, des jours et des nuits, où je me disais : “ Tu vas mourir sans revoir ta petite Ninon ! ” Mais avant ça, on a connu la drôle de guerre, hein ? On croyait qu'on ne se battrait pas, on rêvait, on ruminait, on tirait des plans sur la comète. J'ai commencé à réfléchir à la façon de partir sans faire trop de tort à Juliette. Elle me manquait, quand même... En tramant des combines pour la quitter, je montrais ses photos à quelques camarades. Elle était très jolie, à l'époque. Les camarades me disaient : “ Ah, quel veinard tu es ! ” Moi, veinard, je ne me voyais pas comme ça. Avec un seul, Bastien, qui était sergent comme moi, célibataire et un peu plus jeune que moi, j'étais assez proche pour me confier. Je lui ai tout raconté de ma vie. Il me demandait de temps en temps à voir les photos de Juliette et il les regardait des heures. Moi, ça m'amusait, je riais. Je lui disais : “ Dommage, que tu puisses pas la rencontrer, tu aurais ta chance. ” Et lui ouvrait des yeux ronds. “ Tu crois ? ” Pour finir, je lui ai donné toutes mes photos de Juliette. C'était une façon de me détacher d'elle, de partir à moitié. Il ne me cachait plus qu'il était amoureux de ma femme. Je l'encourageais, façon de rire, mais j'avais peut-être déjà une idée derrière la tête.

« Il ne se passait rien sur le front. Les officiers racontaient qu'on allait signer la paix sans se battre. On avait facilement des permissions. À ce moment, j'ai eu l'idée d'un échange d'identité avec Bastien. On se ressemblait assez, sauf qu'il portait la moustache et moi pas. On était de la même taille, mais lui était mieux que moi, plus mince et plus large d'épaules. Et une gueule à la Clark Gable, si vous voyez ? On a parlé de l'échange comme d'un jeu, pour passer le temps, en imaginant tous les cas, tous les problèmes. Lui y a cru tout de suite. Il était fou de Juliette, il aurait fait n'importe quoi pour la rencontrer. Et un jour, j'ai dit : “ Chiche ! ” Il faut savoir qu'on s'embêtait tous comme on n'aurait jamais cru possible. Bastien et moi, on n'était pas les seuls à chercher des filons pour l'après-guerre. On a réussi à avoir une permission ensemble. J'ai dit : “ Je t'emmène, tu la verras ! ” On a aussi décidé de faire faire tous les deux des doubles de nos papiers civils, en profitant de la perm. Il avait son brevet élémentaire et moi le permis de conduire les poids lourds, ça semblait équitable.

« Je l'ai amené à la maison, les retrouvailles avec Juliette ont été assez glacées. Mais, comme je l'avais prévu, Bastien lui a tout de suite plu. Elle lui disait d'un air gourmand : “ Ah, vous êtes quelqu'un, vous ! ” Il s'est vanté de son travail dans le civil, comme contrôleur des wagons-lits. Il a parlé de ses aventures dans l'Orient-Express. Elle était prête à perdre la tête. Moi, je rigolais, parce que Bernard Bastien était bien contrôleur aux chemins de fer, mais quand il faisait des wagons-lits, c'était plus souvent Paris-Marseille que l'Orient-Express. Enfin, je suis parti voir mes sœurs, Marie-Jeanne à Alès et Henriette à Sète. Henriette, qui est morte à Ravensbruck en 1944... J'ai laissé ma femme et mon camarade se débrouiller sans moi. Je crois qu'ils ont réussi. Ils avaient le regard bien vague quand je les ai revus. Bastien voulait même déserter, sous prétexte qu'il ne servait à rien au front. J'ai dû presque le ramener de force !

« Ils se sont promis de se revoir, et ce n'était pas des paroles en l'air. À ce moment, j'avais décidé pour de bon de disparaître, d'une façon ou d'une autre, dès la paix signée. Voilà ce que nous avions imaginé, sans être encore sûrs de vouloir le réaliser : en profitant d'une occasion, si elle se présentait, je partirais à l'étranger ou aux colonies, en me servant des papiers de Bastien. Si je me laissais pousser la moustache, la ressemblance était suffisante. Lui se rendait près de ma femme, lui annonçait ma mort et lui remettait mes papiers un peu tachés de sang. Plus tard, Juliette aurait le choix entre toucher une pension de veuve ou épouser Bastien. En attendant que l'administration règle l'affaire, ils pourraient toujours vivre ensemble si ça leur chantait. Il y aurait deux Bernard Bastien, un en France, qui reprendrait sans doute sa place aux chemins de fer, et l'autre au bout du monde, aux colonies, n'importe où. Et, du même coup, il n'y aurait plus de François Paulet !

« Seulement, il fallait une occasion. On pensait que ça serait la paix, ou plutôt les derniers jours avant la paix. Comment François Paulet pourrait-il être tué une fois la paix revenue ? Et comment expliquer l'absence de corps ? On se disait qu'il nous faudrait une bataille, avec beaucoup de morts et de disparus. On le disait en riant, parce qu'on était sûrs que cette bataille n'aurait jamais lieu. Le diable, s'il existe, en rit encore.

« La bataille a bien eu lieu, et elle a été pire qu'on l'aurait jamais imaginée dans nos plus noirs cauchemars. Le 10 mai 1940, les Boches ont attaqué à Sedan, on était aux premières loges, Bastien et moi, avec notre régiment, le 213e d'infanterie, et il y a eu plus de morts et de disparus qu'il n'en fallait pour notre plan !

« On s'est trouvés isolés, au soir du 14 mai, avec quelques hommes, puis on a perdu nos hommes. Je nous revois, à l'abri d'une meule de paille, en train de piquer nos couteaux dans une boîte de “ singe ”. On s'est regardés, on s'est dit : “ C'est le moment ou jamais ! ” Mais ficher le camp après la paix, comme on l'avait prévu, et déserter en pleine offensive ennemie, ça faisait deux. On a décidé d'essayer de rejoindre notre corps, puis d'attendre et voir. La situation s'est aggravée très vite. Pendant ce temps, les chars de Guderian balayaient tout sur leur passage.

« Nous avons rejoint les nôtres le 16, sous les bombes des Stukas, quelque part entre Rethel et Montcornet. Puis nous avons été de nouveau isolés, à l'ouest de Rethel. Nous essayions de rester ensemble et nous avions renoncé à notre plan, au moment même où il semblait presque facile à mettre en œuvre. Nous voulions nous battre, alors que c'était devenu quasiment impossible. Et puis Bastien a été tué le soir du 18 mai, par un obus allemand, dans la cour d'une ferme abandonnée, entre Laon et Montcornet. C'était le jour de la contre-attaque de De Gaulle... Le visage de mon camarade était très abîmé. J'ai vécu des instants terribles. J'étais seul avec le corps de mon camarade... Vous vous demandez peut-être si je regrette ce que j'ai fait ? Ça n'a pas de sens, j'y pensais depuis trop longtemps, la tentation était trop forte, d'autant qu'il n'avait pas d'épouse, ni de proches parents. Et je devais décider vite : échanger les papiers était facile, mais nous avions des bracelets d'identité, et puis mon alliance et sa chevalière. J'ai prié, je crois, avant d'échanger les bagues.

« Je n'ai pas le temps de vous raconter en détail la suite de mes pérégrinations dans la débâcle. Comme bien d'autres, j'ai été emporté vers le Sud. Je ne me suis même pas arrêté dans le Gard. Je m'étais joint à un groupe commandé par un jeune officier, le capitaine Cordier, persuadé que la guerre allait continuer en Algérie. Et c'est là que nous nous sommes retrouvés, au début de juillet 1940. Le capitaine Cordier avait travaillé pour le deuxième bureau, le contre-espionnage, et il a pris contact avec des hommes décidés à poursuivre la lutte, en liaison avec les Anglais. À cette époque, presque tout le deuxième bureau, à Alger comme à Vichy, était pour les Anglais. Il m'a recruté aussitôt démobilisé. Moi, ça m'intéressait, parce que les services secrets, c'était l'aventure, et parce que j'avais besoin de meilleurs papiers, avec mes propres empreintes sur ma carte d'identité. De vrais faux papiers, quoi !

« Je passe sur mon itinéraire en Afrique du Nord, qui n'a pas d'importance. À la fin de 1941, je suis arrivé en France, avec une mission pour la France libre, et un peu plus tard, je suis rentré à l'Organisation de Résistance de l'Armée, l'ORA. Comme j'étais censé être cheminot, en tant que Bernard Bastien, on m'a casé à la SNCF : Paris, gare de Lyon, j'y suis encore ! En 1942, j'ai été pris par la Gestapo. Je me suis trouvé face à un type, un Français nommé Larcher, qui était un ancien boxeur amateur, et qui a prétendu que j'avais une vague ressemblance avec

Marcel Cerdan. Cerdan venait de battre pour la seconde fois Gustave Humery, qui avait passé deux jours à l'hôpital. Larcher était un supporter de Humery. Il m'a dit : “ On va t'arranger la gueule pour parfaire la ressemblance ! ” Il m'a boxé tous les jours pendant trois semaines. Quand je me suis vu après ça, je me suis dit : “ Si tu sors de là, personne ne pourra plus jamais dire que tu es François Paulet... ou que tu n'es pas Bernard Bastien ! Il y a des malfrats qui paient très cher pour se faire changer la figure. La Gestapo m'a fait ça pour rien ! ” En prison, j'ai rencontré des communistes, qui m'ont aidé à m'évader. Une fois dehors, je les ai rejoints, d'autant que les militaires m'avaient laissé tomber complètement. Je suis entré au Parti, parce que je trouvais les communistes plus efficaces et plus solidaires, j'ai récité leur credo politique autant de fois qu'il a fallu, sans jamais y croire tout à fait.

« Si j'étais resté avec les services secrets, j'aurais pu garder après la guerre ma fausse identité. Pour les communistes, il fallait que je redevienne le cheminot Bernard Bastien. Mais j'avais changé de tête grâce à mon ami Larcher, qui avait été exécuté entre-temps, et il m'était facile de me faire faire des papiers réguliers. J'ai continué dans les chemins de fer la carrière de Bastien, c'est ce qu'il aurait voulu, je crois, et j'en ai commencé une autre au parti communiste.

« Dès mon arrivée en Afrique du Nord, l'été 1940, j'avais commencé à penser à ma fille. Je pouvais oublier Juliette, pas Ninon. J'avais réussi, mais j'avais perdu mon bébé ! J'ai vite compris que j'allais payer ma liberté en souffrance. Début 1942, j'ai renoué avec mes sœurs. J'ai fait entrer ma sœur Henriette dans la Résistance – je suis donc en partie responsable de sa mort. Marie-Jeanne Bonnet, d'Alès, m'a laissé apercevoir Ninon, deux fois, en 1942 et 1943. En 1944, je suis revenu à Alès. Mon beau-frère, Marcel Bonnet, étant communiste, nous nous sommes entendus facilement. En 1945, j'ai pu parler à ma fille, elle avait neuf ans, on lui a raconté que j'étais un camarade de Résistance de son oncle, et aussi un ancien boxeur. Une fois, elle a voulu toucher mon nez cassé. D'émotion, j'ai failli tomber dans les pommes !

« Ma sœur a décidé qu'on attendrait ses treize ans pour lui dire la vérité, du moins en partie. À ce moment, pensions-nous, elle serait assez grande pour comprendre et garder le secret. Ç'a été un grand jour pour moi, le plus beau jour de ma vie, et aussi un des plus amers, car j'ai senti que j'allais infliger à Ninon une épreuve au-dessus de son âge. Elle m'a accepté tout de suite. Je ne sais pas trop ce que ma sœur lui avait dit pour la préparer. Elle a juré qu'elle me savait vivant, qu'elle m'avait toujours attendu. Puis elle a voulu être communiste tout de suite pour se rapprocher de moi. Chez les Bonnet, on ne cause que du Parti ! Moi, je n'ai rien fait pour la pousser là, elle est bien trop jeune pour se mêler de politique. Et puis mes convictions vacillaient déjà à l'époque de nos retrouvailles...

« Mais elle a été bouleversée encore au-delà de ce que je craignais. J'ai vécu des mois de bonheur et d'angoisse. Ninon n'a certes pas trahi mon secret, mais son trouble, sa conduite désaxée ont donné à croire aux gens qu'il se passait quelque chose. Juliette a fini par apprendre la vérité, vous l'avez devinée, beaucoup d'autres ont eu des soupçons.

« Ninon m'avait accepté au prix d'un mensonge, par omission, mensonge quand même, que je regrette amèrement. Ah oui, j'en ai, des regrets... Je lui avais dit que je ne m'étais pas remarié. Elle m'avait répondu sur un ton triomphal : “ Maman non plus, et je l'aurais pas laissée faire si elle avait voulu, parce que je savais que tu n'étais pas mort ! ” Mais, du même coup, je lui avais laissé croire que je vivais seul. J'ai attendu une occasion de me rattraper, de lui parler de Catherine. J'ai dû être maladroit, elle n'a pas supporté l'idée que j'aie une compagne. Depuis, elle ne veut plus me voir... Je vais partir maintenant. Je vais faire disparaître Bernard Bastien et j'irai vivre en Amérique ou ailleurs, sous une identité de guerre que j'ai conservée en prévision. Je resterai au moins huit ou dix ans absent, sauf en cas de guerre. Si tout va bien, je rentrerai quand ma fille sera adulte, prête à comprendre vraiment et à m'accepter pour de bon. Je trouverai un moyen pour finir de rembourser discrètement ma dette à l'État et avoir la conscience tranquille.

« En attendant, je compte sur vous pour répéter à Ninon ce que je viens de vous dire. Voilà. Toute une époque de ma vie prend fin ce soir. Vous serez la dernière personne que j'aurai vue, avant de partir, demain matin, pour un autre destin. »

42.

Sur le chemin de Stevenson

Doc Mac bondit sous la pluie pour ouvrir la portière, mais Agnès est déjà hors de la 203 et se précipite par jeu vers la porte de l'auberge. Il se lance à sa poursuite sous l'averse, glisse sur le trottoir et manque s'étaler. C'est une pluie d'été, vive, tiède, éclaboussée de soleil. Agnès bondit devant lui, si agile et légère qu'elle semble à peine toucher terre. Au dernier moment, elle perd une ballerine et termine la course à cloche-pied, comme à la marelle. Il se baisse pour ramasser la chaussure, et elle le bat de quelques secondes.

Il la voit soudain environnée de flammes et s'arrête à trois pas, le souffle coupé. Mais ce n'est que le reflet du soleil couchant contre la vitre de l'auberge. Elle se retourne et bat des mains. Cette petite fille timide a pris en quelques heures une assurance folle, Dieu sait pourquoi ! « Hum, songe Doc Mac, Dieu le sait, ou alors Il est bien distrait ! » Il lui tend son soulier en riant, elle s'accroche à lui pour se rechausser. Il titube à son tour, elle le retient en s'esclaffant.

– Tu ris ?

– Non, c'est toi !

Deux jours ont suffi pour que la réplique devienne, entre eux, un rite amoureux. Doc Mac la contemple avec un sourire béat et ravi. « Te voilà bien piégé, sacré idiot, et tu vas y laisser des plumes ! » Elle est vêtue d'une robe blanche à manches courtes, et col rond. À deux pas, elle a encore son allure de vierge sage, mais l'éclat de son regard, le pli de sa bouche, le frémissement de ses narines révèlent une jeune femme comblée.

À l'abri sous le porche, elle secoue ses cheveux mouillés et les fait danser sur ses épaules. Elle n'a pas encore l'habitude de sa nouvelle coiffure. C'est un jeu pour elle de balancer ses boucles libres. Elle éclate à nouveau de rire.

Doc Mac lui prend le poignet pour l'entraîner à l'intérieur.

– Tu ris ?

– Non, c'est toi !

Dans la salle d'auberge, ils s'avancent vers une table. Agnès se retourne pour arranger le col de Marc-Antoine. Il respire son parfum frais, ravivé par la pluie. Elle lève vers les siens ses yeux graves et tendres et lui caresse le front du bout des doigts.

– C'est plein de secrets, là-dedans. Des secrets de docteur...

– Oui, des secrets de docteur !

– Tu m'en diras quelques-uns ?

– Je t'en dirai un ce soir.

Il lui rend la caresse, se penche pour humer sa peau.

– Tu sens la pomme. Ces délicieuses petites pommes rouges de la montagne !

– Mais ce n'est pas la saison.

– Pour moi, tu sentiras toujours le mois d'octobre.

– En somme, tu voulais une institutrice.

– Peut-être.

– Je le resterai, tu sais.

– Oui, je sais. Je n'ai jamais pensé le contraire.

La serveuse apporte le poisson, une truite pêchée dans le ruisseau voisin. La jeune fille s'attarde en plaisantant. C'est une brune piquante, avec un léger accent du Midi, gaie comme il n'est pas permis de l'être en 1950, alors que la guerre menace de nouveau le monde.

– Vous savez ce qu'on dit : il pleut, il fait soleil, c'est le temps des demoiselles.

– On avait bien besoin d'eau, grogne Marc-Antoine, la bouche pleine.

La serveuse le fixe effrontément.

– Et puis les demoiselles se marient, et il reste que le soleil...

– Ou la pluie, dit Agnès sans lever les yeux.

Une minute plus tard, elle s'arrête de manger, tapote du bout de l'ongle sa lèvre supérieure un peu enflée. Enfant, elle avait souvent là, juste sous le nez, une petite cloque, un « bouton de fièvre », disait sa mère. Voilà, c'est son enfance qui résiste. En arrivant, elle a joué à la marelle, au moins trois secondes !

Elle observe Marc-Antoine, le regard durci par une attention extrême.

– Tu sais, je n'abandonnerai jamais mon métier.

– Je ne te le demanderai pas.

– Cette année a été très dure. Maintenant, quand je regarde en arrière, je m'aperçois qu'elle a été la plus heureuse de toute ma vie.

– Et je n'y ai été pour rien ?

Agnès sourit sans répondre. Marc-Antoine vide son verre d'un trait.

– Je ne fais pas le poids en face de ta chère école.

– Je t'en supplie, ne sois pas triste.

Elle est assise au bord du lit haut sur pieds de la chambre d'auberge, les jambes pendantes. Il s'est agenouillé devant elle, le front penché. Elle promène un doigt le long de son visage, de la tempe au menton, en s'arrêtant un peu au creux de la joue. Il se rapproche d'elle contre le lit, relève la tête et cherche dans ses yeux les reflets mauves qui font penser au ciel d'orage. Ses lèvres fines, soulignées d'un trait rose, tremblent un peu, s'entrouvrent sur un sourire triste, et deux fossettes se creusent au bord de ses joues.

Marc-Antoine joint les mains et chantonne l'air préféré des grandes filles autrefois : « Quand allons-nous nous marier, mon cow-boy adoré ? » Agnès s'allonge sur le lit, noue les doigts derrière sa nuque.

– Mais c'est toi, mon cow-boy !

– Eh bien, je me parlais à moi-même.

– C'est très mal.

– Alors, je te pose la question : « Quand allons-nous... » Elle le coupe très vite.

– Je ne veux pas me marier avant vingt-cinq ans.

– Ça me fait deux ans à attendre. Je tiendrai.

Elle se redresse brusquement. Elle le guette, les sourcils froncés, les lèvres serrées, les paupières abaissées.

– Marc-Antoine, je ne veux pas me marier tant que je ne sais pas si mes enfants auront un avenir !

Des sens perdus se réveillent dans le corps de Marc-Antoine. Une force délicieuse et cruelle naît sous sa peau, tour à tour glace et feu, et change en acide son sang brûlant.

Il se sent jeune comme le matin. Il a l'impression de tenir le monde dans ses bras. Il est un musicien qui a la musique au bout des ongles, un magicien qui a le bonheur au creux des paumes. Mais il n'ose pas ouvrir les mains.

Agnès détourne la tête, dérobe son regard et s'efforce de figer ses traits. Elle montre dans la demi-obscurité un visage de créature fantastique : chair pareille au bronze, chevelure fauve étalée, reflets dansants dans les prunelles agrandies et égarées.

Il touche son épaule doucement.

– Mademoiselle Agnès Vincent, voulez-vous m'épouser ?

Agnès ne répond pas. Le silence n'en finit plus. Agnès ne répond pas.

43.

Vingt ans après

Journal du Dr Gatsou-Cavalier. Montpellier, juin 1970.

Je reprends ce journal après des années d'interruption. La rencontre de Ninon Paulet – Mme Vernier – m'a ramenée vingt ans en arrière. J'ai recherché le cahier où j'avais commencé à tenir un journal, où je me prétendais Dr Cavalier Gatsou, à onze ans, s'il vous plaît. Assez drôle, ma foi, mais quelle prétention ! La grande surprise de Ninon a été de voir Gatsou sur ma plaque. Oui, j'ai osé, je l'ai fait. La fidélité à mon enfance m'aide beaucoup. À force d'insistance, « Gatsou » est devenu quasi officiel. Beaucoup de gens croient que c'est le nom de mon mari. Ninon n'osait pas me tutoyer.

« Alors, vous avez épousé un médecin ? Un cardiologue, c'est ça ? – Oui... » J'ai hésité à lui dire que j'étais divorcée depuis six mois. Pour la deuxième fois, à trente et un ans. Décidément, la petite Gatsou n'est pas faite pour le mariage ! Ninon a fini par me tutoyer en bégayant un peu. « Tu as des enfants ? – Non. » J'ai détourné les yeux à ce moment. Oui, le bât blesse un peu là. Ninon en a quatre, deux filles et deux garçons. (Je savais tout cela par sa mère, notre veuve bleue, qui entretient toujours des relations avec mon père.) Elle a une bonne et deux voitures, car elle a épousé un garagiste, et elle tient les comptes de son mari. C'est la vie.

Nous avons parlé aussi de notre chère maîtresse de l'année

1949-1950. Mlle Vincent n'est plus Mlle Vincent depuis longtemps, puisqu'elle a un fils de quinze ans. Elle enseigne le français dans un collège de Nîmes : elle a réalisé son rêve qui tournait autour de la littérature. Son mari est professeur d'anglais. Ils vont tous les ans en Angleterre ou en Écosse. Ils économisent pour l'Amérique... Leur fils, Marc, est doué en lettres. Il sera écrivain. Sa mère lui a transmis au biberon sa passion des livres. En lire ne suffit pas, il fera ce qu'elle a sûrement toujours voulu faire, sans jamais l'oser : en écrire.

Je n'osais pas parler à Ninon de son père. Je n'ai jamais su ce qu'il y avait de vrai dans l'histoire de son retour vers 1948-1949, alors qu'on le croyait mort en 1940. C'est elle qui a abordé le sujet. Oui, c'est vrai, il est revenu. Elle l'a vu régulièrement à Alès, pendant toute une année. Il se faisait appeler M. Bernard. Et puis ils se sont fâchés, en juin 1950 (la guerre de Corée venait d'éclater). « J'étais si bête à cette époque. Et jalouse comme un petit chat ! Il m'a avoué qu'il vivait avec une autre femme, et je n'ai pas supporté cette idée. Il est parti, par ma faute, il a disparu, je ne l'ai jamais revu. »

Pendant toute cette conversation, elle m'avait paru une jeune femme très à l'aise dans sa vie et dans sa peau, jouissant du confort moderne et de la prospérité bourgeoise sans aucun complexe. Une seconde plus tard, elle sanglotait sur mon épaule. « Je ne l'ai jamais revu, jamais ! » Elle s'est reprise très vite. « Je suis sûre qu'il reviendra. Je sais qu'il est vivant. Je l'attends... » Elle a essuyé ses larmes, elle a rejeté ses cheveux en arrière d'un geste que je lui connais bien. Elle est toute blonde, maintenant. J'ai senti que l'attente de son père comblait pour elle le vide d'une existence trop banale. J'ai souhaité qu'il ne revienne jamais.

Elle m'a demandé la permission d'aller s'arranger dans ma salle de bains. Elle est revenue et nous avons parlé des autres. Angèle Roux a épousé un paysan, un des derniers du pays, elle vit à Saint-André. Céline Lapierre est institutrice à Saint-Jean, Pierrette Vialle vendeuse à Alès, toutes les trois sont, bien entendu, mères de famille. Pas d'hôtesse de l'air dans la promotion ! (Par contre, mon frère David est pilote de chasse.) Jeannot Vialle est contrôleur du trésor à Paris. Henri Daudé manque à l'appel : il a été tué en Algérie en 1960.

Et puis la surprise. Ninon a sorti de son sac une lettre toute froissée. « Léa Benoît m'a écrit il y a deux ans. Devinez... devine. » Devine, devinette. J'adore ça. Ninon me regardait en souriant. Nous avons fait durer le plaisir. J'ai prié en silence pour que Léa ait connu comme femme le bonheur qu'elle n'a pas eu dans son enfance. Ninon a déplié la lettre, j'ai vu l'en-tête des P.T.T. « Tu sais qu'elle a passé le certificat des adultes avec Mlle Vincent, en 1951. Eh bien, quand elle m'a écrit, elle venait d'être nommée receveuse des postes dans une ville de la région parisienne. Une petite poste, mais enfin pas si petite que ça ! » Ninon a souri. « Elle dit aussi qu'elle est fiancée. Il serait bien temps : à trente-quatre ans ! Mais je n'y ai pas trop cru. »

Nous étions assises à nous guetter. Le silence est devenu lourd. Il n'aurait pas fallu grand-chose pour que Ninon retrouve son franc-parler, sa vivacité primesautière du temps de l'école, mais ma position sociale, qu'elle juge supérieure à la sienne, la retenait encore. Je sentais une question sur ses lèvres. Je n'avais aucun mérite, puisque j'avais la même au bout de la langue. Qui oserait demander la première : « Es-tu heureuse ? » Je ne pouvais pas, elle aurait été blessée, elle n'aurait pas répondu sincèrement. La tendresse admirative que j'avais pour elle autrefois m'est revenue d'un coup. J'ai dû rougir une seconde. J'avais tellement envie de la serrer dans mes bras.

C'est elle qui a posé la question : « Alors, tu es heureuse ? » J'avais envie de dire : « Qu'est-ce que le bonheur ? » Mais ç'aurait été une tricherie. Mon père et sa mère ont vécu plus ou moins ensemble dans les années cinquante. Ils se disputaient beaucoup, ils se quittaient pour toujours, puis se retrouvaient une semaine plus tard. Ils ne se sont jamais mariés, mais ils ont été pendant une période assez longue, papa me l'a dit et je l'ai vu, merveilleusement heureux. Et papa avait été aussi très heureux avec maman. Nous avons, je crois, une certaine vocation au bonheur, dans la famille, mais un bonheur tourmenté, ombrageux, qui se nourrit plus des difficultés de la vie, de ses drames même, que de réussite et de paix.

J'ai répondu avec prudence : « Je n'ai pas vraiment le temps d'y penser... mais oui, enfin, je crois. » Puis j'ai demandé à mon tour, d'une voix presque tremblante : « Et toi ? » J'aurais tant voulu qu'elle dise : oui, oui, je suis très heureuse. Sans le bonheur de Ninon, il manquerait quelque chose à la vie et au monde ! Elle a réfléchi longtemps. Je retenais mon souffle et mon cœur se serrait.

Son silence me semblait bien trop long.

Son regard s'est fixé sur le ciel, en haut de la fenêtre, ses jolies lèvres pulpeuses se sont écartées doucement. J'ai cru voir dans ses yeux la lumière de ses quatorze ans, quand elle disait : « Je serai communiste. » Aujourd'hui, elle a une bonne, deux voitures, elle paie les bénéfices industriels et commerciaux. C'est la vie. Enfin, elle a souri.

– Oh, je suis heureuse. Mais, tu vois, je pense que ma vie n'est pas finie. Il va m'arriver quelque chose de très beau. Je veux dire : en plus de mes enfants. Je l'ai vu en rêve, comme Mlle Vincent, quand elle est venue la première fois en visite à Saint-André. Ce sera peut-être une personne ou un livre, ou les deux. Peut-être quelqu'un avec un livre... Mlle Vincent m'a fait aimer les livres, grâce à *Une semaine avec*. Tu sais, ma vie aurait été bien triste si je ne l'avais pas rencontrée l'année de mes quatorze ans.

Elle m'a regardée avec un air de joie enfantine.

– Il y a quelques jours, j'ai fait presque le même rêve.

44.

Le mot de la fin

La plus jeune fée

C'est la plus jeune fée.
Blonde et blanche, de lis ou de lilas coiffée,
Elle passe dans l'air
Où, sur les romarins et sur les renoncules,
Le sillage argenté de son char minuscule
Laisse deux tourbillons d'éclairs...
Elle passe, rapide, au gré des vents épars,
Et les étangs dressent leurs nénuphars,
Et les jardins tendent leurs roses,
Et les bois agitent leurs branches,
Pour qu'un instant elle s'y pose
Et s'y balance !
Mais elle passe,
Et dans le lointain de l'espace,
Elle s'efface,
Elle est passée !

Fernand Gregh, « Les clartés humaines »,
in *Une semaine avec, op. cit.*

Table des matières

Cet ouvrage a été réalisé par la
SOCIÉTÉ NOUVELLE FIRMIN-DIDOT
Mesnil-sur-l'Estrée
pour le compte des Éditions Robert Laffont
24, avenue Marceau, 75008 Paris
en juin 1996

Imprimé en France
Dépôt légal : avril 1996
N° d'édition : 37112 - N° d'impression : 34942